樹説百年

SHUSHUOBAINIAN

郑九蝉◎著

中国文史出版社

图书在版编目（C I P）数据

树说百年 / 郑九蝉著. -- 北京 : 中国文史出版社, 2016.3

ISBN 978-7-5034-7609-9

Ⅰ. ①树… Ⅱ. ①郑… Ⅲ. ①长篇小说－中国－当代 Ⅳ. ①I247.5

中国版本图书馆 CIP 数据核字(2016)第 063816 号

责任编辑：卜伟欣

出版发行：中国文史出版社
网　　址：www.wenshipress.com
社　　址：北京市西城区太平桥大街 23 号　　邮编：100811
电　　话：010-66173572　66168268　66192736 （发行部）
传　　真：010-66192703
印　　装：廊坊市海涛印刷有限公司
经　　销：全国新华书店
开　　本：710×1000　1/16
印　　张：19
字　　数：300 千字
版　　次：2016 年 6 月第 1 版
印　　次：2016 年 6 月第 1 次印刷
定　　价：38.00 元

序　曲

1

2014年，中共中央提出坚定不移地走中国特色社会主义道路，由是提出“富强、民主、文明、和谐、自由、平等、公正、法治、爱国、敬业、诚信、友善”二十四个字的社会主义核心价值观。由是浙江省委决定在浙江省农村施行建设农村文化大礼堂。原在徐家村的那一座古老且斑驳了的徐家大祠堂，将要改建成现代式文化大礼堂。那时，徐家村的当家人，是一位断了手臂的转业军人徐氏子孙徐漳。而协助徐漳建设文化大礼堂的，是一位专门研究地方氏族发展史的、徐氏子孙徐涛。徐涛是路桥徐氏子孙。考上大学后，读的人类社会学。大学本科毕业后，再考至全国名博导章钦麾下为博士研究生。毕业后，一直在广州人类民族社会发展研究所工作。专门从事人类社会发展的科学研究。徐涛来后的那天，正是六月大皇天，热得要命。连徐家村大别墅内的宠物狗都吐着舌头，不得不委着它的身子佝藏在浓浓的树荫下。徐涛与徐漳见面后，徐涛伸出一只手指，搡了一下他架在鼻子上的无边长方形眼镜对徐漳说：哥，这个会，还是放在这棵大樟树下开吧。房间里的那空调，令人非常不舒服。徐漳答：我是军人。我天生喜欢大自然的冷暖。这种人为的冷暖，我也受不了。在这里开更好。于是，徐漳转身对一位名叫徐滟的女孩子说，阿滟，你去将你的叔叔、哥哥、姐姐们全叫下来吧。那位名叫徐滟的姑娘，活泼得如一颗滚动的水银，立刻朝离大樟树不远的那一幢坐北朝南的九层纯现代式的大高楼跑去。不大一会儿功夫，大楼里的人，全部走了出来。他们下来后，其中一人说，我们永新总部大楼里的会议室多好啊？为什么不在会议室开，非得在这里开呢？看来，徐涛确实是个心中有“水”的家伙。他很懂徐家村的发展史。他第一个拿着这棵亭亭如伞盖的大樟树说事：你们知道这棵大樟树，是什么人栽的吗？不知道。好，告诉你们，是我们徐氏第一位高祖名叫徐镇，率着他的三个兄弟徐铭、徐钤、徐镌一起栽的。其中一人问，你是研究生，我们徐氏家谱独有你一人有。我想问，我们家的徐氏四位高祖，为什么起名镇、铭、钤、镌啊？徐涛答，镇是抑制、坚守、安邦。铭是在器物上记述事实、功德与过错的文字。钤，是图章，钤印，发表此文的信证，表示一言九鼎，知行如一。镌，雕刻，表示做人当踏石留印，抓铁有痕。这是我们徐家立族准则。我们徐氏四位老祖宗在雍正八年（1730）将这棵树栽在我们徐家村村口那天算起，至现在，她即将有三百年。她就是不会讲话，不会写字。如果她会讲话，她可以给你讲三天三夜的故事。如果她会写字，她写我们路桥徐氏发展历史，足可写上几百万字的大部头巨著。这棵树不仅仅是一棵历尽人间沧桑的大樟树，她还是我们村的见证树，我们村的保护神。所以，我建议讨论如何建设徐家村文化大礼堂的这一件神圣且光荣的事情，必须在这棵神树下开。徐漳伸出一只手，朝着这棵大樟树的大树冠上一指说，你们听到没有？我们的祖宗树听懂我们说的话了。高兴得抖着她的身子呢。你说说，我们这么重要的大会不放在这里开放在什么地方开？

徐涛在我身边说的话，我全听得一清二楚。我第一次听到从这位徐氏学者赞扬我是一棵沧桑树、神树、见证树。我激动得浑身颤抖。我身上的树叶全在嗖嗖吹来的微风中簌簌直响。是的，是的，我是徐家村的历史见证树。在我这棵树出生前，我有着一段与人类完全不同的经历：我母亲，是一棵很大很大的树。我一直不知道我的老家在什么地方。我只知道我母亲那时长在台州衙门口那个长方形很大很大的大广场上。我母亲成年累月地挺着她那健硕且粗大的身躯，威严且慈祥地默立在那里。她的样子如一把撑开来的大雨伞。她那密簇的树荫覆盖的面积，差不多有一亩地那么大。我母亲斑驳嶙峋的大树杈往东南西北四个方位舒展。无论从树的年轮与她的外表，全刻有历史与灾难留给她的累累创伤。但我母亲最大性格有六：一是达观向上，将世事缤纷、成败得失看得很淡。二是意志坚定，从不曾被突然降临的种种灾难所吓倒。三是宽大为怀，从不计较人类对她不断的伤害。四是尽自己最大的努力，将根扎入地层深处，拼命吸取营养与水分让自己壮大。五是知得知失知行知止。一当她长到她自己认定可以承受与担负的高度，她就会顺其自然地停止生长。六是让我们后辈更是佩服不已的是：我母亲比什么树都敢舍弃。她时常主动让自己身上的某些枝条枯死，借此将她的生存负担减到最低度。也许因我母亲长得太神采奕奕了，也许因我母亲在临海那一处被称为台州府的门前生长的岁月太久了，也许因我母亲几次大灾大难不死，我母亲渐渐的成为临海城的一个偶像。随着日升月落、岁月推移，我母亲所在临海民众潜移默化地将我母亲奉为神树。每到三月清明，临海城里的草根百姓们，总好在我母亲身上，系上一条长长的红飘带。那红飘带一系定，他们遂嘴里念念有词，对我母亲施行焚香罗拜。我母亲也没有阻拦。（实际上我母亲想阻拦也阻拦不了。因为我们毕竟是树。人有人的局限，我们树同样有我们树的局限）我只知我母亲所在的那个地方，四周全是海浪样起起伏伏的群山。离我母亲约一千米左右，有座山叫金山。为什么叫金山？我不知道。金山脚下有一条十分开阔的大江叫灵江。为什么叫灵江？我同样不知道。我在我挂在我母亲枝头的时候，我亲眼看到那条灵江十分开阔。黄滚滚的江水如一条金色的缎带在那里昼夜不停地流淌，一天到晚不停唱着它们必须唱的歌。偶尔间有张着帆的船，满载着货物在江上运过。船夫一高兴，还会亮出嗓子唱一段船歌：

大江流水啊没有够，
哥想妹妹啊没日头。
一棹千里啊行船难，
愿我阿妹啊在埠头。

这歌很原始，也很动听。我小时候时常听得很入迷。我母亲身后是一座建筑得非常漂亮的古香古色的中国式大官府衙门。那衙门有合抱粗的大柱子，有斗檐的屋穹。人进进出出很稠。我母亲面临的是个长方形大操场。每天都有不少军队在那大操场上习武。有时，台州府的官员们，有什么大事件或政策发布公告，他们就将盖有那正方形官印与亲笔签名的公告贴在我母亲身上。我一直不知我母亲多少年龄。我只知我母亲的子女们多得擢发难数。别的姑且不论，就拿我这一代的树籽，少里说也得有上万颗。我只不过是密簇排列在一起的树籽中的一颗。我母亲本事很大，她预知许多事情。她会两头下注。知道什么时候该多生子女，什么时候该少生子女。临海城的老百姓管我母亲的这种现象叫“大年、小年”。我母亲还会通过果子的颜色，告知这个时间段的吉与凶。如果我母亲结的种子是黄色的，那就是平常年。如果我母亲结的果子是黑色的，那就是凶年。如果我母亲结的果子是紫色的，那就是多事之年。如果我母亲结的果子是红色的，那就是大吉大利之年。我出生那年，正是我母亲多子女的大年。我初生时，青的，只有一粒米星子那么大。童年时，我很快乐。我与我成千上万的兄弟姐妹们，全牢牢挂在我们母亲软软的枝头上。风轻轻一吹，那枝头随着风一点头哈腰，我们就跟着左右摇摆、上下浮动。有时天骤然下起铺天盖地的大暴雨，打得地上直冒烟。我们十分恐惧。我母亲总是一脸慈祥地对我们说，莫怕，莫怕。有我护着你们，什么也别怕。我母亲立刻将她身上的叶子紧紧拢将过来，小小心心地将我们护住。我母亲用她的乳汁，一点点地抚育着我们。我们既快乐又无忧无虑。尤其是在风和日丽的日子里，我们全在母亲的枝条上笑着闹着，引出一串串笑声。我母亲天生有着一副好性格，从来不曾对人、对动物、对天、对地发过脾气，抱过怨。我们刚出生时，就有两只黑色大鸟争着在我母亲身上做窝。披坚执锐，打得吱吱嘎嘎乱叫，毛羽纷飞。我们看了都上火焦急，很怕它们互相残杀致死。我们对母亲说，妈妈，妈妈，你为什么不出面干涉一下啊？母亲只是微微一笑，沙哑着她的嗓子回答我：孩子，这是它们的天性，由着它们争吧。于是我与成千上万的兄弟姐妹全看着它们打。它们打呀，打呀，打得遍体鳞伤，不决出高下决不罢休。终于有一只被打败了。那只鸟落荒而逃了。那只得胜了的黑色大鸟，骄傲地站在树枝上聒噪着正式对外宣布：这棵树是它的领地，任何鸟不得冒犯。这只鸟很快地就在我母亲身上安营扎寨。不久，一只与这只黑色大鸟长得一模一样的雌黑鸟来了。那只雌鸟似乎对它建造的那间婚房十分满意。它们当着我们的面扑簌着翅膀举行婚礼。不久，夫妻二鸟开始同心协力地养育着它们的后一代。时间一天天过去。秋天来了。我们一个个全长大了。我们长大后的身子，变得又圆又大。我母亲对我们吩咐说：你们全长大了。你们必须离开我，独立成家了。从今天起，有鸟儿吃你们，你们别害怕。因为命中注定你们必须这样，才可远离母亲，独立成章，过你们必须过的日子。我是这样过来的。你们也必须这样过。这是自然法则。你们中的任何一个，想逃也逃不了。我只告诉你们的是：你被鸟吃了之后，必须在暗无天日的地狱中，经过一段炼狱般痛苦的磨难。如果你坚挺着熬过这段炼狱生活，从最干净的地方进去，再从最肮脏的地方出来，你们就有胜利的第一步。你就会被那些鸟儿们，带到你们必须去的地方。它们会随机地将你们扔在某一个地方。我们大着嗓门问，妈妈，鸟儿们会把我们扔在什么地方呢？妈妈答，我也不知道。也许是荒山野岭，也许是悬崖峭壁，也许是密不透风的树林子里，也许是湖沼，也许是某一家的大院子里，也许是一条石缝，也许是某一处山坳。我母亲过去是这样对我说的，我也只能是这样对你们说。这是造化给我们定下来的命运劫数，你想逃也逃不掉。一切只可随机选择、牵运赌福。如果你们今后落在秃秃的山岭，一辈子出不了芽，你们也别怨你的母亲。这是自然抉择。对于这种自然抉择，我们从出生那天起就知道了。我们早就作好全部思想准备。于是，我们一颗颗全长得又圆又黑，又大又壮，还发出一缕缕甜甜的香气，吸引着那些在我母亲身上蹦来跳去的鸟儿来吃我们。不久，一大群鸟儿叽叽喳喳地叫着来到我母亲身上了。其中有一只黑鸟站在离我不远的枝条上。那只大黑鸟长得样子很怪。羽毛中黑中带白，叫起来的声音“喳喳”的。它先歪着眼上下打量我一番。它看我全身红得一片发亮，甜甜的香气特别浓。它张开粉红色的喙，一下将我啄入口中。它脖子中的两条肌肉，狠抽了一下，我立刻顺着那粉红色软软的腔子，进入了它的肚子。我一进入它的肚子后，一切如我母亲告诫的那样：炼狱般的灾难开始折磨我了。那炼狱是那鸟的胃，它一直在蠕动，蠕动中不断分泌出一股股强烈的酸水。那酸水锐不可挡，将我全身的皮肉全部化解成汁水，疼得我深身直打哆嗦。好在保护我们成为新生命的内核有着一道坚固的盔甲。将我的生命的内核死死护住。不久，我终于按部就班地进入了它的肠道。我遂与那又黏又臭的排泄物搅在一起。那些排泄物实在太叫我难受了，差一点将我活活窒息死。我咬着牙关坚挺。初时，我只知道载着我的那只黑鸟，叫着、鸣着在天空中飞。不久，又有一股强力将我挤着往外排。我终于与那堆一直在它肠子里蠕动着的排泄物，离开它的肛门口，随着那堆黏稠的粪便，从高空中坠将下来了。若干年后，我终于成为徐家村村口生长着的一棵标志性的大树。那天，不知发生了一件什么大事。村子里来了个电影队，他在我的正前方搭起了一个临时架子，悬上一块白色银幕，开始放电影。全村里的男女老少们，全过来坐在我的树身底下看。我也跟着他们看。我一看明白了，这电影放的不是故事片，而是纪录片，纪录的是中国第一位宇航员从天上回来。他所坐的那坐舱落地的样子，令我一下子回转到过去我刚落地的那个岁月。那时，我就与那位从天上回至人间的宇航员一样坠落下来。我只听到我身边的风在“嗖嗖”地发响。我的身子变得无比轻盈。我母亲在我们挂在她身上的时候，就曾经告诫我们：你们是生是死全掌握在老天爷手中。老天爷让你落在好地，你就是好命，老天爷让你落在坏地，你就是坏命。是生，是死，全由不得你。

这就叫人算不如天算。我不知道有多少兄弟姐妹，不是落在马路上，就是落在石头上、沙滩上、水上，失去了它们生长的土地，最后不是因无土，就是因无水，不是因遭遇汪汪大水，就是遭遇车轮子在它们身上碾过，从而失去它的生命。那时的我，心中是多么的恐惧啊。我害怕我掉在马路上，我害怕我掉在那光光的岩石上，我害怕我掉在那浩瀚无际的大海中。我祈求说，我的老天爷啊你帮一帮我的忙吧我的生命实在太脆弱了你让我落到一块可让我生存下来的地方吧我渴望我能见证人类生存的历史我渴望见到人间的世俗生活我渴望太阳从东边升起从西边落下我渴望那一颗颗晶莹剔透的雨露能让我的身子接住我渴望我能看到大自然那美丽的彩霞我渴望有不少孩子们在我们身边笑闹我渴望有鸟儿站在我身上筑巢让我看到他们相亲相爱我渴望有雏鸟在我的身边喃喃学语我渴望人类将他的红丝带系在我的身上对我顶礼膜拜我渴望我渴望我有着太多的渴望了。我祈祷着。“啪”的一声大响，我终于落入地面了。谢天谢地。老天爷听着我的祈祷了。我落地后，努力着睁开眼睛看，然而那黑乎乎的一片，我什么也看不到。一阵大雨，稀里哗啦的下来了。黏在我身上的鸟粪便，全让那铺天盖地的大雨给冲走了。我那变了形的身子，终于裸露出来了。那时的我，是白白的，包裹着我的是那层天然护我生命的硬壳。我睁开眼一看，阿弥陀佛，我发现我运气好得不能再好了。我落的地方，是一处离溪水并不远的一条樗椤坦上。在我身边，全是一片长得又高又大、枝繁叶茂的大樗椤。我所落之地，正在一处软软的临溪的黄沙滩。这可是打天打地找不着的好地方啊。我实在太幸运了。我幸运得兴奋欲狂。我一兴奋，我的内存力开始全国总动员。我只知道我的内身在急剧地发生核裂变。生命的冲动令我有着一股不可思议的能量。首当其冲的是我的根部，率先突破重重盔甲，伸出一条嫩嫩的白根，试探着东触西碰。一旦发现下面是松软的沙土，立刻闪电似扎了下去。我那根一入土，我的本能立刻开始热血蒸腾，拼着老命将沙土中的水分吸收上来，供我的身体发育。我吸足了我必须有的水分与营养后，我用尽全力，顶开那层坚硬无比的硬壳。最后，我终于冲出了地面。那天，我第一次真正意义地见到了美丽的晨曦：那朝霞，是多么的美啊。红、黄、碧、白、青、蓝、紫，如同一幅我在我母亲那个村子里看到过的那幅蜀锦。那空气，是多么的甜爽啊。我怎么闻，怎么如在我母亲那边闻到过的、那幽幽的橘花香气。我听到了无数数不清的鸟儿在我的身边喊喊喳喳地叫，我听到我在我母亲那边从不曾听到过的溪水，在我的身边哗啦啦地流淌。就从这天起，我必须与我母亲一样，承受老天爷赋予我的一切东西：或幸福，或灾难。但有一点是不可改变的，那就是我从我母亲身上继承下来的五个遗传基因：一是意志，二是坚强，三是努力，四是宽容，五是适可而止，随遇而安，尽自己最大的努力将自己长高、长大、长成亭亭如伞盖的大树。

春天过去了，夏天来了。

夏天过去了，秋天来了。

秋天过去了，冬天来了。

一年四季在我的身边开始轮回了。

我先是长出两片小叶，后是长出四个小枝杈。当我将我的四个小枝杈长成后，我开始努力往高里长了。就在我过去四个春夏秋冬之后的第五年春天，有四个男子，出现在我的面前。他们先是围在我的身边，眯着他们的眼睛详细地端详着我。其中一位年龄最小的人，问那个年龄最大的长者：哥，你是不是看中的就是这棵树？是的，是的。它叫什么树啊？香樟。我心中别地一跳，我从来不知道我叫什么名字，我在我母亲那里时，我只知道我母亲那个村子里的人管我母亲叫树神。现在我终于知道了，我有名字。我的名字叫“香樟”。那小的又问，哥，我们为什么一定要在村口种这棵树啊？那位年长者说，阿弟，你有所不知，香樟有六大品质，一是意志坚定。（他说得对）二是浑身散发香气。（他说得对）三是寿元极强，抵抗病虫害能力极强。（对极了，对极了，我可是不怕什么病虫害，那毛毛虫什么的咬上我一口，只要我对它们一亮剑，它们全吓得尿滚屁流。我妈妈据说有三百多岁，我奶奶活有一千多岁。全身全空了，还活得十分滋润）。四是长大后如一把大伞。想当年三国时期蜀国先主刘备家村口种的就是这种树。由此这种树也成为了风水树（天哪，天哪，我母亲怎么没和我说过我们种族的历史呢）。五是这种树的名字十分吉利。你想，什么叫章啊，章，文采，条理，规则，显达，全叫章。章字由立字与早字组成。立，即告诉我们后代子孙做人要自立自强自尊自爱自重，早，即告诉我们要勤力要早起。早起三光，迟起三慌。顺天者存，逆天者亡。世路风波是炼心之境，人性冷暖是忍性之场。（说得太好了）六是樟树全身是宝。它纹理致密，可做家具以防蛀虫，其叶其枝可为药用。（这位长者怎么知道得这么多呢？）所以我决定将这棵香樟移至我们这个新建村，我得让我们的徐氏子孙们以樟树为榜样，做一个对别人对社会有用的人。（天哪，太叫我兴奋了。我愿意去，我愿意去。怪不得他们将我妈妈奉为树神，原来如此!)

这一家的兄弟四人，立刻一起动手。真正动手的那个人，似乎是这四个人中的老二。他是那样的小心，那样的谨慎。他先是用那尖嘴的锄头，将我身边的石子与砂粒刨开。那位年长的哥哥，一直站在边上嘱咐：别伤了根，千万别伤了根。这位老二费有一个多时辰，他终于将我完头完尾地挖了出来。挖好了后，他们将我平躺在一个摊开来的草帘子上，很是用心地将我囫囵包起来，移到村口。我一至村口，那村口早就有着一个挖好了的大坑在那里等我。我刚一到，他们立刻将我竖着放入坑中，然后用十分松软的土将我填上。填完后，那位长者，开始在我面前点起了三炷香，然后对我说道，香樟，香樟，你就是我们徐家村的村树了。(我直至这个时候，我才知道他们姓徐）你将与我们徐氏子孙世世代代在一起了。我祈求你让我徐氏子孙与你一样，成为树木中的贵族。他一祈祷完，所有徐氏子孙们，约有三四十人全围在我的面前看我。那位老者，站在我面前的那块长条石上说：今天是雍正八年三月清明。我们徐氏子孙将在此地安家立命。这棵树，是我们徐家村的村树。树木中有四种树是树中贵族：一楠，二杉，三柏，四樟。杉树，我们将种在我们的祠堂里。柏树，我们将种在文武两个学堂里。楠树我们这里找不到。于是我们兄弟四人决定种樟树为村树。从今天起，我们徐氏子孙必须注意：任何人不得糟蹋我们的村树。我们要让这棵村树，成为我们徐氏子孙的护佑神。就这样，我在徐家村扎下我的根。我看着他们一对又一对的结婚，一代又一代的人，在我的身边长大。

2

徐家村两班子成员全在大樟树的裸露树根底下坐下。

会议立刻开始。

他们全在议论着那个徐家村文化大礼堂如何建设的问题。徐涛手中拿着一个他早就设计好的方案，一一向徐家村两班子领导们讲述。徐涛似乎有一点激动，两只手螃蟹似地舞着。两班子成员不断地问这问那。一个多小时过去了，他们终于议定如何建设他们徐氏的那个大礼堂。那天，他们议定的意见有六条：一是现在徐家村，不光是一个徐姓，外来人口这么多，再建什么徐氏祠堂不合适。改称徐家村文化大礼堂，那是再合适不过了。二是，从这个文化大礼堂正式建成那天起，所有婚礼、办满月酒、九月九重阳节、大学生授奖、优秀人物表彰、贫困家庭发放困难生活补助金、重大公共利益决定会议、村干部选举、村账目公布、好人好事表彰、春节联欢晚会，全部在这个大礼堂举行。这两件事基本没有什么异议，所有村官全部同意。问题是研究第三件大事时，徐家村两班子人员的观点出现碰撞。徐涛提出将他们的这个徐家村大礼堂内布置成一个教人育人的展览馆。将有史载以来的徐氏优秀人物全部上墙。这一点，所有村官没有异议。当徐涛提出建立一个警诫栏，将好些干有坏事的徐氏子孙同样上墙时，徐家村八名村官中，有六名不同意。他们说，这种方式不好。我们老祖宗定下的规矩不准他们的骨灰与尸体进我们徐氏墓园，这个惩罚对于他们来说已经相当可怕了。现在，我们这个文化大礼堂一建成，将他们作恶的事情全部上警戒墙，死了的人，他们什么都不知道了，但他们留下来的后代子孙，怎么抬得起头来？我们做人得讲一点底线，为死者讳嘛。他们的这个观点一提出，作为晚辈的徐涛，一下子哑口了。那时，他们徐氏子孙这一代人中，最有权威的不是别人，就是那位断了一只手臂的徐漳。时徐漳的职务是徐家村村党支部书记、路桥街道工委副书记、永新控股实业公司总经理与董事长。就徐氏一门子孙来讲，他是官阶最大、荣誉最高，且是一言九鼎的当家人物。他菩萨般地一动不动靠在大樟树旁边，一口接一口地吸着烟。由于他天生一个习惯，每一遇难心事，总好靠着大樟树身子吸烟、想事。大樟树也早就闻惯了从徐漳嘴里喷出来的那股香烟气。徐涛一哑口，不得不将他的目光投在徐漳身上。整整过有大半天，徐漳终于坚决且有力地挥了一下手说：徐涛说得对。上。这个“上”字一出口，村干部们全乱呛汤起来，表示不同意。当时，他们即嚷的嚷，吵的吵。叫哥的有，叫叔的也有，乱成一锅粥。他们说，怎么可以这样呢？这让他们的后代子孙多么没面子啊？徐漳慢吞吞地说，我们要让后一代子孙们永远记住，做人必须自立、自尊、自慎、自强、自信，别自己将自己钉在历史的耻辱柱上。别看这位徐漳断了一只手臂（他最爱穿的那套军装右袖总是悬空挂着），但他在徐家村及南官分散于各点的徐氏族人中，却有着极高的威望，不说是一锤定音也差不哪去。千口之家一人作主。尽管有人投了反对票，最终还是被滔滔的带有雄辩式的口才与道理说服了。徐家村班子成员们，最后举手表决通过。

2014 年 9 月，徐家村文化大礼堂开始兴建。

2015 年 9 月，徐家村文化大礼堂正式建成。这是由原徐家祠堂改建的，基本上保持原样，但里里外外又有着很大不同、有着新旧交构新内涵的大礼堂。先说外，过去写的是“仁义礼智信”五个大字，现在写的是中央提出来的二十四个字的社会主义价值观与“四个全面”：**全面建设小康社会，全面深化改革，全面推进依法治国，全面从严治党。**过去，正大门口是个五福图，现在是一个红红的五角星。上面有省委领导题的大字：“文化大礼堂”。过去那副对联，现在早已无踪，新镌上的对联是：

复兴中华尔村尔民人人有责

知往知过男女老少爱国爱民

走进圆拱形的大门后，是一长方形的大屏风，上面是一张新拍摄的徐家村的全景图。图两边悬有一副楹联：

老人新人鉴古知今反思剑指将来

今天明天革故鼎新重立中国文化

转过屏风，则是一个面目一新的四合大院子。放眼四顾，焕然一新。活似一个历史展览馆。过去那六十级台阶密密麻麻地放有金、红、黄、白、黑五种颜色的牌位。现在没有了，取而代之的是两幅新旧对比的大照片。原本正中间摆着的是一张两头翘翘供有大香炉的大案桌，现在取代的是一个现代带有屏幕的大讲台。原本这里有一座古老的戏台子，现在建的是一个与时代同步的大舞台。原本这两边走廊只有石窗，空白，现在悬有徐家村三百年历史上所出的种种人物。与一百年间徐家村留下来的新老照片组成一道人物、政治、重大事件与地理变迁的历史长河。这人物中有与时代同步的事业有成者，有为国捐躯者，有为兴邦大业做出无私奉献者，有道德模范者，但同样有因沉沦而被社会淘汰出局者。唯一留在天井内的是四棵徐氏祖先们种下的桂花树。桂花树下那块大天井，既可让老年妇女与姑娘、媳妇们跳排舞，也可以让村民们用来健身与开会。

2015 年 9 月 16 日，正式开堂。任路桥区委宣传部长的应载泉与徐漳一起剪彩。彩一剪毕，第一批参观徐家村文化大礼堂的三百多人，即集中在徐家村文化大礼堂听徐氏家族唯一的民族学博士生徐涛开讲第一课。

第 一 章

1

我叫徐涛，我现在广州大学民族文化研究所读博士生。今天，我应我阿哥徐漳的邀请，来给徐家村布置文化大礼堂。现在，徐家村文化大礼堂正式竣工。你们是第一批前来参观的人。我阿哥让我务必借着文化大礼堂，正式开上第一课。他对我说，无论是永新实业集团的员工，还是徐家村的每一位村民，必须学会客观历史地看中国。作为一个中国人，你只有知道过去，才可知道明天与将来。只有知道历史发展路径，才可知道为什么叫作走中国特色的社会主义道路。我认为我阿叔的话讲得十分有道理。今天我就站在刚建好的文化大礼堂，给大家开讲第一课。我讲的这一课的题目就叫《徐家村的发展史》。

大家要知道，人创造了历史，历史同样创造人。人与历史如树与藤的关系，互相依赖，互相生存。天下没有没有人的历史，也没有离得开历史的人。在说到徐家村的发展史之前，我必须先向大家介绍让在座每一个人安身立命的徐家村。我们的徐家村，现在所在的位置是在路桥十里长街的中心点。说到路桥，必须先说这条横穿于路桥区全境的河。这条河叫南官河。南官河不是一条天然生成的河，而是人工开掘的河。《黄岩志》明确载：新石器时代，我们黄岩就曾出现原始农业。商周时，我们黄岩属东瓯。西周时徐偃王率徐民南徙，春秋越人东迁。我们黄岩县才融合了南北文化，创造出一个新的、带着一点独特个性的地域文明。西汉时，我们黄岩县曾为东瓯王国都会之一。三国时，我们黄岩渐成浙东门户。唐建县后，开辟县河，开始重视农耕。至五代的吴越，开始休养生息。时即有新罗（今韩国）人与、本商人集居于我们黄岩县城关的“新罗坊”。那时，我们路桥区的所在地路桥，曾是一片一望无边际的淖地。是鸟与鱼的天堂。那淖地里，长有一片连着一片的草，数不清的大雁与野鸭，成群结队地在这淖地里安家落户。一旦有那么一点点惊扰，它们即扑簌着翅膀唰唰喇喇地飞将起来，活似一片杂色的云，在人们的头顶上浮过。那喳喳的叫声，聒噪得十里山荒听得见。那时，我们路桥地的沼泽地里，鱼儿多得不得了。什么样品种的鱼儿全有。大的鲇鱼一张嘴就能将缠于树上的赤练蛇，一口吸进肚子里。大的鳗鱼，周身白得如美人，大得盘起来后，一个大浴桶装不下。那时，这片淖地是鱼禽类的极乐世界，却是人间地狱。天灾不断。生存极为艰难。尤其两种自然现象一发生，是两条腿支着个肚子直立而行的人，一个也别想活得下。一是雨。小雨尚且好说，铺天盖地大雨一下，这里是一片泽国（现属温岭的泽国镇由此定名）。二是风。这里靠着东海沿，多台风。每每台风一刮起，海水一倒灌，麻烦很大，人死无算不说，所有农田被淹。水稻是所有粮食作物中最为娇嫩的贵族，根本没有土豆那样的皮实。稍一伺候不周，即翻脸不认人。更别说是让海水倒灌后，土地出现盐碱化，往往是十年九不收。那时，在我们浙江省说了算的一个王名叫钱镠。这个钱塘江王，别看他姓那个万恶之源的“钱”字，但他却是个为民爱民的好王。百姓的难，是天道难。百姓的苦，是天道苦。为王不为民，那王就是恶王不是善王。钱镠王一看江河横流，人为鱼鳖，这怎么行呢？为了让这里变成一片可供人生息的良田沃土，遂下令调动二十万军民，参加黄岩县开河掘道水利工程。据相关史料载：二十多万军民，整整苦打苦熬一整年。一共朝着那浩瀚的大东海方向，开有长度约六十五公里的四条河。在东的叫东官河，在西的叫西官河，在南的叫南官河，在北的叫北官河。这四条人工河，结构成了一个大大的“井”字形。这个大“井”字，精心构建，将黄岩县境内所有河道、湖泊打通，并如彩灯般地全部联接起来。让从山区流下来的山溪水与淖地上枝丫八杈的大小河流全部入注于四条河中，然后因势利导奔向金清港出海。四条官河的交叉中心点，就在离我所在的这个徐家村并不远的四水泾口。正由于这里有了这四条人工开掘的大河，所有百鸟翔集的沼泽与淖地，因水利的兴建与沿海塘堰的修筑，原本陷阱四布的淖地，开始集束式的翻身成为良田。鸟儿、鱼儿们一撤出阵地，人类就开始占领地盘。于是，大批量的移民陆续朝这里迁移。

第一个迁至这里的就是我们徐氏。那时，我们徐氏子孙在徐偃王的率领下来至现在桐屿镇的徐山。徐氏一族来后，第二个来到这里的是於、蔡两家。他们於、蔡两家占的地方是河西一带。后蔡家与於家因男女通婚，两家遂合为一家。所立的那个村子，就叫“蔡於村”。蔡於村成立后不久，第三个迁至这里的是陈家。陈家依东官河而建，因为他所临的地方有个“浃”，遂地名与族姓叠加在一起，起名叫“浃里陈”。“浃里陈”与蔡於村约距半里地。凡陈姓子孙全居住在一起。“浃里陈”的村名一尘埃落定，第四个迁来的是王家。他们居于离蔡於村约一里地的地方。由于王家人与陈家人一样，是全族移居。来的人数实在太多，至目的地后即一分为二。一脉所居的地方，四周全是农田与水洋，这脉的王家先祖给这个村起名叫“田洋王”村。一脉所在地是东官河河口，那时的东官河河口与一大湖泊相连，所呈出来的样子，如我们汉族人的图腾“龙头”，于是在这里安营扎寨的王家人就叫龙头王村。田洋王村与龙头王村一落定，第五个来的是赵家。南官赵家可不是一般的人家。就那时来说，他们全是南宋赵氏王室子弟。南宋皇帝赵构因受不了元军的铁骑，在大批国土拱手让于铁木真后，他不得不在临安（今杭州）成立南宋王朝。这个偏安于一隅的王朝一成立，大批原本在中原一带的赵氏皇亲国戚举族迁移至这里。他们所在地点，即在现在的小桥头的赵家里。赵家迁至黄岩路桥不久，又有一家迁至这里。这家人姓苏。苏家之所以迁至这里，是因苏氏有一女，嫁于赵家族脉当家人。赵家人一看，他们所居住的台州是打着灯笼找不着的好地方。东西北三向皆是高山峻岭，一夫当关，万夫莫开。东面临海，非舟楫而不可穿越。二看这里是天下第一的鱼米之乡，好得不能再好。于是赵氏的那位祖先立刻差人向苏氏报有一信，让他们远离兵荒马乱的金陵来此定居。于是路桥苏氏子孙，立刻举家从金陵长途跋涉迁至这里。他们定居的地方，即在南官河正对人峰山的地方，他们给自己所安身立命的地方起名叫苏家里。苏家人在此地定居后，第五第六第七相继迁到路桥的，是方氏、林氏、戴氏三姓。这三姓可就有那么一点意思了。方氏的第一任高祖名叫方安良，戴氏的第一任高祖名叫戴开元，林氏的第一任高祖名叫林普德。他们三人是娃娃时的好朋友，从山西大槐树往南方走。这三人，学三国时期刘关张，结拜成义兄义弟。他们拜关帝庙时，就一边换帖，一边起誓不愿同年同月同日生，但愿同年同月同日死。由于他们业已结成八拜之交的义兄弟，他们决定将三姓子孙建在一起。遂在南官河最东头，紧靠着大海边，同时建有三个村子，一个叫方家堰，一个叫林家洋村，一个叫下戴村。就在这些村子一一落地生根后，第八迁至路桥的是刘氏。刘一统天下的汉朝，刘家出有一个王，名叫刘胜。后那个被封为王的刘胜一脉，不知是哪位王得罪了汉武帝。那时的汉武帝雄才大略，强大得只要他伸出一只手指头，即可将这刘氏各王捻蚂蚁般的活活捻死。刘胜这一脉子孙，实在不愿意让他的同族兄弟们惨死于汉武帝的屠刀之下，刘胜后人们决定弃王位南迁。就在刘胜后裔王位被废的那年，一位名叫刘济的刘胜后代子孙，率着他的同宗子孙，拜别祖庙与祠堂，一把火烧掉他们所住的全部房子，率着一族刘氏子孙南迁。他们越过黄河，越过长江。原本随刘济所来的刘氏子孙共有上千人。一因路途遥远，二因生存艰难，三因一路上不断有豪强图他们所带的金银财宝，经过大大小小一百多次战斗，最后只剩下了三百六十人来到我们黄岩县。刘氏在我们路桥定居后，杨氏、钱氏、何氏、诸葛氏、谢氏、林氏陆续迁来至这里。打开路桥的地方史料看，原本路桥只不过是台州一郡《封神榜》上有小名无大名的乡下小集镇。建炎四年，宋高宗皇帝赵构，因受不了忽必烈铁骑的穷追猛打，不得不逃难至黄岩。因马失前蹄扑倒于地，此地即被命名为“马扑”（后更名为“马铺”）后，不得不徒步至路桥。那时的路桥，还不曾正式形成现在的这种地域格局，只有一处下海时供拜龙王爷保平安的小殿，起名为“下洋殿”。赵构皇帝见此环境优雅动人、如图如画：

罾网村村挂，
帆樯路路通，
桥拖虹影落，
沙啮浪花融。
蜃炭涂墙白，
渔舟簇火红，
蓬壶不知远，
我欲趁长风。

遂问随身太监此地为何名？太监答：无名。此河叫什么河？南官河。此地有路又有桥，何不叫路桥？你想想啊，赵构是什么人啊？金口玉言，说啥是啥的大皇帝啊。大皇帝说话从来一言九鼎。岂有说了不算，算了不说之理？于是，我们这处小小的濒海之地，第一次有了个皇帝亲封的地名叫“路桥”。尽管关于路桥地名的起源，只是民间传说，是真是假，有待专家考证。但真实的情况是：赵构在临安（杭州）建立小朝廷、偏安于一隅后，中原不知有多少大户望族，随着南宋小朝廷的建立，如蚁蜿蜒、呼伴引朋，大规模的地迁徙至台州，并纷在黄岩落户。后南宋有一名叫黄子豹者，曾在他《黄岩县大家录》中写有一绝句：

宋室传来十八家，
左陈柔极派来赊。
潘林於马裘毛盛，
戴杜朱彭孔葛车。

我曾调查过路桥所有姓氏的家谱，起源无不是在中原一带。正因有那么多的中原大户，随战乱大迁移至路桥。原本这处不毛之地，始现人丁兴旺。良田百亩不如薄技在身。食色性也。只要你是个动物，生存永远是永恒不变的主题与世俗间终极的渴望。五行八作的兴起，渐令路桥出现与台州各县完全不同的兴旺与繁荣。至南宋淳祐四年（1244）杜范（黄岩县西乡杜家村人）出任南宋右丞相兼枢密使，临海又出了一个皇后谢道清，上有杜范、谢皇后为之推波助澜；下有平头百姓一呼百应；专业手艺村渐在我们路桥一带纷而崛起。因手工业的发达，商品交易从淙淙小溪，渐渐地演变成生存河道的主流。再加上路桥有着天然的有利条件，是黄岩县境内南、东、西、北四条官河交汇处。水上交通运输业，因地制宜而现勃兴。路桥始建成这条十里长街，始现店铺林立。查相关资料，时路桥十里长街内河船埠有五处，桥有七座。十里长街所有木结构房屋皆临河而建。河直了，那街即直了，河弯了，那街即弯了。路桥的十里长街渐成台州全郡一道相当亮丽且独特的风景线。后任《路桥志》主编的管彦达先生曾有诗云：

十里长街昔日容，
依山傍水走神龙。
邮亭驿递汉朝令，
妙智寺敲宋代钟。
话月巷中新市容，
粜糠桥上旧田农。
台州六县繁华地，
要数南官第一重。

时统率路桥十里长街所有店铺的，差不多全是最先至南官的那些大户、大姓。河西有三姓：於、蔡、阮。邮亭有三姓：谢、徐、蔡。话月巷有六姓：杨、徐、王、李、陈、黄。中桥与南栅一带有三姓：王、何、郑。磨石桥一带有四姓：林、谢、丁、祝。下里桥一带有五姓：陈、陶、管、苏、杨。新路、石曲一带，江山对半分的是方与应。下之小姓戴、丁、郑不胜枚举。下包、田洋王、龙头王，顾名思义全姓包与王。“石浜”原名不叫“石浜”，因一村之人全姓郑，曾名“郑家村”。那时我们所在的路桥十里长街民居，最大特点有二：一是同姓氏族好集居；二是各种手艺好族传。如田洋王，全姓王，以打铁为族业，俗称“打钉王”；如苏家里，全姓苏，以染布为主业，又称“苏家染”；如河西以箍桶为主业，又叫“河西桶”。道光年间，社会动荡，独有路桥人或从手工业或是做生意，一直做着他的发家致富梦，远离政治旋涡；民间生活一如我们临街而过的南官河水，现出了少有的平和与安详。大清国末年，尽管路桥一直远离国家的政治风暴中心，但我们所在的路桥十里长街，已不再是“采菊东篱下，悠然见南山”的世外桃源。

2

现在，我必须说一下路桥徐氏子孙的来历。路桥徐氏子孙是怎么到黄岩县的？《南官志》中写得十分明确：徐偃王是西周分封于徐国的诸侯。建都在泗水（今江苏）。公元前约1100年，徐偃王趁周穆王赴瑶池会西王母之际，率九路诸侯起兵反周。《史记》载，周穆王联合楚文王，日驰千里马，攻徐偃王。两军在涂山决战。徐偃王败退至彭城（今江苏邳州），战死武原县。其子孙带着数万百姓，南逃浙江，分散在舟山、宁波、湖州、衢州。其中第三位王子（名字一直不曾写明）带着徐国上千名人众，来至黄岩。徐偃王至此地时，我们黄岩还没有个正式县名，路桥也没有个正式镇名。只有一姓方的方氏家族。方氏家族所占据的那座山，即是现在黄岩区与九峰山相邻的方山。徐偃王第三位王子率众人到达黄岩后，即在离方氏家族不远的方山，停下迁徙的脚步。他们之所以停步的原因没有别的，是因徐氏子孙们想走也走不了了，横在徐氏子孙们面前的，是那一片他们长这么大从不曾见到的大海。原本，我们黄岩县根本没有如此一马平川的温黄平原。所谓的黄岩差不多全是那海浪一样起起伏伏的大山，包围着绵绵大山的是那一望无际的大海。这些衣衫褴褛、鹑衣百结、鸠形鹄面的徐氏子孙们立于那高高的山顶上，放眼远眺时，让他们瞠目结舌的是：在他们面前展现的大海会是这样的大。大得吓人，大得浩瀚且无边际。大得惊涛拍岸，大得浪花飞溅如卷起的千堆雪。站在山巅上放目四顾，似乎可看见那地球的圆拱。成队的海鸟在翔集，发出一阵阵他们从不曾听到过的嘶鸣。尤其是太阳升出海面时，那万道金光照耀海面，伸入海面的山脉，如人的手臂将那一湾海水，往怀里一搂，平静处则是一片锦鳞游泳。从海面浮起的那层云霞，五色杂陈，美得令人叹为观止。我据现仅存于世的那本徐氏家谱记载：时随徐偃王三王子人马中，有一位年届七十名叫徐钖的老人，对徐偃王三王子说，我们走到地尽头了。这是上天命令我们徐氏在此地安家，我们就在此地安家吧。于是徐偃王三王子遂决定听从天命，在此处安营扎寨。那时，黄岩县的地形是，西山，东海。东南方向全是一片濒海沼泽地。汪洋恣意且任性的湿地中，浅水中浮动着一座座绿色小岛。小岛上长满参差不齐的芦苇。我并不是在这里说白话，路桥有许多地名，一直保持着那时的原生态。如桐屿，原先只不过是长有一棵桐树的小岛。如蓬街，原名叫“竿篷”，那芦苇高得如竖立起来的竹竿一样。如洋屿，过去只不过是海洋中的一个小屿，如芦洋，原本是芦苇的海洋。后一卢姓家族搬迁此地，改名叫卢洋。又后来不知怎么讹成了现在的那个螺洋。我曾检索过路桥现地名，带有洋字的村名地名，约四十多处。所有地名，均藏匿有历史的密码。这些密码一旦与地方发展史相结合，就可以将记忆的碎片拼成一个完整的版图。那时，我们路桥是水族、鸟族、蛇族的天堂。数不清的鸟儿与鱼儿们在此毁灭在此重生。那时所有濒海的山脉，根本没什么名字。徐家子孙们在此地安家后的第一个村子，起的名字就叫作徐家偃。其义不言自明：徐偃王后代以国为姓的子民将全部偃师于此。村名定下后，必须定山名，最后徐偃王三王子将他们所在那个山，起名叫徐山。随之以国为姓的徐氏子民们，开始动手修筑王城。据传，那王城外城四周约十里，内城四周约五里。内有洗马池与九曲池。直至今天，宫殿遗址与十四级台阶尚存。徐偃王第三位王子去世后，即安葬于徐山。1978年，当地村民在开辟石矿时，发现一个人工开掘的深不可测的大山洞。而正对着那个大山洞的，是一个正方形的小屿。据民间传说，这一处正方形的小屿，就掩埋着徐偃王的“金镶玉玺”。

无论中国还是外国，所有民间故事与宗教传说，均有历史的真实在这里。“金镶玉玺”是不是真的就放在这个小屿里？我徐涛无法得以证明，只有等待后人发掘与考证。但起码可以证明，徐偃王的子孙们确实在我们黄岩县定居。初时徐偃王的子孙们，以打鱼与种植农作物为生。后又以烧窑为生。之后又利用海水晒盐为生。再之后徐氏再繁衍，再分支。其中有一支归安徽，一支归现在江苏。江苏的那一支，干脆将这里徐家偃的地名带过去。凡江浙一带的徐氏子孙，其总源差不多全出于此。

雍正八年，路桥徐氏的第一代高祖迁至路桥。那时，徐氏子孙至黄岩的时间跨度过去了八百多年。八百多年的沧海桑田，让我们黄岩县的地理出现了翻天覆地的变化。原本有的滩涂，开始演变成平地。由于钱镠王当政时开掘了四条官河，让这片滩涂成为良田。再加之沿海堤塘一层层不断修筑，海水倒灌现象逐步减少。沿着四条官河的各姓民众开始陆续沿河定居，就在徐氏人脉兴旺鼎盛时，三百年前的徐氏祖先徐培公突然夜间做有一梦，说时有徐偃王三王子显灵，让他们徐氏子孙们立刻离开他们安营扎寨的徐家偃，片时不得停留，越快越好，说将有一场毁灭性大难降临于徐氏子孙头上。他们徐家偃这个村落将与明时曾毁灭过一次的徐王城一同在黄岩版图上彻底消失。那梦，做得如此真实与真切。徐培连夜紧急召开徐氏家族会议，让时在徐家偃的徐氏九支子孙务必在明天天一亮，即率各房家人离开徐家偃。徐培说，孔子云，君子之泽五世而斩。我们徐氏一脉至此地业已八百余年了。二十五年为一代，我们徐氏在此地生存有三十二代了。人生如树。树久必移，人久必挪。老天已下令让我们徐氏离开此旧王城，另择他乡以繁衍。请各房速速率各房子孙离去。徐氏各房问徐培，你将何去何从？徐培慨然答曰，我将与偃王城与村共存亡。那时不是现在。没有灾难监测的先进科技，人只可凭着心灵上的感应与神通过梦的传递，得知幸与不幸。徐家偃王城内的徐氏九支房族，对族长徐培所做之梦深信不疑。于是在徐家偃王城内所居的徐氏九子，连夜捯饬，收拾起细软，率着他们的血脉离开徐家偃的老王城旧址。就在他们将离开的那天，徐培长子名徐镇者，长跪于父前，动员父亲徐培与他一起走。徐培当即喝斥儿子说，男子汉大丈夫，何可做女儿状？徐镇说，儿愿与父共死。徐培说，你有你的责任，我有我的责任。你父亲是族长，城在，村在，我在。城不在，村不在，我死。这是我的责任。你是一房长子，你的责任有二：一是率你兄弟三人去大人山（即人峰山）躲此劫难，以全徐氏一房子孙。二是劫难过后，你须在徐山附近觅得一地，将你们兄弟四人在此安家。徐镇问父，因何原因必须在此安家？徐培答，其原因有三：一是此地是我们徐氏一脉祖地，徐氏子孙皆滥觞于此。岂可说弃即弃？二是此地埋有偃王三王子骨殖。徐氏一脉长子不担守墓之责，将由何人担当？三，此地风水极好。我们徐氏后人必得天时地利人和，终成大业。只因我们在此地居住太久，上天令我们如树木换土，得以新生而已。何可悲戚？徐镇知父亲心坚如铁，最后只得向他父亲拜了九拜，然后含泪别去。就在徐镇将徐氏长房铭、钤、镌三位兄弟及一百多人带至大人山藏仙洞时，不可思议的一件大事终于发生了。我从《徐氏家谱》中看到：徐镇率着三兄弟与子孙们刚一入大人山藏仙洞，先是地藏王转肩（即地震），整个脚下的土地在发出神经质的颠簸；后是台风飙起，拔树倒屋；既之是他们从不曾见过的大海啸，白色的海水如山一样的崩塌下来。满目所见一片汪洋，巨大的海鱼如船只一样溯河而上，将所有临时架在大小不同河面上的木桥与石桥稀里哗啦地撞倒。离他们不远的徐家偃村与旧王城，刹那间被夷为平地。愤怒且情绪激动的大海浪，将徐家偃村与王城与内房屋如推麻将牌般在瞬间擀成一块面饼。大自然赋予沿海人类的这一场大劫难，不知让我们黄岩、太平、乐清、玉环、三门五县多少人死于非命。台风加地震，地震加海啸，一共作有三天三夜。至第四天，这才渐渐恢复往昔的平静。及至大水退去后，徐镇曾脚踩着泥泞，来至他的老家徐家偃与老王城。徐家偃与老王城内一片狼藉。他老父徐培不知所终。徐家偃与老王城内所有房屋与生活设施片甲不留。初时，徐镇想在王城边上建村，然而，面对着的却是一片浩淼的大洋，根本无法就近建村。最后不得已将村址选在离徐山约九里地的南官河边。这件事情的真正见证人，不光是记录在《黄岩志》碎片化的文字中，我们徐家村村口立在那里足足有三百年树龄的大樟树也是我们村史与路桥历史的活见证。

是的，是的，徐涛说得没有错，我是徐氏家族与路桥这段历史的活见证。别看我是树。树是人，人是树。人老活多，树老根多。我的本质与人类没有什么不同。但我毕竟是树，是树就有着树的长处与局限。尽管人的欲望无限，但人的能力同样有局限，达不到他们想达到的高度。我做树的也与人一样。我可以活得很长很长，但我不能开口与你们对话，也无法将我所知道的那一切事情，完头完尾地告诉你们。如果我的物理生命不出任何意外的话，我可以守着你这个村子三五百年，但我的局限同样有三点：一是，我生在什么地方，就得永生永世一动不动的立在什么地方。如果动的话，在我五十岁之前尚可，一旦过了五十岁，那就得伤筋动骨，死亡率极高，成活率极低。二是我的生长的高度与枝杈的数量全有我的极限。如果我与人类一样的贪婪不知足，越高越想高，越大越想大，一旦超越了我的极限，我就会自己将自己毁灭掉。三是，我只能记得住发生在我身边的人和事，一旦远离于我的视线，我将一无所知。除非有人在我的身边，将外面发生的人与事，与我复述一遍。你们做人的常说，寸有所长，尺有所短。一个人的缺点，在某一种特定的环境内却成为他的优点。我有着超强的记忆力。我身上的年轮，可记下人类记不了的许多信息。也正因我不会两舌，人类说什么，从来不背着我。即使男女间偷情，他们也敢光着身子在我面前急风骤雨式的进行。尽管现在我业已活有三百岁了。我老了。我身上全是这样那样的毛病不说，我的记忆力也大不如前了。但我知道，也从那天起，徐氏遍布台州各地。天台有徐氏。临海有徐氏。三门有徐氏。仙居有徐氏。宁海有徐氏。太平有徐氏。乐清有徐氏。除了长房徐镇子孙在路桥定居外，其他八房分布于台州各县，各立门户。尽管徐氏子孙所处的生存环境有着很大的差异性，有的是山区，有的在海边，有的在大江口，有的在海上小岛。但万变不离其宗。有两点他们永远不会变。一是姓，他们永远姓徐。二是徐氏族人的男子在名行中永远两个字。最后一个字，必须按金木水火土五行排列。之后，徐镇率着徐氏子孙们在此地起屋。之后，徐镇率着他的子孙们在此立家。徐家村正式成立后第一年的九月九，徐镇带着他三个兄弟一起结集至徐家偃村及老王城内焚香跪拜告知。然后，留在徐山周边的全体徐氏子孙，杀倒一口猪，摆有三十桌，请周边蔡、於、王、谢、刘、林、陈、诸姓族长们大吃了一顿。表示徐氏一脉将永远在此定居与他们和平共处。

3

徐氏家谱明确记载：就在雍正九年的三月清明，徐镇与时在南官的蔡、於、王、谢、刘、林、陈、诸大姓族长就在这棵樟树前，摆上八馔供品，然后焚香，向天地拜有九拜，结成异姓兄弟。

是的，是的，徐涛说得没有一点错。他们就在这天正式结为异姓兄弟。无规矩不成方圆。他们共同制定路桥第一部乡规民约，作为时路桥诸姓共同遵守的生存游戏规则，以处理在此地居住各姓间的纷争与矛盾。人类植物学家说我们是树，人类的哲学家们说我们是人。这两个家对我的说法，没有一个有错。说我是树，我的确是一棵树。说我是人，我确实是人。别看我们是树，但我们所遭遇的一切，与人类的生存环境与历史无法分割。我们树是自然界不可或缺的一部分。人类、动物类、禽类无法离开我们。我们呢，同样离不开动物类、禽类、人类。人类有命，禽类有命，我们植物类同样有命。我与人类最大不同：我是不能说话，不能走路。人类、家禽类、动物类的繁衍方式的授精怀孕然后产仔，让他们的后一代，一代跟着一代重还往复的往下走。而我们呢，则利用我们身上所结的种子，或通过风，或通过人类的采摘，或是通过动物类、禽类的吞吃，将我们带至可供我们生存的他乡异地。但我们与人类、动物类、禽类一样，有思维、有感应、有命运。尽管我们与其他动物类、禽类、人类有着很大的差别；往往命运无法由自己主宰，但我们唯一值得骄傲的是：我们对大自然起的作用，远比人类、动物类、家禽类的大。我们不长成则罢，一旦让我们长成，我们的寿命远比人类、动物类、禽类长，长得让他们望洋兴叹。我母亲差不多活有五百年。尽管我母亲死于一场战火，但，我母亲活着的时候，她那身子大得三个人的手牵起来才可将她巨身搂过。我母亲裸露在地面上的根如同四条巨蟒一样，向东南西北四个方向蜿蜒，牢牢地将自己一动不动地固定在那里。当我母亲成为台州郡的一棵神树后，她的规格与待遇曾出现过出神入化的境界。地方政府官员下令保护我母亲。临海城百姓们自动在我母亲身边围上铁做成的保护栅栏，将我母亲牢牢围定。台州郡官府为保护我母亲，还下有一道政令：任何人不准破坏此树，谁破坏此树，即以破坏公共财产论处。（那大布告就贴在我母亲身上）每年一逢喜庆日子，总有无数对结婚的青年男女，来到我母亲面前。他们不是焚香顶礼膜拜，就是求他们夫妻二人结婚后，让我母亲护佑他们百年好合。尤其是一年一度的秋日来临时，我母亲身上站满了喊喊喳喳叫着的鸟儿。它们在我母亲的身上谈情说爱，筑巢生子，然后将我母亲生下的子嗣带向远处。但我与其他人类、动物类、禽类相比最大的一块短板：我们的成活率太低太低了。如我母亲，一年生产的种子，约有上万颗。能如我一样幸运的活得那么长，并成为村树与地标的，只占我母亲所产子嗣的10%。其余的90%，不是落在光秃秃的岩石上，就是落在大路上，落在河流与大海湖泊上，根本没有他们的成活条件。有不少我的兄弟姐妹长大了，也没有我这样幸运，不是动物类将他们活活折磨死，就是人类手中的那把大蓟刀，毫不犹豫中带着狠恶在年幼时将他们刈掉。我与我的兄弟姐妹们很少有存活的机会。然而一旦让我们存活下来，那你就走着瞧吧，我们就与海里的海龟一样，又高寿又健硕。大自然对世界万物，没有一样不是公平的。给了你这个，必然不给你那一个。我们吃的亏最大，但我们的福分也最大。我们遭遇不公正的待遇最多，但我们也是世界上最为幸运的植物。尽管我们与人类千差万别，但我们与人类有一点却永远的息息相通：那就是与人类共生同死、共荣共存。就拿我母亲与我说事吧。我母亲的命运是时好时坏。我的命运与我母亲一样，同样是时好时坏。我没有离开我母亲时，我母亲曾亲口对我说过：我母亲是元成宗孛儿只斤铁木真大德元年那年栽下的。

那年，台州郡的第一任官员在临海县重新修造台州郡府衙时，是那位名叫伯颜的与朝中名风水大师赵与镖，将我母亲从金山顶上移植下来，作为镇府之树。我母亲一成为镇府之树后，我母亲的命运立刻出现匪夷所思的忧喜参半。喜的是：人类再也不敢在我母亲身上乱动刀子。哪怕是一个小孩，伸出手来折我母亲身上的树枝，即会遭遇那个看大门的衙役一声断喝：这是镇府之树！你这个小王八犊子，岂敢如是？吓得那帮孩子立刻逃之夭夭。但我母亲也正因成了镇府之树，而灾难频仍。我母亲一生遭遇过三次大灾大难。

我母亲遭遇的第一难，是在元英宗至治元年（1321）。台州郡出现了第一个农民起义军。我听我母亲说，这个农民起义军的名字叫徐湘。这位徐湘，路桥徐氏子孙。原本是台州郡仙居县的一个十分平常的农民。由于受不了元朝官府对他们无情的盘剥，让他们民不聊生：上无片瓦，下无立锥之地。我们是树。树的最大弱点，就是无力反抗。叫死，我们就得死，叫活，我们就得活。人类却不如此。他们有着很强的能动性。穷巷追狗，狗急必咬。人无生存之路，必揭竿而起。于是，那个出生于仙居县的山头人徐湘同忾相求，遂学陈胜吴广的样子率众起义。我听我母亲说，别看那个徐湘是个山头人，但他在社会上的威望高得不得了，他可以说是登高一呼，应者云集。当时，即有七八万人麇集于他旗下。那天，他们呼着喊着狂着巅着一举攻占台州临海，杀掉元朝官员。那让他人打死的元兵的尸体，在我母亲面前铺有一地。人类身上流出来的红血，将我母亲身边的那块土地染得一片洇红。他们就在我母亲的身子下，这位长得五大三粗，面如黑炭的徐湘，召开了由十八人参加的军事会议。在这个十八人组成的军事会议上，他们七嘴八舌地作出一个决定：自立一个国家。他们将国号定为“南宋”。定下年号为“天禧”。首都即定在临海。那天夜里，他们先是将铺在我母亲面前广场上横七竖八的尸体清理干净。清理完毕后，即在我母亲身边举行了一个十分隆重的仪式：围着演兵场点起了三百六十把火，摆上了三百六十桌酒宴，所有随着他起义的农民，全来喝酒吃菜。那位徐湘与那个时候的皇帝一样，披上一件做戏时用的龙袍，坐在一把大椅子里，接受三呼万岁的大礼。礼毕后，徐湘立刻学着戏中所演的皇帝的样子，当众宣读他发的圣旨：任命某某人为某大臣，某某人为宰相。同时封有两名长得不怎么样美丽的女子，一个叫皇后，一个叫妃，随之下令大赦台州，并容许他手下的起义士兵三天内想干啥就可以干啥。结果是台州临海城内一百八十家地主商铺遭抢，三千多名女子遭强奸。三百八十四名男子被杀。整个台州临海城一片狼藉，血可漂杵。他们醉生梦死的生活只有七天，元军的铁骑从四面八方马蜂般地围将上来，将临海城团团围定，然后列阵攻打临海城，与临海城内的叛军大决战。徐湘结集的那帮子人，全是土匪式的乌合之众，何可与正规的元军对决？况且对方全是骑兵啊。我母亲对我们说，只是打了三天三夜，临海城内的那些蒙古有钱人，趁着起义军累了、困了、乏了，睡着之际，悄悄打开城门。城外的元军铁骑，立刻潮水般地拥入临海。他们入临海城后，遂对所有叛军实施行大屠杀。一时间，整个台州临海城大街小巷横陈的全是尸体。最后，他游鱼般地擦着我母亲身边而过，冲进台州郡府衙。他冲进时，那个徐湘还拥着他那个年轻美貌的小妃子睡大觉。我母亲说元军的这个将领名叫哈八喇，立刻下令将那个徐湘拉到我母亲的面前对他施行车裂。我母亲初时根本不知"车裂"是一种什么样的刑罚。由于我们是树。我们树与树之间，也有争夺，那争夺是天上阳光的争夺，地上水分与营养的争夺，只是看谁的地盘最大。可没有用什么武力致对方于死地，更没有什么刑罚之说。那"车裂"到底是什么刑罚呢？我母亲只有一动不动地看着。那个名哈八喇的将军命令下达不久，即有四个蒙古士兵牵上四匹马，用那四匹马身后的缰绳拴定徐湘的四肢。哈八喇将军一道令下：四匹马同时往东南西北四个方向拉。我母亲说，她亲耳听到一声惨绝人寰的惨叫，一个活生生的人，刹那间被撕成四段。那五脏六腑全坠在地上。我母亲从来没有看过人类会有如此的恶行，吓得浑身簌簌发抖。尤其让我母亲想不到的是，那个哈八喇将军说这个徐湘在我母亲树下登基，这棵樟树大不吉利，下令砍掉我母亲。当时即有四个士兵抡起了四把大斧子要砍我母亲。那天，我母亲吓得要死，但她又无法逃走，不得不闭上她的眼睛，准备受死。正当四个士兵抡起斧子要砍时，那个随军新上任的台州官员名叫都尔泰的上前作了个大揖，面谏说，哈八喇大将军，此树乃本朝重臣伯颜与朝中名臣赵与镖二人所栽，实为镇府之树。草民百姓犯逆，本与苛政有关，与无言不可自保之树何干？自古以来，以正治国，以奇用兵，以无事取天下。天下多忌讳，而民弥贫，民从利器。国家滋昏，人多奇伎巧，奇物滋起。法令滋彰，盗贼多有。故我无为，而民自化，我好静而民自正，我无事而民自富，我无欲而民自朴。当下盗贼业已就地正法，将军连府前一树且不容，让台州民众对哈八喇大将军作何想？哈八喇大将军一听，都尔泰所言极是，遂下令留下我母亲为镇府之树而不变。

我母亲的第二场灾难发生在元至顺元年。我们的台州全郡七县遭遇前所未有的旱灾，所有的田亩颗粒无收，而政府所摊的税收不免。时我们台州七县饿殍遍野。人们不得不以观音土为生，是山上可吃的东西全部吃光。那时我母亲业已在台州府衙门前活有七十三年。由于根扎得深，吸得了地下水，幸免于难，但毕竟是大旱之年，我母亲奄奄一息。就在我母亲半死不活那年，官逼民反，我母亲所在的台州府再次爆发一场农民起义，为首的是兄弟二人。哥哥名叫徐焰，弟弟名叫徐剡，台州天台县徐氏子孙。他们与当年的徐湘一样，被官府的苛政逼得抬不起头来。面临生死之逼，民众不得不铤而走险。于是，他们又一次揭竿而起，他登高一呼，过去上演过的老剧本再一次上演：从者如云。这个徐焰，一夜间集有上万人。他们第一个冲进了临海台州府衙门，一刀杀死了第三任官员朵儿只班。然后攻下台州府七县中的六县，开仓放粮。那时，所有饿得急了眼的民众，是男丁差不多全加入了这支起义军。据说，这个徐焰与那个徐湘多少有那么一点不一样。那个徐湘，斗大的字不识一箩筐。这个徐焰却是粗通文墨。他第一次结集义军时，就在我母亲树下那片开阔的大操场上。上万人高举着手中的武器，呼着喊着要求徐焰学徐湘成立一个台州国，让徐焰当皇帝，对他们实行分封。他们说，风水轮流转，皇帝轮流坐。现在，该轮着他们坐一坐了。尽管他呼喊声气冲霄汉，但这个徐焰比那个徐湘有眼光，有器局。他坚决不同意在这个东海海沿边立什么国家。他说，要打，我们就直接打到大都（即现在的北京）去，让那个不顾老百姓死活的朝廷见鬼去吧。于是，他就站在我母亲的身边正式对外宣告，他们的政治纲领是："替天行道。"他们的政治主张是："为百姓立命"，他们的口号是："驱鞑子，分田地"，"解百姓于倒悬"。令所有穷得一无所有的人，有田种，有饭吃。他这个主意一提，一下子得到台州七县一起在死亡线上挣扎的百姓们强烈拥护。时与徐焰一起的有五位起义军将领，其中一位就是他的亲弟弟徐剡。他们兄弟二人与那三位将军头与头碰在一起，就在我母亲身边席地而坐，制定与元军对决的路线。第二天，他们即整队出发。他们一路顺风顺水的打至明州，再在明州建有一支海军。海军建立后，溯海直上烟台，打算从海陆两路，直取大都。那时，他们的声势相当浩大。我母亲亲口告诉过我们，他领导的军队约有三十多万人。光那战船，即有上千艘。尽管徐焰如此，但他们毕竟是农民军。将领本事再大也不行。人从来比我们树贪婪。我们树只一个地方，尽管自己最大的努力，将根从地下深处吸得营养，让自己长高长大。尽管我们也有杀同类的时候，毕竟是大树底下不长草，所有可用的资源全部让我们独得，让别的树失去了阳光失去了营养，无法再在我们的身边生长。但我们长得最大，老天爷也有约束我们的极限。我们长到一定量的时候，就不会再长。就拿我来说吧，我现在的身围是两米，树冠遮荫的范围是一百多平方米，我再也不能长高，再也不能扩大我的占地范围，如再长再扩，我就自己将自己累死了。而你们人类却与我们不一样了。百年人长了个千年的心。得了一万想千万，做了宰相就想披龙袍。人类一旦让自己的贪婪心膨胀后，他们的欲望就无有限止了。女人越多越贪婪，财产越多越疯狂。尤其当他们发现自己在拥有武装的前提下，横扫三军如卷席，想要什么就会有什么。于是他们立刻沉醉于灯红酒绿之中。我母亲说，是时的元朝业已步入崩溃的前期，岌岌可危。原本徐焰的部队，完全可以一举击败元军，直捣大都。然而，这支剑锋锐利的起义军，最后还是因他们自身的贪婪与腐化堕落，而令全国民众生恨。他们贪财忘义，贪色忘德，贪财忘命，夜夜笙歌，纸醉金迷。原本的初心，早已被他们自己丢得一干二净。徐焰急得火烧眉毛，直跳脚，但没有用。在突然而至的荣华富贵面前，没有人再愿意听他的指挥了。他手下的那帮起义军们全拜倒在金元宝与美丽的石榴裙底下了。什么军令与组织纪律全失效了。就在这关键的节骨眼上，元军一名著名大将军叫班尔勃斤的率有重兵前来围剿。大兵压境，不步步为营地将这位徐焰压至台州宁海县。徐焰与他的弟弟徐剡被重重元军围在宁海县某一孤山上，整整断粮断水七天七夜。徐焰与他的弟弟徐剡，一看他们除死之外无有他择，最后决定跳崖自杀。那天的一大早，当第一缕阳光升起时，山腰一片山岚缠绕。那一百八十人，一个接一个的全从悬崖上跳将下来。其余的一百七十九人全部摔成柿饼。独徐焰一人，纵身跳崖后，却跳在一片茂密的大草丛中，只是摔断腿而没死。班尔勃斤将他带至我母亲面前。先是五花大绑地绑在一块门板上，后是将他架在离我母亲距离约三十步的地方。班尔勃斤让他手下的弓箭手们，活活用箭将他射死。我母亲曾亲口对我说，那徐焰死的时候，身上全是箭，那样子活似一只大刺猬。徐焰死后，当时班尔孛斤对我母亲非常不高兴说，这是何风水树？让我死那么多士兵，砍了，砍了。还是一位新封的台州路总管泰不华上前说：这是我的辖地。我听我父亲说，此地此树乃第一任总管伯颜与朝中名臣赵与镖所栽种。善为士者不武，善战者不怒，善胜者不与。我们为政而失察导致民变，与府前一树何干？也许泰不华是进士，是当朝皇帝的爱臣，也许班尔勃斤认为台州路总管泰不华那话说得有理，遂下令不伐此树，我母亲这才第二次大难不死地逃了过来。继续在临海城关台州府门前生存。

第三场劫难是发生在元末明初。我们台州郡第三次爆发农民起义，这个农民起义军的领袖人物名方国珍（后更名为方谷珍）。他手下有一位副帅名徐坞。就是我所在的路桥徐山人。我母亲与他多次见过面。这个家伙长得牛高马大。我母亲说她亲眼看到过他在她面前，将一匹狂奔的马缰绳一把拽住，一用力，那马一个大趔趄，栽倒在地上。脸黑得如铁锅，那身上的皮肤却白得如一朵棉花。这个人，是个大怪人。在方国珍手下享有很高的威信，人人全喊他为徐爷。永乐元年，台州的一大批文人修台州史，就坐在我母亲的身子下面讨论那位方国珍与徐坞。有一人说，这个方国珍与徐坞是个地道的投机分子，说他一会儿是元臣，一会儿是明臣，是个滑头鬼，不准他入台州史。就是入台州史，也不能高评价。理由是：这两个家伙是反复无常的二臣贼子。其中有一个名魏书的人，坚决不同意如此作评价。他说他们二人起码一点是保境安民，这在史书上有了定论。在我临离开我母亲时，我母亲曾对我说，别看那个方国珍与徐坞历史上对他评价不高，但我母亲说她对这个方国珍与徐坞十分有好感，起码一点，他们二人珍惜生命。我母亲特举了她亲眼所见的四个例子。第一个例子是进攻台州临海城时，徐坞手持的是一种叫槊的武器。他率有一百多名弓箭手，进攻府衙时，他手下的士兵列成一队集体往府衙里射火箭。其中有六支火箭，出了偏差，一下子射在我母亲身上。我母亲吓得要死，如果一着起来，我母亲身上的叶子与枝杆，全带有油性，哗哗剥剥一燃烧，非变成一把大火伞不可。我母亲是树。在哪定哪，你想跑也跑不了，想躲也躲不开，只是瞪着两眼看着那火，将自己活活烧死。然而，就在这节骨眼上，徐坞冲上前一步，将扎在我母亲身上的火箭全部拔掉，并下令不准放火箭。那徐坞吼着说，你瞧那树与房子，多少年了？一二百年了吧，我们怎么可以将这棵活了这么久的大樟树与那么好的建筑烧掉呢？要知道，那时方国珍与徐坞一起拉起来的队伍，是非常庞大的。人众差不多是十万。这十万人众中，大部分全是海盗出身，哪一个不是横草乱做的家伙？但这些家伙对方国珍与徐坞二人一讲一听，两讲双门听。第二件事，发生在他们攻下台州临海城后。当时所有元朝官员全部被集中在我母亲身下。我母亲初以为这个徐坞得与过去的那个徐湘与徐焰一样，大开杀戒，但徐坞没有下令杀他们，徐坞只是对他们说：方爷有令：如果愿意留的，我与方爷统统欢迎。如果你们要走，方爷发路费，各悉听便。最后只有那个名叫朵儿只班的蒙古人走掉。时方国珍有个弟弟名方国璋的，拔出刀来，想一刀将那个名叫朵儿只班的杀掉。徐坞拦着方国璋没有同意。徐坞说：方哥，人活着不容易。他吃元朝的饭，他就得听人家的。救人一命，胜造七级浮屠，放他一条生路吧。最后，那个名叫朵儿只班的也就离开了台州。第三件事，当时是方国珍手下有三十六员大将，这三十六员大将，全让方国珍立国，其中一员大将说，我们台州四面是山，一在临海，易守难攻。莫不如自立一国。就方国珍与徐坞二人说什么也不同意。那天，方国珍就在我母亲的身子下面站定，对他手下的三十六员大将说，徐坞说得对。我们一立国，元军必来围剿，死的全是我们乡亲，将我们的皇帝梦建在那么多人的尸骨上非我所愿。第四件事，发生在元军大部队分水陆两路进剿方国珍时，元朝有一使者来劝降，当时他手下一个谋士让方国珍带海军直接进攻青岛，取大都，自己做皇帝，徐坞坚不同意。徐坞说了好些点理由。方国珍一听有理，方国珍又一次站在我母亲的身下，对三十六员大将说，天命不属方，我何可让那么多人白白送掉性命？最后，还是投了元。方国珍手下一位谋士，大骂方国珍与徐坞是没有远见的绿壳。方国珍与徐坞也只是还他一笑，让他走人。第五件事，发生在明军兵临城下时。当时方国珍弟弟方国瑛下决心与朱元璋手下的将军朱亮祖决一死战。徐坞坚不同意。那天，也是在我母亲的身边，徐坞对方国瑛说，不可让我们手下士兵为此而丢命。现在真命天子已出，我们投他手下为臣好了，何必让成千上万的生灵涂炭。若干年后，我们将离开我们的母亲去独立生存。

好了，好了，我不说我母亲的那些事了。

现在，我必须说一下我所在徐家村的事情了。我还是那句老话，树是人，人是树。人与树没有什么时候不同。每个人，都有每个人完全不同的时代。每个人都有着不可复制的命运路线图。每一棵树也有每一棵树的不同时代，每棵树也有不可复制的命运路线图。我母亲死于光绪年间。我母亲的死，出于两个原因，一是我母亲实在是太老了，所有的虫子与蕨类植物全附着于她身上，让我的母亲浑身伤痕累累、病入膏肓。二是光绪年间，出现了规模最大的太平天国运动。结果太平军一头拱入了台州临海城。其中有一个太平军士兵放了一把火，这把火一放，可就倒了大霉了。台州临海城内所有古建筑，全变成了一片白地了。我母亲是棵樟树，樟树最大的特点是带有油性。这一场铺开盖地的大火，一下子将我母亲变成了把大火伞。那火一直烧了一天一夜。我母亲一没有反抗（她反抗不了），二没有挣扎（她挣扎不了）。我母亲她也没有喊叫。我们是在遥远的地方接收到我母亲发过来的一个信息。我母亲说，你母亲的死是必然的我只希望你们好好的活下去我们不能因死亡就恐惧如果你们不奋斗你们连生存的机会都没有你只有奋斗了你才可领略人类社会的风采永别了我的孩子们永别了我的孩子们。就这样，我的母亲被太平军活活的烧死了。当太平军撤出台州郡后，逃难离开临海的市民们全跑回来救火，但为时已晚。我母亲全身一片焦黑。那枝那杆如铁杆一般的直指天空。我母亲再无还生之理。原本我有兄弟姐妹十八棵存活，但这十八棵兄弟姐妹，全没有我那样幸运。她们不是半路夭折，就是让山火活活烧死。我有个姐姐在路桥的王家，后因王家后人吸上大烟，将家产荡尽。最后家中什么东西也没有卖的，他为图吸上一口大烟，最后将他家门口那棵大樟树判给一个专做樟木箱的大木匠。双方价钱一讲好，那个大木匠带来四个人，用一个大锯子，硬是将我姐姐给锯了下来，然后肢解成一段段的拉走了。我一直看在眼里，心疼得抽搐。但我是树，我不是人。我是树，我有我做树的局限。我根本无法救我姐姐，我只有瞪着两眼，看着我姐姐就这样在我的面前消失。我姐姐一消失，我一下子成了全路桥所有树中唯一元老。

第二章

1

我们徐氏先人在辛亥革命前共有六人入《黄岩新志》。

这六人，我全认识。你们称做人的人往往认为我是树我是没有什么感觉的不不不你们错了全错了我对一个人的好与坏我对一个家族的兴与败我比你们称做人的人还要清楚我唯一与人不同的只有两点我不会说话与走路罢了也许是正因我与人有着很大的不同所以老天爷赐予我这个预知未来吉凶的大本事。

第一人是徐镇。徐镇，字廷简。路桥徐氏第一代高祖。由儒士中式第八。因新会陈白沙之学，以其近禅，从而改从朱（朱熹）学。徐镇才学极高。后路桥清刑部给事中杨晨所编的《路桥志略》中曾收有他所写的一首诗：

峡山夜泊已黄昏，
风色萧萧欲断魂。
明发阳山渺何处，
瘴烟如墨唱蛮村。

《路桥志略》中明确载有徐镇两事。一是徐镇某年外出春游，曾拾金数百。待失者归。后有一老妇率一少女涕泣而至，言此金乃是鬻家产以赎夫。徐镇遂还之。二说徐镇中官至浔州同知那年，时浔州爆发一场农民起义。“上”大怒。当朝皇帝下旨令徐镇率兵围剿。徐镇率兵围义军于茅坑山三月。就在义军率众突围时，义军首领与徐镇直面遭遇。手无缚鸡之力的徐镇，遂被义军首领一刀捅死。

消息一传至家中，那徐镇的妻子伸出手来拍着我的树身，号啕大哭。那女人问我，大樟树大樟树都说你通神我请你告诉我为什么我的丈夫会如此短命。我做树的何以救得了他呢？但我毕竟是树啊，我说的话，她何以听得懂呢？那徐镇的妻子一直靠在我身边哭了很久，最后不得不收了泪。

2

第二位入《黄岩新志》的是徐碧。徐碧是徐镇的女儿。时称徐碧为女神童。你们要知道，那个时代不是现在。现在，在我的学院里，女研究生比比皆是。那时可不是如此。在那个重男轻女的社会里，一个女性能入州志，并非一件易事。主修当代台州史志的大学者方山先生曾对我说过，那时参与修《黄岩新志》的有十六人。那十六位参与修《黄岩新志》的史学家，在讨论人选时，居然满票通过，将徐镇的女儿徐碧列入《黄岩新志》。这可是一件相当了不起的大事情啊。

徐碧出生时，正遇春三月。那时，我正处于青春期。我身上陈年的老叶子全部褪去，新的嫩芽，刚刚绽出个头。那时的我，一是英姿飒爽，二是浑身翠碧。尤其那嫩芽出齐后，周身罩着一片朦胧的绿意。我身上所有黄了的树叶子，纷纷的飘落在他们徐家那专门用来习武与晒谷的大品场上。徐镇的妻子名苏玫，路桥苏家里人。别看这个女人个子长得小巧玲珑，却是个非常贤惠且勤力的女人。她挺着个大肚子，将从我身上落下来的树叶子扫尽，并将她扫下来的落叶堆在我的根部。伸出她那双白白的纤手来，拍拍我的身子说，大樟树，大樟树，你是我们徐家人的树，是你保佑我们徐家人。这是你身上掉下来的肉，现在还给你吧。别看我是树，但那时我业已长成了伞状大树。人一长大成形，不知为什么就与我过去的母亲一样，成了徐家人的某种象征。那时，徐家村的孩子们，都乐意在我身边玩耍。种田归来的男人们，都愿意坐在我身子底下靠一靠身子、歇一歇脚，抽他一袋烟。做官归乡的人，愿意在我身边，梳理一下他的思想。青年男女出现情感纠结时，愿意在我身边作一下宣泄。读书的学子们一下课，愿意在我身边玩陀螺、打铜板、玩铁圈、放纸鸢，放松一下自己绷得紧紧的心弦。我直至今天，仍十分清楚地记得：那徐镇的妻子对我提出一个诉求，说是她有了一个儿子了，她很想得到一个女儿。我抖一抖我的全身茂密的树叶子，一身飒爽的表示同意。就在我表示同意后不久，她高挺着的肚子，突然间大痛起来。她急急忙忙往自己家里奔。那时，徐镇在外地做官。他们徐家临南官河搭建的三间一字排开的小木屋里，只有徐培的妻子周氏（黄岩县城关人）与他那个尚在读书的儿子徐桢。她一入家门，我立刻发现徐培的妻子急急忙的奔向苏家方向去。不一会儿，苏玫的母亲领着一个称做接生婆的老女人来。这个老女人的样子，打扮得非常怪，梳着头髻，戴着一顶毛线织成的头圈子，圈子的正中间缀有一颗闪闪发亮的珍珠，两只瘪瘪的耳朵垂子下悬有两个闪闪发亮的金耳环。尽管她上了年岁，牙齿掉后，干瘪的嘴唇作成一颗核桃状，但她的动作却是相当的敏捷，走起路来飞快。她到后，他们家将门一关，全家人立刻忙碌起来。那淡紫色带有香味的柴烟，从烟囱一缕接一缕的冒出来。一股我早就闻惯了的姜汤香气，不断在我身边腾挪。不一会儿，有个十分清亮的娃娃的哭声，从密封的房间里传出来。这个娃娃一出生后的第九天，他们徐家三房徐钤（时任徐氏家族执事）立刻拿着本子，出现在徐镇家门前。徐钤叫出徐培的妻子问：阿婶，是男是女？是女。怎么生了个女孩？徐培妻子说，生了个女孩，有什么不好？中国第一位女皇帝不就是武则天吗。徐钤说，婶子，不是我重男轻女。我们徐家打从迁至路桥另立门户后，男丁实太少了一点。与蔡家、於家、方家、林家、王家、刘家相比，我们徐家少男丁啊。徐培妻子说，生死有命，富贵在天。天老爷给我们徐家什么，我们徐家就要什么。就如我们村口的那棵大樟树，如果只开雄花，不开雌花，那树怕是早就绝了种了。你是读书人，你岂不知，谷神不死，是谓玄牝，玄牝之门，是谓天地根，绵绵若存，用之不勤？好，好，你家给她定下什么名了，我好登记。徐培妻子答，我新妇说了定名为碧。她说她生她时，正好是村口那大樟树浑身碧绿，生命之光直逼人眼的时候。好，好。于是，徐钤提起毛笔在那黄色本子上，写下一行字。他写的是什么内容，我不知道。我想，大概就是出生时辰，是男是女，叫什么名之类的事情吧。我呢，确实是徐碧出生长大的见证人。我看过她满月里长的那个样子。那样子与现在徐家人送给孩子们过生日的什么芭比娃娃没什么不同。那脸是白白的，那两只眼珠子又黑又亮。徐镇的妻子不仅长得其貌如花，也极有才华。教子也极有方。如她那个唯一的儿子徐桢，小时极淘。有一次与同村徐氏子孙门一起掏做在屋沿下的麻雀窝，让同房族的一位族人拎着他的耳朵跑到徐镇家告状。苏氏令徐桢跪在徐氏老祖宗徐培（时徐镇是他们徐家的长子，徐培像传长不传庶）像前整整一个时辰。时为奶奶的徐培的妻子，心疼孙子前来说情。苏氏不同意。苏氏答她婆婆说，百年成之不足，一旦坏之有余。训子须从胎教始，端蒙必自小学初。养子不教如养驴，养女不教如养猪。直至徐桢实在受不了惩罚，低头认了错，这才让他起来。为了让她的一子一女都识字，苏氏做了许多卡片，贴在家中。如窗户，她贴了个“窗”字。如大门，她贴了个“门”字。如锅灶前，她贴了两个字，一个是“锅”字，一个是“灶”字。结果，搞得她们家一入门，即全是写有字的卡片。门一开，风一入门，那一屋子的卡片，不断地在穿堂风中飘动，样子很是美观。尤其是在写字与背唐诗上，苏氏对她的一子一女要求极为严苛。她让这一子一女，每夜必须直腰挺胸的坐在那张小桌子前写上一百个字。一个字写得歪了都不行。尽管徐桢年长徐碧两岁，但在读书上的天赋，远没有徐碧好。有一次，他们兄妹二人同时写一首唐诗。苏氏将两幅字摊在桌子上一比较，愕然间她发现女儿的字写得要比年长她两岁的哥哥好，顺嘴说了一句，你是男孩子写的字，怎么比不过你妹妹呢，是不是你在私塾里没有好好读书？徐桢也下意识地顶了一句他母亲说，她有读书天赋，我没有。苏氏说，这是天赋不天赋的问题吗？是你功夫没有下透！徐桢一下子急了：我这么努力了，你还嫌我，你想叫我死啊？就此一言，将苏氏惹火了。苏氏拿过一个诫方板，一把将徐桢的手掌在桌角上扳起，“啪啪”的往狠里打。痛得徐桢实在受不了，如杀猪般的发出尖叫。猫儿贪荤，爷爷贪孙。孙子的尖叫声，让奶奶受不了。徐培妻子赶过来说：打几下得了。孩子天性就这样。你就别望子成龙，也别望女成凤。苏氏立刻对她婆婆跪下说，娘，不是儿媳心狠。我不想他成龙，也不想他成凤，我只想他成人。有田不耕仓廪虚，有书不读子孙愚。仓廪虚兮岁月乏，子孙愚兮礼义疏。茫茫四海人无数，哪个男儿是丈夫？由是请婆婆宽宥。

我一直赞成哲学家的观点，树是人，人是树。人与树没什么不同。正因我们是树所以我们无法左右自己的生命。别看那人，时为世界上的最高级的灵长动物，他可以随心所欲地主宰动物与植物的生与死，他们可轻而易举让植物的生命变成他们所需要的东西，他们也可以将任何可吃的动物作为他们的食物。在动植物眼里，人类确实左右着它们的命运。他们作为人，对什么都可以说了算，但人本身的命运与生命什么时候终结，他们自己就说了不算了。

徐镇刚一走马上任，谁也没有想到的大难，开始降临徐氏长房头上。第一件事恶运，不是别的而是徐氏唯一的儿子徐桢突然发起高烧。高烧一发，徐桢浑身烫得如鏊盘，几可将饼烙熟。脸红得如重枣。苏氏当即请了路桥一姓管的医生。吃有三四副药，但一点也不起作用。四天一过，十一岁的徐桢就死了。由于那时是大夏天，尸体不可在家久存。徐家人不得不做了一副白皮棺材，由两个徐氏子孙抬至徐氏墓园，将那个小小的徐桢给埋了，苏氏为此哭得死去活来。徐氏二房不得不派一人骑着快马，连夜起身赶往徐镇所在的浔州。半个月后，徐镇从浔州归来。面对着销形立骨的苏氏，徐桢决定，率家人全部迁往浔州。

徐镇带着他的妻子、母亲、女儿徐碧去往浔州的那天，我亲眼见到徐镇将他们家的房门一锁，将门上的钥匙交给了那位眯着眼看人的徐钤。徐镇对徐钤说，阿弟，我家的房子里，也没有贵重的东西了。你就替我代管一下。人是生是死，全由不得自己。当时徐钤听后非常不高兴，不就丢了一个儿子吗。你与苏氏十六成亲，现在且没有过生育年龄，何不再育？徐镇似乎对他自己的人生有着某种预感说，物盛则必衰，有隆必有替，我徐镇有何德何能，官至浔州同知？怕是非福。徐钤说，你是我们路桥徐氏的标志性人物。出门在外，何可出如此不吉之言？我是一棵树，我无法左右自己的生命，人类想取我的性命，十分安全，十分容易，我没有反抗，也没有挣扎。他们想用锯子锯我，即可用锯子锯我，他们想抡起大斧子砍我，他们就用大斧子砍我。尽管我现在成了路桥年龄最大，树形最高，遮荫面积最大的树，但每当有人挥着斧子出现在我的面前，我就会吓得全身簌簌发抖。尽管我不断地对他们说，我是你们无法离开的好树，你们千万别如此残忍，但我对他们恳求时说的话，人们根本听不见，但我也有我的是非标准。我看一个人的是好是坏，我就看他们对我的态度。徐镇、徐桢全是好得不能再好的好人。就拿那徐桢来说吧，小时候他淘得要命，但他对我一直尊崇有加。有一年，有个与他同年龄的孩子爬到我身上去，想砍下我的一段树枝，那徐桢当时就打了那人一拳，并对那孩子说，我父亲早就说过，这棵树是我们徐家的风水树，树活，我们就活，树大，我们就大，树旺，我们徐家就旺，你怎么可以如此？就拿那个徐碧来说吧，她更是爱我。每一天太阳一升起，万道霞光铺天现锦时，她总是早早就起来，在我的面前站着，向我背她喜爱的唐诗。我听得她背得最多一首诗，是苏轼写的《海棠》：

东风袅袅泛崇光，
香雾空蒙月转廊。
只恐夜深花睡去，

故烧红烛照红妆。

那天，徐钤手捧着一杯茶坐在我身子下，然后摇头晃脑地读寒山写的一首诗。就在他一边喝茶，一边读得津津有味时，那年仅五岁的徐碧，打扮如同一个男孩子翩翩而来。徐钤掂着手让徐碧过来，孩子，你来，你来，村里人全说你十分聪慧，过目成诵。你叔叔考考你如何？徐碧一蹦一跳地过来说，叔叔，你让我读哪一篇？徐钤立刻将他正在读的那一首天台国清寺寒山写的诗，递给徐碧。寒山，是我们台州有名的诗僧。徐碧瞪着她乌油雪亮的眼睛问，叔叔，你让我读几遍？徐钤说，读三遍如何？徐碧说让我先看一下那诗好不好？好。徐钤立刻将那本寒山诗集递给徐碧，就这首？对，就这首。我亲眼看到徐碧只是将寒山写的那首诗读有一遍，立刻将诗集还给那徐家的老学究，将她的两只小手往后一背，当着那老学究背了起来：

人道寒山道，
寒山路不通。
夏天冷未释，
月出雾朦胧。
似我何由局，
与君心不同。
君心若是我，
还得到其中。

居然不错一字。徐钤为之大惊，曾拍着我的身子说，大樟树大樟树，从我们迁至路桥起，你一直守望着我们徐氏一门，我徐氏一门，此女何如是天资？若是男子，我们徐氏一门，不是又出一个进士？就在徐碧与一帮女孩子一起玩跳跳绳时，徐桢的一位堂兄弟名叫徐栋的，佝着腰来到徐钤面前说，三叔啊，自古才子不久长，自古红颜多薄命。我只怕此女命不长。他说完这话后，即拍着我的身子说，人是树，树是人。这好比是溪滩中的那棵樗椤，一两年就长成大树。可那樗椤又有什么用？最后砍下来当柴烧都嫌冒烟。徐钤说，你这是什么话？做人不在于生命的长度，在于他生命的厚度与阔度。昙花只不过一现，可多少人记得昙花那美丽高贵的靓影？人的一生如同尘埃与蝼蚁，若是与昙花般的靓一次影，她的人生价值也就存在了。徐碧与她母亲与她奶奶就在她哥哥徐桢死后不久，随着她的父亲徐镇走了。他们一家坐着船，顺着那条阔阔的南官河走。我一直看着他们一家那条船离我越来越远。最后，我一直看不见他们远去的船影，这才收回我的目光。她走了，她就这样走了，走得如此决切，如此坚定。她如何想的？我不知道。但打从她走后，我却一直十分寂寞。因为我再也看不到这个如花似玉的小女孩，在我的身边蹦蹦跳跳，对着我背她爱学的唐诗了。

徐碧随父徐镇至浔州时，只有九岁，就写得一手好诗。我读过她写的三十六首存世的诗，我可以背一首与你们听。那首诗的题目是《随父夜泊晋陵》：

寒云薄雾锁江秋，
风动芦花荡客愁。
遥望家乡何处是，
青天孤月思悠悠。

你听，她写的这首诗是多么的漂亮。徐碧在随父至津州这两年时间，徐碧一直在读《经史子传》。十一岁时，徐碧又曾写过两首诗。一首叫《春词》：

一春风景属西轩，
四面青山疑晓烟。
满地飞花人独立，
撩予双蝶过庭前。

一首叫《柳》：

袅袅轻风二月天，
如丝杨柳满庭前。
子规惊动深闺梦，
起卷珠帘看翠烟。

徐碧不轻写诗，但她所写那诗一经出手，则脍炙人口，一时间誉满浔州。时浔州不知有多少读书人，几不敢想信这三首诗全出一个九岁与十一岁的女孩子之手。那时，浔州城里的那些达官显贵人家，陆续不断地至徐镇的寓居看那个女神童长得什么样。后有人评论她说，笑看风轻云淡，闲听花静鸟喧，竹密不妨流水过，山高不碍野风飞。一身的仙风道骨，怕不是世俗之人。

徐碧十一岁那年，徐镇战死。徐氏一门三人不得不扶柩卖舟归家。

徐镇灵柩归家后，就停在我树下。全徐家村的徐氏子孙们人人披麻戴孝，哭拜焚香，最后，由十六位徐氏子弟，将徐桢的棺材抬向徐氏墓园。

徐镇战死后，徐氏长子一门三个女人，一直守在家靠着纺织度日。由于苏氏守寡，徐培画像根据祖上规定的家法，传男不传女，徐镇妻子不得不亲将徐培画像交于徐钤。徐钤又将徐培画像交于徐氏二房徐铭手中。十七岁那年，徐碧出嫁于路桥杨成德。婚后只过有两年，杨成德即病故。杨成德死后，徐碧痛不欲生。一直守着她的母亲与奶奶过，母亲与奶奶一去世，徐碧遂万念俱灰。

徐碧入人峰山道观为女道士。号“香樟道人”。后不知所终。

3

第三个人《黄岩新志》的是徐桦。徐桦，路桥徐氏二房徐铭的儿子。

我曾天天早上与他相见。就他们徐氏一门来说，差不是全是文人，独有徐氏三房是武人。徐桦长得身材魁梧高大，臂力过人。他们徐家打从立村那天起，他祖上先是自己盖房子，房子一盖毕，他祖上徐铭遂遵从徐镇的意见着手做了两件事。第一件事，即是将我从一樗椤坦上挖了回来，栽在村口，作为村树。当时他们徐氏先祖们曾合议过修他们的徐家祠堂，但修徐家祠堂要费大钱。那时的徐镇官虽然做得很大，但是个清官，根本没有那种“三年清知府，十万雪花银”的可能。钱能叫鬼推磨，无钱只有鬼推人。钱可通神。在金钱流通的世界里，一个家族若是无钱，什么也做不了，只可暂停。但祠堂可以暂且不修，但武堂与学堂不可不修。这叫文可安邦，武可定国。于是，徐氏的先祖们正对着我这棵村树，先修的是一处约一百平方米的操场作为晒稻谷与习武用，再修的是两间石木结构的土房子。一处叫私塾，一处叫武塾。徐桦出生那天，他的父亲徐铭曾在徐桦满月时，抱至我身下，将他放在我身边的两根裸露的树根中间，然后用一根红绸带将我围了，再焚香求我这棵树神，护佑他的这个儿子成为武中豪杰，以保路桥徐氏子孙一门平安。我当时回答他们说我只不过是一棵树，人有人命，虫有虫命。人的一生有多少钱，有多少寿元，官做得多大，全是命中注定，你们求我是没有用，我将我的想法与我那山顶上的儿子说，我儿子回答说，人的灵魂与我们树的灵魂是一样的，需要有寄托，妈妈，你是他们的灵魂寄托，你就答应他们吧。我一听我儿子长大成人了，知人间世故了，于是我抖擞着全身的树叶子，表示我答应他的要求。徐桦的父亲高兴坏了。还特意给我点了一副香烛。徐桦七岁那年即跟随徐镌叔叔学武。学的是一种那时在台州一带十分流行的黑虎拳。徐镌对他的这位一身虎气带有台州男子汉特有血性的侄子，要求极其严苛。为增加他的腿力，在他的两条腿上，各绑有一个小沙袋子。逼着他跑步。每月往他脚上那沙袋子里，添上小半碗的沙子。也许一个人一生中能干什么，不能干什么，确实是命中注定。这个七八岁的小男孩，在徐镌的刻意训练下变得骁勇异常。九岁时，即可将上百斤的石担举起。尤其是那三十多斤重的石锁，他上下可抛至三十多下。有一次，徐镌的三十个徒弟，同时与他放对，全叫他打得一头鲜花似锦。徐镌被徐桦所表现出的狠勇惊呆了。一个主意也涌上他的心头。就在那年的端午节来临。徐家村家家吃食饼筒，喝雄黄酒，悬菖蒲剑。徐镌带着一个看相人来至我树下坐定。徐镌遂唤徐桦走到他面前。徐镌将一块银饼，放在那位看相人面前。徐镌遂问那个看相人：我今天请先生来，只有一个目的，此子是我徐氏子孙，七岁随我学武。我总觉此子天生秉赋异常。人人盛传大先生看人入木三分。今天只求先生看我此侄子，今后能成何种人物？那看相人上下打量了一下徐桦，遂将他的两只眼眯成一道缝。看相人一边捋着他的胡子，一边对徐镌说：此子虎额燕颊，日后必成将军。只是脸上杀气太重，怕是杀人过多，年寿不永。如何解法？无有他法，若是能让他学些佛法慈心为怀，也许能延其寿元。若是果真如此，日后定大谢。看相人说，三岁看小，七岁看老，此子时九岁，其相其威其杀性毕呈。日后，定为徐氏一门第一位武将军。但愿他的杀伐心别过重。那位看相人以如此笃定的口气来肯定徐桦的未来走向，徐镌大喜。送走了那位看相人后，立刻将徐桦的父亲徐铭找来。那时，徐氏子孙尽管同住在一个村子，但分化十分严重。有钱的，购田起屋，遂将家慢慢的迁入十里长街，徐家村的田地，只是雇长年种些粮食自已用。无钱的，仍住在徐家村过去的老茅屋。有钱的送子女或从商或读书，无钱的只可在家中一边种田一边打些小鱼小虾做些小手艺，换些钱财吃些咸菜与薄粥。徐桦的父亲徐铭一直种田，但人长得牛大马高。为人天性淳朴、憨厚。徐镌将看相人看徐桦有将军相一事与徐铭一说，徐铭听后十分骇然，我们徐家一无德可积，二无风水可有，有此命？徐镌说，此看相人，极准，从不肯妄言，岂有不准之理？凭我当下这点武艺，我是教不能他成将军。兄弟，那你说怎么办？徐镌说，我想带他去天台，另请一高师如何？徐铭说，我生有三子，他是老三，家中那点田，也用不着他管。你如果要送，你就送好了。只是那费用——徐镌说，我一直在收徒，尚有一点积蓄。我只希望你同意将他带走。徐铭说，别人是将子女当花栽，我是将子女当树栽。一切听从你便。就在他们谈完这话后，徐镌就将徐桦带走了。带到哪儿了？我不知道。他最后的师父叫什么名，我也不知道，我不知道，但那徐涛知道。

徐镌将徐桦带至天台国清寺一名叫道济的武高僧那儿拜他为师。那位道济武僧也是个怪人，先让徐桦读三年佛经，什么时候读得通脱了，才肯教他武功。那徐桦十分争气，一直苦苦学有三年。直到武僧多次惹他，他不怒了，这才教他绝世的天台散打武功。这一学，不是一年，两年，而是整整十年。十年过后，二十一岁的徐桦，从天台归来。时徐镌因年老不再从武，徐桦开始带徒弟。那时路桥徐、苏、林、王、於，有三十多个弟子跟着徐桦习武。那时的徐桦，长的个子那个高大、那个壮实，全台州无人可比。那箭射得百发百中，那刀枪剑戟，十八般武艺无不是样样精通。尤其令人叫绝的是那寸拳，短期发力，遂可将一寸厚的木板击得粉碎。

我曾说过，一个人的心地是否善良，看他对我们这些任人宰割的树的态度，就可知他性格与命运的一二。别看那徐桦武功绝世，但他对我爱之如命。他手下人在我树下举杠铃，他大喝：离树远一点，砸了那树根怎么办？他手下要将沙袋绑在我身上练拳，他上前一把将那沙袋解开取下。骂他的徒弟说：你将这个东西，绑在树的身上打，树疼不疼？徒弟说，他是树疼什么疼？徐桦上前一个脚绊子，将他那个徒弟放倒在地上。一把揪着徒弟的领子（那样子活似提着一只鸭子）恶着声问：你疼唦？疼。这就对了。树是人，人是树，你疼，你怎么就不知道树不疼？那树，只不过他是树，他不会与我们人一样，开口说话罢了。

同治年间，清政府在全国举行武举。时在天台国清寺那位武僧——徐桦的最后一位师父，亲至路桥徐家村找到徐镌。他让徐镌动员徐桦参加武举。天台国清寺武僧道济说，我此徒，已得天台宗武功真传。当下外国列强对中国虎视眈眈。八尺男儿，空有其功，在家中带徒，非我所愿。当以身报效国家才是天下第一正道。道济武僧一离开，业已患病的徐镌从床上挣扎起，踉跄亲至徐桦家，命徐桦起程。

起程那天，徐桦与路桥六名习武高手，全在我身下结集。徐桦先是拜别父母亲，二是拜别师父徐镌，最后给我焚了三炷香，拜了我三拜，然后，背着一个十分简单的包裹，随身只带一剑前往。我是看着他们七人，沿着那南官河边那条用青石板铺成的小路，一直走至天台。

徐桦在天台国清寺，拜别武僧师父，然后再与天台十八名武生一起来至杭州。那时武举考试的课目共有七项，一箭、二骑、三拳、四刀、五枪、六剑、七戟。徐桦一出场，即名列全省第一。同治六年，中武举人。同治七年，徐桦只身前往北京应试。同样是七般武艺。徐桦再次力挫全国二十八名举人，中武进士第一。你们知道吗？你们也许不知道吧。我现在告诉你：徐桦得此武进士，是我们台州历史上第一人。我一直想不明白，当初好些写《黄岩新志》的文人墨客们，为什么要将徐桦排斥在《黄岩新志》之外。光绪二年，徐桦被钦点为头等侍卫四级。赏戴花翎，乾清门行走。这可是非常了不起的武职啊。什么叫乾清门行走啊？那就是现在的中央警卫团的司令。我们台州自有文字记录以来，没有哪位将领授以此职，当然在民国时期除外。徐桦上任后，极其忠于职守。那年，有人想暗杀两宫太后，他出手如风，连格杀八人。赢得两宫太后的青眼有加。但也有过分的时候。如有一次，宫中有一太监，奉慈禧太后之命出去办事，却逢着他值班。两方人氏在午门相遇。徐桦连问都不问他为什么夜行，说他违犯宫禁。居然当场一刀将他人头与身体分家。杀起人来，如同杀一只小鸡那样不眨一眼。后因外国列强入侵，战争频起，两宫太后不得不将徐桦外放，授广东肇庆参将。你们知道什么叫作参将？那就是现在的少将。我们台州文职官员中真正以武授将军的，清之前仅有七人。一是台州临海的王琦，二是临海的谢瑾，三是元末明初的路桥方氏五兄弟。徐桦上任后，每天巡视防区成为他日常生活的必修课。筑隘口，修器械，校阅兵册，是他的规定动作。老者保其子弟更换，加强常规训练。这一切的一切都做得非常好。但徐桦最大的一个问题，就是在权力面前，失去了自我约制与自我膨化。由于权力的浸淫，他变得相当刚愎自用。他将他自己出口的话，当作皇帝般的最高圣旨，稍一违拗，他即以违反军令，将他手下致于死地。那原本一直潜在他内心深处的本能式残暴，开始暴露无遗。那时，他所管辖的军队，战斗力不强，原长官带兵松懈，部队留下的种种陋习极多。如喝花酒，如缺编冒领军饷，如组织纪律性漫漶无制，如他下达的命令不准确到位，如他们任性地欺压老百姓，等等。他心急如火地想将他手下的这支部队打造成一支不可战胜的铁军。但腐败业已成为大清国的癌症晚期患者；死只是个迟早问题。他一个何可轻救败局？心急吃不得热粥啊。以权治权，以暴易暴，猛药治沉疴，并不是立刻可见效。徐桦为树立自己的军威，开始大举杀伐。结果有三位低级军官因吃花酒，让他在饭店里逮了个正着，他当场挥刀将他们三人全部格杀。格杀前，徐桦的儿子徐浒曾劝过他的父亲说，欲速而不达。这些毛病是多少年留下来的潜规则，并不是一朝一夕可解决的，但徐桦不听，这支军队我说了算。我的意志，他们必须无条件执行。谁不听我的话，他就得拿命来换。谁叫他是朝中大员，谁叫他身后有两宫太后呢。但权力是一把双刃剑；树立了徐桦的绝对权威，也让徐桦种下了死亡的种子。七天过后，他第二次发现五个低级军官犯了他的禁，又入某一地嫖妓，让徐桦逮了个正着。徐桦当时就下令将此五人活活杖毙。因清军嫖妓是个顽疾，并非短时间即可治愈，徐桦治军如此严苛，惹怒了他手下的八名官兵。有那么一天夜里，徐桦喝多了一点酒，那八名官兵冲进了徐桦军帐，挥刀将徐桦格杀。由于徐桦终生因习武过度，只生有徐浒一子。最后，由他部下与他儿子徐浒将他的尸体从海上运至海门，再从海门港入东官河。再由东官河转入南官河，至四水泾口归徐家村。

徐桦灵柩归路桥徐家村后，时徐氏子孙按着老规矩，将他的棺材停于我树下，然后由时任徐氏族长的徐镌，召集全徐氏子孙，对他举行一次隆重的祭奠告别仪式。我亲眼看到徐氏一门第一位武将死后装在棺材里的样子，他全身穿着清将军的盔甲，那黑色的胡子与他们祖上一样长。所有祭奠结束后，还是由路桥徐氏子孙们用了十八杠，抬着徐桦的棺材，入葬于路桥人峰山中的徐氏墓园。徐桦死了也就死了。天作孽犹可违，自作孽不可活。谁叫他手中有权之后，蜕变得如此残暴呢。但令我怎么也没有想到的是他那个老父亲徐铭，却发了狂似的拿着我出气。说我曾答应过他保佑他的儿子，说我言而无信，要我这棵护村树有什么用，居然拿了一把斧子要将我砍断。当时连将我砍了三斧子。好在村民全部冲上前去，将徐铭抱住。徐浒说，爷爷，这是我爸爸自己作的孽，与树有什么关系？众人好说歹说，这才将徐铭的暴行控制住。这件事，对我的刺激实在是太大了。我突然发现人性中存有一个东西相当可怕。你为他做了九十九件好事，只要有一件没有做好，所有替他做的九十九件事全部归零。2014 年，徐漳要在我的树下举行一次大庆，他终于发现我树身上有一个大刀疤，他问我，这是怎么一回事，我将事情一说。徐漳说，你不是说他小时候挺好的吗，他怎么会变成这样？我说，我也说不清。徐漳对着我自言自语地说，我想明白了，全是权力让人变成了一个大魔鬼。

4

第四个入《黄岩新志》的是徐源。徐源是路桥徐氏三房徐钤的孙子。徐源与路桥杨晨并列为路桥的读书种子。

徐源出生后一满月，他父母遂按着他徐家的老规矩，将他抱至我面前，然后焚香跪拜。一边跪拜一边用红绸带将我的身子缠缚。他们说只有如此，才可让他们徐氏后代之孙，高官成做，白马乘骑。人是有欲望的；我们树同样有欲望。人的欲望是酒色财气与权力。我们树的欲望，比人简单得多了。向阳树木早逢春。我们作为树，最大的恐惧是热带非洲式的气候，热的时候，阳光如刀，不要我们的命也得要我们的命。暴雨来临时铺天盖地，洪水横流。我们这些可怜的树想活也活不了。我们最大的渴望是：风调雨顺。该出太阳时出太阳，该下雨露时下雨露。我们的子孙个个长命百岁，个个平安长寿。让所有的树成为人类有用之材。就拿我与那棵长在人峰山顶的孩子来说吧，它活过了两百岁，我活过了五百岁。我们的命运因我们高龄而起了翻天覆地的变化。人老成精，树老成神。尤其是徐氏的前几代人向我供奉过的子女有一个算一个，不是做官，即成名人。徐氏的后人们，越来越将我看成护村神。孩子出生后，一满月，徐氏族人第一件事情，就是先向我拜谢，求我对他的保佑。十几代人下来，渐成了习惯动作。徐家一有孩子出生，立刻送至我处与我见面。仿佛不这样做，就会给他们带来灾难似的。徐源出生时，同样如此。那天，徐源的父亲，一边向我跪拜，一边希望我能让他生下的这个儿子考上举人进士，做上一个官，好光宗耀祖。但他们根本不知道，一个人的成功与失败，靠的是天时地利与人和。英雄造时势，时势同样造英雄。社会对人才永远是这种样子：以用定英雄。乱世要的是武将，武将为英雄。社会失德了，有德者是英雄。社会需要发展经济了，实业家是英雄。社会需要文化了，文化人是英雄。我别的人全不论，就拿路桥方家的五个兄弟方国珍、方国璋、方国瑛、方国珉来说吧，如果那时候，元军若不是气息奄奄，朱元璋若不是想和平解决方氏起义军，方国珍兄弟五人，何以人人成为将军？

丰子恺曾有一言让我永远忘不了：人生好比是乘车，有的早上早下，有的迟上早下，有的迟上迟下，有的早上迟下，有的迟上早下，上了车纷纷争座位，下了车各自归家。在车厢中留心保管你的东西，下车时把车票原物还他。这就是我们的人生，也是徐源的人生。路桥徐氏子孙徐源，是一位相当有才的大才子，但是他的命运也是相当的不济。光绪二年丙子，徐氏的这位子孙中了举人。原本中举后一定会被朝廷起用。

我作为树，根本无法知道那时的清政府出了什么问题。尽管这位徐源中了举人，但这位可怜的徐源，一直被冷落，朝廷从不曾有起用他的思想。那时，徐源情绪悲观至极点，天天坐在我树下，或是看着那大太阳一点点升起，或是看着那打鱼人在南官河上放鱼鹰。让我听得最多的是他人生的唉声叹息，说自己命不好，考上了举人也没官做。后来他读了当时大清国中兴之臣曾国藩的一首诗：

左列钟铭右谤书，
人间随处有乘除。
低头一拜屠羊说，
万事浮云过太虚。

这个徐源一下子有了一种大彻大悟的感觉。于是他开始学佛。天天坐在我的树下诵佛经。那时，我满以为他将他的渴望彻底的放开，真的做上居士了。哪知，命运女神居然非常的狡黠，会千方百计的捉弄人。就在这位徐源心如死灰六十岁的那年，大清王朝不知哪根神经被轻轻的拨动，顿然想起路桥这位一直弃之不用的徐源；遂下旨令徐源去福建莆田任职。初时，那朝廷的任命令一下，徐源第一个与我说，我当时就劝他别去。我对他说，我不知为什么，对你的这一次上任直觉非常不好你不是学了佛吗你就得将红尘看得淡一点有老太爷不做何去福建当这么一个芝麻绿豆官？可他就是听不进去，还与我说，有官不做，我徐源岂不是成了天下第一大傻子？我劝他不顶用。我毕竟只不过是南官河边一棵树。但徐氏族中有两位明白人，也不同意他去。这两位青年人，便是徐镌的后代子孙。一个名叫徐坊，一个名叫徐垠。徐垠与徐坊说什么也不同意徐源去。这兄弟二人，就在我身下，一前一后的劝徐源别去了。徐垠说，你怎么不看看你是多少年纪了？六十岁了啊。什么叫六十花甲子，日日好讲死？你何必有稳不得稳弹涂钻竹棍，去受那个活罪？那徐坊的话说得更狠：你别做官迷好不好？现放着黄花满地，绿柳横坡，小桥通若耶之溪，曲径接天台之路不走，何必将自己的灵魂与良心交给鬼管？现在的大清国，再也不是康乾盛世啦。现在一朝文武全是富而多诈奸邪辈，压善欺良酒色徒。举国上下如将倾之大厦，何必当那个七品芝麻官？但徐源不是真信佛，而是假信佛；

他完全受不了官位对他的终极诱惑。他还是不听徐坊徐垠两位后生人劝说，坚去福建上任。那时可不是现在啊。现在去往福建，一是有高速公路，二是有动车组；不消一两个时辰，遂可至福建。那时，可不是如是啊。从我们黄岩县路桥起身去往福建约有七百余公里。根本没有什么海路可走，只可走陆路。那时的徐源，不得不沿着那条路，坐着一顶人抬的轿子前往赴任。一因天热，二因年事已高，遂在途中因中暑去世。好在那个时候人心十分纯朴，四位轿夫，在当地代为购一口棺材，将徐源的灵柩搬了回来。

杨晨对徐源评价极高。说："徐源工制艺，小试辄居首选。每一科学吏选范文，徐源所作之文必入选。书法雅近乐毅论"。据《路桥志略》载，徐源是路桥有名的民间教育家。他曾历任南官清献书院、文达书院、温州书院、楚门书院山长。所留诗作极多，杨晨曾在其《路桥志略》中选有他所写之诗多首。徐源本人呢，也曾写有一诗对自己一生作出过评价：

落落骚坛负盛名，
屹然诗律等长城。
一枝老笔纷披处，
大将挥戈夜斫营。

我极为佩服的不是别人，而是这位年轻的民族学家徐涛。那徐涛，居然搜微抉隐地说出了仅我尚且记得住的一件事。那就是徐源棺材运到的那天，徐家村徐氏子孙们闹了起来。他们闹的原因十分可笑，说他们徐家人出去做官的为什么一个个全死在外面？从徐镇、徐桦、徐源，没有一个死在家中。为什么会出这样的事情？当时他们将发生此事的原因，归结于两件事上，一是归结于徐镇所选的祖坟在人峰山的位置不好，他们主张迁坟。二是说和徐镇在村口栽下的那个独棵树有关系，他们中间提出两个主张，一是迁坟，将所有在人峰山上的祖坟，全部迁往徐山。二是伐掉我这棵大樟树。重新栽他两棵。当时我吓得要死，我心想，完了，完了，我活不到我做樟树的终极年龄了。我必死无疑了。我多么渴望自己会说话，但我毕竟不是动物，动物临死前可以叫它几声，可我临死前想挣扎一下的可能都不存在。那时的徐氏人十分鲁莽，他们说干就干，当时即有数个做木匠的徐氏子弟打算要我，并对徐氏那位族上执事说，我决不白要，我愿意出多少饼银。眼瞅着与我生命的那一笔交易就要做成功了，眼瞅着我苦苦挣扎着活了这么多年，最后成为徐源路毙的替罪羊了。天下还是有知天理通人事的人，出头救了我。这救我的不是别人，而是徐坊徐垠兄弟二人。那徐垠徐坊二人用身子在我树身上一挡说，你们中间，哪个敢动这棵大樟树一根枝条，我就与你兑命。徐垠指着我的树身说，你们知道她在我们村口，为我们徐家人守望有多少年了吗？孔子早就说过，生死有命，富贵在天。若是富贵能求，他愿执鞭随蹬。我们阿哥之死，是他命中该然。我们曾多次劝他别图这个功名富贵，可他就是不听劝，硬是要去，这叫作自寻死路，与树何干？你们做人，也不能肚痛怨刺瓜。自己没这个命，即将仇恨撒在别人的头上。你们还称得上人吗？连畜生都不如。你们说迁坟，那么多的徐氏上代人的坟，全迁往徐山，得花多少钱？你们知道石涛那诗是怎么说的？

冷淡生涯本业儒，
家贫休嫌食无鱼。
菜根切莫多油煮，
留点青灯教子书。

你们聪明一点，还是多花些钱在自己身上做些文章吧。徐垠说，你们知道，我们徐家村村口那棵树有多少优秀品质吗？一奉献：你们要的这些树，对我们的奉献有多少？它供你烧火，它让你做成家具可以放东西。二意志：它的意志远比我们人类要好。它一生坚定不移，纯朴真实，不惧风霜雨雪雷电相逼，无言地守护着我们的家园，宁静地接纳着人类给她的一切。想当年，大洪水时，我们全村一百多人全赖此树得以活命，我们做人的何可恩将仇报？三无私：那些树向我们人类要过什么？什么也没有要过。只要水、阳光、土地就可以了。你们这些人说说，你们中间哪一个有树这样的意志与品质？如果你们中间有人说，你比树还好，那你们就砍吧。此言一出，所有徐氏子孙全部哑了口了。于是，徐氏子孙们最后集体作出决定：坟不迁了。树也不伐了。但只孤树一棵，不吉，要成双。徐垠说，别看我们村只一棵树，这棵树代表的是天道。天道不存，何有万物？时族中人提出一个要求，依你的理将怎么办？徐垠说，天最高数为九。我们莫不如沿着我们徐家村的周边，再种他八棵樟树，五棵桂花树，以成九五之数。为什么非得种五棵桂花树？徐垠答，樟者章也，桂者贵也。人与自然只可相互和谐相处，岂可互相杀伐？一场可怕的致我于死地的危机，让徐垠、徐坊兄弟二人化解。时路桥徐氏子孙全部表示同意，不伐代表天道之树，再种八棵樟树、五棵桂树。那天，他们就在我的树下，定下了一个方案：那八棵樟树一棵要大的，距我九十米而种，代表乾坤之道。那七棵小的，围着村子的护村河种，相距距离必须是一百零八尺。那五棵桂花树全种在学堂与武堂面前，以代表徐氏日后的荣华与富贵。此事后不久，徐垠与徐坊二兄弟，立刻开始着手做这件大事。徐垠带了徐氏子孙们凑起来的一百块饼银，先去的是螺洋山中购有一棵长有五十年树龄的我的孩子，种在距我九十米的地方，让他与我成双。再去离徐家村不远、紧靠着人峰山的那处楞椤坦，寻了七棵一年龄的小樟树，围着徐家村四周的护村河边种了起来。最后从南山购了五棵桂花树，种在学堂与武堂的院子里。别的树全好说，他们小，移栽容易，就我那棵有五十年树龄的孩子，他移至我身边时，痛苦异常。他们与这棵树的拥有者一谈妥价格，移时必须斫根断肢，当他们将流着一身白血的樟树移到我面前时，我那个孩子哭得栋折榱崩。我知道他只有五十年树龄，再生能力很强，不如我，我一移心即死，他却不会。于是，我不断地抖着身上的树叶子劝慰我的这个孩子说，孩子，我的好孩子，不吃苦中苦，难做人中人。我们是树，我们就得有树的样子，安土重迁。既然老天爷将我们娘俩安排在一起，就让我们在此地生根吧。他们在距我九十米的地方挖好一个坑了，为了让我的这个儿子更好地活过来，他们在坑里垫上两担猪栏。栽好后，怕我孩子被风吹倒，由此而送命，又给我孩子架上八根柱子撑住。初时的我的孩子样子十分难看，一片断垣残壁。被锯掉的枝杈白骨森然。它足足痛得白血流有好些天。天有天的自我调节功能，树有树的自我调节功能。好在我这个孩子很争气。伤口略一平复，即拼命的往下生根。一年一过，它的身上第一次泛出绿叶。每当他爽着声音在风中对我笑时，我也跟着异常快活的笑将起来。自此，我们娘俩成为路桥最为亮丽的风景线。外地人不知徐家村在何处，当地人遂往我们娘俩身上一指说，你看没看到那两棵母子树？只要到了母子树下，那就是徐家村了。

5

第五个入《黄岩新志》的是徐濮。距今一百多年前，因清政府腐败、没落、软弱，令国人步入历史上的多事之秋。那年，八国联军入侵中国。那年，太平天国起义狂飙剧兴。那年，义和拳反洋人运动风起云涌。那年，孙中山先生领导的同盟会不断举义。那年，整个世界全成了大罗马的角斗场，行的是弱肉强食丛林法则。那年，中国因其软弱无能、国力衰败，甲午海上一战，号称世界第一的北洋水师，遂被一弹丸小国日本舰队刹那间击得灰飞烟灭。尽管有着上下五千年历史的中国历尽劫难，尽管我们中华民族如田野中的一棵小草一次次被虐杀、被毁灭，但我们中华民族有着他举世无双的文化传承与超常坚韧的生命力，他们在挣扎、在寻路、在做梦。他们渴望着恶梦醒来是早晨，他们渴望着黑暗过去是黎明，他们渴望着毁灭过去是凤凰涅槃，他们渴望倒塌的枯木重现生命鲜绿，他们渴望在汗血杀戮的尸骸中建立充满仁爱之心的大同世界。“野火烧不尽，春风吹又生”的伟大诗句，遂成为我们中华民族两千多年间信心满满的大能量。“祸中福所倚，福中祸所伏。”吉凶自古同根。一切正如梁启超在1899年年底所著的《夏威夷游记》中所记的那样：“余自己先世数百年，栖于山谷，族之伯叔兄弟，且耕且读，不问世事，如桃源中人。——曾几何时，为19世纪世界大风潮之势所箕簸，所冲激，所驱使。”是的，是的啊。那时因大清帝国的没落与腐败，令我们国人堕入万劫不复的深渊：香港让人拿走了，澳门让人拿走了，海参崴让人拿走了，台湾让人拿走了，琉球诸岛也让贪得无厌的日本划归于他们国家的版图了。上海租界成为外国人肆无忌惮、横行霸道的领地了。痛定思痛，中国的有识之士们，开始全方位地反省自己。那年，西学东渐之风渐起。日本弹丸小国遂成中国有知之士学习的榜样。复兴中华成了最为响亮的口号。我们中华民族的有识之士们奋袂而起，迎时代狂潮而屹立：以“科学梦”救国者有之，以“实业梦”救国者有之，以“文化梦”救国者有之，以“君主立宪梦”救国者有之，以“民主共和梦”救国者有之。于是，我们中华民族有识的爱国志士们前仆后继的去圆他们一直渴望圆的梦。

在这个时代背景下，黄岩有不少有钱的子弟们，随着台州临海县王文庆出海去往日本读书。黄岩所有的私塾不得不淡出教育的历史舞台。行有上千年的科举考试，遂成小脚女人脚上裹着的臭脚布，被弃之不用。基督教、天主教，开始在台州七县粉墨登场。南官河西桥头，立起路桥有史以来从不曾有过的第一座洋教堂。外国来的天主教徒与神父在海门前所镇建起第一所全西式教会小学。国人自己开办的作新小学勃然兴起。清政府开始在台州七县兴办新军。台州府地临海有了第一座名叫恩泽的西式医院开始取代中医。临海县王文庆在临海开办第一座培养反清革命志士的地下学堂叫“耀梓体育大学堂”。台州第一位女医生名金苏香（金晋南长女），在回浦办起了第一座育婴医院，黄岩终于实行科学的西式接生法。路桥徐氏子孙有一名徐墦的，伙同数十名刘、王、林、蔡各姓子孙在日本横滨参加孙中山的同盟会，开始做着他们革命的救国梦。徐滨去日本留学，后经杨晨介绍，给溥仪当上翻译官。

徐濮，字舜琴。徐氏三房徐钤之孙。

我见过他，个子不高。两只眼睛很水灵，几可当嘴巴子说话。一看他长的那个样子，就是从商的料子。猫斑从小斑，到老花斑。一个人能干什么不能干什么，七八岁就看得出来。

初时，徐濮贩运毡帽。某年（其年份不知），徐濮经商至杭州。见杭、绍等地有洋人收购丝织品。凡从纺业者获利甚厚，乃亲赴剡溪学习缫丝。为令时路桥洋屿、新桥、卷桥三乡百姓凭此业得以脱贫，遂出高薪请得杭州技师八人，归三乡教村中妇女织绢。我查过《黄岩新志》。《黄岩新志》中曾明确记载："南官东南乡数十里十家九织。"立此首功者即是徐濮。经徐濮苦心经营，时名闻于各地的南官"殿前绢"，皆为徐濮独创。时徐濮曾在洋屿殿建有一大市场专营丝绢。年产三四十万尺。1909 年间，洋屿"殿前绢"、临海"更楼绢"，并称"台州绢"。其质、其量，绝胜于纺绸。运销浙江闽南及各省。同年，有"绘纱珠条"等数十个品种，在南洋劝业会中得奖。其价廉物美，远超于杭州、绍兴两地。之后，我们路桥妇女，能以善织闻名于世，皆源出徐濮。

徐濮最大的特点是为人心地纯厚。时有邻人造屋侵其后门的那一片苧麻地。侵后，发现过界，遂令停建；徐濮得知此消息后，连夜让家人割去那片苧麻任其造屋。这一点令我十分感动。但人的寿命，并不是因他人品好而长寿。有不少恶人，人人恨得咬牙切齿，巴不得他早死，可他就是不死。

尽管这位徐濮为人好得不能再好，但命运之神，往往吊诡也许是这位徐濮过于劳累，体力透支；也许是生意场上的互相倾轧，陷阱遍地，让他操碎了心。这位百年前的台州第一位做实业梦的实业家，并不曾将他的实业梦做圆。四十三岁那年即甩手离开人世。尽管徐濮甩手走了，但他所做的那个"梦"图像碎片化的留了下来。这就是南官一县纺织业如此兴盛的主要根结。

但有一点，你徐涛不知道，好人还是有好报。是从事纺织的女人，全称徐濮为祖师爷。

6

第六个入《黄岩新志》的是徐烨。徐烨是徐濮的长子。

他是徐家继他父亲徐濮后第二个走出家门做生意的徐氏子孙。他长的那个样子，简直与徐濮是同一个模子里倒出来一般。他胆子特别大。小时候，他非得爬上我的树身去掏那个鸟窝，一失足掉下来，差不一点摔死，好在我长的树枝密，一下子将他接住，若不是如此，他早就没命了。徐濮的妻子，为此扭着她的那一双小脚，给我摆下八盘子果馔，点上三炷香，给我拜了三拜。

徐烨是子承父业做开了绸布生意。这一做不是一般的做，而是大手笔的做，他将收购来的绸布，直接贩往南洋（即是新加坡与印度尼西亚一带）。临走的那天，他那个长得一老一实的妻子（路桥於家人，叫什么徐氏家谱中没有记载，只记她叫徐於氏），将一个大包袱递于他，徐烨接了。看他们所现的样子，夫妻二人十分恩爱。那徐烨的妻子，一遍又一遍地嘱咐他一路上千万千万小心，千万别出什么意外，并对他絮絮叨叨不断地说：什么迟落航船早上岸。什么害人之心不可有，防人之心不可无。什么酒能养性还乱性，水能载舟亦覆舟。克己者事事皆可成药石，尤人者一启口便是矛戈。那徐烨似乎听得有些烦了说，我是快四十岁的人了，又不是吃奶的孩子，你别这样担心好不好？那徐烨十分决彻，说走就走了，头也不回的走了。

那时的徐烨，坐着满载着绸布的一艘大海船前往南洋。这一走不是一年，而是整整三年。三年后，徐烨从南洋归来。所有他收购来的绸布全部有南洋脱销不说，还订下了三千匹布的订单。徐烨一举即挣下了三千多块银饼。路桥徐氏一门，一下子成为全路桥挣钱最多之人。有钱了后的徐烨，立刻做出决定实行他父亲一直想实行而没有实行了的两件大事。

这两件大事，我比徐涛还清楚。因时徐烨所做的两事，全在我的眼皮子底下施行。第一件事，即在我的身子底下分发银饼。那天，徐烨先在我的那两根裸露的树根中间摆了一张桌子，桌子一摆定，徐烨即在我的树杈子悬着的那口钟上敲了七下。这七下钟一敲，时徐家村所有的柴门立刻噼里啪啦的打开。初时，徐氏子孙们不知发生了什么事，全聚集在我树下。徐烨即站在我的树身子下，面带得意的对村子里徐氏子孙们说：今天，我挣了大钱了。按着我们徐氏的族规：有福同享，有苦同当。每家发银饼一块，让大家过过年。徐烨立刻当着那么多人打开了那只随身所带的箱子。我亲眼看到徐烨手中的那只大箱子里，装的全是白花花的银饼。那时全徐家村共有三百八十一户。每户一块银饼。是徐氏的子孙们，从徐烨手中接过那块银饼后，皆欢天喜地的而去。第二件事，那是在过了春节之后，徐烨打算完成徐氏祖上一直没有完成的愿望，那就是修建徐氏祠堂。那天，徐烨第二次再敲钟，将徐家村的徐氏子孙们结集起来。徐烨对村子里人说，我们徐氏一门子孙，打从我们的高祖徐镇、徐铭、徐钤、徐镌率我们从徐山迁至这里，一直没有钱。我父亲临死前曾嘱咐我，如果我有钱了，必须办两件事，一是让我们徐氏子孙别再穷下去，二是我们徐氏一直没有盖过一座像样的祠堂，以供祖宗的牌位与画像。现在除去我收绸布的本钱外，还多出了一百八十块饼银。钱财这东西生不带来，死不带去。我之所以喜欢去南洋做绸布生意，一是我喜欢，二是那里需要，三是我可借着做生意看看大千世界。我想让我们徐氏子孙共同出力，盖他一处徐氏祠堂。徐烨的提议一出，立刻得到徐氏子孙们的热烈响应。当天夜里，整个徐家村人全动将起来。那时，徐家村学问最高的是徐垠。徐垠立刻开始伏案设计图纸。学问居第二的是徐坊。徐坊开始构建徐氏祠堂的内容。三天过后，时任徐氏族长徐垠一声令下，全徐氏子孙们全部行动起来，他们一家一个的出人。那时候，正是大冬天。山林与农田全没有活。大家一起动手。所有的材料全是就地取材。木头是从人峰山出。砌的墙，就利用临村那条人峰溪中的一块块圆圆的鹅卵石。椽子什么的，全是他们自己从人峰山徐氏墓园中砍下来的。就是那瓦，徐氏自己不会做，也不会烧窑。当所有的木料准备好后，徐烨与刘氏子孙全部换了一副行头，一眨眼全将自己打扮成挑夫模样。徐烨与徐家村的一百多名徐氏男人们，全挑着一副担子走了。去什么地方了呢？我不知道。一直到了月亮上山的时候，他们全归来了。他们挑的全是从路桥方林村窑厂里购来的瓦。他们码完了这些瓦后，再过有七天，黄道吉日来临。徐家村的徐氏子孙们立刻动手盖徐家祠堂。那徐家祠堂所盖的地方，就在离我正对面原先那学堂与武堂。徐垠严令他们保护好那五棵桂花树。于是徐氏子孙们，先是将那两间旧房子小心翼翼地拆掉。再是拉线。线一拉定，立刻挖筑地基。地基一挖好，他们立刻做房架的做房架，砌墙的砌墙。那时，徐家村整个冬天一片人欢马叫。他们一直干，且是没白没黑的干。离春耕还有八九天时，他们徐家的那个大祠堂终于盖成了。那时，我就与徐家的祠堂面对面地站着。那徐家祠堂的样子，我看得一清二楚：清一色的鹅卵石墙。硬山顶。门楣与窗子，全用石材雕成。雕有各种各样的花鸟虫鱼与各种各样的历史人物。石雕中的人物故事，全是徐坊定下来的。第一个人物历史故事就是徐偃王三王子率他们长途跋涉来至黄岩。第二个人物历史故事，就是他们的祖宗徐培与偃王城同归于尽，面对生死的那种坦然。第三个人物故事是三国时期的刘、关、张，桃园三结义。第四个人物历史故事是诸葛亮借东风。第五个人物历史故事：徐镇坐着船去南京做官。尤其是那墙，从表面上看与所有民间房子的墙没有什么不同，其实我看得十分清楚：每隔一两尺，即打有一个杉木做成的大大桩。初时，我根本不知徐垠为什么这样设计，后来，我这才知道，那徐垠之所以如此设计，是防"长毛"乱。什么是"长毛"乱呢？我不懂，但我十分欣赏这一处徐家祠堂。这是一独立的四合大院子。但开有两个大台门。一个台门朝南，一个台门朝西。朝南的那个台门正中间有个方形的照壁。照壁上面刻有一个大大的"忠"字。围着"忠"字的四角，是四只大蝙蝠。"忠"字的顶头，又有一个比边上四个蝙蝠更大的一个蝙蝠。四角小一点的蝙蝠正中间，每只蝙蝠各写有一个红色大字，叫"仁、义、礼、智"。而"忠"字头顶上的那个大蝙蝠，却写有一个"信"字。照壁边立有两个大柱子，大柱子上刻有一副对联，那对联是：

无情无义不可为徐氏子孙，

不忠不孝不得入宗族家门。

这个照壁一造好，他们立刻在照壁的背后，造了一个台子，我不知那个台子造起来是干什么用的。后来听一帮孩子们在我身下玩耍时说，大爷说了，这个祠堂一造好，他就给我们请戏班子。我这才知道，这个台子是戏台子。七七四十九天过后，徐氏子孙做好一张大案桌子，摆在正中间，并在那桌子上放上一只大大的铜香炉子。

时任徐氏族长的徐垠，从二房徐铭后人家中拿归那幅大大的徐偃王、徐三王子与徐培（徐涛说，原本徐培是没有留下画像的，是徐氏第十七代人根据家谱那一点文字记录后画成的）三人的画像悬于正中间。随之，徐垠率着全路桥各徐氏长房长子长孙开始对那个悬在正中间的大人像开始焚香跪拜。祭拜结束后，接下来是开大会。徐垠缓缓步至众徐氏子孙面前说话。时徐垠对全路桥徐氏子孙们说：从今天起，我们徐氏子孙，终于有了徐氏总祠堂了。从今天起，我正式宣布七件事：

一、每年三月清明，是路桥徐氏集体祭奠日。除非你出门在外，在家的徐氏男丁必须参加。

二、从今天起我们成立徐氏九老会，专门解决对内对外纠纷问题与评判各种家事。

三、从今天起，我们将我们祖上立功立言立德之人画成图像以示表彰。

四、从今天起，徐烨出钱购义田一百亩，由我们徐氏子孙轮流种。所得之钱一是用于救孤抚老，二是用于奖励生男丁女子。

五、从今天起，有功有德之人所立牌位为金色，六十以上去世老人用红色，夭折男人用黑色，犯有大罪之人，不得入我徐氏墓园，不得将牌位立于我们的祭台上。

六、从今天起，犯有祖宗所定十三诫者，经九老会议定后在此受责罚，优秀子孙在此地受奖赏。

七、这是最后一件事，也是相当重要的一件事：我们徐氏的守护神，就是那九棵大樟树。我们祭拜徐氏老祖宗的那天，我们同时开展一个祭树仪式。没有这九棵母子树，我们徐氏一门何有今天的繁荣？

这个消息一传到我的耳朵，我立刻将这个消息告诉我的那些孩子们。那时，我的九个孩子们，由于他们意志坚定，努力将根扎入地下深处，不断地扩大自己的根据地，蹿得有我一半高。尤其是与我相邻约九十米的那个孩子，尽管他身上伤痕累累，可他为了让自己长得更高、更壮。一直在拼命地争阳光，争营养，再加上他身上掉下来的树叶，让徐垠一一扫起压在他树根底下，自己身上掉下来的肉重新成为他的营养，他越长越大，长得差不多与我一般高了。那天，徐垠与徐坊二人，并排站在桥头，远远地欣赏着我们这对母子树。徐坊说，这两棵树长得差不多一般高了。看不出哪棵是老树，哪棵是新树了。徐垠说，这还是辨得出来的。你看这棵，身上斑驳嶙峋，长满苔藓与蕨类，没有过五百年的树，出不了那种样子。那天，徐垠带着九十五位徐氏子弟，对我们实行大祭谢。徐垠先是用一条红绸布缠了我一身，然后率着九十五位徐氏子孙对我跪下，口中念念有词，跪毕，在离我根部不远处，东西南北四个方位，挖了四个大坑，将四担用各种粪便混合发酵后的肥料倾入坑中，再覆上土。他们如何对待我的，也如何对待我的孩子们。这可是只有生长在农田里的麦子、水稻，生长在山上的番薯与土豆及他们所必需的瓜果梨桃、橘子才有的待遇啊。你想想吧

你想想吧我与我的孩子们如人类过大年一样哪一个不高兴得簌簌发抖呢？

就在徐烨办成这些事情后，他再一次出去行商。当时徐垠不同意他再远出重洋做别的生意，莫不如将所赚的那些钱与海门金晋南合伙开办一个造船厂。何必冒这么大的风险，再去南洋做那绸布生意？但徐烨不同意。徐烨说，我当下业已在南洋打开了局面，交往了不少华人商人。运来铁成金，运去金成铁，当下我徐烨正是顺风张帆，岂可错过此发财大机遇？于是他第二次雇船载了三千匹绸布，从海门起身去往南洋。徐烨至南洋后，再一次让他捞上个肠肥脑满。就在南洋的某一家旅馆里，他与一位温州商人同入住一店。那温州商人叫什么名字，我不清楚。那温州商人鼓捣徐烨跟着他一起去做铜的生意。那温州商人对徐烨说，当下整个温台两地，全在开工厂，以实业救国。尤其是你们海门，有个名叫金晋南的，办了个造船厂，铜的需求量很大。你何不与我一起做铜的生意？只要你是人，你就有做人的欲望，对于人的欲望，我们必然会尊重。人与树没什么两样。你看我们徐家村村口的那棵大樟树，她哪一片叶子不是朝着太阳生长？哪根枝桠不是往上长？你看那火苗，尽管那地有吸引力，拼命地将它往下拉，可那火头就是往上走。只有死人才没有欲望。有欲望是正常社会，没欲望那社会才不正常，问题的关键是你如何对待自己的欲望。你是不是有这个能力能达到这个欲望。力不可及，不可为而为之。那麻烦就大了。那时，铜的产地是在贵州。如果你徐烨想做铜的生意，你必须先去贵州将铜收来；再让马帮驮至海口，然后再雇船运至台州。当时，徐烨在南洋认识一位华侨，姓朱，名朱吉。原海门人。与黄岩大户朱劭有亲。他与徐烨感情特稠。按着徐家与朱家的亲戚关系，朱吉得叫徐烨为侄。朱吉对徐烨说，我的好侄儿，天下万物皆有数，数尽则命尽。其成者速，其败者必速。你现在与我做绸布生意，共生共利，合作得很好很好了，你为何有稳不得稳，弹涂钻孔竹棍，自己从不熟悉的领域里走？朱吉的妻子也不同意徐烨再冒这个险去贵州贩铜。朱吉妻子对徐烨说，利润越大，风险越高。两者相辅相成。广厦千间，夜眠八尺，日进万金，一日三餐。现在你们徐家，田也有了，房子也好了，你的人生也精彩过了，别求太多了，尽管他们那话说得十分剀切，但徐烨听不进去。他下决心将来的事业做大做强，非超过当时路桥的第一小商品大户王家不可。

我突然发现路桥徐家的第一位高祖徐镇立在我面前，他的打扮与他临死前一个模样，他向我作了个大揖说，我与他们是阴阳两界，在心灵上无法沟通，独有你是树之神，你有你的联络渠道可达南洋，我请你告诉我这位徐氏子孙，人当知止，切不可人心不足蛇吞象，如果他若是去贵州做铜的生意，非死不可。我抖了一下身上的树叶，我说我一定将你的话捎给远在南洋的徐烨。我一答应，徐镇的英魂立刻在我面前消失。于是我立刻向南洋的那一棵长在佛庙前的八百年高龄的同族兄弟发出一个信息，让他将徐烨祖上徐镇的警告告诉徐烨。我那位同宗兄弟，立刻通过梦境对徐烨说，天有不测之风云人有旦夕之祸福。所有的选择，第一关乎于你的生命安全。况且你走的那条海路，高深莫测不说，且是海匪横行。我的那位在南洋的堂兄弟与徐烨说了许许多多劝导他的话，但没有用。一个人若是命中注定如此，所有的努力全将归零。梦也给了，话也说了，可那徐烨就是不相信。第二天一大早，徐烨与朱吉说，一个绿色老人拄着一根拐棍来到我的面前，说我去贵州做铜的生意有危险，那是什么意思？朱吉夫妇还是不同意徐烨去。别看是梦，有时候，那梦是很准，但徐烨坚持要去。徐烨说，能挣上三十倍的利润，我徐烨不做，岂不是个天下第一大傻子？

我曾看过朱吉写的一篇回忆录。朱吉在那篇回忆徐烨的文章里说，那时的徐烨野心很大，根本不听劝。他一心想发笔大财，让他成为路桥第一块牌子。哪知人算不如天算。结果，徐烨一去，再也没有回来。事后，只有一位落海的徐氏子孙名叫徐炎的活着归来。

徐炎衣衫褴褛、鹑衣百结的站在我身边，向徐垠报告说：徐烨从贵州购好一船的铜归往福州的路上，他与徐烨所租的那条船，遇着大台风。那大台风相当的可怕，掀起来巨浪，足有三丈高。载满船的铜，哪抗得了如此大海浪？高的时候，船一下蹿至山顶，落的时候，一下子坠入谷底。那船是木结构的船。何以能抗得了如此折腾？整条船立刻被可怕的大海浪所肢解。船与铜全部沉没。三十多人全部让海龙王接引而去。独有他一个人，抱着一根桅杆，在海上漂了一天一夜，最后让一渔民救起。

徐家村人为徐烨披麻戴孝。徐家人不得不将徐烨平日间身上穿着的那些衣服拿出来，放在一口大棺材中，然后抬着他至他们徐氏墓园。

我一直不知他们怎么这样，直至徐涛说，他们的这种做法，叫作“衣冠冢”。我才恍然大悟。“衣冠冢”正式落成的那天，徐垠非常伤感，坐在我身边的那块石凳子上，念着袁枚写的一首诗：

人世肩头各一担，
梅花驮过杏花残。

暗是何必长鞭打，
就做神仙懒也难。

7

就在徐氏金木氏辈的那两代人全离世之后，社会发展如大海之浪涛，有高峰，必有低谷。前一个高浪头，就是为下一个低谷作准备。天人合一。所有自然间发生的一切现象，必然在人类家族发展与社会发展上得以体现。每一棵树都是独特的，由是天下没有一片相同的叶子。每一个人都是独一无二的，由是天下没有一个复制的人与命运。我今天引用日本作家夏目漱石的话说，每个世界经各人的因果交叉点为圆心，左右勾画出各人独自的圆圈。大圈子是疆场，小圈子是戏水池。两种完全不同的生态环境，决定了两种完全不同的人生现象：一种是物竞天择，一种是转基因。我从黄岩档案馆中，细查过资料，这一段时间里，徐氏一直处于沉默期。是时的徐氏子孙，开始遍及路桥。就那个岁月的路桥那条十里长街，徐氏约分为五个分支：一个分支在河西，一个分支在中桥，一个分支在三水泾口，一个分支在南栅，一个分支在石曲。那时，在路桥十里长街生存的徐氏子孙们，干什么的都有。或从教，或从艺，或从耕，或从商。时民间有言，“十里长街徐、王、蔡，三分有天下”。是时的路桥，因得水上交通之便，渐成台州的商贸重镇。一个商贸重镇，必须有手工作坊为依托。清光绪年间，台州六县三十六镇中，独我们路桥十里长街有六多：手工作坊多、店铺多、船坞多、饭店多、旅馆多、婊子店多。别处姑且不提，就傍南官河的那条十里长街，即出有三百多种行业。凡人日常所用之物，十里长街内俯拾皆是。这一段岁月里，所有徐氏子孙全为自己的生存而努力。他们所做的事情，是全路桥人所做的事情一模一样：或是下地种田，或是变做手艺，或是读书从教，或是经商，或在路桥那条方国珍为民王时就成型了的十里长街做些小生意，换些钱来购粮购菜以养家糊口。经济决定着一个人的生存方式。由于人的命运有不同，才能有大小。那时，路桥徐氏子孙们的经济状况出现了分野。有些人生活条件好，有些人生活条件孬。由于结婚有早迟。于是代数出现落差。有些人儿子生得早，有些人儿子生得晚，徐氏原定下来的金木水火土五代一轮的排辈法，出现了年长的人叫年幼者为公的现象。也正因如此，有起名字上出现不按辈分起的状况。而且这种情况，你想改变也改变不了，你想挡也挡不住。

这一百八十多年的岁月里，我的子孙却渐渐的走向繁荣。——据我目及所力，全路桥或大或小或高或矮足有一百三十多棵。其中长得与我差不多高大的就有二十一棵。这二十一棵所分布的地方是：浃里陈两棵，螺洋余家三棵，石曲方家三棵，下里桥苏家两棵，蔡家两棵，於家一棵，林家两棵，李家洋三棵，宋塘三棵。其中有一棵位置长得最高的是在路桥唯一的那一座大山人峰山顶。他一出苗，就远远的对我叫喊，妈妈，我落的那个地方是山顶上的夹缝，只有一点泥土。我问他，你能扎根吗？他说，眼下能，不知往下能不能。我鼓励他说，我的孩子，你给我听着，我曾听你奶奶对我说过，我们树的命，如果不遭遇意外的话，终极寿元可达五百多岁，是人类的五十多倍。你必须努力。别看我们的生命，永远行走在生死的边缘中，即使天灾人祸让你粉身碎骨，你也别轻言放弃。至少你有过别的树没有过的经历。只要你能与我一样的幸运，活至五百岁，人类就不敢轻视你了。一个做母亲的最大的幸福，就是看着自己的子孙长大成材。人类如此。我们做树的同样如此。在这自然界中，只有藤缠树，没有树缠藤。只要你勇敢无畏，不怕死，尽自己最大的努力，我做母亲的相信你一定会超越我。我将会因有你这样的子女而骄傲。我的这个孩子，真是争气啊。这一百年间，他一直在不断地努力。他先是将它的根顺着那岩壁的那一道缝隙钻下来。一直钻，一直钻，终于有一年的春天，他发白的须根，一下感受到甜爽的地气。他站在高高的人峰山上隔空对我喜极而泣的喊，妈妈，我终于接着地气了。我对他继续鼓励说，孩子，努力再努力，人类接地气而长存，树类接地气而得活。我们选择不了我们生存的环境，但我们可以选择我们的意志与心态。我这个孩子的意志实在太坚强了。他果然将他的三条根，同时扎入深深的土中。他的根一旦入土，我这个孩子的命运，立刻出现一百八十度的大转弯了。他第一年蹿有一尺。第二年又蹿有一尺。第三年，大台风降临。整个路桥全泡在水中。我半身全是水。徐家村的徐氏子孙们全坐在我的树杈子上过夜。我亲眼看到我那个长在山顶上的孩子，让大台风刮得六肢断裂。那腰几乎贴着山顶上岩皮。那年，我有十八个子孙被连根拔起。我无有他法，只可瞪着眼看他们被倒灌的大海潮活活冲走。我山顶上的那个孩子，只是和我说，妈妈，我要与你永别了。我不断地鼓励他：黑暗是你生命的太阳。边界是你人生的起点。你舍，必须舍，你将你身上所有的叶子与不必要的枝条全部舍掉。我的这个孩子真听我的话啊，一下子将身上所有叶子与不必要的枝条全部舍弃掉了。他这一舍弃掉了，我这个孩子也得了最大的得了。他的生命保住了。第二年一过，他又嫩枝一树了。三年一过，他变成了我们路桥位置最高，树形最大的一棵树了。就这年，我们所在的这个地方人众越来越多。终于有个高官在这里经过了。这位高官叫什么名字，我不知道。我只知道他的那位随从向他禀报什么事情时，总叫他巡抚大人。巡抚究竟是人类社会的什么官呢？我不知道。但我可看出他的地位极其尊贵。所有来拜见他的人，不是对他点头哈腰，就是对他行跪拜礼。那天，他也许是走得累了一点，有意无意的在我身边靠着歇了一下。他的下人拱着手在他身边立着。他问，这个地方叫什么地名？时陪着他出巡的地方官立刻巴结着上前说，此地地名叫路桥。更为幸运的是那棵长在人峰山顶上的我的那个孩子了。那位大官员似乎会看风水。他指着那人峰山问，这叫人什么山？答，人峰山。俗称叫大人山。大人山，大人山。好名，好名。他说完后，遂起身捻着他的那绺胡子，细细地端详着那人峰山。突然他似乎发现了什么奇迹般的对陪同他而来的县官与随从说，吾侪细瞧，此山像什么？县官忙答，下官眼拙，无有大人眼可力透纸背，知微见著。请大人明示。那巡抚说，此山可是一处风水宝山，你细瞧，其形有四：一如元宝，二如太师椅，三如笔架。尤其是那山顶上的那棵树一长，你瞧他的那样子如什么？下官不懂风水。那巡抚说，像大清国的皇帝帽。你想想，现在是大清国天下，你这个地方长有这大樟树的山顶其形如大清国皇帝帽，你说吉祥不吉祥？你给我好好保护。他伸手一拍我的身子说：这棵树的树龄，往少说也得活有一两百年了。一棵树，活有一两百年，不是神树是什么呢？这两棵树，是我们黄岩县的风水树。尔等必须下令保护。若有人破坏，当以破坏公共财物罪论处。我不听则已，一听我高兴得手舞足蹈。我太知中国的国情了。在中国这块土地上，说了算的不是那些草民，而是权力在手的政府官员。政府官员叫生，他就能生，政府官员叫死，他就得死。我刹那间明白，有此官员一言，我与山顶上的那个孩子，吉星高照，鸿运当头。我们母子二人终能稳稳当当的在这杀机四伏的人世间活下来了。大官走后的当年，那位黄岩县官员，立刻付诸行动。次日，这位黄岩县县丞，带着三四个人先是围着我做了一道大栅栏，不准人们上我身上攀爬，并在我身上悬有一张大告示。我山顶上的那个孩子呢，更为幸运。那位县丞亲自上山，用石头将我儿子周身全围成一道坚固的城墙。城墙一围定，那位县丞立刻竖立一块碑，亲自提笔在碑上写明：此树经某某巡抚所定，是黄岩县风水树。任何人不得侵犯。若是犯者以破坏本县风水论。此碑一竖，将我那个孩子高兴得心花怒绽。那年，是我们自然界树木中最为幸福的一年。那年，整个徐家村一片传言，说那个来说我是黄岩县风水树的大官，是同治朝的一个大巡抚，什么名字，他们说了，很长，可我记不住。我只记得他们说他学富五车，才高八斗，是个满族奇才。十八岁考中状元。他最大的本事是善看风水。据村里人在我身边议论时，说大清国皇帝的陵墓，就是他勘遍北京周边的山山水水后，最后由他选定。两宫太后一直对他宠爱有加。如此一个大角色的人物，他所出一言，岂有不一言九鼎之理？他的下属与子民岂有不尊崇之理？打从这年起，我们黄岩县与路桥栽樟树成风。是家中有空地的，全栽上了我的子孙。每天，天一亮，太阳一浮出海面，万道金光如扇子般的展开。我的后代子孙们在金色的阳光里，全闪耀着光亮的叶子，向我问好，妈妈您好，我们全借您与哥哥的光了。我呢，甭说是有高兴了，不说是激动得全身直哆嗦，也差不哪去。我呢，自然成为所有树木中最为成功的母亲了。

第三章

1

1911 年，是中国具有划时代意义的一年。孙中山与黄兴他们领导的“辛亥革命”，终于打响第一枪。

我正好是一百八十岁。徐氏金木水这三代人差不多全走光了。徐氏子孙们新的金木水火土，开始新的一轮轮回了。而我们这些活下来的树，活下来的却成了精了。十年树人，百年树木，凡是树，一过百年，人类就会对我们另眼相看了。况且我过了一百八十年。路桥人哪个人不是将我当成树神？那时，我努力将成为我母亲第二。

辛亥革命的这一枪，可不是平常的一枪。正因有了这一枪，才让行有两千五百年的封建帝制社会土崩瓦解，才让我们中国脱下扛有两千五百年的枷锁，结束了可怕的世袭制，开始朝着共和、民主、法制社会行进。南京光复了。杭州光复了。上海光复了。我们台州同样光复了。那年，台州革命军司令屈映光（临海人）任台州第一任民国政府的军事都督。杨道渊（路桥人）与王夑阳二人率国民革命军兵至南官。那时，我们台州七县及徐氏所在的路桥十里长街，人心骚动。从不问世事的路桥人，第一次听到他们从不曾听到过的新字眼：什么“民主”，什么“共和”。然而，那时的路桥人，怎么也搞不清“民主”是什么意思。

大清国遗老杨晨气得发昏。杨晨，字定孚，路桥河西人。十六岁有神童之称。清同治四年举人，光绪三年进士，殿试二甲第八名。为本科浙江第一。授翰林院庶吉士。光绪直年为监察御史。他是那时的大清帝国极力主张以实业救国的重臣之一，后因丁忧，一直在家从事实业。时黄岩县第一家开往宁波上海的越东航运公司，就由他一手创办。

这是一个方面大耳的老头子。我第一次见到他时，他拄着一根龙头拐杖来看我。我看他那铁灰色的胡子，长得差不一点平了他的腹部。他眯着两眼看我说，好树，这是一棵好树。路桥人的风水树。

在他的路桥府中（俗称杨家里），喷着唾沫星子，拍案大骂孙中山革命是乱党。

人类太不可思议了。你们的孔老夫子不是说，君子不党吗？怎么还结乱党呢？但，我的直觉告诉我：中国天下要发生翻天覆地的大变化。这个变化，将对我所在这块土地，出现开天辟地式的伟大时代。我自己也不知道我自己，因为什么，我与我的孩子们的树上，全结满了一颗颗紫色的小果子。这些小果子，一挂满我的树枝头，立刻引来了上百只鸟来争抢吃我的果子。那果子掉在地上，铺得满地发紫。如同一片紫色的玛瑙摊在地面上一样。那时路桥徐家，读书最多的是一对亲兄弟，不是别人，就是徐垠与徐坊。那徐垠一看地上铺满我的果子，他俯下身子，从地上捡了一颗送进他的嘴里吃了起来。吃完后，他突然对他的弟弟徐坊说，不得了，我们国家天下要大变了。徐坊问何以得知？徐垠说，我早就听我们徐家祖上说过，我们村子门口种的那棵樟树，是一棵知天地变化的灵树。如果我们国家的国运正常，他的果子是黄色的。如果我们国家国运要出大灾难，他的果子是黑色的。如果我们国家国运覆翻多变，他生的果子是紫色的。如果我们国家要大兴，他生的果子是红色的。你瞧，那掉在地上的果子，全是紫色的。我们国家不多变，那才叫怪呢。那天，徐垠指着我，对他弟弟徐坊说：怎么样？我说的话，没有一点错吧？我说这棵树是灵树，他就是灵树。他比我们这些人还懂世道之兴替。他一结下那么多的紫果子，准有一个新时代来临。别看他不会说话，不会走路，他比我们更有感应能力。所以你们得给我记住，千万别拿树不当树。人类一没有树，你的倒霉日子就不会太远。不信，你瞧着吧，一个新的且多变的时代开始了。徐坊说，这么说来，我们祖上栽下的一棵樟树，将是我们徐家村的神树？徐垠说，那当然了，若不是如此，我们徐家的老祖宗们，为什么会如此看重让他做我们徐家村的护村树呢？

2

徐鑫浮出台州历史水面。徐鑫，1893 年生，字立本。一家四口，兄弟两人，弟名徐镪。

我不知他是属徐氏子孙哪一房的。这个人，我也从来没有见过。有一次，他来到我树下找徐垠商量什么事，我只是看到他一个背影。只知他长得如一只猴子，与他的祖上的容貌有着很大的变迁。徐涛说他是徐镌的后代子孙。是不是如此，只徐涛知道。

那时，徐鑫家不在徐家村，而是搬至了十里长街。天下没有一片树叶是相同的。天下人也没有一个人的命运是一样的。每一个人都独一无二，全有属于他们的剧本。这个剧本没有事先设定的情节，也没有可预知的结局。只有他死后，他的剧本才正式宣告终结。那徐鑫天生是个善制器的人物。

他小时极喜制造。凡家中所用器具皆自行制作。七岁时，曾亲手做成大纸鸢，绑上小狗一条，曾在高空晃有三个时辰。那时候，连我对他都充满神奇，这小家伙那脑袋真敢奇思妙想的，什么样的歪点子，全想得出来。

十五岁入南官杨晨办的文达书院读书。文达书院毕业后，因徐鑫天生好技能，渴望离家去上海、杭州读技校。那时，徐鑫的家尽管安在十里长街，但他父亲一边在十里长街与刘家的刘剑郎合伙做一点咸货的小生意，一边靠着祖上在徐家村的那几亩田产吃饭。年成好坏，全凭着那捉摸不定的天意。何以有钱供他读书？那时徐鑫父母都想让徐鑫或是归家种田，或是帮着他经营咸货生意，拾掇几个小钱过平安的小日子。父母的决定作下后，徐鑫极为难受。终因家中没手力，一时不知何去何从。一个人无论从政、从实业，离不开三个先决条件：贵人相帮，小人相克，高人指点。时徐鑫所处情况不知怎么的让时任南官文达书院山长的徐垠知道了。那天，徐垠将徐鑫叫过，让徐鑫去考入杭州杭垣纺织学校。徐鑫答，因家困，家父家母不同意。徐垠说，以君之才干，岂可为种田人？你家父母不同意，我去替你说。第二天，时任徐氏族长的徐垠遂从徐氏公益钱中拿出二十多块鹰洋。

你们不知什么叫鹰洋是不是？我可以告诉你：这是一种银圆，产于英国。因为银圆上铸有一只大老鹰故称“鹰洋”。你们这一下明白了吧。

徐垠一直来到十里长街徐家。徐垠入门后，先将他所带的鹰洋，放在徐鑫父母面前，对徐鑫父母说：此子聪慧过人，极善制器。日后，必为实业界之枭雄。若是让他归家种田，必是大才小用。于家于他本人皆无益。我们徐氏宗庙愿出二十块鹰洋为资助；万望你们父母亲别因家困而糟蹋一人才。时南官十里长街人对徐垠极为信任，皆称徐垠为“大先生”。凡徐垠所言，无不是言听计从。徐鑫父母面对着徐垠的一脸真诚，遂同意让徐鑫前往考工程技术学校。次日，徐鑫独自一人，背着个包囊翻山越岭至杭州。七日后，徐鑫考中杭州杭垣纺织学校。三年后，徐鑫以骄人成绩毕业于杭垣纺织学校。时因清朝廷在光绪皇帝的亲政下大兴洋务运动，徐鑫经黄岩县城关朱劭（清光绪年间进士，后曾任大清国刑部侍郎）引荐，结识了上海经济界大佬、时任全国总商会会长的朱宝山（黄岩县城关人。朱劭堂叔）。朱宝山见其侄朱劭引荐来的徐鑫是路桥徐偃王后人。细观其人，两目黑白分明；轻瘦如空中翩然一鹤。“人不可貌相，海水不可斗量”。知来者必聪慧过人。况且他所专攻之业与他所办的纺织业对口，遂同意徐鑫去朱宝山刚办不久的上海大经织布厂负责厂内技术工作。我从徐鑫后来的发展情况来看，姜到底是老的辣。徐垠到底是徐垠，读书多，阅人准。无论与何人见面，观其相、察其言，即可知其大概。用现代的语境说，路桥的徐鑫，是天生的工程技术人员。徐鑫入朱葆大经织布厂后，遂被同行起有绰号叫“老鼠钻”。

徐鑫奉命接收一台由朱宝山向德国人订购下的织布机。这台织布机到后，引起徐鑫浓厚的兴趣。时徐鑫为熟悉织布机内部构造，亲将这架机器拆卸八遍再重新组装八遍。一一将织布机的内部构造搞得黑白分明。二十岁一过，遂成大经织布厂技术高手。

朱宝山为发展民族织布业，特从德国进口三十六台织布机。哪知这三十六台织布机运到后，不知因何出现技术性故障，专出废纱头。时随机而来的德国工程师，怎么也修不好。徐鑫上前说，你就让我来替你修吧。德国工程师回眸瞧了瞧这位奶毛未退、黄皮肤黑眼珠子的中国小后生，打心眼里不相信：我这出自德国名牌的机械大学。什么大学？所有史料中不曾详载，我在这里不能胡说。因为我是学者，还是作家。作家可以虚构，搞我们这项工作的就是不能虚构。有一就得说一，有二就得说二。我这么大的一个工程师没有修成，你一中国小后生能修好？他那张多毛的脸，遂现瞧不起的神色问：你毕业于外国哪所学校？答：杭州杭垣纺织学校。德国人问，中国学校，能培养出高手来修我们的机器？徐鑫答，那你能不能将三十六台机器全部运回德国？不能。能不能将三十六台机器全换成新的？不能。徐鑫说，这也不能，那也不能，你总不能让我老板花钱购下的这三十六台机器死在这里，成为废旧物资吧？那位德国工程师一瞧徐鑫胸有成竹的样子，只得让徐鑫来修理。半个小时一过，徐鑫一脸污垢地从机车中钻出。一给电，第一台经徐鑫所修的纺织机立刻发出快活的轰鸣声。一试，完好。七天一过，三十六台机器所存在的问题，全部解决。徐鑫此举令这位德国工程师大吃一惊，问：何处出病？徐鑫答，你问你们的老师去吧，我只不过是中国专科学校学生不屑再问。

我查过《赤城志》与《黄岩新志》：那时，面对着中国如此之大的布业市场，面对着如此密集型劳动，时年仅二十有一的徐鑫，心中涌出最大一梦想，想在他家乡黄岩路桥办个织布厂。徐鑫之所以想归家乡办厂的原因有三：一是黄岩多海地滩涂，一旦综合利用，遂可翻变成棉花产地。二是黄岩人口密集，女人闲居在家人数极多。三是黄岩一地有浙江东南最大的商品集散地。凡布，只要质量上乘，一旦打开市场，行贩就会自动找上门。有那么一天夜里，张连胜至上海。张连胜，黄岩江口人。张连胜幼年丧父，家境极其贫苦。十六岁那年，张连胜卖掉两亩山地，半留老母为生计，半作盘缠赴宁波投军。七八年后任定海中国游击。剿上虞大山岚山土匪立功，升定海、太平参将。张连胜作战身先士卒。调任时部下攀辕载道。甲午海战后，力议在象山建立军港，但未被海军大臣萨镇冰采纳。清光绪三十一年，兼定海镇总兵。次年，任乐清协副将，乍浦副将。宣统元年，浙洋水师改组，张连胜任北路水师统领。辛亥革命时，张连胜曾奉江苏程德全之命，征募台州温州两地水兵两千多人为先锋，参加沪浙联军攻打南京。1912 年，张连胜任中华民国总统府咨议。因光复南京立有战功，深得孙中山信任。孙中山特为张连胜题有“革命先锋”四个字。时张连胜去朱宝山公司有事，徐鑫遂与张连胜商量此事。张连胜听后十分高兴：是的，是的，我们黄岩县农村闲散劳动力实在太多了。好好办个纺织厂，能解决多少老百姓的吃饭问题啊。三日一过，徐鑫遂向朱宝山正式提出辞呈。初时，朱宝山舍不得放徐鑫走。徐鑫将在南官办纺织厂的优势与前途及给黄岩县百姓带来的好处一一说明。是人，均有家乡情结；是人，均有人人为我，我为人人的思想。人的欲望是一枚硬币的两面。适当的欲望，不仅可以给社会带来益处，也可帮助他人与成全他人。况且那时的我们黄岩县的朱宝山，是全国有名的洋买办中的大亨，专与外国人做生意，与法租界的人关系很铁。是亲三分向。胳膊肘子从来是往里拐，不往外拐。岂有不赞成之理？朱宝山不仅同意徐鑫走，且一脸英雄豪迈地赠给徐鑫三台机器。

徐鑫坐着越东公司的客轮至路桥。徐鑫约请路桥不少名流，共同出资三百块鹰洋为股本。

我第一次与那位徐氏子孙名叫徐鑫的见面。我也是第一次看到他的全貌，身材再也不是过去的那种样子，魁梧壮实。棱角分明。唯一与众不同的是他的头发，不知他们祖上哪一位曾与蒙古族女子成过婚，一头黑黑的卷发，鼻子高得如一座山峰。徐鑫就在这棵大樟树下，贴上一张大布告。——那布告上说，他要办一个纺织厂，缺钱。希望徐氏子孙们参股，每股大洋五块。徐氏子孙们十分高兴，有的一家拿十块，有的两家出五块，将徐鑫所需资金集齐。凑足资金后，徐鑫再归上海，找到朱宝山，请朱宝山帮他从外国进口三台纺织机与柴油发电机。

朱宝山责无旁贷，出手相帮。一个月后，朱宝山出面从德国购下三台纺织机与柴油机。机器一到，徐鑫立刻打道回府。

机器搬运至越东公司去往海门大客轮时，即与时押船的张连胜碰了个正着。张连胜见徐鑫运来的六台机器，问：这是什么机器？答：纺织机。这个呢？柴油机。干什么用？发电。如果今后有人出钱办电厂，我再购它十台百台。张连胜只不过是随便问问，却引起另一位后生人的注意。这位与徐鑫差不多年纪的后生人名丁文渊。丁文渊，新桥红台门人。时在上海读书。为人聪明绝顶。丁文渊时正立于张连胜身边。徐鑫此言一出，他那两眼即如阳光下的水晶熠熠发光。丁文渊问：私人能办电厂？徐鑫答，怎么不能啊。我所在的上海大经纺织厂，就是用的私人电厂发的电。用什么发电？油、煤均可。张连胜问：办发电厂能不能赚钱？何以不能啊。大有赚头呢。你为什么不办？我学的不是这个专业。那，上哪去找懂此行之人？嗨，懂电的工程师，无论国内国外，我认识的不少。若是张大人要办电厂，你找我，我可以为你推荐。张连胜有口无心的应有一声“好”。事情到此结束。而这位来自于白枫桥红台门的小后生丁文渊，却将所有话全记在心里。船在去往黄岩海门的海路上，足足行有两日两夜。第三日，船至海门港。第四日，徐鑫将这三台机器运回到路桥十里长街。经徐垠出面调停，徐鑫遂在河西租下三间废房子。第五日，徐鑫着手安装。一个半月过去。六台机器组装完毕。开始试运行。那天，王家来人了。林家来人了。戴家来人了。丁家来人了。刘家来人了。杨晨一得知这个消息后，也拄着拐棍飘着他一脸的灰胡子，从他的杨家里走出来参观。一运行，可不得了了。围观的十里长街人无不叹为观止：那机器的柔和轰鸣声，如一支美妙的歌曲将周边的人心弦轻轻拨动。那天，路桥不少男人与女人，一动不动地立于纺织机前，看着徐鑫将第一件羊毛衫织成。他们怎么也没想到，一台机器织得比人还快有百倍。好了？好了。十里长街人从徐鑫手中拿过羊毛衫，细细抚摸一下，质地特别柔软、光滑。对着那明媚阳光一照，绢缎般的闪闪发亮。南官十里长街人实在是太聪明了。聪明得头发全都是空心的。那时，所有围观着的路桥人有一个算一个，全明白地意识到，一场产业革命将在黄岩县兴起了。

我将这一切的一切全看在眼里。当时心里就感叹不已：徐鑫啊徐鑫你做人实在是太有眼力了什么叫商品有人需求即就是商品我们南官十里长街人曾几何时穿过这样豆蔻年华的好衣衫不怕不识货就怕货比货这羊毛衫如此新潮如此高质岂有不受欢迎之理？

别看杨晨的物理年龄早已步入老年，可他的心理年龄却相当青春。他完全出于孩提式的一种好奇问徐鑫：多长时间织一件？一个小时左右。一天一台机器能生产多少件？二十四个钟头，你可以算，往少里说，二十多件。成本多少？我没细算，往少里说得赢利一半。既然“效头”如此好，你为何不多购？问题眼下十里长街没电。是不是一有电，即可替代手工？徐鑫答，当然。梁启超那个《天演论》里不是说，物竞天择，适者生存吗？大清帝国败在什么地方？就败在科学技术不发达上。人家用枪用炮了，我们还用刀；人家用大军舰了，我们还用木帆船；人家都用电报了，我们还用人送信；人家都用火车了，我们还骑马坐轿；一个是力举千钧的青年后生，一个是手无寸铁的糟老头子，你不让人家一拳打倒在地那才叫怪呢。那时，我们路桥十里长街的人们，听后无不是点头称：有理，有理。两个月过去。徐鑫试做成三百多件羊毛衫。第一次投放市场，遂被好新鲜事物的南官人抢购一空。自此，前来订货的批发商络绎不绝。

徐垠拿着一件羊毛衫，在我的树身子底下，展给徐氏子孙们看。那件羊毛衫确实漂亮。徐家村的徐氏子孙们全围上来看。有好些个徐家女孩子吵着要父母给她买一件这样的羊毛衫。

南官“普明”织物厂正式成立。董事长是徐鑫，总经理是徐鑫的亲弟弟徐镏。选出董事有十人。徐垠、徐坊两位长辈代表徐氏家族成为董事。就在他们召开的第一次董事会上，徐垠提议：将徐鑫所出产品定名为“福梅”。其义不言自明：愿用他的产品人家“福比东海，寿比南山”，品质如雪天里盛开的梅花笑傲霜雪。尽管这个名字起得俗之又俗，一经浮出水面，却成为我们台州七县的第一大名牌。

3

徐铉浮出台州历史水面。徐铉1909年生。父亲不是别人而是徐垠。时路桥有算命先生言：男子女午。凡此两时辰所生子女必贵。不是经国之男，即是泽世之女。由是徐垠将他的头生子起名为徐铉。

徐铉一出生，徐垠按着老规矩，给我系上一条红绸缎，摆上八品果馔上有三炷香，让我好好的保佑他这个头生子。那时我十分得意，我终于在路桥成为我母亲第二了。

4

1910年，孙中山领导的资产阶级民主共和大革命风起云涌。《黄岩志》明确载：时黄岩县有三十六人参加孙中山领导的光复会。后成辛亥革命大英雄的，有柯冠时、王卓；成大人物的有朱劭、方策、林蔚、张连胜、王浩南、林显杨、王楚材、徐墦。成全国名实业家的有朱宝山。

1912年，全新型的中华民国政府在南京正式成立。孙中山任代大总统。黄兴任军政部长。改国号为民国。中国有史以来第一次以“民国”为国号。称民国元年。《黄岩新志》明确载：黄岩县民政长改为县知事，废典史与长浦巡检司，设民政、财政、教育科。

徐墦浮出台州历史水面。徐墦是徐烁的长子。我一直没有查清他是属于徐氏三位高祖中的哪一脉系。

我唯一知道的他一心想去日本读书，因没有钱，不得不求徐垠帮忙。那天他们二人就在我的树身子底下说这事，徐墦对徐垠说，阿哥，我们徐家宗庙还有钱吗？要多少？三百块饼银。你想干什么呀，我想去日本读书。读哪一门？我想读军校。为什么想读军校啊？徐墦说，当家大哥，我们国家太弱啦。这么大一个国家却让一个小日本打败了。我必须去日本学军事，回来好报效自己的国家啊。你与什么人一起去？黄岩的林蔚、卢洛平，临海的王庆、屈映光，於家的於达望、於达准、於达衷三兄弟。他们全与你一起上军校吗？他们不一定，但我一定上军校。时全路桥最有钱的是王家的王蒙升。他家不仅开有钱庄与商店。路桥著名于世的二十五间，就是他一手所建。徐垠根本没这么多钱供徐墦去日本读书。但作为徐氏当家兄弟，他不能不出手帮忙。那天，徐垠立刻跑至王家钱庄，找到王蒙升，向王蒙升提出这个要求。由于路桥所有大姓全结成义兄弟。王蒙升岂有不帮之理，立刻同意借徐垠三百块饼银，连字据都不立。只对徐垠说有一句，你什么时候有钱了，什么时候还。徐垠拿回来这三百块饼银，就在我的树身子底下，将饼银交给徐墦。徐墦拿起饼银，连一声谢谢都没说，起身就走了。徐垠妻说，这小子怎么如此没有礼貌？徐垠答，他是当兵的料子。徐垠妻说，如果他不还怎么办？徐垠说，钱财是身外之物。生不带来，死不带去。公众款还得了就还。公众款还不了，我自己还。就你教书得几个钱还得起三百块儿饼银？徐垠说，女人就是女人，头发长，见识短。

南昌起义打响第一枪后，黄兴立刻决定光复南京。在光复南京时，徐墦一因任骑兵团团长有功，二因他毕业于日本士官学校。孙中山一就任第一任临时大总统后，徐墦即为浙江省骑兵旅旅长。徐墦当上旅长后，第一件事，即衣锦归乡迎娶王蒙升的二女儿为妻。王蒙升高兴得眉开眼笑，对徐垠说，看来我这三百块饼银的投资投对了。徐垠说，你知道徐墦与你女儿好？我是不知道。可我弟弟儿子王仲慕知道。他对我说，阿伯，我看我阿妹与徐墦好上了。何以见得？我看见徐墦在你家房后，搂着亲嘴呢。徐垠很感意外。他拍着脑门对王蒙升说，我真担心还不出那三百块饼银了呢。这一下，不用我还了。

徐墦就站在我的树身下迎王蒙升女儿下花轿。我第二次与徐墦见面。那徐墦再也不是我第一次见到的徐墦了。一成为军人，他整个样子全变了。威风凛凛。长得牛高马大不说，他那张脸越变越如一只老虎。是来看迎亲的周边人没有一个不夸王家看人准，说王家只花了三百块饼银，将女儿嫁了一个大将军。其中有一个当着王蒙升与徐墦的面夸徐墦南人长了个北相，日后不是大富，即是大贵。我听后一直没作声。我那个离我约九十米远的儿子，却说话了。他说，妈，你听见他们对徐墦的评定对吗？我听见了。妈，他们说得对吗？我摇头说，你妈不是看相人，我不知道。儿子说，妈，你不会看相，可有人会看相。谁？你不认识。两个过路的。他们怎么说？那天，有两个看相人正好与徐墦相遇。两个看相人坐在我的树身下对徐墦的相是好是坏讨论起来。一个说徐墦相好。有虎威。是当将军的料子。一个说徐墦的相不好。最后不得好死。另一个看相人要那个看相人给他一个理由。另一个看相人说，别看此子身材魁梧，气冲斗牛，但此子相中有四病：一是鹰觑，二是鹘望，三是目光如豺，四是虎面猪腹。鹰觑鹘望者，必冷血杀手，目光如豺者，必贪得无厌。心无善念。虎面猪腹者，必遭横死。另一个看相人说他说得对，并断定徐播将是他们徐家第二个徐桦。

5

黄岩县新鲜事一件接一件的出现。

第一件事，黄岩县有史以来第一次举行民选，选有议员二十四人。说起来似乎有那么一点黑色幽默：初时，全路桥人没有一个人相信这会是真的。他们对这个举动十分惊诧。误以为这只不过是骗人的把戏，既然是玩，那就玩起来看吧。于是玩。于是他投他的意中人，他投他的意中人，哪知，一切梦想成真。按着得票多少，二十四人当选为县议员。路桥有两个人当选为县议员。一个是杨晨的孙子杨绍翰，一个是徐垠。尤其好玩的是徐垠。徐垠当选议员后，他且还稀里糊涂的如在梦境中。他问杨绍翰，这个游戏规则从哪来的？外国。外国这么多国家，到底是哪一国？听说是法国。他们有个巴黎公社，就是这样选出来的。什么叫巴黎公社？我也不知道，大概是用篱笆圈起来的一个原始社会吧。黄岩县议会成立后，当天即召开第一届会议。杨道渊（路桥人）为知事，杨晨孙子杨绍翰为议长。王燮阳为督军。

第二件事，黄岩县正式成立第一届农民协会与行业商会。徐鑫出任路桥第一任商会会长。无论是过去还是现在，出任一个地方的商会会长，必须有三个条件，一是经济实力，二是社会地位，三是德高望重。就那时论，徐鑫财力不敌王源丰，社会地位不敌杨晨，年龄只不过是二十多岁善办企业的小后生。他何可出任商会会长？那天夜里，路桥约有一百位有头有脸的商人在东岳庙开会，主持会议的是杨绍翰。所有前来参会的商人中，年纪最轻的就是那个徐鑫。他们根本不知这个商会有什么用，只知一朝天子一朝臣。人一到齐，他们第一件事即问杨绍翰怎么选？杨绍翰答，民主选。什么叫民主？就是大家说让谁就让谁。怎么个让法？县里有范了。我们照着县里的范儿办。县里怎么个范儿？杨绍翰说了个大概。什么标准？我爷爷说了，他年事已高，当不了这个；让大家伙选个人品好一点，人缘好一点，心公正一点，做生意时能出面讲个公平话，年轻一点，能跑能颠的就可以了。于是，每人发一张纸，学着县里的样子，任意填他们认可的后生人。结果，一唱票，让参加开会年龄最轻的徐鑫傻了眼。他名列第一。徐鑫立起抱着拳说，诸位前辈，我是个办小厂的小后生，怎么能让我当商会会长呢？大家说，这个商会，既不发工薪；又是义务劳动。杨老爷子有话，要年轻，要公平。要人缘。要会跑会颠。想来想去只有你。徐鑫不肯。大家伙说，徐鑫，你接了就接了吧。别牵着不走，打着倒退，狗肉不上桌。让人看你不起。徐鑫一想也对，不看金面看佛面。大家如此相信我，我岂可不知好歹？反正是公共商务，接了就接了吧。哪知这一接，那死结恶结一个接一个需要他帮着解。占去了他的大量时间。

第三件事，台州公署派兵剪男人蓄辫，二十岁以上女子放开缠足。徐垠即令他的两个还没有嫁出去的女儿放足。他本人率先在路桥剪掉他后脑吊着的那根大辫子。时杨晨一因他是大清国的重臣，二因辫子是大清国的重要标志性记号。拒绝剪掉那根一直垂于后脑且是半花白了的小辫子；拒绝让家人放足。作出两个拒绝后，杨晨大骂民国政府不正统，胡吃海塞。时与杨晨成为好友的徐垠劝杨晨当识时务。徐垠说，我从小即听您说过，万物皆有数。数尽则命尽。万物皆命悬于天。生者有时，死者有时。何如此不顺应用潮流？人生七十古来稀，问君还有几春秋？当出力处须出力，得缩头时且缩头。你身为清高官，国家至此割地求和，你无责乎？说也奇怪，尽管徐垠与杨晨年岁相距可为两代人。杨晨却对徐垠十分信任，长叹一声道：功名富贵若长在，汉水亦应西北流。杨晨遂不再骂。他骂是不骂了，但他后脑勺吊着的那一根小辫子，至死都没有剪掉。

6

1913 年，清政府正式退位。袁世凯上台成了第一任中华民国大总统。孙中山不得不暂时退出历史舞台。

徐墦投靠袁世凯手下大将朱瑞。是时的徐墦，长得牛头马高，豹眼虎额，威风凛凛。辛亥革命时曾参加朱瑞领导的敢死队。攻打南京时，朱瑞曾与张勋部对决。徐墦为先锋官。两军搅成一锅粥时，张勋手下一战将，挥起战刀策马直扑朱瑞。徐墦上前一声大喝，竟将对方喝得一个倒栽葱撞下马来。自此，徐墦与朱瑞结成生死友谊。

黄岩县最后一任知事陈德毅与一标统两家老小数十口人，因无钱归他的老家惠安，一时坐在海门码头，面对那黄滚滚的大海水，神暗心伤，两目垂泪。就在他一家人走投无路时，恰遇徐鑫坐着船从上海归来。徐鑫早知陈德毅为官清正，清政府近半年不曾发有工薪，无钱归福建。一看他那个一脸沮丧的样子，遂上前问，陈大人，你是不是没钱归家了？陈德毅可怜巴巴地看着徐鑫一言不发。徐鑫立刻从他的包囊中拿出饼银（多少数字不详）作为路费，让陈德毅一家数十口归闽。那年，杨晨欲与清政府同归于尽。时杨晨儿子杨祖恩与孙子杨绍翰怎么劝也不听。杨绍翰找徐垠。徐垠一听，立刻与杨绍翰急奔杨家大院劝杨晨。徐垠说，有道是好死不如赖活着。人的生命只有一次。为如此腐败政府去死，一是不值，二是你们家那么大的一个产业，让谁去经管？杨晨听后，深觉徐垠所言有理，遂不再为大清国殉身，但他毕竟是大清国的臣子，为臣子者岂可不忠？

我亲眼看到，那个杨晨在离我不远的地方，对着人峰山摆下了宴桌，放有八口果蔬，焚香以祭大清国退出政治舞台。祭罢，杨晨号啕大哭。哭得如同一个孩子。我的孩子非常不理解，这个杨晨为何会这样。我答，他这是在表忠诚呢。我孩子说他做假戏，真的要尽忠，一个死不就完了？

7

反袁浪潮日起。天台县周永广打着“黄兴有令”旗号，四处招兵买马组织反袁队伍。袁世凯恨得咬牙切齿，出重金悬赏捉拿周永广。袁世凯下令徐墦任浙东清乡司令兼任警备队司令、浙东乡总办。徐墦之所以如此坐着火箭上升的原因有三：一因徐墦镇压黄兴发动的“二次革命”有功；二因袁世凯图收买人心，遂授徐墦为五等勋位陆军少将。三因朱瑞举荐时曾言徐墦为人极忠。据《黄岩新志》载，就当时台州一郡来说，徐墦是第一位民国政府少将。消息一传至路桥，整条十里长街现出前所未有的节日狂欢。

我亲眼看到徐墦父亲徐烁与徐墦的妻子王氏高兴得五官攒动。初时徐烁曾作有两个决定：一是办庆功宴，请钱路桥徐氏宗亲们前来大庆贺；二是竖它一面将军旗。徐垠一得知此消息后，遂将徐烁叫至我树身下阻止。徐垠说，阿叔，做官如同做生意。产品选择不准即片金不得。袁世凯二臣贼子。为他所封，不知日后是祸是福。为人子者一切当韬光养晦，岂可如此张扬？现在，天下局势如此吊诡。胜者王侯败者贼。谁胜谁败一直是未知数，我们徐家岂可如此张扬？不怕别人说我们徐家小人得志竖起尾巴当旗杆？徐烁听后，深觉在理，叹说，知人事者惟我堂侄耳。遂办罢议。

童保暄、夏超等发动政变。朱瑞逃往天津。徐墦不得不去职归家。

徐垠将徐墦找至我的树身下。徐垠动员他别再在政治刀尖上跳舞。徐垠说，阿哥，我是教书先生。只知之乎者也，不懂什么叫政治。但我眼里，当下政治与下里桥金三角婊子店无有他别，黑暗、无耻且残酷。别看她获利丰厚，但必须以她的美貌与生命做代价。没有实业，何以发展经济？没有经济，何以国富民强？我劝你听弟一句话，还是退出袁世凯的政治圈子吧。此人才少志大，德薄位尊，怕不得好死。但，徐墦不听，大责他弟弟是个一无用处的大书腐，只知用书呆子的眼光看世界。却不知政治权力给人带来的好处。堂兄弟二人不欢而散。徐墦甩手愤然离去后，徐垠对着我仰天叹息说：大樟树，大樟树，你全听见了，你给我作个证吧。徐墦如此只知刀头舔血，他若得好死，算我栽了。

8

1915 年 5 月，袁世凯为取得日本帝国主义的支持，终于接受日本旨在独占中国领土的二十一条要求的大部分条款。袁世凯终于成为中国第一个大卖国贼。袁世凯的举动一经知情人披露后，遂成一股汹涌澎湃的大海啸，冲撞着袁世凯那座苦心经营的金銮殿。

朱瑞下台。徐墦不得不投靠于孙传芳。

徐垠坐在我的树身下，对徐墦父亲徐烁说，善恶关头休错认，一失人身万劫难，积德若为山，九仞头休亏一篑。怎么样，阿叔，我哥哥就是不听我话，今天现给你上眼药了吧。徐烁抬起头，透过我的树冠上那密集的树叶子，看着那高挂着的大月亮。人是生是死，一切听天由命。一切由着他去吧。

9

1916 年，袁世凯复辟称帝。全国立刻掀起一股轰轰烈烈的反袁大高潮。也许是前过的中国历史容不得倒退，也许是中国社会开始从愚昧走向进步，也许是人心思变。顺民心者昌，逆民心者亡。袁世凯因众叛亲离，遂成孤家寡人，最后呕血而死。袁世凯死后，山中无大老虎，猴子成大王。中国历史再次重演历史上经久不衰的军阀混战。时中国政局最大特点是：城头变幻大王旗，有枪就是草头王。尽管从那时的 1916 年至现在的 2015 年，我们台州的历史时空穿越有 99 年。尽管我们台州，位处于高山峻岭腹地、大海一边，终因它不是世外桃源，与内地一样的一片腥风血雨。战争从来是政治与经济的延伸。各派为掌国柄打得个死去活来。而我们路桥人呢，还是一往故我的，将他脑袋削了个尖往铜钱眼里钻。

10

1917 年 7 月，北洋军阀，下令解散议会，废弃《临时约法》。轰轰烈烈的“护法运动”在全国各地飙起。孙中山先生与他的伙伴们四面出击，联合西南各路拥兵自重的军阀，并在广州成立“护法军政府”。

徐鑫开办的普明织物厂，初成规模。员工达一百八十余人。

徐铉八岁。入时设于徐家村内的一家庭私塾读书。

小小的徐铉，极为聪明。五岁起即随人读《三字经》《千字文》。那时，我经常听到徐铉在家中用他那带着一点稚嫩的声音在喊：贤乃国之宝，儒为席上珍。那时徐垠对他的长子最大一期盼：是想让徐铉成为他们来至路桥第一位高祖徐镇的复印本。

11

1919 年，因北洋政府密令出席巴黎和会的代表，在丧权辱国的山东条款上签字。此消息一经传出，遂引起北大爱国学生的愤怒。

北京爆发有划时代意义的“五四学生运动”。时黄岩北大学生周炳琳（字枚荪，上洋乡人。民国元年以第一名成绩毕业于黄岩中学。次年考入北京大学预科。民国五年，升北大法科经济门。“五四运动”时任北京学生会秘书长）与牟正非二人直接参加“五四运动”。黄岩中学全体学生，上街举行大游行。

12

大风、大雨，大海潮、大山洪，四大灾难同时降临台州。

你们知道吗也许你们现在什么都不知道吧没有经历此难的人何以知道这四大灾难降临时所现出来的样呢。那天，老天爷如同捅了个大窟窿：既刮狂风，又下暴雨。那狂风暴雨足足下有三日三夜。可怕的大洪潮，顺着清港港涌入南官河。南官河水暴涨。一夜间，水淹至十里长街沿街住户二楼。横跨于南官河上的八座木桥全部被洪潮摧毁。仅有福星、卖芝、中桥、三桥四座石桥幸存。所有沿街的商铺与住房，水全部淹至二楼。人们不得不举家攀至屋顶过夜。我与我八个孩子，再次救下了南官三百多人的命。正当那湍急的河水迅速从一楼漫至二楼，整个木结构房子在汹涌的洪水中，如患有骨节疏松症，一片咯吱直响时，不知是何人叫了一声：不好，我们的房子要倒了，我们赶紧往大樟树那过夜吧。如果那大樟树倒了怎么办？一个声音喊，大樟树树大根深，岂有让洪水冲倒之理？快一点去吧，于是，有一人率先爬上我的身体占据安全的地方。他这一爬不要紧啊，所有的人全跟着爬上来了。他们刚刚爬至我身上，他们家那又破又烂的房子，如喝多了酒的醉汉一样，全一头栽倒于水中了。一栽入水中，立刻被一股可怕的大力肢解成碎片，顺着那滔滔的河水流向东海了。好在这三百多人全爬到我们身上过夜，没有出事。

杨绍翰、徐鑫、徐坊、徐垠立刻联袂出手，雇有十八艘大船，沿十里长街救危房中人。救下那些一直蹲于房顶的人后，遂一船接一船送至石浜、下包人峰山脚下。直到大水退去，这才得以归家。

徐垠站在我树身上动员徐家村人拿出家中粮食救人。时有徐家人说，我们自己也没有了拿什么救人？徐垠说，有多少出多少。徐家人说，人不为己，天诛地灭。徐垠说，做人啊，什么都可以丢，唯独人的良知与道德底线不能丢。这两块阵地一旦丢失，你就会变成一块擦过的手纸，最后被人丢弃掉。人啊人，人生在世，必生于忧患，死于安乐。人的一生，就如那宇宙中的太阳，有升必有落。光升不落是神话，光落不是绝灭。

13

张连胜、丁文渊二人决定在路桥开办第一家新华电力公司。张连胜任董事长。总经理是丁文渊。路桥新华电灯公司厂址，即设在现在的三水泾口一带。所有发电设备全由朱宝山代为从外国购买。

有三件事徐涛不知道，我却知道。因这三件事，全在我的眼皮底子发生，知道的人并不多。第一件事：路桥来了三个德国工程师。时路桥人从来没有见过德国人长的是什么样子。正当那碧眼金发的外国人一出现我树身下时，一大帮子路桥人全围上来看。那两个外国人倒是无所谓，大大方方的站在我树身下让他们看。不知哪个路桥人从何处听说德国人不长膝盖，居然上去要求摸一下德国工程师的膝盖；那个德国人脾气极好，你要摸，你就去摸吧。那位老人摸后大惊说，德国与法国传教士神父与我们的腿一个样啊，何言没的膝盖而不会下跪呢？第二件事，是时的路桥有的是妓女店，却没有正经的大饭店。张连胜初时将这两名德国工程师安排在杨晨家里。杨晨没同意。他说他恨外国人。张连胜将徐埌找至我树身下坐着商量。徐埌说，这有什么呀。天下锅都是朝天烧的，外国人有好人也有坏人。肚痛不能怨刺瓜。遂将此两名德国工程师安排于家中。就此一举，让徐埌妻子忙坏了。做了好大桌子的好菜给这两名德国人吃。结果是他们不会用筷子，也不会吃大黄鱼。徐埌的妻子不得不将大黄鱼的刺全部抖掉，让两位德国工程师吃。这一吃不要紧，让德国人直叫好。第三件事，这两个住在徐埌家中的德国工程师特别喜欢时年仅十一岁的徐铉。两位德国工程师在路桥待有半年，他们与徐家人好有半年。是时的徐铉长得玲珑可爱，几成为他们之间的忘年交。徐铉教他们学中文，他们二人教徐铉学德文。不知为什么，那时的徐铉对外语极有天赋，一教即会，居然会与两位德国工程师用德语对话，搞得徐埌一头雾水。

六个月过去。

路桥新华电厂正式落成。

两个德国工程师归上海。

德国工程师（叫什么名字，我不知道，路桥人全管他叫德先生）将徐埌叫至我的树身底下。徐埌不知这位德先生找他有什么事，遂来到我身边，他们二人同时坐在我那两棵裸露的树根上，徐埌问德先生有什么事？

那德先生一边用他刚学来的半生不熟的路桥话，一边舞动着他的肢体，来表达他想说的话语。初时徐垠怎么也搞不明白，后来，总算是搞明白了。那德国工程师居然向徐垠提出他的一个要求说：你比我好。你有三个儿子，我一个也没有。他说他很想在中国收个儿子，他说他看中徐铉，说徐铉聪明绝顶，能不能出让给他。他将徐铉带往外国去，日后可成大才。如果同意，一切费用均可协商。是时的徐垠确实有三个儿子，别的均可说，将自己的亲生儿子过继给德国人，徐垠不干。徐垠先是抱着拳头向那德先生表示谢意，说他看得起他的儿子；后是对德先生明言：我们中国与你们外国习惯不一样。中国讲的是羊肉贴不到狗肉身上。亲的就是亲的，义的就是义的。给个金山银山也不换。这位前来组建电厂的德国工程师一看，没有别的法子说动他了，只得恋恋不舍别去。

路桥新华电灯公司正式开机。那天，整个路桥三水泾口，一片人山人海。有不少人一得知消息后，遂从长浦、螺洋等地前来观看。当机器一轰鸣，电闸一合，附近商店电灯一亮，所有前来观看的人们无不是张大嘴巴，现出一片惊叹。他们怎么也搞不明白，这火是从何处来？那灯泡中只有小小的几根丝，怎么就会发出这么大的光亮？时丁文渊越向乡亲们解释，乡亲们越糊涂。其中路桥一丁氏老先生，非要看一下那盏灯泡不可。丁文渊不得不拿出其中一盏灯泡让他看。他拿起那盏灯泡，怎么看也就这么几根丝。结果是一不小心滑了手，落在地上，“砰”的一声摔了个粉碎。丁文渊极其骄傲地说，什么叫科学？这就叫科学。

“科学”两字渐成为路桥人的新语境。那时路桥人从来不曾见过煤，后来他们渐渐得知那煤是树在地下变成的。

徐涛他爷爷就曾异想天开地做起种煤梦。那天，他拿过一根树枝，在离我不远的地方狠狠地往地下砸。徐垠刚从学校放学归来，见徐涛他爷爷往地里砸树枝，问徐涛他爷爷，你往地里砸树枝干什么？徐涛他爷爷说，我种煤呀。徐垠嘎的一声笑了起来，伸出手抚了一下他的头说，傻孩子，煤是种不出来的。

路桥人第一次知道，科学这个东西力道大得不得了，它会给人类的生存带来极大的好处。

丁文渊站在我树身底下以科学家的口吻告诫路桥人说，科学会改变人类社会的生活方式与生产方式。科学是上帝赐予人类的伟力，只是人类没有发现它的存在而已。但我必须告诉你们科学是一枚银币的两面。就拿电来说事吧，把握它了，它会为你服务，一旦你把握不住，它就会要你的命。

朱宝山为徐鑫再购有一百多台电动纺织机。徐鑫开办的普明织物厂开始进入快车道。

14

1921 年，路桥大清国最后一位大官、路桥第一位实业家杨晨去世。终年七十有八。

徐铉在路桥筠美小学读高小三年级。那时，我们路桥中心小学还不曾正式建立。全路桥有六七所小学。时河西小学设河西普明堂。敦本小学设下包。明德小学设南栅。扶轮小学设南栅陶氏宗祠。新字乙种蚕业学校设邮亭蔡氏宗祠。敦仁小学设螺洋。文明小学设白枫桥文昌阁。翼文小学设螺洋余氏宗祠。时南官唯一的一所由路桥蔡元濚妻子罗漱芳所办的女子小学叫诵芬小学，设石曲上保。那时，路桥最好的一所小学，即是这所坐落于现路桥十里长街文昌路一带、由杨寿昌出资筹办的小学。我查了一下《黄岩新志》，这所小学，初名翼文。由杨晨父亲杨寿昌出好田八十亩，山田二十三亩为学资。办成后不久，时任台州知府的徐璈曾在此学校驻节，一时心动将此校更名为文达。光绪二十八年，黄岩县县令韩铨，曾拨款改为新学，又起一名叫“筠美学堂”，并附设有文达初等小学。1917 年间，任文达小学校长的不是别人，就是徐家村徐垠。杨晨在他写的那本《南官志略》中，对路桥的徐垠评价很高，说徐垠“廪贡生，工帖括，小试辄前列，其所作诗，粗视似浅易，细嚼之，率隽永有味，近于白香山一派。但其命运皆不济，屡试乡里皆不中。教授里中。杨晨父遂延请徐垠为校长”。

15

1922 年，王夔阳率工兵在黄岩县修成了第一条从黄岩县城关至温岭县泽国镇，约二十余公里的第一条简易公路。王夔阳，字煦亭，号明九，黄岩县宁溪石墩人。据王秩均回忆，王夔阳江南陆军学堂毕业后，任浙江水师统领。因捍卫苏浙闽沿海有战功。后兼陆军学堂提调。时临海杨镇毅、王文庆等受同盟会所托，自日本返浙。遂与王夔阳一拍即合，曾在杭州金刚寺筹创赤城公学。王夔阳为赤城公学董政，临海杨镇毅为教务。王文庆为教习。辛亥革命起时，孙中山领导的光复会欲取杭州。屈映光（临海人，光复会会员）与王夔阳商量。王夔阳说，杭州古今胜地，若起刀兵，必毁文物。千古罪人。固宜兵不血刃取之。于是，王夔阳自告奋勇去游说时浙江督抚增蕴。增蕴得知真实情况后，极为恐惧。王夔阳劝增蕴说，覆巢之下，岂有完卵？力主增蕴远遁。那天，增蕴遂率全家人远走高飞。浙江衙门瞬间群龙无首，从而土崩瓦解。杨晨曾在他的《南官志略》中明指，“时杭州推汤寿潜为都督，南官杨道渊与王夔阳同至路桥”。那时的路桥人，怎么也想不明白为什么要修这么大的一条路。正式破土动工那天，南官人围着王夔阳问，这条路修起来有什么用啊？王夔阳答，跑汽车。什么是汽车啊？此言一出，倒逼得王夔阳张口结舌，不知如何向乡亲们描述汽车为好。

大台风突然光临台州。一夜间，天地失色。拔树倒屋。海潮泛滥。八百余艘海船被风掀起的冲天巨浪拍打成碎片。夜宿于船上的八百多出海渔民，全部毙命。那大海浪如高山般倾倒而下直冲堤岸。沿海村居房屋如同泥塑般在顷刻被摧毁。金清镇死有上千人。死去的人畜尸体曾堵塞南官河道。《黄岩新志》明确载：时“黄岩、温岭两县，因旱、涝、虫三灾齐来，粮食颗粒无收。大多乡村竹根树皮被掘至殆尽。两县百姓无有他法，只可以观音土（一种细白泥）充饥。逃荒者不绝于途”。而地主富豪们呢，与当地官员相互勾结，囤积居奇，以发灾难财。

徐鑫与张连胜率先开粥厂以济灾民。徐垠挨家挨户的作动员。尽管路桥王、林、郑、刘、陈、蔡、於十八家大富户闻风而起，出家中所蓄之粮在河西、东岳庙、三水泾口、石曲四地开设粥厂，以赈灾民。但，四面八方的难民们，接踵而来。所有粥厂，供不应求。粥不等煮熟，即被饥民们抢劫一空，致有烫伤者。

徐铉考入定海中学。徐垠因缴不起入定海中学读书的学费想让儿子辍学，但，徐铉坚不肯。时徐铉对他父亲徐垠说，我要自己挣学费。徐垠没有明确回答，只是沉默。暑假一至，徐铉遂亲至方赓甫轮船公司做两个月服务生（时称茶房）。方赓甫初不知他是徐垠之子，遂让徐铉入机房添煤烧火。那时的徐铉每天均累得个汗流浃背，脸黑如炭。恰逢那天，黄岩城关第一大才子朱劭去上海看生病的朱宝山。在船上有意无意地转至机房，怎么看这个在机房添煤烧火的后生方面大耳，其相不俗，遂上前问，你是何地人？答，路桥人。路桥哪姓？徐姓。父名何？徐垠。朱劭一惊。那你就是德国人想收你做螟蛉之子的徐铉喽？徐铉答，是。何在此处做烧火？我家没钱。我阿爸因付不起学费，不想叫我上学。我想自己利用暑假挣一点学费。朱劭一时心中大为感慨：有道是“芝兰生于深林不以无人而不芳，君子修德不为穷困而改节”。小小年纪即有此志，日后飞龙在天，岂不是人中之龙凤？朱劭立刻找到方赓甫说明情况。方赓甫大惊：什么？他就是徐垠的长子？是。方赓甫大为感动，决定所有学费由他出让徐铉归家。徐铉坚为拒绝：财我所爱，但不可以不出力而得。非开学后，决不歇手。为此方赓甫大叹说，徐氏有子立志如此，何惧日后不发？两个月一过，定海中学开学。方赓甫一甩手给徐铉双倍工薪以资徐铉入学。

16

1924年，中共台州特委正式成立。第一届中国共产党台州特委共由有三人组成。书记曹珍（天台人），副书记王焕澜（临海人）。委员共有六人。武装委员诸葛南平（天台人）。宣传委员刘东安（路桥人）。

时在新桥居住的徐钊来找徐垠。徐钊，我一直不知他是徐氏哪一脉子孙。我只知他祖上先是离开石曲，后由石曲迁至新桥。按着金木水火土轮辈，他是徐垠的远房堂侄。其父一直种田为生。初时无钱入学。徐垠一得知情况后，即亲至新桥接他来筠美小学读书。我第一次与徐钊见面，那印象说不上是好是坏。只知他是个愣头青。个子并不高，剃了个大光头。在阳光下闪闪发亮。唯一有一点特别的是他的头角，从东南西北四个方位耸起四块骨头。按着他的骨相，当是个好相，可他偏偏长了一个与徐家人无缘的塌鼻子。一下子将他的一副好相破坏殆尽。人是树，树是人。树有树相，人有人相，树相不好，不令人爱，人相不好，姑娘不喜欢。我只知徐垠与他的父母多次坐在我的树底下商量徐钊的婚事，没有一个姑娘愿意嫁给他。那天，徐钊之所以来找徐垠，其关键原因只有一个：刘家的刘东安与徐钊是同班好同学，刘东安动员徐钊参加共产党。因刘东安与徐钊全是徐垠的学生。按着君子不党的理论，徐钊根本不想参加什么共产党。可他一时间又拿不定这个主意。徐垠与徐钊见面后，徐垠说，走，去大樟树那儿，我们叔侄二人好好聊聊。于是，徐钊与徐垠在我的树身子下坐下了。徐钊一坐下，即开门见山地将刘东安动员他加入中国共产党一事与徐垠说了。徐钊为证明他说的这一切全是真的，并拿出刘东安给他的那本《共产党宣言》给徐垠看，徐垠对他侄子徐钊说，这本书我从学生手中看过。只是那本子与你的这个本子不一样，内容我晓得了。我们徐家除了那个徐鑫有点钱外，我们徐家哪个人有钱？徐墦说什么也要跟着他们去日本，欠王家的钱，我一直没还清。如果不是他娶了王家的女儿，他有今天？坐吃山空吧。刘钊问，阿叔，那我怎么办哪，参加还是不参加？徐垠说，子大不由父，船大不由橹。你是1898年生的。你那个名字，也是我给你起的。现在，你二十六岁了。成年了。你自己定吧。他们叔侄二人，就这样分手了。至于徐钊有没有跟着他的同学刘东安参加中国共产党，我这棵大樟树也就一无所知了。

江恢阅调黄岩县任知事。江恢阅，字晖午。江南陆师学堂毕业。因辛亥革命左脚中有一弹，遂成一行路极为困难的跛子。

我第一次与他见面也是在我的树身子底下。那时他找的不是徐垠，而是徐鑫，他与徐鑫一直商量着如何集资修水利问题。我说不清当时为什么对这个名叫江恢阅的人非常有好感。作为一县父母官来路桥，一没有坐轿，二没有让手下陪同。只是与杨晨的那个孙子杨绍翰一起，坐着小船来至徐家村，找徐鑫商量事。徐鑫让他往他家里坐，他也不同意，他指着我说，你看，这棵大樟树长得多好，如一把大伞似的。我们坐在他的下面，聊一会就可以了。于是他们三人全在我的树身子下坐下了。坐下后，他们三人的谈话直奔主题。江恢阅当即提出将全黄岩的水利彻底搞一下。政府没有钱，想以田亩与企业大小摊钱，你看合适不合适？徐鑫说，这有什么不可以。田多企业大。用水就大。别看那水，那阳光，那空气，无色无味，可哪个人离开这三样东西活得了。杨绍翰拍了一拍我的树身子说，别说是水、是空气、是阳光，就我们脚下那土地，那树，离开哪一样，你也别想活得下去。江恢阅说，你们两个可是路桥的头。你们如果同意，我就这样干。徐鑫说，全黄岩真正有高威望的是城关的朱劭。只要他一发话，问题就会迎刃而解。江恢阅就此跛着他那条腿，如摇船老大似的一摇一晃的走了。

蒋介石第一次北伐正式兴兵。孙传芳部周荫人，因受不了时任北伐军十九路军东路军的四面夹击，率兵过南官逃往宁海。

路桥十里长街，自辛亥革命后第一次遭遇兵乱。

我是一段历史的见证人。我亲眼看到那时路桥的十里长街，一日间倒有大血霉。自古兵匪是一家。周荫人部入路桥十里长街后，整条十里长街如汤浇蚁穴乱了大套。周荫人部对十里长街沿街商铺大行劫掠。什么叫兵败如山倒？这就是兵败如山倒！这些败军们知自己于日无多。所现出来的情绪比原野里的野兽们还要疯狂。能抢的即抢，不能抢的即夺。一日间我们路桥遂被他们搅得昏天黑地、天翻地覆。十三家商铺遭抢。八名花季少女与十三名富家少妇遭强暴。他们且不知羞耻地大言：这只不过是一次外遇而已，与“强奸”二字接不上。时十里长街市面上有什么，他们即抢什么。一街居民为之惊惶。凡有钱之大户，带家眷与细软纷纷逃往螺洋山区。过四水泾口浮桥时，因逃乱的人太多、太挤，浮桥太窄，枪一响，人们误以为乱兵至，当时即有八十三人落水，死有十八人。

周荫人部分军队入十里长街中心位置后，屯兵于东岳庙及南栅庙。所有的连长、营长、团长，一手持枪，一手要吃要喝。时路桥公所管事者不是别人，且是杨晨孙子杨绍翰。杨绍翰只不过是一介书生，何以有此能力？简直是分身乏术，无法应付。死逼无奈下，他只得向时任路桥商会会长的徐鑫求援。徐鑫一看，如果他不给他们一点钱，路桥十里长街百姓非遭大难不可。图息事宁人，遂召集路桥王、俞、林、刘、陈、丁六大实业家大商人商量。最后决定由商会出头筹资应付周荫人部。

徐鑫四下出马张罗。

最后他们就坐在我的树身下定下一件事，即是每家临街店铺办酒席一桌，统一菜谱，统一规格，沿街设席。当日即设有一百三十四桌酒席，请周部至南官的全体官兵大吃大喝一顿。最后由杨绍翰出面，给每一位过境士兵发两块大洋，这才令局势有所安定。

杨绍翰与徐鑫二人正打算联袂成立个临时维持会，约束周荫人部。

我清楚地听到那探子向正坐在我身边的那个名叫周荫人的官秉报，说蒋介石北伐军东路军王俊率部已入温岭并与陈仪所率的西路军步步咬紧孙传芳余部，形成包抄之势。周荫人一听，就从我的树身下的那块石头上八个高的蹦起来。他挥一下手说，撤，撤，赶紧撤。立刻下令部队开拔离开路桥去往宁海方向。我亲眼看到，就此短短一日，他们将好好的一个南官十里长街糟蹋得不成个样子。那古老的十里长街一日间演变成一处垃圾场。蔡桢（号硕夫）为南官地方主官时，曾出重资修的文昌阁、关帝庙、东岳庙，不堪入目。四处是大小便，臭不可闻。徐垠站在我的身子下大叹说：宁做平安犬，不做乱世人啊。战争不管是正义非正义，受难的全是老百姓啊。

17

1927 年，中国国民党黄岩县党部在黄岩城关正式成立。时任浙江省国民党政府主席的张群正式签署命令：浙江全省各县公署正式更名为县国民政府，县知事正式改名为县长。设总务、民政、财政、建设、教育、审检六科。

徐墦出任温州警察局局长。

徐铉正式毕业于浙江省省立第一中学。时浙江省省立第一中学校长是奚继武。奚继武为人眼毒，看人能入木三分。他见徐铉对物理对化学有癖好，曾亲自动员至杭州看儿子的徐垠让徐铉去外国留学，圆徐铉的科学家梦。奚继武说：此子禀赋特殊，对科学有究极之心。若是进哈佛、剑桥，兴许日后能获个诺贝尔奖。尽管那时的徐垠不知“剑桥”与“哈佛”是什么样的大学，也不知“诺贝尔奖”是个什么东西；但他相信这位奚继武校长说的话。尽管人的梦想是那么的美丽与北极光式的绚烂多彩，但现实毕竟是现实，讲的是开门七件事：柴、米、油、盐、酱、醋、茶。条条大路通罗马，惟有钱作马。别看徐垠是个小学校长，但家中一直没有多少钱。无法供徐铉去外国读书。奚继武想了又想，最后动员徐铉考上海光华大学。

徐垠将他的决定告诉徐铉，徐铉很不高兴。但他又有什么办法？钱。钱。钱。谁叫他们家没钱呢？爸，你是不是冲徐鑫哥哥替我借一点？徐垠说，人活着得有个尊严。我怎么可为钱向他求告？是啊，你知不知，贫居闹市无人问，富在深山有远亲。人情似纸张张薄，世事如棋局局新。世人结交须黄金，黄金不多交不深。纵令然诺暂相许，终是悠悠路行心。徐垠说完就走了。徐铉流着眼泪对我说，大樟树，大樟树，你是我们徐家的见证人。我徐铉不成为一个有钱人，我不是徐氏子孙。

曹珍、王焕澜、诸葛南平、刘东安，在台州七县纷纷成立共产党组织，搞“二五减租”运动。闹得最凶的是路桥新桥。主持这场“二五减租运动”的领导人，恰恰不是别人，而是徐钊。

消息一传来，徐垠遂坐在我的树身子下对天长叹。徐垠拍着我的树身说，大樟树啊，大樟树，我们的祖先全说你是我们徐家人的保护神。你可上知天文，下知地理，中知人事，我不知我这个侄子，参加了中国共产党，成立什么苏维埃政府是吉还是凶。我对他们的一切全知道，但我是树。我做树的底线，不可泄的事情，我决不泄露。我只是抖着我的一身树叶告诉他，凡是人为改变不了，必是天命。是福不用求，是祸躲不过。既然孔子说过，生死有命，富贵在天。你我皆是芸芸众生之一微尘。那你与我全听从天命吧。

18

1928 年，蒋介石举行第二次北伐。

张作霖因受不了蒋介石、阎锡山、冯玉祥、李宗仁四路大军的夹击，不得不率军退归沈阳。张作霖就在他返家的途中，被日本关东军炸死于皇姑屯。

徐垠一看到《之江日报》登的这个消息，大吃一惊。就站在我的树身子底下，挥着那张报纸，对围着他的徐氏子孙们说，不好了，大事不好了。小倭鬼又要对中国动刀子了。

黄岩县知事江恢阅，决定治理南官水患。几经研究与讨论，最后确定了两个治理方案：一是修建外东浦大闸门以调控洪潮；二是彻底疏通南官河南浮桥至十里铺河段。那时的县政府可不是现在的县政府。现在一个县政府大小有上千名干部；那时的县政府只有三十多名工作人员，而且是在位一天，拿一天工薪。工作极为劳苦。江恢阅决心治水利，但苦于无钱。那天他第一次将全黄岩十八位名乡绅请至城关开会。将他计划的两个方案和盘托出。时海门造船厂大老板金晋南问，得需多少钱？江恢阅说，约八百万大洋。金晋南一听就急了眼了：这么多钱，我们这些人有何德何能将它们搞到？国家也得出一点钱啊！江恢阅答，当下国家四处打仗，金库中还能有钱吗？江恢阅将他与徐鑫、朱劭商量好的方案一说，金晋南一听有理，遂不再言。那天，经黄岩全县商会主要成员仔细讨论，同意江恢阅所提出来的：据受益企业与田亩带赋征收的水利款的方案。

徐鑫回路桥。徐鑫就在我的树身子下召开十里长街十八家有田有地有产业的大富户说事，此事一经提出，即遭遇他们集体反对：此工程完成后，对路桥人无益。我们可不同意缴费。徐鑫一听，当时即起，一脸慷慨反问：南官河两岸百姓人不喝水、不用水耶？徐鑫此言一出，顿令南官富商们语塞。徐鑫说，人活着不能只顾自己。上半夜想想别人，后半夜想想自己。钱与命一样长。人生如船，与其令钱财沉于海底，莫不如将此财出之于民用之于民，令后代子孙有好报。

蓬街一盐商大户拒不交水款。此人之所如是，因他朝中有人，以为地方政府拿他没办法。江恢阅一听，冷笑着说，官治人，还有无法？遂下令清丈小组全面清丈他的田亩。这一清，不得了，因其瞒报一百五十亩地，当场即派警察局长将他捉拿入狱，开罚单十万八千元。

江恢阅就站在我的树身底下，对那家来人说：若是想要将他放出，请拿钱来。不怕你英雄，只怕你真穷。如此一跛脚县长，若不如是无所畏惧，何可治理南官水患？黄岩全县乡绅恶霸，面对着这样一位“冷血动物”，他们又有什么办法呢？只可出钱。

城关、海门、路桥三大集镇共筹得修水利款项八百三十万大洋。钱一集齐，县长江恢阅亲率全县十万民工，开始疏通河道，并在城关西江口建有一座大闸门。

徐铉考入光华大学化学系有机化学专业。徐铉所读的上海光华大学，创办于 1926 年。时上海因顾正红被无辜枪杀，遂引起全国性的反帝大高潮。上海新约翰大学全体师生愤而离校。最后由爱国人士张寿镛、王省三先生等人捐资、捐地，在上海的大西路一带兴建。（抗战时，此大学内迁成都，原校址全部被日本侵略军烧毁。解放后，光华大学与大夏大学合并，遂改称为“华东师范大学”）。徐铉入学后不久，即认识了他一生中至死不渝的两位好友。第一位是解冰：解冰，南官城关人。人长得短小精干，偶尔间略有口吃，却精明过人。时解冰是上海震旦大学高才生。解冰一考入震旦大学，即成为马克思主义的坚定拥护者。他一直参加时震旦大学的马克思主义学习小组。他认为只有马克思主义才可救中国，只有共产党信奉的无产阶级革命才可救中国。从不喜政治的徐铉，也第一次从他的好友解冰手中，读到马克思所写的那本《共产党宣言》，也第一次从解冰口中听到《国际歌》，也第一次听到中国有一个共产党。第二位是卢逊。卢逊，1912 年 1 月 1 日生。南官城关双桂巷人。其祖即是乌岩第一大姓卢氏中的第一大官卢明諏。其父是辛亥革命大志士、曾毕业于江南陆师学堂的卢洛平。辛亥革命后，卢洛平曾任江苏都督署军政司长。后曾任浙军第一师师长。时卢逊为震旦大学化学系学生。卢逊少年时胸怀救国之志。我据俞约法、蒋昌明（黄岩中学校长）回忆，卢逊曾亲口对他们说过，要使国家强盛，社会繁荣，要有三个基本条件，一是合理进步的社会制度，二是现代化的实业，三是近代化教育。其中第一条为最重要，是根本的根本。但要完成此项使命，要靠一大批大公无私富有献身精神的政治家共同努力长期奋斗。其二、其三，是个人力量可以做到的。所以他决定今后选择兴办地方工业与教育两方面工作。卢逊天性好客，为人性秉直如其祖，疾恶如仇，血性，敢作，敢为，敢担当。时解冰想约徐铉与他一起参加中国共产党。但徐铉自己不想入，也不同意解冰入。若干年后，徐铉曾对我回忆他为什么不同意解冰与自己入共产党时说有三个原因：一因他为人胆子实在太小了。干什么都害怕。二因他被蒋介石“四一二”对共产党人与上海武装工人的大屠杀吓得灵魂出窍。三因那时他最大的梦想是办实业，让自己有钱。四因深受其徐氏族祖徐培的人品及徐镇的儒学思想影响：天下有道，济天下苍生；天下无道，则独善其身。但他也曾对我叹息着说，若是那个时候，我与解冰一起入了中国共产党，最后的人生结果又会如何？也许一切全都改变了。可惜的是，历史就是历史，它从来不许人重新设计。

徐播被张群调至黄岩，任省防军保安团长，驻防于黄岩。自此黄岩军事武装，全控制于徐播手中。

徐垠企图阻止徐播担任这个作恶的职务。那天徐垠将徐播叫至我的树身子下。徐垠劝徐播别当这个官。为什么？成立这个民团专门对付共产党。问题是今后共产党一取胜，你就成了他们的敌人。那也没办法。这是我同学给我的职务，士为知己者死。我徐播做人不能不长良心。你就不想干一点别的？我是军人，你让我干什么？做个生意不也是挺好的？阿弟，你别再啰唆了。我主意已定。徐播一甩手，头也不回的走了。徐垠将他的两只手捧在胸前，对着我说，大樟树，大樟树，你听见了吧，你听见了吧？什么叫命？这就是命。什么是民团团长？看家狗！

19

1929年，黄岩县夹前夹后发生两起大灾：第一起大灾是发生在三月春耕时节，老天爷突然间生气，三十三天愣是不下一滴雨。那时，可不是现在，现在黄岩有个长潭水库可调节；那时可没有这样生存的好条件啊，一切凭天倒。老天爷让人活，人就得活，老天爷让死人就得死。老天爷一身戾气的狠过立夏后七日，才口吐津液下了一点雨。这雨一下，导致螟虫大面积催生。最后导致黄岩全县水稻全部被螟虫吃得一干二净。第二起大灾发生在那年的八月间。时横扫三军如卷席的大台风，再次狰狞现身。那狂风暴雨连续下有三天三夜，瞬时将南官一县变成泽国。合抱粗的大树离家别祖；成条的黄牛翻身入水成大河马。三日三夜过去，平地积水至六七尺。六七尺，那是个什么样的概念？别说是平原中的农村了，就当时那最为繁华的十里长街，水深两米，不用描写，你也想象得出是一幅什么样的图画！那时的中国农民与现在的中国农民，简直是冰火两重天啊。面对着大自然的暴虐，随天俯仰的草根百姓，还有什么抗击打能力？温黄平原晚稻颗粒无收了。所有储存的稻谷全都在水中生根抽芽了。十里长街每斗米高达银币一元八角了。贫民无以为生，只可食草根度日。

陶云谷、卢洛平等开办官盐盐厢，盐价上涨六倍。

黄岩县县长江恢阅调永嘉，孙崇夏任县长。江恢阅之所以被调任，是因江恢阅一直不想打共产党。尤其是共产党在新桥发动的二五减租运动。徐播几次率保安团想去平乱，江恢阅均拒绝徐播出兵镇压。

中共黄岩县委遂决定发动西乡山民，筹集武器，争取土著武装卢志刚组织武装暴动。

中共黄岩县委组织数千山民成立赤卫队，攻打黄岩县城。孙崇夏与徐播率保安团一营固守，打死打伤十余人，暴动队伍大乱，共产党领导的武装暴动失败，不得不退归永嘉县共产党根据地。史称这次暴动为“打盐厢”。事后三日，时国民政府县长孙崇夏下令徐播率保安团二营前往新桥。平定共产党发动的“二五减租”运动。徐播即率黄岩保安团二营前往。当日平定中共台州特委在新桥发动的“二五减租”运动。新桥“二五减租”运动一平息，孙崇夏遂下令解散卢洛平三位资本家所掌控的黄岩盐业。

孙崇夏三上台州七县山区，终于筹得大量稻种发放至农户，以解无种入田的燃眉之急。

徐钊被国民党杀害。我查过台州党史，尽管徐钊初时有过这样那样的犹豫，徐钊最后在刘东安的鼓动下，同意参加中国共产党，徐钊入党后，立刻担任新桥乡党支部书记。三个月一过，即出任新桥区委书记。中共台州特委特将徐钊安排至新桥公所担任守望班班长。借此以掩护台州特委在新桥村召开的扩大会议。是年二月，中共黄岩县委发动暴动遭遇失败。王焕澜不得不离开台州去往江西。是年四月，徐播率黄岩民团镇压新桥暴发的二五减租运动。是亲三分向。徐播有意先将消息传给刘东安的妻子杨正言。时杨正言正在徐钊家生孩子，得到徐播暗送的消息后，只得将刚生下不久的孩子交给徐钊，遂与时任中共黄岩县委书记刘东安一起连夜逃至宁溪，隐藏于大寺基的深山老林中。刘钊怕出意外，遂与父母带上刘东安与杨正言的儿子潜藏于徐家村。1928 年 2 月，徐钊任中共黄岩县委武装委员。1929 年，中共黄岩县委遭到彻底破坏。徐钊不得不离开徐家村隐居于新桥外婆家中避难。就在徐钊在他外婆家避难时，徐钊的行踪，不知怎么的就让新桥的一名大豪绅名陶仲高的知道了。这个陶仲高恨刘东安与徐钊恨得要死，恨他们将他戴上高帽子游街，恨他们毁了他们的六翼风车三斗构，恨他们冲入他的家中将他的放高利贷的字据全部毁掉，恨他们鼓动他的佃家与他作对。陶仲高一发现徐钊潜藏在他外婆家的情况时，立刻向黄岩县国民党总部告密。孙崇夏怕徐播与徐钊是同宗同族的叔侄关系，背着徐播下令将徐钊逮捕。当夜，孙崇夏强迫徐钊交出所有在黄岩的地下党党员名单与他们所潜藏的地方。别看徐钊刚入党不久。徐钊身上有着黄岩人明显的性格：硬头颈。徐钊拒绝孙崇夏的任何提问。孙崇夏可不是江恢阅，遂下令对徐钊用刑。不是坐老虎凳，就是灌辣椒水。打得徐钊三次昏厥于地、不省人事。一因徐鑫与陶仲高在经济上有来往，徐钊又是徐家的堂兄弟，一直不知此事。刘东安目标暴露后出逃在外。黄岩地下党工作，由一直没有暴露的诸葛南平负责。时任台州特委武装委员的诸葛南平，一心想救徐钊，连夜跑至徐家村找徐垠。

诸葛南平就在我的树身底下与徐垠透底。请徐垠能否通过他的各种人际关系，将徐钊救出。徐垠急得打着虎跳，找到时刚归家率民团撤离新桥的团长徐播。

徐播一得知自己的子侄被抓，连夜至黄岩找孙崇夏。徐播问孙崇夏，为什么要抓我的堂侄？他是共产党。有证据吗？没有证据，我们抓他？徐播说，现在不是国共合作吗？孙崇夏说，上头有令，我为下级的不能不听。孙先生可是说了我们国民党要联俄联共。孙崇夏答，一朝天子一朝臣，你同蒋主席不是同窗好友吗？你这事别问我，当问你的日本同窗蒋主席去。我呢，在政治圈子里，还不如你。他可是我侄子。我知道，但没有办法。你如果拿得到蒋主席的手令，我就放人。徐播说，那好，我向张群省长请示。结果，徐播带着两个团丁在山路上逶迤着往杭州方向走呢，省政府主席张群业已给孙崇夏发了一份电报。张群给孙崇夏的电报上，只有一行让孙崇夏不得不执行的文字：蒋主席有令：宁可错杀一千，不可留下一人。就在徐墦走到天台大雁岭时，徐钊在押解浙东行署途中被杀害。关于徐钊的被杀，民间一直有两种说法：一说是推入渊崖坠渊而死；一说是行至半途，让黄岩国民党部的特务用竹刀活活戳死。刘钊的尸体被宁溪毛家人发现时，刘钊身上足足戳有一百零八刀。待徐墦从杭州张群处回来时，徐钊牺牲足有十五天了。尽管徐墦表面上阴着个脸，没一点表情，而徐墦的内心却恨得要死。好啊，你这个陶仲高，敢出卖我的侄儿，你走着瞧吧。徐垠一得此消息后，却伤心得要死。跑到徐墦家里，骂他的弟弟徐墦是披着人皮的狼。当上民团团长，手中握有那么多杆枪，就是见死不救，怎么对得起你徐家的老祖宗。徐墦未作任何回答。三天过后，徐垠与徐鑫偶然在十里长街遭遇陶仲高。徐鑫上前一步说，陶仲高，你用乡亲的血染红你的钱，你觉得安逸？陶仲高不敢面对。四天过后，陶仲高走至黄岩县府向孙崇夏告发，说路桥徐鑫与筠美小学校长徐垠通共，建议孙崇夏抓徐鑫与徐垠。孙崇夏呢，听后也只是对陶仲高挥了一下手说，我知道了，你回去吧。

陶仲高遂被一蒙面人所杀。那蒙面人杀陶仲高时，并不是在乡下农村偏僻处，且是在人稠广众的大闹市。那天，陶仲高与这位高深莫测的蒙面人相遇时，对方只是对陶仲高说一句，仲高兄，一路走好。陶仲高正寻思着那个蒙面人似曾相识，却一时想不起他究竟是谁时，陶仲高只觉得心口窝让什么东西扎了一下。陶仲高还瞪着眼看那蒙面人往远走时，突然间全身非常难受，两眼发黑，遂一头栽倒在地上。等落市的人们发现后，上前观看究竟时，蒙面人早在神不知鬼不觉中悄悄走掉了。落市人一向路桥警所报告，路桥警所立刻向黄岩警察局报告。黄岩警察局来人一查，一直怀疑是徐墦所杀。原因只有一条：那刀子戳的正是陶仲高致命处，且是一刀毙命。这种暗杀人的方式来自于日本。日本武士道中有个名称叫“忍术”。只有留学过日本的军人，才可做得如此天衣无缝。但那个蒙面人做得滴水不漏，你想找也找不到一点蛛丝马迹。没有一点办法，只可让陶仲高家人将陶仲高尸体拉至家中埋葬就算结案。至于此事真实情况究竟如何，只有让潜藏于地下的矿藏自暴于灿烂的阳光下。

张群对孙崇夏下达命令，要孙崇夏将徐钊的人头割下来，悬于路桥三水泾口示众。孙崇夏坚决不从。孙崇夏说，对待政敌，我们可以取他性命，但对他的人格不可不尊重。我是个军人，我不愿我的对手如此对待我，我也不愿如此对待别人。孙崇夏是个带有血性与人情味的国民党军人。对手是对手，但面对酷刑而坚强不屈的徐钊尊重有加。遂出资购一口棺材，将徐钊的尸体装上棺材，亲自护送至徐家村。

孙崇夏就在我的树荫下，将那口装有徐钊尸体的棺材，移交于时任徐氏族长的徐垠。徐垠没有痛哭，也没有流泪。只是让徐氏子孙出有十六人，将徐钊的棺材送至人山峰山脚下的徐氏墓园埋掉，并立有一块碑。徐垠提起他手中的毛笔，在那石碑上写道："中国共产党黄岩武装委员新桥镇赤卫队队长徐钊之墓"。徐垠将此墓碑文交石匠镌刻时，徐坊心中有些恐惧，说：现在我们这里是国民党的天下。让国民党知道了，我们徐家还想有个好？徐垠答，政权之争，你说得清哪家是胜哪家是败？共产党的东西我看过不少。俗话说得民心者得天下，失民心者失天下。徐钊是为他的信仰而死，不是无德犯罪之死，我徐垠何惧之有？

黄岩县第一次有了广播。

初时，有一人来到我的身边，架起了梯子，在我伸出的一枝树杈子上安了一个大喇叭似的东西。徐垠抬起头来看那个身穿工作服的小伙子在那里忙乎。徐垠十分好奇，上前仰头问那穿工作服的小伙子：你在我们家的大樟树上安的是什么啊？那小伙子答，广播喇叭。什么叫广播喇叭？小伙子说，我一时与你解释不清，过两天一响，你就知道了。徐垠也不再问。那小伙子动作迅速的将那个喇叭架在我的一根粗树杈上，牵着一条线走了。人们稀奇，我稀奇，连与我相距九十米的孩子看了也稀奇。我那个孩子抖动着身上的叶子问我，妈妈，他们在你身上安的那个号头似的东西做什么用啊？我回答孩子说，妈妈与你一样，不知道。我想，它总归是有用吧，若是没有用，人们费这么大的力气安它做什么呢？三天过去。广播正式开播。那天，不知有多少人全挤在我的面前，看那个稀奇古怪的东西。很快那大喇叭里传出动人的歌声来了。我亲耳听到密密麻麻的人群中有一老汉，打听何人在何处说话。时有人向他们解释，喇叭内讲话的那个人在城关。对方不相信，直至路桥王家子孙一个名叫王骥的（时他刚从山西大学毕业）说：这一切全是真的。什么叫科学？这就是科学。美国一百年前就有了。我们现在有是落后了人家整整一百多年呢。路桥人这才惊呼起来：天哪，天哪，所有封神榜上的故事在当今世界里全变成现实了呢？

20

1930 年 3 月，浙东南中国工农红军第十三军克服重重困难终于正式成立。胡公冕任红十三军军长。王焕澜任政委。诸葛南平任副政委。

黄岩县在台州七县中率先开起全台州第一家电话局。路桥、海门、城关三地可直通电话。电话正式开通那天，时位于四水泾口的路桥电话局，一下挤满许多有钱人。他们只有一个目的：花上几个钱去打打电话，享受一下文明给他们带来的惊喜。

我清楚地听到徐家的徐坊在我身下说，正当他第一次拿起电话，与对方通电话，（不知对方何人）清楚的听到时在黄岩县管电话人的声音，他们全惊呆了：天哪，这世界不就成了《封神榜》中的神话的世界了吗。怎么也有了顺风耳呢？

第四章

1

1931 年 9 月 18 日，日本关东军入侵沈阳。反对日本侵略中国的学生运动，在全国风起云涌。中国终于步入抗日战争时期。

徐铉、卢逊、解冰随上海大学生请愿团至南京请愿。卢逊与南京政府军警发生肢体冲突，差不一点被逮捕。

从上海归家的徐铉，就靠着我的树身子，对围着他的徐氏族人们说，那天夜，不知有多少学生坐在那里呼喊着口号。徐铉说他自己亲眼看到那个长得白白胖胖的外交部长王宠惠，差不一点被愤怒的学生活活打死。他说他亲眼看到蒋介石与宋美龄一起，站在阳台上发表讲话。蒋介石劝让学生们回去上课，对国家大事，不可感情用事。解冰大喊“打倒卖国贼”，徐铉没有喊。徐铉觉得蒋介石的话说得很有道理。我们只不过是个学生，又不是政府官员，为什么要如此过问国家政治呢？

1984 年，我第一次采访徐铉时，偶然说起此事，徐铉慢声慢语地说，人的性格不一样，作出的抉择也不一样。最后，我们三个好朋友的命运也完全不一样，就那时来说，我与卢逊不知为什么，对官场两个字十分反感。我们总觉得官场是一口大染缸，什么样的布进去，出来全不是好颜色。徐铉对我说：人最可怕的是什么？是无明。不知自己能干什么，什么不能干。无论从志趣、从爱好、从理想，我们二人决不是一块从政的料子。徐铉亲口对我说过，那时的他，与卢逊的理想一个样，只想以教育以实业救国。至于政治一类的事情，让那些八面玲珑的人去搞吧。

2

1932年1月28日，日本突袭上海。第十九路军奋起反抗，与日本侵略军足足打有三十三天。

抗日战争时期第一位英雄徐氏子孙徐锜浮出台州水面。徐锜，字虞卿。徐桦儿子徐墉之孙。徐墉娶的一个郎姓女子，其岳父郎大本，那郎大本是蒙古人，清皇室后人。我一直不知他们为什么不姓爱新觉罗那个姓却改名为郎，我也搞不清爱新觉罗那个著名的王室姓氏，怎么会在我们台州一带定居。为纪念岳父对徐墉他们不嫌弃，将女儿郎素清下嫁给他一个汉族平民，遂将岳父白大可后两字与他们徐家的辈分金字合在一起，起了个名字叫徐锜。植物是需要杂交。杂交后的植物会比原来的更高大。动物也需要杂交，杂交后的子女比一直嫡传的子女更好，如徐鑫，他的母亲就是个蒙古人，那徐鑫就有一头黑色卷发。初一看，他是个汉人。细一看，他南人北相不说，还长有一头黑色卷发，外貌所显出来的样子与成吉思汗铁木真有着惊人的相似。有学者说，这是人类特有的返祖现象。

我见过那位徐锜长的样子。由于满汉两族人种的杂交，他与徐氏嫡系子孙们长的样子完全不一样。树有遗传，人有遗传。正因有这样那样完全不同的遗传，我们这个自然界才变得如此丰富多彩。徐锜绝没有徐氏嫡系子孙的瘦削与大脑袋。他个子长得并不高。矮小精干，如一颗出膛精光铮亮的炮弹。自幼好武。性刚正而带着努尔哈赤的血性。大有女真部族早年驰骋于北大荒黑土地时的雄风。1921年，徐锜入黄岩县第一中学读书。由于受五四运动的新思潮影响，平日间常与同姓徐氏子孙们说，做人总得将自己全身的精华调动起来，就与我们人峰山山顶的那棵大樟树一样，让人目睹我们的风采。第一次国共两党合作时，他即和十八位南官后生一起，背着个小包，去投考黄埔军校。投考前，他曾来至我的面前，抱拳对我作有一大揖说，大樟树，大樟树，我可要去考黄埔军校了。所有的人全都认为我们是树，我们什么也不知道。其实这是人类命中注定的缺陷。我们做树的，最知道什么地方可以平安生存，什么地方存有生存的危险。我们做树的观点是：没有绝对的成就，只有相对的成就。没有永远的事业，只有暂时的事业。就拿我做树的来说吧，只要我能为这自然界添上绿，那我就知足了。我想人也如是。天下哪有不死之人呢？既然是横是直都是个死，总给后人留下一点什么。尽管我与他第一次见面，直觉告诉我，他今后必定死于疆场，但他远比他的祖父徐桦要荣耀百倍。

徐锜一去广州，遂让时任考官的临海周至柔所相中。徐锜一毕业，即与林蔚的亲弟弟林祥羲到国民党蒋氏嫡系部队谢升标团任排长、连长，营附，后任代营长。徐锜治军有方，极受士兵们的爱戴与时他的顶头上司谢升标的赏识。1931 年，升第五军八十七师二六一谢升标旅，五二一团一营少校营副。驻军于蒋介石政府首府南京。1932 年年初，日本侵略军增兵寻衅上海。爆发了“一·二八”事变。驻守上海的中国十九军奋起抗战。迫于全国人民的压力，蒋介石不得不下令调第五军增援上海。与第十九军一起组成第十九路军，同抗顽敌。临开往前线时，徐锜刚与他的妻子金苏芳新婚不到一年。那天夜里，小夫妻二人必须分别，徐锜遂将自己将奔赴战场一事与妻子金苏芳说。金苏芳问：爸妈知道了吗？不知道。你这么一走，爸妈怨我怎么办？你就说你管不了我。问题是，我与你刚结婚。没有国家，何以有小家？做人做什么也不能做亡国奴！韩世忠你知道啵？梁红玉击鼓抗金你知道啵？这一对历史夫妻人物，金苏芳当然知道。尽管是时的金苏芳一肚子的心痛与舍不得，可她何可做丈夫的绊脚石？何可让这个可怕的战争噩梦继续在中国的这块土地上做下去呢？有道是“家国同构”。国家没有了，还谈什么家庭？国难临头岂可作儿女状？

健儿荒冢表英名，
一例终军去请缨，
国事至今宁可问，
九京知事恨难平，
冥灭千山景渺茫，
忠魂墓畔有铁心。

既然丈夫心志已决，她做妻子的还能说什么？毅然送丈夫徐锜上战场。那天，全部归家探亲的中国军人集体在黄岩城关结集。徐锜怕出意外，决定不辞父母而别。金苏芳遂从她的嫁妆中拿出三十块大洋，交给丈夫徐锜，并对她丈夫徐锜说：你若是平安归来，我与你一起办个学堂；若是你为国捐躯了，我将为你终生守寡。言毕，泪下如雨。徐锜轻拥金苏芳为之拭泪说，浮云身世等轻烟，一笑为国亦坦然。惟有忠心耿不灭，只求国家中兴年。人都有梦。我现在的梦，只有一个，救国救民。次日，天且没亮。时南官河水面如果冻，不见有一艘行船。西北风嗖嗖呼叫，原野间一片肃杀。那时徐锜父母，尚在热烘烘的被窝中睡觉。金苏芳蹑手蹑脚走下楼去，轻启房门，毅然送她的丈夫徐锜至路桥老马路的汽车站。如果此事发生在现在，这对小夫妻早就拥抱在一起涕泪齐下了。但在那时的中国文化讲的上床夫妻，落床君子，想当众相拥而别做不到。金苏芳只是轻轻的给她丈夫徐锜唱了一首时极为流行的笃板（越剧前身）：

日落西山霞满天，
我送丈夫上前线。
但愿丈夫成英雄，
我在家乡盼你归。

唱着，唱着，金苏芳泪流满脸。所有送行的中国军队归家探家的军官与士兵们，无不为之动容。时间到了。他们必须要走了。

他们小夫妻分手时那难分难舍的样子，我看得清清楚楚。我一直不相信人间男女有什么爱情，而他们小夫妻间分别时所现的样子，我相信男女间是有爱情。

徐锜毅然告别新婚且已怀孕的妻子金苏芳后，立刻归队。归队后的当天，即奉谢升标命令，率部进驻战略要地浏河口。徐锜深知此战是一场大恶战，当日即给他在路桥徐家村的叔叔徐垠写一封诀别信。他在信中对徐垠说，叔叔，这一次战争十分残酷。我知我必无生还之理。作为中国军人，直面死亡而不惧，是我当军人的责任与担当，也是做军人应有的血性。有道是事前定而不跲。我之所以临战前给叔叔写下信，我有两事拜托叔叔为我协调与办理。一、我妻子金苏芳已有身孕。不管她出生是男是女，切不可让金苏芳带。你一定让我父亲与母亲代为抚养。二、金苏芳年纪尚轻。我死后，她必守寡妇，请叔叔动员她另找一个好男人。三、我一直想办一座学校，让穷人的孩子有书读。只是没有钱。我与金苏芳成婚后，本想利用我岳父的资本办一座可供穷人孩子们读书的学校。可不等我成此事，我与好友林祥羲有约，我只有去读军校。我一直渴望自己能与祖上一样成为一名将军，然后用我的薪水，在路桥办他一座学校，让我的妻子当校长，让穷人孩子有书读。实现我们夫妻二人的共同心愿。我爸爸只不过是个武人，不懂教学。叔叔一生从教。如果我殉国，请叔叔拿我的抚恤金，帮我完成我一生最后的心愿。

那封来信，徐垠就在我身边当着全村徐氏子孙们正式对外宣读。徐垠将此诀别信一读完，徐氏子孙听罢，无有一人不是潸然泪下。

就在徐垠将此诀别信，向全徐氏子孙们告白时，徐锜正面对着于他十倍兵力的日本侵略军，奋起反击。

2014年，中华人民共和国人民代表大会常务委员会，终于将9月3日定为抗日战争胜利纪念日。时台州市路桥区，为纪念抗战时为国捐躯的两千八百名路桥将士，特在徐家村大樟树下举行一次纪念大会。在这次纪念大会上，他们请了徐锜手下唯一的一位九十六岁、名叫蔡国辉（蔡於村人）的幸存者。路桥区委领导们让蔡国辉给路桥小学的学生们，讲一讲他参加抗日战争的亲身经历。蔡国辉老人坐在轮椅上。尽管他年事已高，口齿有些迟钝，但面对那些佩戴红领巾的少先队员们，他还是将他所经历过的残酷斗争一鳞半爪的说了一些。

我听过那名蔡国辉抗战老兵讲的话。他说，我们后来拍摄的许多抗战电影，将打日本侵略军写的十分容易，仿佛他们全是泥塑的兵马俑，不值一击。其实，这只不过是导演的有意夸张。与战争的真实相差十万八千里。真实的对日作战根本不是那么回事。一是，日本军队手中的武器比我们好。二是，日本军队的士兵们个个训练有素。三是，日本军人一直张扬他们国家的武士道精神。打起仗来就与一群僵尸集体开往阴曹地府一样。在“一·二八”一战中，日本士兵死一个，我们中国士兵就得死五个。他说，徐锜一个营的兵，打得只剩下了最后五个人。五个人的子弹打光后，徐锜就与日本兵肉搏。他说他当时让一位日本军佐挥起他手中的军刀，斫断他的右臂。一头栽倒在地，多亏徐锜营长手挥大刀冲上来，一刀削去那位日本军佐的头，才救下他的那条小命。他倒地后，徐营长让随军女军医金苏香（金晋南的长女、金苏芳的姐姐）率举有红十字会的大旗，一直在战地冒着枪林弹雨救护队员。徐锜一看到金苏香就大叫：大姐，我这里有一个，他叫蔡国辉，让鬼子砍断胳膊，你快将他抬走，血一流干，他必死。金苏香立刻率着三人冲上前来，将我抬走。我一抬走，中日双方军队进入了白热化的短兵相接。徐锜营长继续率全营官兵与日本军队肉搏。你们知道吗，一个营多少人哪？一个班是十三个人。一个排是三十七个人。一个营是三百五十多人。徐锜一个营全部战死不说，最后只剩下徐营长的三名中国士兵。这三位中国士兵名字，我记得清清楚楚。一个是仙居人，班长，名叫朱岳阳。一个是天台人，排长，名叫郑邦荣，他哥哥就是后来当上国民党中将的郑邦捷。一个是海门人，名叫张连英，营附。张连胜的亲弟弟。徐营长就率着我们部队最后三个台州人与日军拼刺刀。面对着蜂拥而来的日本军队。徐锜与三位中国军人别无选择，只有与他决战到底。好在他们四人全有武功，共有十八个日本兵死在他们四人手中。但，毕竟是猛虎斗不过群狼。日本人前仆后继的涌上来实在是太多，那种稠密的样子，密得如狼群围歼一只猎物一样。徐锜、朱岳阳、郑邦荣、张连英四人同时殉国。据金苏香后来打扫战场后，回来对我说，国辉啊国辉，你这个营里的三百多位弟兄全部阵亡。你是这个营中唯一的幸运者啊。她对我说，营长徐锜身上，让日本兵足足扎有十八刀。与徐锜营长同归于尽的日本士兵有十八人。其中有一个军衔还是个大佐。那把徐桦留给他后代子孙的大刀，光缺口就有一百零九个。可见当时他们之间的肉搏是何等之惨烈啊。金苏香对我说，她去抬徐长官的尸体时，徐长官的两只眼睛睁得很大很大。她一直用手捂着，才让我的徐长官的两眼合上。

徐锜的牺牲让台州人感慨不已。溥仪在沈阳给日本人当上傀儡皇帝，他的一个出自于皇亲国戚的外甥（据说，按着爱新觉罗氏排辈，徐锜得管溥仪叫娘舅）。却成了一位抗日英雄。

徐锜的遗骨，一直安放在淞沪抗日烈士墓内。我没有看到过他的葬礼。但浙江省追认他为烈士的仪式却是在我的树荫下举行的。那天，树荫下一片人头攒动，政府的领导亲自将那份证书与抚恤钱交予金苏芳。那天，我也第一次细细的端详徐锜的妻子金苏芳。这是一个长得个子并不高的女人，挺着个大肚子，苗条。美丽。全身白孝衣一穿，现白裳双坦，髻鬟纷乱，腮后微露红艳。确实是打灯笼找不着的美人胎子。天下哪有不爱美色的男人呢？怪得徐锜爱得她含在嘴里怕化了，放在太阳底下怕晒了。

我必须说一下路桥徐氏家族无法绕开的徐锜妻子金苏芳。我在上海烈士陵园里看到过徐锜的坟。我采访过徐锜的妻子金苏芳。那金苏芳出身于海门一个大造船厂长金晋南最后一个姨太太所生的最后一个女儿。她与时中国第一位女少将金苏香是同父异母的姐妹。金晋南是全台州赫赫有名的造船大王。"九一八"事变后，因温州一带地方太多，金晋南不得不将船厂从温州迁归海门。金晋南的母亲与临海东塍的周至柔母亲有亲戚关系，（怎么个叫法，我不知道。当下临海周氏后人也说不清。）周至柔又与蒋介石有亲（蒋母与周母是亲姐妹）。徐墦投袁世凯后，袁世凯封徐墦为少将清乡司令。蒋介石北伐时，方策与谢升标、陈安宝是先锋。只一交手，遂让陈安宝与谢升标打得个屁滚尿流。徐墦被捕后，因徐墦的母亲与林蔚的母亲是亲姐妹。林蔚又是蒋介石身边最为亲信的人。蒋介石与徐墦又是在

日本讲武堂读书的同窗。经黄岩、林蔚从中一缓颊，蒋介石不但没杀徐播，还让徐播归家。徐播归家后不久，浙江省国民政府受蒋介石之命，命徐播为温州警察局局长。徐播就在这时认识的金晋南。那时，地方企业需要地方官员保护，才可安全。金晋南遂邀徐播合股办船厂。那时的徐播，知道天下易主，他奉的那个主子袁世凯从此东山不能再起，自己在国民政府得不到重用，遂同意。国民党军队取得第一次北伐胜利后，浙江省名正言顺的纳入蒋氏版图。经方策与林蔚从中一运作，调徐播至台州任地方军事主官。金晋南为图加强关系，遂经徐播出面牵头，将他人生最后一个小女儿金苏芳嫁于徐锜。就在他们二人订下婚事后不久，徐锜与时在蒋介石身边任高参的林蔚的弟弟林祥曦同为一班同学。林祥羲动员徐锜与他一起去考黄埔军校。那时，我们全台州考入黄埔军校读书的约有三百多人。有整个黄埔军校的学生半台州之一说。而路桥人呢，一直有着一种好铁不打钉，好男不当兵的情结。那时，徐铭一脉打从徐桦死后，一直一脉单传。初时，徐墉夫妻二人说什么也不同意，但奈何徐锜志坚如铁，非去不可。你们想想，哪个后生人是吃素的？哪个后生人没有壮怀激烈的雄心壮志？一个年轻人如一堆死灰，这个民族还有救吗？最后经过十三轮谈判，徐锜父母同意徐锜去，但有个先决条件，必须先结婚，给徐氏一脉留下一男半女后，才同意他去报考黄埔军校。人与人之间不是只有斗争才可取得胜利，有时妥协比斗争取得的胜利更为重要。尽管徐锜身上流有努尔哈赤的血，但他毕竟是妥协了。于是，一家身上带有努尔哈赤雄风的男方与一家带有海盗式的女方家庭，岂有不同意结婚之理？两家一同意，婚礼立刻举行。当时，金、徐两家的婚礼十分铺张：光陪过来的嫁妆即有三大船。别看金苏芳与徐锜结婚只有半年多，在一起的日子满打满算不超过三个月。徐锜遂与林祥曦一起去广州。他们二人至广州后，在毫无悬念的情况下考上黄埔军校。无论当时社会上有着这种那种说法，但有一点是永远真实的：徐锜与金苏芳这对小夫妻的感情，一直是蜜里调油。徐锜从黄埔军校毕业后，无论至何地，每隔一定时间，总想尽一切可想之法给金苏芳来信。说他本人在什么地方做什么事，参加过什么战斗，当上什么官，与哪个老乡在一起。有时，他还会在信中写到他们师的师长谢升标长得什么样子，师参谋长柳际明（天台人）到他们部队做动员时说些什么话。在徐锜牺牲后那天夜里，金苏芳突然做了个梦：梦见徐锜飘忽着来到她的面前，对金苏芳莞然一笑，他那魁伟的身子立刻让一个很大很黑的大洞给吸走。

金苏芳伸出两只手拼着老命去拽徐锜。但令她深为无奈的是：她怎么拽也拽不住。金苏芳瞪着两眼看着她的丈夫被那个可怕的黑洞吸走。金苏芳被吓醒了。吓醒后的金苏芳当时即心惊肉跳。妻子的直觉往往极其精准，当时金苏芳即预感到她丈夫徐锜出了点什么事。但她不敢将此噩梦与婆婆公公说。

第二天一大早，金苏芳来到我的树身子下。她毕恭毕敬的给我点上三炷香，然后对我祈祷说，大樟树啊，大樟树，徐家人全说你是徐家的护身神树。你得好好的保护一下我的丈夫啊。那时，我早就知道徐锜业已牺牲的消息。但我毕竟是树。上天让我知道的事情，却不准我说出去，你说我做树的又有什么办法呢。那天，我只有抖着我身上的一簇密的树叶，劝金苏芳别悲伤：人生只不过是一过客。有生必有死。只生不死是神话，只死不生是绝灭。如果人类不死、动物不死、植物不死，整个地球就装不下了。既然人死是必然之路，死出意义，活出价值才是做人终极意义。你的丈夫死得光彩，死得令人荣耀。但没有用，金苏芳当然听不懂我表达的意思，只可怏怏离去。

三日后，金苏芳突然接到一封来信。这封来信，再也不是她丈夫那熟悉的笔迹，信封上面是一份公用信封，下面印有八十七师字样。信封上写的也并不是她的名字，而是写着“徐锜家长收”。接到此信的金苏芳，当时她的那颗心强烈地剧颤了一下。金苏芳深感她手中的那封信有些蹊跷。一种不祥的念头，遂如一团乌云一样的弥漫于金苏芳的心头。金苏芳心头忐忑不安，哆嗦着两只手打开信看。信头写的并不是她所熟悉的“芳，我妻，见字如面”。而是一函公文。上面明确写着徐锜于某年某月牺牲的消息。当时金苏芳好一阵天旋地转，差不点让她一头栽倒在地上。金苏芳稳住身子后，即双泪齐流、泣不成声。真是“情牵数地恨无边，独坐春闺苦似年。愁叠恐教云鬓改，夜长怕见月光寒。”就在金苏芳无声饮泣时，徐墉与他妻子从楼上走下来。公公、婆婆一得知徐锜牺牲的消息，两位老人同时哭成一团。他们在外面哭，金苏芳独自一人将自己关在房间里哭。外面人乱糟的不知有多少人在她们家前门进去，再从她们家的后门出来。

黄岩县为徐锜及与徐锜同时捐躯的三百多名黄岩县烈士，召开一个公祭大会。

金苏芳临别前给徐锜唱的那首歌，在黄岩笃班中迅速传开。

时任民政长、后任《南官新志》主编章育，给金苏芳送来五十块大洋抚恤金。

金苏芳何去何从问题摆在金苏芳面前。初时，金苏芳的如何去向，牵扯着徐家人的心。那时无论是徐家当家说了算的徐垠还是公公徐墉全遵着徐锜写给他叔叔徐垠的最后一封遗书，动员时年二十有三的金苏芳别再守寡，叫金苏芳生下孩子后嫁人。原因只有一条：你金苏芳是海门金家长得如花似玉的千金小姐。我们路桥徐家是通情达理的人家。我们路桥徐氏怎么可以让一位二十三岁的其貌如花似朵的女人守寡呢？徐墉妻子说，你才二十三岁，生下你肚子里的这个孩子后，你别再为徐锜守下去，好好嫁人吧。金苏芳决然回答：我不嫁，我要将徐锜唯一的那点骨血带大。这个决定一出口，遂遭徐氏族长徐垠的强烈反对。徐垠说，现在不是过去。过去讲的女人从一而终，现在讲的是男女婚姻自由。我们徐家让一个年才二十三岁的女子守寡一辈子，我们徐家岂不是残酷如机械？但金苏芳心坚如铁。金苏芳说，我走了，什么人来管徐锜的两个老人？一代管一代。你们两个老人年事已高，让你们带第三代，我金苏芳于心何忍？徐垠说，我们可以走一步看一步。你总不能——金苏芳对徐垠说，叔叔，你别再动员我了。我与徐锜有约，他若是平安归来，我与他一起办学堂；若是他为国捐躯，我将为他终生守寡带他的儿子，给你们养老。做人不可言而无信。现在，徐锜走了，我一要为他守寡；二要伺候你们终老。三我要将我肚子里的孩子生下来，不管他是男是女，我一定要将他带成人。别看金苏芳是海门船王金晋南的千金小姐，其心其情如男子，血性中带着女子一般不曾有的固执。她说到做到。最后总算达成一条妥协方案。共计内容三条，一、儿女大、徐锜父母终年后，再由金苏芳自己另择男人。二、不管金苏芳嫁于何人，只要她不离开徐家村，她永远是徐氏当家媳妇。三、教育对于中国来说，决定着中国的科学与进步，决定着一个民族素质的高低，决定着今后我们国家的发展与强盛。金苏芳的决定没有错。路桥徐氏家族必须全力支持。四、办一所以徐锜命名的小学。学生对象是路桥周边无钱读书的穷人孩子。

金苏芳就在我的树身子下流着眼泪对徐垠说，我谢谢徐家人如此尊重我。徐垠说，苏芳啊苏芳，我徐氏子孙感谢你才对呢。你是什么家庭出身的人家啊？你可是台州造船大王的女公主啊。你一不娇，二不让须眉，我徐家有你这样的媳妇，高兴也高兴不过来呢。

徐垠与金苏芳在时任路桥长蔡竹屏的陪同下，去黄岩县城关找上时刚重新调归黄岩任县长的江恢阅。江恢阅听后十分感动，回答说，只要你办起学校来，部分教师工薪，可由县教育科负责。县里一点头支持，金苏芳与徐垠二人，立刻返归路桥，寻找办学地方。初时路桥明德小学设在文明祠。他们二人去原址一看，早已成为一堆废墟。东找西找，最后锁定徐家三支徐钤后人所建的那处祠堂。两人一进入三支徐氏祠堂一看，两个人的眉头全部打成一个大死结：一是，眼下徐家三支徐钤后人所建的那个分祠堂，除了正面四五间放祖宗牌位的祠堂外，一切全是一片空白。房子漏着天。阳光如一道道金箭直射祠堂。地上堆满各种垃圾。供案的桌面上不是米星般的鸟粪就是大钱厚的灰尘。别看办学堂，说着容易，做着难。一是要教室，二是桌椅凳。他们二人筹划一下，按每班三十个人计，六个班就得一百八十张桌椅板凳，再加上教师办公室，工资，食堂；二是徐氏祠堂，是属于徐氏公产，你要将它办成学堂，必须收购；如果收购，必须征得全体南栅徐钤后代子孙族众们的同意。徐垠将情况与金苏芳说，五十块大洋哪够啊。1984 年，我去见金苏芳。别看我与金苏芳见面时的金苏芳，老得不成个样子：脸上布满历尽沧桑的甲骨文，背弯得如一把弓，说话也并不清楚，那样子如我们村口这棵历尽人间沧桑的老樟树。但那时的金苏芳，可不是现在的让岁月雕刻得如此苍老。我看过金苏芳年轻时穿着旗袍的照片。那时的金苏芳，靓丽得如山上那棵杜鹃花，干脆利索得如个男子汉。她对徐垠说，叔叔，钱不够，由我来筹措。不就是要钱吗？我砸锅卖铁，也得将这个学校办起来。我只要你当校长的帮着我张罗一下。徐垠当然是点头同意。

徐垠召开了南栅徐氏徐钤后代子孙宗亲大会。时徐氏三支宗亲们，无不为金苏芳守寡抚孤，送徐锜父母终老的坚贞精神，为民做好事、办实事的行动所感动，均表示以最低市场价格出售（具体数额不知）。当夜，徐垠与徐坊兄弟二人，在一盏美孚灯底下，将两颗头凑在一起，作了一下初步匡算。最后将所需资金数额告诉金苏芳。金苏芳一听，五十块大洋的抚恤金，九牛一毛；当即决定卖掉她父亲金晋南给她的全部嫁妆，得五百八十块大洋。徐锜父母再卖掉在徐家村的两亩四的良田（具体数字不知），将所得钱全部用于办学。

徐垠出面与徐氏三支宗亲正式签订协议。

学校正式破土动工。

金苏芳再变卖全部首饰，购置各种教育器具。

一座新崭崭的小学终于在徐家三支祠堂中正式建起。之后，正式对外张榜公布，是穷人的孩子入学，一律免费。再之后，南官国民政府为纪念抗日英雄徐锜与金苏芳的无私壮举，遂郑重作出决定：将这座小学正式命名为“徐锜小学”。金苏芳为徐锜小学的第一任女校长。

徐锜小学一开学，时任南官地下党领导人的刘东安即率八名一直潜伏于深水区的地下党员，悄然转至徐锜小学从教。刘东安妻子杨正言（杨绍翰女儿）任徐锜小学教导主任。

你们许什么都不知道，但我心里是小葱拌豆腐一清二白。就从那天起，路桥的徐锜小学，渐成黄岩中国共产党地下组织与红十三军联系的一个秘密活动据点。

金苏芳诞下一子。此子即是后来名扬全国的劳动模范徐桥。

3

1933 年 1 月，张学良终于下令东北军何柱国部，正式还击进攻山海关的日本侵略军。尽管何柱国部打得十分英勇，但终归是不敌日本关东军。山海关失守。大批东三省军队与学生，还有百姓流向关内。

蒋介石本着“攘外必先安内”的原则，在南昌结集五十多万兵力，对中央红军革命根据地举行第四次大“围剿”。

台州红十三军，终于被国民党省防军第五团、第六团与徐播所率的保安团联袂打得星散。所有在台州七县活动的中共党员，不得不转入地下活动。

时任光华大学副校长的廖世承先生（留美学生，教育家。解放初期，复任光华大学校长。后任上海师范学院院长。全国人大特邀代表），辞去光华大学副校长一职，任时位于湖南蓝田镇的湖南国立师范学院院长。因时湖南国立师范学院初创缺教师，廖世承先生遂给徐铉来有一信，让徐铉去湖南。因徐铉是廖世承的大子弟，徐铉岂有不去湖南蓝田之理？徐铉遂辞去时在上海的所有教职，去往湖南蓝田国立师范学院任教。

台州特委领导人诸葛南平终于与刘东安取得联系。诸葛南平与刘东安决定去见解冰与卢逊。当天他们二人约解冰与卢逊在徐家村村口大樟树下见面。他们见面后，所谈的话，我听得一清二楚。诸葛南平第一次将他的全部情况告诉解冰与卢逊。他对他们二人说，别看我们是校友，我一直没有将我的真实情况告诉过你们。现在，到了不得不告诉你们的时候了。他对他的两位同学说，他入党很早。在读书时，就与临海的王焕澜一起入党了。时因蒋介石搞大屠杀，中央高层顾顺章叛变。为保证安全，他与王焕澜二人一直用的是化名。诸葛南平说，现在台州七县的共产党组织惨遭损失。红十三军让国民党省防军与徐播的保安团打得全部躲入深山老林。他一直在台州从事地下工作。现在到了请你们二位同学帮忙的时候了。解冰与卢逊二人说，有什么事要帮忙的请老同学讲。诸葛南平立刻将地下共产党员无人掩护。红十三军生存困难，需要枪支弹药与粮食一事与他们二人说。你让我们怎么办？我让你们办一个实业。作为我的交通站。解冰说，那你们将我与卢逊入你们的党得了。诸葛南平与刘东安二人全摇着头不同意。诸葛南平说，别看当下国共两党第二次合作，但一旦抗战胜利，蒋介石必然要掉转枪口对付我们共产党。不怕一万，只怕万一。尤其是你卢逊，你父亲卢洛平是乡绅。你娶的又是黄岩第一大才子朱劭的女儿。徐播又是徐铉的伯伯，现在任国民党部书记的卢奇炎又是卢逊本家。只要你卢逊、解冰、徐铉三位校友能想个法子办他一个实业，不露声色地为党工作，比你成为正式共产党员更加有利于党的事业。办在何地好？最好是在路桥。因此地水陆交通方便。那得徐铉出头，我一直没见徐铉，他现在在哪？在湖南蓝田。干什么？教书。你就让他回来。解冰说，我没有钱。卢逊说，钱我有。问题是路桥没我的地盘。解冰说，好办。我听说徐铉马上归家结婚，我们找他好了。诸葛南平问，他会不会同意？解冰说，他早渴望办个实业了。只是没有本钱，他不得不去蓝田教书。现在你卢逊这位大公子愿意出钱，徐铉巴不得呢。事情一商定，刘东安提出，你们二人是不是出个头先将诸葛南平的存身问题，先解决。刘东安说，诸葛南平一直藏在鸡笼卢志刚的土匪窝里，什么活动也搞不了。那你们想要我们将他安排在哪？徐锜小学如何？解冰说，你妻子杨正言不是在那儿当教导主任吗。刘东安说，我与杨正言的夫妻关系一直没暴露。自己的头，还得别人来剃。解冰与卢逊说，同学有困难，岂有不出手之理。事情一下局，他们四人立刻电光石火般的分开。

解冰与卢逊利用他与徐铉是朋友加同学关系去找徐垠。再由徐垠带着他去徐锜小学找金苏芳。金苏芳问，什么名字？诸葛南平。什么毕业？与我是校友。多少年纪？比你年长几岁。工作能力强不强？他在我们学校里，就是学生会主任，你说他强不强？教学水平呢？一个大学生，教一个小学，还会有问题？如果行，我让他当副校长如何？解冰说，那、那、那、当、当、然、然更、更、更好了。三天一过，解冰带着诸葛南平来与金苏芳见面。金苏芳一见诸葛南平一身长衫，戴着一副圆眼睛，文质彬彬、风流倜傥的样子，当时就喜欢得不得了。一口应承。

诸葛南平入徐锜小学，任副校长。时路桥人与学校老师，没有一个怀疑他是台州共产党特委武装委员。

4

1934年，蒋介石出重兵对刚成立的苏维埃政权，实行第五次大“围剿”。蒋介石下决心将红军全部歼灭。红军为保存实力，不得不撤出江西革命根据地。举世闻名的万里长征从此以它瑰丽且壮烈的剪影，定格于世界历史的长河中。

诸葛南平与金苏芳的感情擦出了一朵带有钢蓝的火花。这位诸葛南平对于金苏芳来说，那诱惑力实在是太不可抗拒了。一因诸葛南平是徐铉的同校校友。二因诸葛南平与卢逊与解冰是好友。三因诸葛南平是大学生高才生。四因诸葛南平是一位标准的男子汉，长得体态颀长不说，且是风度翩翩如一鹤。他之所以来徐锜小学教书，只不过掩护着他特殊身份，其目的是为红十三军搞武器与粮食、弹药。金苏芳一直不知诸葛南平是共产党员。只是偶然有一次，他们在一处地方秘密开会，让金苏芳碰了个正着。金苏芳呢，当成什么也没发现的样子，傻乎乎的退出会场。既然如此，诸葛南平决定将自己的真实身份摊开来说。由于诸葛南平如此相信自己，金苏芳索性当上他们的观察哨，替他们开会站岗放哨。如此你来我往，日久生情，诸葛南平爱了金苏芳。金苏芳发现自己同样爱上了诸葛南平。不久，诸葛南平向金苏芳求婚。诸葛南平的这个金口一开，让金苏芳一下子陷入困境中难以自拔。金苏芳难就难在当初徐家人让她嫁人时，她一时冲动，曾对着徐氏众亲面前信誓旦旦。而现在只过有一年多的时间，即自食其言，叫她以何面目示人？况且她的儿子徐桥刚牙牙学语。那个难心啊，可将金苏芳纠葛坏了。

金苏芳走到我的身边，流着眼泪与我说，大樟树，大樟树，你是我的保护神，你替我说说，我将怎么办哪？我怎么办哪？我金苏芳早知会有今日，我何必当初将话说得如此之绝啊。我当时即劝金苏芳说，此一时彼一时你是个年轻女人你不能没有男人一个人活在这世上有物质上的需求也有本能上的需求与心灵上的需求虽然话说出去了你可以与他同居则不结婚嘛做人嘛别将那封建礼教上的东西看得太重大樟树啊大樟树我可是将话说死了的啊我对她说天下哪有不变的事情天在变地在变时代在变树木在变风云苍狗是变白驹过隙是变唯有一个变才永远不变变成真的不变是假的问题是的总不能自己说话不算数啊我回答她一切当顺其自然。我与她在心灵上的对话就这样结束了。金苏芳终于屈服于她的感情了。她与诸葛南平走在一起了。走在一起后，金苏芳羞愧难当。她又来到我的面前与我诉说她心中的痛苦：大樟树啊大樟树我怎么那样不要脸啊你说我怎么办哪我说你就走一步看一步吧金苏芳说万一我的肚子大了怎么办哪我回答船到桥门自有着不用老大多吃力你活在这个世上已经相当不容易了你就是一切听从自然吧。三个月过后，金苏芳发现自己怀孕了。就在这时，诸葛南平接到了上级的通知，红十三军军长胡公冕失踪。是死是活不知道。让他迅速去往坞根主持红十三军工作。临分别那天，他们二人如何说话，我不知道。我只知道发生在金苏芳身上的是两件事。一是她带着她的儿子徐桥开始入住于学校，二是她怕她的肚子一显怀不好看，她不得不用一条宽带子紧紧缚着业已显怀的肚子。

5

1935年，中国工农红军，终于历尽艰难与阻险到达陕北。

日本关东军扶持清逊帝溥仪，在东三省成立“满洲国”。黄岩一代大文人朱劭面对着大清逊帝溥仪居然做了日本人的伪儿皇帝，极度伤感。随之联想至自己这一生为国为民所经历过的风风雨雨，大为感慨，作诗一首：

百年及半感流光，惆怅劳生去日长。
散发江湖余姓字，侧身天地任低昂。
鸣鸡入晦惊风雨，归雁无心问稻粱。
领略秋来闲意味，当门红树饱经霜。

黄岩县长江恢阅第二次调任。新上任黄岩县县长名汤日新。汤日新正式对外公布黄岩县三害盛行。那三害是：土匪、花会、烟毒。

徐鑫的普明纺织厂所生产的“福梅牌”产品，再次荣获全国工商博览会一等奖。时路桥的普明织物厂，因业务不断扩展，电动织布机激增至二百一十台。徐鑫也就由原来的一般业主，翻身成为台州纺织业的鼻祖。我经过多年调查后，徐鑫之所以能将此厂办得如此辉煌，原因有五：一是顺应潮流。二是与徐鑫本人的好钻研有关。别看徐鑫长得精瘦，极好钻研技术。每天一至夜，总站在织布机前琢磨新产品，新产品一设计好后，遂亲上机试织。一年内，徐鑫曾精心设计出十字布、线呢、宽幅被单、提花织锦鞋面料、纱帐料、线毯、毛巾等十一种新产品。尤其是在染印上，别的厂是套印加色，他是织印。仅此一项发明的新工艺，遂攻克织布品染色上的难关。普明织物厂所出之布，无论你如何搓洗，就是不掉色。现在此举当然是不足论，在那时，这可是高难度技术。一成功即拔得头筹。三是徐鑫与徐垠一样，极懂得儒家学说。用他本人的话说，你想要企业得人所爱，你必先爱人。你欲得大红利，你先必须学会让利。明明此企业是他一人出资所办，他却拿出百分之四十的利润为干股，凡表现好者，凡技术过硬者，除工薪外，每人年终再分配百分之二三干股。此举一出，将所有员工的心浇铸成坚不可摧的混凝土。四是徐鑫一直实行上海等大型企业所不曾有过的自由工作法：所有工作一律按件计酬。多劳多得，少劳少得，不劳不得。凡普明织物厂的女工，只要你提前申请，可提早上班，也可早退。此制度一出，令路桥周边附近所有女工家庭、工作两不误。不知有多少女工主动要求至他厂工作。再之后，徐鑫干脆将小型手工织布机安装至你家；让机器与家庭结成一体，让员工受益更多，工作更自由。五是徐鑫下死力抓质量。只要有一点次品，决不打包。用他本人的话说，至诚一气可冲天，你骗顾客一次，顾客遂骗你一世；你以次充好一回，顾客遂不信任你十年。有一年（我不知具体发生的时间），因纱的质量出有问题，所产布匹有黑点，徐鑫当众将那一百匹布，不打本厂的印记，全部发给周边穷人家白用。最后导致有人天天上徐鑫厂里打听，你们厂什么时候发次品布？老话说得好，不怕不识货，就怕货比货。货比三家，只有一比，好坏全一览无余。徐鑫经营的普明织物厂所出的产品：新潮、结实、耐用、品种多、花色鲜艳夺目且不退色。投放市场后，遂引起连锁式的化学反应。产品迅速征服民用商品市场，销路一路飙升。

福梅牌纺织品，迅速走出黄岩、走出台州、走出浙江、走出国门，并荣获世界博览会金奖。自此我们台州七县的经济结构，开始出现自发性大调整。纺织业与造船业，共同构成那时我们台州七县的支柱产业。我查过相关材料：时全台州民间织户达四万余人，棉织厂八家（卷桥有张，新桥有管，路桥有丁、高、林，城关有陈，海门有方，临海有谢，三门有卢，玉环有耿，温岭有金），年产布约四千匹。价值三点九万大洋。而徐鑫一厂出口南洋布匹达三千匹。成为全台州第一出口大厂。与此同时相关联的印染业，也在台州各县渐渐崛起。同在这年，有两个外国领事馆设于台州。同在这年，路桥商会的老板们，均要徐鑫当众将他为什么能把厂办成这么大的经验说一说，徐鑫拗不过，上台伸出五个手指头说：我办企业，无他，惟五言而已：一是对内要仁，能为员工开方便之门的就得开方便之门。不可拿员工当机器；唯爱人者方得人爱。二是对同行要义。有利益均享，不可独得。不能大鱼吃小鱼，小鱼吃泥，大鱼要活，小鱼也要活。三是对交易要诚信。讲定多少即多少，什么时候到款，即什么时候到款，不可言而无信。四是对下属要尽礼。敬人者即受人敬，辱人者即受人辱。天下事从来以眼还眼，以牙还牙。有时候，需吃亏才可有福。五是对新技术要有智。无高人一等之产品，决不能占有市场的大份额。

金苏芳生下一子。

这个儿子金苏芳一直瞒得很死，不敢在路桥生。她怕路桥人笑话她。她曾亲口对我说过，她有一位好友。这位好友不是别人，而是徐播的妹妹徐贞英。徐贞英曾是她姐姐金苏香中学时的同班同学。如果从辈分论，金苏芳得管徐贞英为姑姑。这个徐贞英可不是常人。她与金苏芳姐姐金苏香一样，是全台州屈指可数的妇产科女医生。学成归国后，她先是与金苏香一起在上海教会妇产科工作。金苏香在她父亲鼎力资助下，在台州成立第一家妇婴医院，将她从上海请了回来。金苏香参加宋庆龄的红十字会战地救护队任少将队长后，金苏香不得不将回浦的妇婴医院交给徐贞英。由于她加入了天主教，并向上帝起誓终生不嫁，由是，她一直单身。初时金苏芳找到她姐姐的朋友徐贞英的目的，是想通过她，悄悄然将她肚子里的孩子流产掉。当金苏芳与徐贞英一商量此事时，徐贞英坚不同意。徐贞英说，这是条小生命，是你的吗？不，不，他不是你的。他是属于上帝的。上帝只不过是借你与诸葛南平两人的关系，让他来到人间罢了。你是个女人，上帝赋予女人的特殊权利就是繁殖后代。一个女人，活活将一个生命实体打掉，上帝会不答应不说，也是你做女人一生中犯下最大的罪。金苏芳说，女人失节者大罪。徐贞英说，一个男人同时占有七八个女人，那这个男人的罪远比女人更大。我的好小妹子，你给我听着，大能的上帝早就在他的《圣经》里说过，这世界上哪个人敢说他自己没罪，你可以拿起石头来砸死他。金苏芳说，问题是他一出生，我当年对徐氏族人所发的那个誓言，全部粉碎不说，我金苏芳还会成为别人的笑料。我金苏芳还有何面目对着我的老师、学生，与徐氏族人？过头酒好吃，过头话难讲。所以我的上帝一直告诫我不要轻易发誓。说出来的话，泼出去的水，想收也收不回来了，我给你出一个两全其美的办法吧。徐贞英到底是徐贞英，见的世面广、处理这类事情多。略一思考，即给金苏芳出了个主意：一、你将这个孩子在我们这里生。二、生后由我来负责将他带至一个月。三、满月后，你抱回去后对外声称，是有人扔在学校门口的弃婴儿借此避人眼目。你父亲金晋南是造船大王，家中有钱，有佣人。你可以将这个孩子放在你父亲那里带。四、你长得比较胖，生与不生外人一般看不出来。只要你不说，我不说，没人会知道这件事。五、你别让他姓诸葛南平的姓。让他姓你的姓。现在共产党生存环境十分险恶。他人在红十三军，是生是死，永远是个未知数。如果他死了，这个谜永远不要捅破。如果他今后活着回来找你了，到那个时候，你遂可见机行事。反正除上帝知道人生的因果链外，我们哪个人也不知道明天会是个什么样子。莫不如听从上帝的旨意，走一步算一步。用我们家中老人们的话说，人算不如天算。若是上帝对你颁发的旨意如此，你就遵守吧。金苏芳听从了。

金苏芳偷着将她的第二子生下后，对外作弃婴宣传不说，并将她生的这个儿子没有按徐氏金木水火土的辈分起，而是另起了一个名字叫徐志。整徐氏子孙没有一个知道内情。因为，在那个日本侵华战乱纷起的岁月里，弃婴一事，实在是太多了。尤其是名声在外的徐锜小学大门口，是全路桥弃婴最多的地方之一。为了让这个秘密守下去，金苏芳特将她生下的这个儿子交给海门父母。时金晋南年事已高，一直与她母亲在一起过。金苏芳母亲不缺钱，缺的是寂寞。有个孩子当玩具摆着玩，倒也十分惬意。

徐铉从湖南归家与泽国一姑娘完婚。就在徐铉新婚后的第八九天，也许是因年老，人的生理机能开始衰退；也许是因徐铉命中注定要回路桥办实业；也许是因来的亲戚朋友太多；徐埙、徐坊两位徐家年龄最大、辈分最高的老爷子，终于在忙碌的接待中病倒。

我亲眼看见徐埙吃着饭，忽然溜至桌子底下。徐埙手中拿着的饭碗立刻在地上摔得粉碎。徐埙人直挺挺的倒在地上一动也不动。徐铉慌忙将父亲扶起。然而，令人大失所望的是，徐埙再也不是过去的徐埙了。嘴角歪了。涎水顺口流出来了。两条不知跑有多少路的腿，软得如同一根煮熟的面条了。徐铉是个大孝子，吓得全身紧成一团，急请时南官名医余凤洲（螺洋人。杨晨曾言他是南官中“一宗长沙，尤精于虚劫诸病”。是不是他，待考）。徐家人急雇一轿，将余凤洲抬至徐家村。余凤洲至后，只一看言：此乃中风之症。当下无生命之虞，但不可再出户外东跑西颠。遂开下一方，让徐老爷子饮用。就在那天夜，徐垠在口不能言的前提下，提笔歪歪扭扭地给儿子写下一张条子。条子上有一言：做人不是为自己活着的。兄弟二人尚不曾成家。你是长兄，当为之尽力。徐铉一看即明，他父亲不希望他离开路桥，要他将徐氏这个家担当起来。徐铉不得不给他的校长廖世承去有一信，提出辞职请求。

徐铉决定实现他的实业梦。但摆在徐铉面前真实的情况是：他办什么实业？他的资本在哪里？让他与他父亲一样，去当一个小学校长，他这个大学不就白读了吗？正当他左右为难时，他小时候的同学刘东安（上海中国公学毕业生）与他的好友卢逊、解冰翩翩如三鹤来至他家了。他们三人至徐家找徐铉只有一个目的：想帮着他圆实业梦：一起办厂。徐铉问卢逊与解冰说，我辞职是因家中有事，你们也辞了？卢逊答，我早辞职不干了。那你们打算做什么呢？搞实业。我也想搞实业。但我不知办什么厂才好？何不启动你我的老本行？化工？对。我的化工在黄岩有什么用？办个酒厂不就有用了？卢逊说，我精心研究过了。老法造酒太慢，如果我与你一起用新法造酒，质量上乘不说，那速度还快。况且我们台州七县没有一家像样的酒厂。我在大学读书时即试验过。只要配方对路，是五谷杂粮均可酿造。就做一样？不，要干就像模像样的大干，酱油、醋一起来。资本呢？这你不用怕。我父亲与我岳父说了如果我们真的办酒厂，所有资本由他出。解冰结结巴巴地说，当下最大的问题是、是、是发酵的场地与厂房建在什么地方。那厂房的面积要很大。如果资金问题解决了，厂房用地好办。我们徐家四支有个祠堂一直空着，我可以先借用。地呢？徐家祠堂边上还有我们家一点地，我可以平了做晒场。人在社会上生存，不可能没有朋友。作为生存必需的朋友来说，一直有着三个层面：第一层面，是物质层面的朋友。这个层面的朋友，以物质交换为先，利益不存即飏去。第二层面，是精神层面的朋友。这个层面的朋友，只可互相欣赏，近了，即如刺猬一样，会互相伤害。第三层面的朋友，则是物质与精神共存层面的朋友。这个层面上的朋友，即生可托身，死可托孤。就那个时候论，徐铉、卢逊与解冰是第三层面的朋友。随着时间永不变节奏的不断流逝，他们三个朋友的关系，必然随着政治与时代、环境的变化而发生变化。但就当时的情况来说，他们三个还是精神与物质共存的朋友。

当天下午，我亲眼看到，他们三人就在他们徐铉家中堂那张八仙桌上，一脸郑重地商量创办酒厂全部方案，并将路桥这第一家酒厂定名“民丰”酒厂。那时的卢逊家所拥有的财产几近半个城关。由他出全资，任董事长。徐铉出土地，任总经理。解冰任技术厂长。刘东安为董事，主管厂中的全部财务。

徐铉不得不离开徐家村，在十里长街一处名叫卖猪桥的地方购下一块土地盖起房子。这个卖猪的地方，俗称卖猪桥。卖猪桥，听起来是多么的难听啊。卢逊是个大才子（若不是大才子，何以当得上黄岩中学校长?）随手拿起手中毛笔，在一块悬着的、木板做成的地名牌上写上“卖芝桥”三个字。后来，这个名不见经传的小桥，也就有了一个可登大雅之堂的名字，叫做“卖芝桥”。

6

1936 年，蒋介石决定对中国工农红军发动第六次“围剿”。张学良与杨虎城将军出于民族大义发动“西安事变”。国共两党再次携手合作。

黄岩县第一家股份制民丰酒厂，终于在卢逊、徐铉、刘东安、解冰四人的共同努力下，正式开张。大批散落在外的共产党员入驻民丰酒厂或为工人、或为中层干部。由于路桥的这家民丰酒厂，采用的是全新的科学酿造法：人工培养纯菌发酵，生产周期短，资金流转快，优产低成本，立刻得以快速发展。尤其是古钱牌蘑菇酱油，一出厂即受民众欢迎，一时名闻全台州。由于他们生产的是民用产品。进进出出的小商贩特别多。一下子成为共产党开展地下工作最大屏障。

南官徐氏两位辈分最高的老人徐垠与徐坊两兄弟同日同时去世。这两位老爷子出殡那天，所有规格几与杨晨去世时没什么区别。统一用的是龙头杠，统一十六人相抬。

我亲眼看到全路桥约有上千名徐氏子孙身着孝服，送这两位老人上大人山（即人峰山）。那两口大棺材，业已至大人山徐氏墓园，而送行的最后一位徐氏子孙，还在我树身下站着，并踮起了他的两只脚看。

7

1937年7月7日，发生震惊全国的“卢沟桥事变”。蒋介石宣布对日宣战。

淞沪大会战正式打响。数不清的中国军人将自己的一腔烈血，撒在中国的土地上，捍卫着中华民族的尊严。之后上海沦陷，杭州沦陷。同年12月13日，日军攻占南京。日本中华方面军司令松井石根与第六师团长谷寿夫下令对中国军民实行长达四十多天的灭绝人性的大屠杀。杀害无辜市民与放下武器的中国军队士兵三十多万人。举国震惊。世界震惊。

黄岩所有去往宁波、上海的轮船停航。杨晨一手创办的第一个航运公司不得不宣告破产。名扬全国的黄岩本地早橘，从每百斤七八元，下降至一元。

国民政府给时改称第七行政区的台州下达任务。令台州第七行政区无论如何要生产出救伤员所必需的针剂与酊剂。时任台州第七行政区专员的是曹伯闻，黄岩县长是蔡竹屏。浙江省国民政府主要官员们因宁波与杭州的相继沦陷，不得不退至温州。任务一经下达，曹伯闻与蔡竹屏瞬时全发呆：这可不是打仗，只要身体好，遂可披挂上阵。我们台州一地，在政治领域与军事领域里出兵又出将；文有周炳琳（北京大学法学系教授），洪陆东（时任国民党监察部部长）。武有授少将以上军衔者七十二人。中将十八人。但在科学领域里，只知临海有个朱洗，黄岩有个王天眷。也不曾听说有何人在从事西药研究啊。这不是巧妇难为无米之炊吗？恰在此时，参加会议的有时任黄岩抗战团团长的徐墦。徐墦挺着个他的大肚腩说：有能当此任者。曹伯闻问：谁？徐墦答：卢逊与徐铉。这两人，一个是复旦大学化学系高才生，一个是光华大学化学系高才生。原本徐铉打算出国留学，因家中一是没钱，二是父亲年老，一直没有同意，他也没去成。此二人可是大专家。别的姑且不必论，就拿做酒一项来说吧，他用化学什么药往里一放，那酒就做成了。成本省掉一半不说，什么山里的东西全可酿造。蔡竹屏这才想起他从朱劭嘴里多次听过，黄岩有两位化学高手：一名徐铉，一名卢逊。会议一散，第七行政区专员曹伯闻即与蔡竹屏、徐墦二人一起直奔民丰酒厂找卢逊与徐铉。一进厂门即与解冰相遇。解冰一听，遂将他们三人带至实验室。他们三人进门后，一眼看到卢逊与徐铉二人正搞什么实验。整个房间里全布满各种各样的玻璃管。一股魔鬼般的气味让他们三位地方官不得不掩着鼻子。三位官员硬着头皮走进实验室，请他们二人出来。至小客厅后，三位地方主官将来意与卢逊、徐铉一说。卢逊答，让我牵头造药不成问题，问题是经费不足怎么办？曹伯闻答：尽管国难当头，我想经费问题，国民政府还是有能力解决的吧。卢逊说，只要这问题解决，我看不难吧。

徐铉与卢逊二人冒着生命危险坐着船去上海。十天后，徐铉与卢逊二人不仅带回来器材，还从上海带回来三位日本早稻田医学院药科高才生、医界路桥於氏三杰：於达望、於达准、於达衷。十五天后，他们遂在路桥民丰酒厂边厢房处，划出五间房子，正式开办台州第一家制药厂。我经过多次的调查与探访，那时整个厂上下几百名工人与徐铉请来的几位同学，全都累得骨头散了架。制药可不是造酒，来不得半点马虎。所有造酒设备全部迁出，所有制药设备全部搬进。地上洗了一遍又一遍不说，入此车间工作的全部工作人员，必须全身消毒，再戴上大口罩。於达望、於达准、於达衷於氏兄弟三人要求特别严苛。一一检查合格，才可允许入内。原本是他们一天只生产一班。因前线用量极大，第七行政区的主要官员们天天在厂内坐镇。全体员工不得不两班倒。有时干着干着就倒在地上睡着了。尤其令人头痛的是经费，国民政府一直没有到位。最苦的是卢逊，为支撑这个药厂，不得不将他妻子陪过来的嫁妆全部卖尽。更让全厂工人心惊胆战的是在 1937 年的 9 月 24 日，日本三架飞机轰炸黄岩城，炸弹一落地即大开花。炸死四十九人。伤十九人。四十八间房子被毁。每每空袭警报鬼哭狼嚎的一响，徐铉与卢逊二人不得不下令全厂停工，将成品药全部搬入在厂内临时挖出来的防空洞。

国民党黄岩党部书记卢奇炎突然下令将徐铉逮捕。时徐铉正在厂里忙乎，两个军警冲进厂区，将正忙得昏头转向的徐铉逮捕。徐铉问冲进来捕他的军警，凭什么捕我？军警答，这是上峰命令。我们执行命令。遂冲进徐铉办公室，将办公室翻了个底朝天。终极结果是一杯白开水。什么可疑的东西全没有翻到。国民党军警将徐铉带走。全厂职工与家人全成了火烧蜂房。独徐铉脸平和如青瓷开片。他们将徐铉整整在临时监狱里关有三个小时，遂被放还。卢奇炎的这道命令简直是大虫头搔痒。卢逊跑去与他岳父朱劭与徐播一说。朱劭倒是一脸平静，而徐播呢，那火暴脾气刹那间涌将上来了。他五官突兀不说，立刻率着卢逊冲进卢奇炎办公室。先是口头交锋，后是几成肢体冲突。他们三人吵了些什么，外界一无所知。也许是强龙压不过地头蛇，也许是证据不足，也许是有人在背后含血喷沙。最后放徐铉归家的解释是一场误会。

别看我是大樟树。那一边一出事，我就知道了。当时，路桥人对卢奇炎为什么逮捕徐铉，一直存有着两种说法。一说有一老太太在民丰酒厂门前晒出一条白被单，有人告状说这是徐铉给日本飞机指路，让日本飞机知道这里是药厂，让日本飞机来炸；也有人告状说徐铉是举白旗投降。尽管语言表述层面上听起来堂而皇之且十分中听，但在黄岩县国民党部的深水区，潜传出另一条信息：说蒋介石对共产党，待之如客，防之如贼。对外表情是低眉善目国共搞合作，对内表情是怒目金刚。任可错杀一千，决不放走一人。蒋介石曾在内部下有密令：是共产党格杀勿论。时设于路桥的军统浙江站（站长童襄，上山童人，少将）怀疑徐铉开办的民丰酒厂，是一处共产党的地下交通站。卢奇炎为搞清真相，借着这个由头，冲入徐铉办公室，搜查徐铉办公室。结果是一个整房间的化学实验器具与化学药品发出来的那股特殊怪味，让他们退避三舍。最后不得不借着徐墦与卢逊二人闹场，就着台阶下脸子将徐铉释放。

8

1938 年，中国军队对日作战呈白热化。

路桥第二位抗日英雄陈安宝浮出水面。陈安宝，字善夫。路桥马院人。（后此乡因修建机场而撤销，更名为横街镇）毕业于保定陆军军官学校。是年，5 月 6 日：时任中国军队第二十九军军长的陈安宝在南昌大会战中，赴莲塘指挥三个师主攻南昌。那天一早，天刚蒙蒙亮，日本飞机疯狂轰炸二十九军指挥部。敌我双方，反复拉锯争夺，阵地在日军的强大围攻中不得不渐渐缩水。中国军队第二十六师师长林雨卿受伤。三十七师师长段朗如见死不救。陈安宝第二十九军预备队拼得一干二净。陈安宝仅带贴身警卫三人往前线督战。在穿越农田的那条小路时，一架画太阳标志的日军飞机俯身朝他冲来，一梭密集的敌机子弹从他心头穿过，陈安宝一头栽倒在水汪汪的农田中牺牲。打扫战场时，陈安宝将军仅存一腿。南昌大会战一役，黄岩籍将士殉国者即有两百七十二人。

徐州会战拉开序幕。经“台儿庄”惨烈的绞肉机式的生死抗击后，日本侵略军兵入鲁南。蒋介石亲临郑州督战。时因中国军队在正面战场上节节失利，蒋介石为阻止日军前进，最后采纳幕僚张春生将军意见，令时任第一战区第二十集团军总司令商震，率部炸毁花园口黄河堤坝以阻滞日军入侵。巨大的黄河洪流汹涌突决，一泄千里，如狂暴的兽群朝东南方向迅猛推进：流经河南、安徽、江苏三省六十多县。半个黄淮平原一片汪洋。洪水每接吻一处，房倒、林淹、良田成泽国。吞没二万九千多平方公里沃野，最后夺淮入海。八九十万同胞离乡背井。十一个城市与四千多个村庄皆成泽国。直接淹死、饿死平民百姓达八十九万人。路桥王氏子孙王骧任河南省副秘书长泛黄区赈灾委员会主任。

10 月 27 日：武汉会战结束。重庆遂成为中国政府的最后一座孤岛。

黄岩抗日自卫委员会正式成立。县长蔡竹屏任主任。所有地方武装一律改编为“忠义救国军”。设司令部。下设三个中队。徐播任司令。

黄岩战时总商会正式成立。朱劭任会长。黄岩县战时商会与路桥战时商会共同作决定成立南官抗战慈善总会。凡属南官大小民营企业出资对抗战时牺牲的烈士家属实行抚恤。时南官商会由徐铉负责（酒酱、钱庄）吴春舫（银钱业）陈耀亚、陈铭松（纱布业），金思理（医药业）陈宏茂（百货业），吴百钧（咸货业），王慕贤（南北货业）等人为理事。尽管现在的《黄岩志》对他们抚恤数目，没有作出明确记载，但民间有传时出钱最多的，一朱劭，二徐播，三金晋南，四徐鑫，五王蒙升后人，六柯友三，七郑敬复，八卢洛平，九徐铉。（是不是真的如此，有待地方志专家考证）。到底捐有多少钱，所有史料没有明确记载。

台州第一座抗日阵亡将士纪念碑在路桥大操场正式建立。时任黄岩县长张宝琛（浙江东阳人）亲笔题词“抗日将士阵亡纪念碑”九个大字。

路桥王氏子孙王骧亲至黄岩募捐。黄岩县国民政府正式发文：号召全民出钱有多出多，有少出少，为纾河南民难。

金苏芳完全出于一腔爱国热情，当掉她与徐锜结婚时，她父亲金晋南送给她的三件当家宝贝：一是祖传一枝金凤钗，二是一件她父亲给她的俄国狐皮大衣，三是一件明时的梅瓶。时离徐锜家不远，开有一家当铺。当铺老板姓阮。叫什么名字，所有资料不曾有过记载。只知此人是人中鬼精。正当金苏芳拿着这三件东西去他那个当店时，他当然知道金苏芳当的钱是为支持河南灾区。但人性总是有着邪恶与贪婪。为国牺牲者有之，趁火打劫者有之，舍身救人者有之，落井下石者有之。此阮姓当店老板一看是宝，遂趁火打劫。只喊价五块大洋（有说是八块），并言要当即当，不当拉倒。尽管金苏芳是个女人，但她毕竟是徐锜妻子。心腔之内有着纾民解国难恒温与初心。五块就五块。当掉。五块大洋到手后，金苏芳遂将所得的五块大洋全部裸捐于王骥。当天锦鳞游泳，微波不兴。三天一过，有消息传出：说金苏芳当的这三样东西，价值千金。阮姓当店主，当时即转让给一温州佬，所得大洋一千三百八十块。一千三百八比五。那落差如黄果树瀑布。太让人内心世界如瓷瓶开片。时有当事人言之确确。男子气十足的金苏芳不听则已，一听内心世界实在承受不了这种可恶的趁火打劫的欺骗行为。那天，金苏芳一脸冰川地找阮姓当店老板算账。这一算账，阮姓老板与金苏芳言语交锋如淬火。金苏芳问，你不知道我当的钱是捐河南灾区的？知道。知道，你为什么这么做？你是人还是穿着衣服的禽兽？此言一出，阮姓老板出口成章，连片累牍大骂金苏芳。别看金苏芳是女子，生性刚烈。岂怕这个？手一扬，如同一道炫目弧光，直扇阮姓当店老板一大嘴巴子。

这就一大嘴巴子，可就是不得了。时路桥一带民间有三大忌：一是女人的裤子底下不能钻；二是脏水不能往街上乱泼；三是女人耳光不能打。若是男人犯此三条，遂要倒大霉。此大耳光一扇，阮氏当场大闹。无论是何地，有三种人极可怕：一是文痞，二是兵痞，三是地痞。此阮姓家伙是时路桥一带有名的地痞（不是地痞，他也开不成这个大当店）。别看我是树，但我心里十分清楚：这个家伙，打金苏芳，他不敢。他知道金苏芳背后有徐墦，但他却秧死麦烂的折腾起我来。好好，你们徐家村门口站着的那棵大樟树，不是你们徐家的风水树吗我叫你们家占了我们路桥地脉睥好风水。这个阮姓家伙，不是将一担臭粪便，倒在我面前，就是将一条大死狗悬在我树上，让全村人不敢走。尤其是有一天，这家伙居然在我的树身子底下架一堆木柴，威胁着要将徐家村的风水树活活烧掉。你们人类也许不知道，你们以为我们做树的没有感觉。其实根本不是那回事。我不止一次的听我母亲对我说过，有一年，政府统治者，将一位造反遭杀头的尸体，悬在我那位有上千岁的奶奶的树杈子下，我那位上千岁的奶奶，气得浑身发抖，一下子得了脑瘫。半个身子全部枯死。如果徐家人不立刻采取手段，我必然与我那位奶奶一样。那天夜，我化成绿衣人，以托梦方式同时告诉徐锜、徐铉、徐墦、徐鑫。四人同时一做此梦，整个路桥徐氏人急了眼了。一个原本平静的徐家村，何可让这个烂头将村树毁掉，我们徐家村不就没有护村树了吗？徐锜父母一看，这不是贼咬一口烂见骨头？如此下去，一村子的人不得安生，如何是好？就在这节骨眼上，二十九岁的徐铉，挺身而出了。别看那时徐铉只有二十九岁，社会地位远没有朱劭与徐播、徐鑫他们高，但他却是一位化学中间体式的人物。无论是红道、黑道、黄道、白道一出事，均愿找徐铉商量。初时，徐锜父母想告诉徐播，让徐播对这个阮姓家伙动硬的，徐铉没同意。徐铉对徐锜父母说，人情如水。给冷即成冰，给热即成气。一是民间纠纷，二是当铺潜规则：周瑜打黄盖，一个愿打一个愿挨。我嫂夫人本身打人家耳光先理亏。以我之见，只可大事化小，小事化了。这件事还由我来处理吧。那天夜，由徐铉出面，将阮某叫至十里长街一家名叫什么阁的饭店，由他作东，由徐铉出面替嫂夫人赔礼道歉。最后双方达成一条协议：由徐铉出资请和尚做一次忏悔道场消灾纾难，这才将此事平息下来。

黄岩全县募得黄金八百两，银元八万元。由王骥直接带往河南。

我知道，在那个战乱的岁月里，台州七县，没有哪个县与黄岩一样，出有那么多钱。

9

1939年1月1日：中国国民党中央常务委员紧急召开临时会议：永远开除汪精卫党籍，撤销汪精卫一切职务。

汪精卫至上海举手投降日本。

汪精卫冒天下之大不韪，在上海召开所谓的中国国民党第六次全国代表大会。

汪精卫出任中央执行委员会主席。

汪精卫与日本签订臭名昭著的《日支新关系调整纪要》。

县长张宝琛征集民工第一次拆除东门明代戚继光所修的城墙。

路桥正式成立战时普济慈善社。社长为徐播。副社长两人：一徐铉，二徐鑫。成员有十多位：俞成模、丁文渊、王仙实、杨绍翰、吴春舫、陈耀亚、陈铭松、金思理、陈宏茂、吴百钧、王慕贤，还有应、阮、毛、林、蔡（具体名字不详）等人为理事。当时他们即集水田八十亩，年收稻谷一百三十石。“不足部分由普济慈善社乐助。”“下设孤儿院与恤老、施药、舍棺三部。孤儿院设下里桥广和里。专收养八岁以上孤儿（县志说专收男婴，下里人说，同样收女婴）设幼稚班二十人，初小班六十人。就此一年，收有孤儿一百六十人。由一直在回浦医院当医生的徐贞英归路桥任院长。后成人出院达一百余人。老人达一百余人。

朱劭、徐铉决定在海门成立通利钱庄。时朱劭与徐铉之所以成立钱庄目的只有一个：集民间余资以发展黄岩化工业。安排黄岩中国军队抗日殉国的将士家属。经朱劭、卢逊与徐铉多方倡导：时黄岩县办化学工业社十余家：有做肥皂的、有生产“氯化氨”的、有生产香料的，也有生产印染料的。所有配置方法均由徐铉与卢逊二人无偿提供。尽管卢逊、徐铉二人绞尽脑汁解决抗战时的军属、烈属民生问题，终因这些化工小厂，资金短缺，无法做强做大。是什么人给朱劭与朱劭、卢逊、徐铉提这个头的？民间一直有多种说法：一说是徐鑫，一说是徐播，一说是那些办化工厂的小业主。最后徐铉在朱劭通力协助下，在海门振市街找一处门面正式开张。朱劭任董事长，徐铉任总经理。下设各分店经理，其中有不少员工是南官地下党员。如路桥蔡永龄，出任通利钱庄总经理。我查阅过黄岩档案馆现存的资料：一因朱劭与徐铉、卢逊人品好，口碑好，人脉丰富，两年一过，资金超十七万元，遂成时黄岩县实力最大、最强的大钱庄。

台州特委终于花大力气说服土匪大头目卢志刚参加红十三军，并在他所在的路桥鸡笼山成立红十三军秘密根据地。由于卢志刚出身大土匪；过去一直是由诸葛南平主管。现在诸葛南平去了太平与永嘉一带根据地，让卢志刚一人操纵，怕出意外。台州特委与红十三军军部几经研究，最后作出决定：派诸葛南平潜归路桥物色一位靠得住的人去路桥鸡笼山监督卢志刚。

那天夜，诸葛南平悄悄然的潜入徐锜小学与金苏芳见面。二人见面后，诸葛南平问金苏芳，你不是给我生了个儿子吗？是。他现在在哪里？在我父亲那里。起什么名字？徐志。为什么不姓我的姓，你却让他姓徐？金苏芳答，我与你婚姻公开了吗？既然没有公开，我又对外说是捡来的孤儿，我不让他姓徐，你让我姓什么？如果国民党一旦知道真相，我与那儿子还能活下来吗？诸葛南平一听，事实确实如此，遂不再言。当夜交子时，经金苏芳多方出动，终于替诸葛南平联系到了时在路桥民丰酒厂的地下党负责人刘东安与林尧。他们三人坐在我的树身子底下，头与头碰在一起商量好长时间，最后定下由解冰去往鸡笼山，入卢志刚部任政治部主任。天亮前，金苏芳再次出门将解冰找至我的树身子底下。解冰睡眼矇眬的一到，见此三位共产党大员坐在我树下等他，他大吃一惊。他们三人呢，立刻开门见山，将找解冰的目的告知解冰。让解冰出任南官鸡笼山卢志刚团政治部主任。

我据诸葛南平后来为解冰提供的证明材料看，时台州特委曾研究过解冰的入党问题，党组织曾同意解冰入党；但考虑工作上实在太需要解冰利用他的人脉关系掩护党的工作，最后决定将解冰作为“特别党员”处理。什么叫作“特别党员”？其真实内涵：一是不办理手续，二是不参加任何会议，三是由可靠的专人与解冰保持单线联系，四是研究后，定下来的原则只有他们核心层四人知道。关于台州特委让解冰出任黄岩县鸡笼山卢志刚团政委一事，原因只有一个：因时解冰不是普通商人，而是时社会上知名度较高的乡绅。若是让解冰挂政治部主任一名，对外可以说是自动组织的民团，其组织架构与国民党军队相同，会达到更好保护台州特委核心层领导与在潜在深水区的地下共产党员的效果。诸葛南平、刘东安、林尧将台州特委决定告诉解冰后，解冰初时没有同意。解冰口吃着说：我不、不、不是党员，我、我、我怎么能当鸡笼山卢志刚团的政治部主、主、主任？直至诸葛南平、刘东安、林尧将特委决定将解冰作“特别党员”处理时，解冰口吃得更为厉害了：那、那特特别、别、别党党员与你、你们有什么区、区别？诸葛南平答，区别只有二条，一、只有我们班子里的核心人员知道；二、现在不办手续，等政治形势好转时补办。这对党的事业有什么好、好、好处？一可以保护你，二可以掩护我们工作，做更多的事情。解若冰听后欣然应允。三日后，诸葛南平率解冰去鸡笼山与卢志刚团。并当众宣布，解冰任黄岩县抗日救国卢志刚团政治部主任。

红十三军政委兼任台州特委武装委员的诸葛南平，奉组织之命率红十三军两百三十八名强将，突破封锁线，翻山越岭去往时在皖南的新四军总部。

10

1940 年 8 月，中国共产党领导的八路军所打的著名“百团大战”，取得绝对性胜利。

张宝琛调离黄岩。徐用（浙江缙云人）接替张宝琛为黄岩县县长。

县忠义救国军人事大变更。所有地方武装合并为民兵团。直隶军事司令部管。徐用任团长。警察局长朱焯与徐播任副团长（副司令）。

城关、路桥、海门三大重镇一片欢腾。城关中学、海门中学与灵石中学学生全上街敲锣打鼓的游行。但游行庆祝队伍刚一出发，遂受到时黄岩当局的严厉禁止。尽管如是，十里长街百姓没有一个不说共产党比国民党好。八路军、新四军比国民党军队会打仗。时黄岩中学学生有人在墙上第一次用大红笔写上“八路军万岁”五字。但，这五个大字立刻让卢逊亲手擦掉。有学生问卢逊，你这是什么意思？卢逊答，你别大虫头搔痒好不好？

路桥第三位抗日英雄王骥累死于黄泛区。王骥是路桥王源丰创始人王蒙升的小孙子。时路桥称王骥有“隔代尚”，其是他爷爷王蒙升的复印本。王骥曾任河南民政厅厅长，河南省秘书长。临危受命，任河南赈灾办事处主任。也是时黄岩县国民党政府中第一位文职高级官员。也是唯一一个活活累死在工作岗位上的国民党政府官员。因王骥事迹在时任路桥区常委宣传部长应载泉策划的《一代名儒柯璜》中有详述，我不再在这堂课中重复。但我必须增补书中不曾说到的两件事：一是当时全国名流与国家政要所撰的挽联，对时因公殉职的王骥极为称颂：

如**林森**：抗建历尽艰辛苦鞠躬尽瘁为国民，耿耿忠心迎国难，甘草为神州南终生。

如**董必武**：赤子报国无私无畏，英年早逝国之大悲。

如**李宗仁**：碧血酬国计肝脑涂民生，所及无阋墙皆为国事兴。

如**彭雪枫**：为民族披肝沥胆废寝忘食奔中原，为人民奉献所能精劳至疾血耗尽。

如**程潜**：壮哉救民于水火昼夜无分尽职守，悲哉英年乘黄鹤万民悲泣悼亡魂。

如**洪陆东**：为国事赤胆忠心克尽厥职；为民众耗尽一生可歌可泣。

如**章士钊**：励精图治心尽力竭，仙逝英年百姓泣血。

如**于右任**：天苍苍野茫茫志未酬国有殇；山青青水荡荡勋已建民生畅。

如**李先念**：国事无畛域同仇敌忾；民生最为先刻骨铭心。

如**沈钧儒**：分秒必争救胞泽刻不容缓培国脉；夜以继日济灾事劈芜垦植为国泰。

如**梁漱溟**：半生精于学半生勤于政学以致用；一生念疾苦一生救于民

功作人民。

如**黄炎培**：做学问一丝不苟切切实实；做官吏清政廉明坦坦荡荡。

还有郭沫若他们的挽联不可胜数。别说上万灾民哭着为王骧送行，就看国共两党与社会贤达名流那么多大员要员所书之联，足可见那时的王骧之殉职，给那时的中国时局带来的是什么榜样与影响。就黄岩的历史来说，王骧的去世，赢得如此众多国中大人物的热烈赞颂，怕是前无古人。消息一传至路桥，徐铉想率其姑妈与两个表妹（王骧女儿）去河南吊唁。终因去往河南道路全部被日军封死，无法前往只得作罢。

徐堈死于同胞之手。徐堈，路桥徐氏子孙。

因徐堈的家不在徐家村住，我根本不曾与他见过面。因徐堈牺牲后，其葬礼必须在徐家总祠堂中举行。他那灵柩就停在我树下。我才与他见了一面，只知他是个三十多岁的汉子。个子并不高，双目紧闭，身上全是血。

黄岩县发生的最大的一场兵变。据《黄岩新志》记载：时驻栅浦的省抗卫团第三纵队七团六连，因上峰有三个整月不曾发有一文军饷。时任省抗卫团六连连长名叫张玉芝，遂率领他的部下突现兵变。张玉芝，宁波人。因家贫无法生存，拉起一支队伍为匪。俞济民出任省保安司令时，曾前后多次深入他的腹地找他谈话，做他思想工作遂将他收编。收编后一直在宁波防守。因宁波沦陷，随宁波省抗卫团撤至南官。那天，就是这个张玉芝率着他的六连士兵，从栅浦冲至路桥。至路桥后，不发一枪，一举占领南官区署、乡长公所与电话局。三处要害一占领，张玉芝遂出狠手抢劫王源丰钱庄与二十五间店铺全部金银。将王源丰总经理王仙实掳走不说，还顺手牵羊地掳走路桥镇长蔡振河与王源丰钱庄员工二十多人。此举一出，张玉芝遂押着王仙实、路桥长及王源丰钱庄二十多名员工退至大荆镇。恶性事件发生后，第一个得知消息的不是别人，而是时任路桥商会会长的徐鑫。徐鑫不听则已，一听，头大如斗，急向徐墦报告。徐墦知消息后，遂向黄岩县民国政府县长徐用报告。徐用急向时省抗卫团第七团报告。第七团团长遂令七团一营营长陈布道（何地人不知）前去处理这件恶性事件。陈布道接命令后，遂骑着马亲至大荆镇，想以长官的身份苦劝张玉芝。陈布道说，当下国难当头，国民政府因与日本打仗，国库空虚；一时间拿不出钱来发军饷。这个情况只不过是暂时现象。无论于国于民，你们不当如是。时任一营营长的陈布道让张玉芝立刻归还所有抢劫的银圆；

无条件地释放路桥镇镇长蔡振河与王源丰总经理王仙实及他手下二十位员工。陈布道虽然是个军人，毕竟多几分天真。他以为他是他们的长官，他的话一定当令。哪知这些家伙全是无恶不作、见钱色眼开的悍匪。他们只知有奶便是娘。尤其他们入山为匪时，作威作福业已成为他们行为中的潜意识。你一个营长有什么了不起？凭什么在我们头上指手画脚？根本不理营长陈布道的茬。不等营长陈布道说完话，那张玉芝身子一纵，跳至他面前，将他手中的那杆枪，恶狠狠地往陈布道脑袋上一点，下话说：姓陈的，你少他妈的跟我来这个哩格楞。开弓没有回头箭。你陈布道若是不在这两天内给我们第六连调一万块大洋来，我他妈的就要你及路桥长与这二十人的性命。张玉芝此言一出，令陈布道那两只眼刹那间变成两颗燃烧的炭火。你想啊，他只身一人，张却是一个整编连。手下全是那些一闻着血腥即踊跃的裸猿。在人家的屋檐下，你不低头也得低头。无有他法，陈布道不得不作出妥协。当日即书有一信，让他的随行人员将他的信立送至黄岩。黄岩县县长徐用一看，急召卢奇炎、朱焯、朱劭、徐播等人开会。会一开，徐播第一个态度是打。徐播之所以如此，他的意见是，他们的出身全他妈的是土匪。江山好改，本性难移。原先俞济时（省保安司令）将他收留于麾下，其本身就是个大错误。但卢奇炎不同意。卢奇炎说，当下国难当头，多一个人，即多一份力量。万一将他们逼得急了。跑到日本人那边，当上伪军，那麻烦会更大。朱劭意思是：问题确是出在党国身上。因为党国没有钱。一连三个月没发饷，遂给这次兵变埋下了草蛇灰线。然而，三个主官全渴望的是，先给张玉芝六连送去一万块大洋，让他们归来，一切都过往不咎。决定作出来了，问题随之跟进了：县政府工作人员全三个月不曾闻过钱腥味。大批省级大官员涌入台州后，杭、嘉、湖、宁全部沦陷，省级机关的工作人员所有开销均由台州、温州两行政区出。钱在哪？是时的朱劭，早已成了一只仅可维持家计的空壳蟹；徐播本人也完全凭着老本过日子。还讲什么钱呢？最后他们作出来的共同决定是：由金晋南与卢逊、徐铉三位企业家去想想办法。那天，徐用与卢奇炎二人分头去找金晋南、徐铉、卢逊。他们说，不看金面看佛面，你们三人无论如何也得给县里搞到一万块大洋。面对县政府官员的如此恳切，众乡亲们的一筹莫展，金晋南、徐铉、卢逊只得前往。他们三人是如何搞到这一万块大洋的？详情无法得知。民间传是金晋南一家走一家以他个人名义借的。卢逊、徐铉、徐鑫向海门方赓甫借的。一万块钱搞定后，徐用立刻派徐坩送往大荆。我看过章育在《南官新志》中写的《徐堈传》，上面清楚写道：徐堈，台州徐氏子孙，宁溪山区人。1929 年任二十六军四十五师一三五旅二六九团三营十一连连长。时方策任二十六军副军长。二十六军强攻太原时，徐堈与方策一个样，让阎锡山手下人军官一枪打断了他的一条腿。腿一断，当然不能再随野战部队率兵打仗。按着当时国民政府民政厅规定：在北伐战争时死亡军人与残废军人，国民政府全有经济上的救济。但救济额度极少。徐堈家在徐氏分支的宁溪，人口众多。土地全挂在山腰上。这些年，他们一家十一口人，全凭着他当兵吃粮，以命换来的军饷度日。如今他打伤腿，回山区种地，乏力；回去经商，缺本。尤其那时，他在宁溪黄岩溪老家还有两个不曾成年的儿子。方策得知情况，遂给洪陆东（黄岩县洪家镇人）写去一信。方策希望洪陆东利用他的地位帮他一个忙。时洪陆东任浙江省国民党组织部长。面对着方策来信不敢怠慢，遂找到时任浙保第五团团长的谢升标商量此事。谢升标（临海人）一听是方策的兵，当然出手相帮。遂让徐堈出任省防军（那时不叫“抗卫纵队”）第五团一营一连连长；并让徐堈将家从宁溪山区迁入路桥徐家村安家。那时的黄岩县可不是现在的黄岩县啊。现在的黄岩县工厂林立，百姓安居乐业；所有的矛盾只不过是多与少的矛盾，公平与不公平的矛盾，生产力与生产关系的矛盾，成与败的矛盾，得与失的矛盾，欲望与反欲望的矛盾。那时的黄岩县可不是如此，而是生与死之间的矛盾。尤其平原地带所有的土地 90% 集于富豪手中。有道是无商不富，无工不发，无农不稳。一个国家是否安定，终极标准是国家政权的基础：农民是不是能活得下去，或是活得更好。一旦民本出现动摇，国本岂可安生？为图生存，台州七县土匪猖獗。时黄岩一县，灾民为匪者大小有一百多股。从宁溪至九郎山及沿海黄琅诸岛均有土匪。人之一生，有二事必不可少。一是食，二是色。食为活着，色为传后。此二事一缺，一切宗教信仰、国家政权，均被人类共有的本能所颠覆。《黄岩新志》明确载：时黄岩劫事几乎天天发生。隔三岔五都有良家妇女被掳；因土匪截道抢劫而送掉小命的草根百姓不计其数。若干年后，一位八十岁的老人曾亲口对我说过：那时土匪不来则已，一来，不得了，冲进门来全是翻箱倒柜，你家里有什么，他就拿什么。有一次，有八个土匪同时轮奸一名在旋珠女子师范学校读书的学生，强奸得此位女学生一站起，那黏黏答答的东西，顺着她的大腿根往下流。那位女学生实在受不了这种非人的侮辱，最后光着屁股纵身跳入河中自杀。打捞上来时，许多人都围上去看。时在外行医的牟方允（黄岩县名中医）恰从此过，见况不好，急跑过来脱下自己的衣服将她下身遮住；并将围观的孩子们驱散。还有一位出生于头陀镇的女子，长得天姿国色，因拒绝强奸，最后两名土匪居然抡起刀剁了她的三只手指头。发生此事时，黄岩县县长孙崇夏已调走。县参议长朱劭亲上省要求调已在别地当县长的江恢阅回南官当县长。时黄岩县可不是现在的黄岩县啊。现在的黄岩人在政界上的人并不多，最大官也不过是几个少将与院士，但那时蒋氏王朝中，一半大官全出于黄岩。时任浙江省政府主席的国民党高官名叫张难先，他也不愿过多地得罪黄岩人，既然你黄岩县参议长要江恢阅，借个理由遂将江恢阅调至南官。江恢阅到任后，亲至出事地点查看。一查一看，他一下断定，所有龌龊之事，决不是红军所为，而是真土匪所为。（因为红十三军与土匪最大区别有三：一是红十三军针对的全是土豪劣绅，而土匪什么人都要；红十三军打下土豪劣绅后，即分财产毁契约，而他们却将所有金银细软全部卷走。二是红十三军每至一地，必要大力宣传，而他们却是打了就跑。三是红十三军纪律极其严明，强奸妇女之事一旦发生，犯者被红十三军杀无赦）。如此胡作非为，这不是土匪又是什么呢？江恢阅至南官后，第一个找的是谢升标，要求谢升标派兵。谢升标与江恢阅见面后，令时任省防军第一营营长徐埘率本营人马前往。徐埘为人沉着勇敢。章育在他的《黄岩新志》中说他，“晨夕缉捕不稍息。”三日后，徐埘忽闻南民商人陈仙玉被绑。被鸡笼山土匪卢志刚藏在白杨山山庙中，凭借此以勒钱财。徐埘遂将自己打扮成一做货郎担的样子，挑着一副小担，摇着拨浪鼓，亲至白杨山山庙中。访得实后，率队由山后进攻。“毙土匪一伤匪二。”卢志刚不得不率队逃走，遂追回难民。时陈仙玉极感激徐埘的救命之恩，摆有十三桌大酒肉以慰劳。徐埘说，军人以卫国护民为天职，缉匪救民乃分内事，何可为功？“再三却谢”。

徐用调时任忠义救国军第五团团附的徐埘去送钱。时徐用怕有意外，要徐埘多带些人。徐埘说，人一多，陈营长必死。莫不如让我率三人带银圆去。徐用一想也可。那时的大荆，可不是现在的大荆啊。现在的大荆，早已成为全省名工业重镇；那时的大荆可是国、共两党与土匪队伍争夺的焦点。徐埘与他三位士兵带着一万块银圆至大荆时，已是下午四时。因冬日太阳下山早，山区已现昏色。徐埘一入大荆镇，张玉芝早在大荆镇石桥头等候多时。他一看只有徐埘率三人来，大喜。徐埘一下马，张玉芝上前问：一万块银圆，带来没有？徐埘说，银圆，我是带来了，但，我必须见到陈营长，才可付你。张玉芝说，这没有什么不可以。遂带徐埘入一大院与陈布道见面。见面后，张玉芝要拿钱，徐埘将枪往他脑袋上一点说，你自己想要这笔钱？不行，这是军饷，你把全连的士兵集合起来，让陈营长发。张玉芝知徐埘那杆枪是百发百中，不敢怠慢，只得下令，让第六连士兵结集。士兵们一结集成列，徐埘遂上前一步宣布：下面请陈营长训话，遂邀陈布道对士兵训话。陈布道两手往腰间一叉对全连士兵们说：一个军人名誉为重，不可有土匪行径。军饷三月不发，不是扣你们，而是国家有大难，根本没有钱；作为一个军人当为国家分忧。现在，县里业已从百姓手中集得一万块大洋发于你们。希望你们以国事为重不要再如此。遂令每一位士兵上前领饷。此举一出，令张玉芝与第一排排长李某心中极其不满。想动手，然而面对着徐埘凶神恶煞的样子，不敢。事情一直挨至第二天早，营长陈布道下令全连开往黄岩。临行时，徐埘骑马出大荆，刚一过小桥，张玉芝忽然大呼“徐埘！下马”！徐埘不知发生何事，误以为是陈营长唤他，下马。就在徐埘一转身的刹那间，张玉芝手一抬，枪响。子弹正中徐埘脑门。徐埘一头栽倒于地。张玉芝转过身子遂将营长陈布道打死，急率六连往宁波沦陷区方向逃。徐埘手下一人回去一报告，徐用大怒，令徐播率本团人马出击。徐播说，我早就和你说过，这些家伙全不是一块好饼，有奶便是娘。你们不听，我有什么办法？张玉芝啊，张玉芝，别看你是我手下的兵，你逃往宁波投靠日本人，那你的老上司，可就对不起你了。徐播率本团人马遂在去往宁波的必经之路麻狸岭设伏。张玉芝率六连刚一至麻狸岭，徐播就张开大网等着这只“鸟”入网。张玉芝率六连仓皇至此，刚一抬头，只见徐播威风凛凛的支着一把指挥刀，叉着两条腿等他。张玉芝要徐播放行。徐播摇摇头。张玉芝押出路桥镇长蔡振河为人质，要徐播让路。不然，他就要取路桥镇长蔡振河性命。徐播冷笑：你不敢。张玉芝说，你看我敢不敢？我数一二三，至三，你不让道，我就打死他。徐播说：好，我让道。徐播刚一闪开，六连旋风般地往包围圈外冲。张玉芝居然一甩手朝徐播开了一枪。这一枪，可将徐播惹火了。徐播一声令下，早潜在路边竹丛里的士兵们立刻开枪。一开枪，不得了了，子弹不长眼，全六连七十多人，无一人生还。路桥镇长蔡振河负伤。王仙实与他手下二十名挑东西的员工好在走在后面，只伤有七人。徐播一刀切下张玉芝的首级悬在黄岩城门口三日。此次兵变事件，从黄岩县历史长河来看，是一件微不足道的恶性事件。省抗卫团只牺牲了一团附徐坶，但对于路桥王家来说，却是一个致命的打击。路桥王源丰打从王蒙升凭着他的才智与经商本领，早在1840年第一个在十里长街创办了第一家经营百货、棉布、绸缎的商店，令十里长街的“二十五间”成为全南官最大、人气指数最高的商业中心。也许是物极必反，也许是王氏商业气数行至临界点；也许偶然之中有必然；也许是命中注定：打王蒙升创王源丰历尽一百年时空后，终于在这场无法预测的变故中，从高山之巅一个跟斗栽入低谷；从明媚的阳光中侧身步入惨淡雾霾；从闪烁的钢蓝中呈出褐色锈斑与残缺。长寿有百年的王源丰老字号，终因老朽受不得如此大劫难，从而出现大崩溃。最后在无奈中不得不淡出路桥人视线。

日本飞机从海上起飞轰炸黄岩县城关镇与路桥。此次轰炸，炸死十五人，炸伤十五人。因燃烧弹引起的大火令南官房两百三十四间房子变成一片白地。

徐铉正好在我身边坐着。天上掉下来的那颗炸弹，恰在我身边爆炸。好在徐铉一下子卧倒，没有被炸死。而我却倒了大霉。我身上中有十个弹片，一个大树杈被日本炸弹炸断。树是人，人是树，树与人最大的区别就是一个会说话，一个不会说话。我与人一样有感觉。当时痛得我全身直颤抖，大叫：阿弥陀佛。好在我是树，我坚强，我敢挺，一挺，我活过来了。但在我身上的那十几个弹片，再也取不出来了。我心中明白，这十几个弹片将与我的生命一起走向终老。

徐铉次子出生。徐铉遂将他的次子起名徐梓。徐梓出生那天夜交子时，徐铉做有一梦，梦见一白发老人，送他四个字，“福佑乡梓”。徐铉的儿子辈是木字辈，徐铉遂以“福佑乡梓”的那个“梓”字，为儿子名。

徐梓出生时，他的母亲曾抱着他来我的树身下拜见我，并往我的树身子上系上红绸子。我曾看到过那个孩子，他完全是他祖上徐培的复印本，脸是方方的，鼻子高得如一座山峰。我不会看人相，但有会看相的人说，徐铉这个儿子的鼻子叫做孤峰鼻。一个男人鼻子就是他人生命运的标志物，男人鼻子好，命运就好，男人鼻子糟命运就糟。那个看相人，看完了刘梓的鼻子后，曾偷着对我说，大樟树大樟树，刘铉这一脉，怕是至他这一代达顶峰了。下一代难超越他了。我回答他说，十年出个人，百年出个神。国运三百年一转肩，族运三十代一颠覆。小人五世而斩，君子五世而斩。三十年河东，三十年河西。这是人与社会的自然率，天下哪个人能永远保证他不败之身？若不是如此何有风水轮流转之一说呢？

11

1941 年 1 月 4 日，新四军总部及所属部队九千余人奉命北移。新四军总部行至泾县茂林地区时，突遭国民党军七个师八万余人的包围袭击。新四军被迫抗击。血战有七昼夜。最后终因弹尽粮绝，约两千余人在突围处壮烈牺牲。军长叶挺被俘。副军长项英遇害。

汪伪国民政府在南京正式成立。汪精卫出任“行政院长”兼“国府主席”。

黄岩百姓自发在黄岩中学大操场做了个巨大的稻草人。上面写上汪精卫的名字。男人们争先恐后地前去往稻草人撒尿。然后，再倾上柴油，一把火将这个假汪精卫烧掉。时卢逊，出于义愤，遂抡起他手中的大笔，在民丰厂门口，书下“枪毙汪精卫”五个大字。

徐铉出任路桥镇长。徐铉为什么要出任路桥镇长呢？徐铉是受命于危难之中。一是因时国民党兵员严重缺少，强行抽壮丁。开始是两丁抽一，后来是多多益善。二是时国民政府国库空虚，所有的政府用款及牺牲的军属安家费、抚恤费均由地方出。三是原镇长蔡振河因伤不能再任镇长。四是国民党内部宗派纷争激烈。他说他也根本不知时县政府的内幕，他们为什么要让这么一个“君子不党”的人任镇长。1986 年，我第一次采访徐铉时，徐铉太公对我说，他业已记不得具体时间了。他只记得那天，黄岩县县长徐用突然来到他厂里，将那一份委任状送入他的手中，并对他说，从现在起，你就是路桥镇长。徐铉说他那时，根本没这个心理准备。徐铉说，我这个人一是不好说话，二是不懂政治，三是我只想搞化学研究，然后将研究出来的产品变成商品。你让我这个“白摸人”当镇长，岂不是卖糖的给唱戏的敲锣？他说他不想干的原因有二：一是一个人在社会上活着，必须认清自己能干什么，不能干什么，他无论从性格，从爱好，确实是一块搞科学研究办实业的料子。对当官一类的事情根本不感兴趣。二是他实在是太忙了。别说商会那一摊事儿够他折腾的；就那个药厂，每天要生产那么多的药品，也令他分身乏术。但他不走马上任也不行了。关键原因有二：一是时任黄岩县县长的徐用坐在他厂里不走，只是做他思想工作，让他为国分忧。哪怕是干上一两年，他也高兴。做人哪，不看金面看佛面，人家一个大县长将话说到这步田地，你又不是什么诸葛亮，得三顾茅庐才肯出山，总得给人家一点面子。二是，令徐铉做梦也没有想到的是，他的好友卢逊、解冰、刘东安坚决让徐铉出任路桥镇长。徐铉从他们三人的眼色中，得知如果他不当这个镇长，对他们似乎没什么好处，徐铉不得不应承下来。直到徐用走了，刘东安这才咬着他的耳朵说，徐铉兄弟啊，你知道吗，你这个镇长一当，对我们有多大好处吗？什么叫大树底下好乘凉？这就是啊。徐铉这才明白他的三个朋友频频对他使眼色的真正用意。

金苏芳公公与婆婆同时去世。先走的是公公。公公走有七天，婆婆就对金苏芳说，他去了阴间没人照顾，我也得走了。金苏芳误以为婆婆说着玩的，也没往心里去。再加上公公这一死，办理公公的出葬事让她累得个够呛。洗了一下子，就上床睡下了。第二天的一大早，金苏芳做好早饭，让儿子徐桥去婆婆房间，唤婆婆吃饭，婆婆直挺着身子躺着，就不回答孙子的喊叫，徐桥下楼对金苏芳说，娘，婆婆睡得很死，我叫不醒。金苏芳一下子觉得不对头。她冲上婆婆的房间一瞅，婆婆不知什么时候，早就驾鹤西去了。金苏芳不得不又第二次操办婆婆的白事。操办完后，金苏芳累得浑似大卸八块。从山上一下来，就靠在我身上睡着了。儿子徐桥连叫好几声，金苏芳都没知觉，吓得徐桥哭了起来。徐铉上前一探金苏芳的鼻子透着气呢，叹息着对徐桥说，连续两场白事，可将你娘累坏了。你就别喊了，让你娘靠在树下睡一会吧。徐桥立刻去家中取了一件被子，给他母亲盖上。

徐铉走马上任。若干年后，徐老太公曾对我回忆说，那时的路桥设有民政、兵役、户籍等四个大干事。四个干事的工资全由县里拨给。另设有镇队队长一人，班长与队员三十余人。他们的全部工资由路桥各殷商富户出。而他本人呢，纯粹是义务劳动。他的主要工作有四样：一是兵员结集，二是经济摊派，三是社会治安，四是由民丰酒厂支付部分工作人员的工资。后《黄岩志》明确载：从1940年至1943年这四年间，黄岩入伍参加抗战壮丁，达一万二千九百九十九人。路桥一镇约有两千余人。入中央军的有一万一千两百零七人，地方部队的有一千七百九十十人。每年平均出兵员三千两百四十九人。四年间，黄岩县光军粮即出有七百六十万公斤。那时，黄岩国民政府对出征军人家属一次发安家费与生活扶助费四元，稻谷五斗。所有军人家属全部入纺织等厂为工人。军人直系亲属亡故或生育，发给大洋二十元。牺牲军人家属发抚恤金五十元。时黄岩县国民政府一无所有。所有抗战时所需的钱粮全由黄岩县百姓出。然而，那时，全黄岩县人口只有五十万。稍微懂得一点数学知识的人，掐你的手指头掰一掰，算一算，抗战时的黄岩县百姓与抗战时的南官实业家，为国家、为民族做出多大贡献？徐铉对我说，这么一大摊子事情，要他这个当镇长的人去做；他如果不去，何以对得起自己的国家与民族？什么叫"处江湖之远必忧其君，居庙堂之高必忧其民"？那时的徐铉，不得不将厂内的大批事务交于解冰与卢逊，去当那个举步维艰的路桥镇长。

浙东南沿海海上护航委员会在南官成立。司令是少将毛镜如（南官城关人）。副司令是徐播。各县县长及路桥镇长徐铉为委员。时徐播立下最大一功是，全力收编时在台州沿海活动的海盗王仙金，并成立海上护航支队。关于护航委员会的成立经过，我在另一书中有详述，本堂课不再重复。值得提上一笔的是，作为一种策略，朱劭曾让王仙金出资加入他一手创办的通利钱庄，让王仙金成徐铉通利钱庄的大股东，任副董事长。

黄岩国民党党部开始对时在黄岩活动的中共地下党员下手。黄岩县委再次遭遇破坏。刘东安一直东躲西藏。

金苏芳刚打算睡觉，只听得有人轻轻敲门。金苏芳连问两声：谁嘞？对方没有回答。金苏芳深觉纳闷，穿上衣服起身开门。门打开，昏黄的灯光下，来者一身短打打扮，头上戴着一顶帽子，帽檐直压两眼。脚上穿有一双草鞋，状如讨饭人。金苏芳一时发懵，想不起此人是谁？对方立刻闪入金苏芳的卧室，一把将门罗死，油灯添亮。来人如旧文物般地浮出了地面。来者不是别人，即是曾任红十三军政委台州特委武装委员的诸葛南平。金苏芳怎么也没有想到站在她面前的那个一身讨饭人打扮的人，即是她的第二任丈夫诸葛南平。金苏芳当时即口吃着说，你，你，你你怎么成了这种样子？诸葛南平这才将他的全部遭遇与金苏芳说。他说他奉组织之命，率部分红十三军战士参加新四军后，正遇着蒋介石搞"皖南事变"。与他一起去的全部战士被关押，蒋介石对他用尽各种酷刑。在押解的路上，他趁着国民党兵不注意，率有三十多位新四军战士拼着老命逃将出来。他们是一路上讨饭讨至台州。至台州后，他遂四下寻找台州特委。哪知时在台州活动的中国共产党组织全部被蒋介石破坏殆尽：浙江省委书记刘英被害。台州特委书记曹珍被害。红十三军全军覆没。陈育中去上海找地下党一直没回来，死活不知。时国民党军统在路桥成立了一个外运货栈公司，表面上看是生意，实质上是特务站。军统少将童襄任经理。时童襄的主要任务有三：一是监视汉奸，二是监视共产党，三是搜集军事情报。现在散落在台州各县的地下党员，全被国民党军统所控制。林尧、刘东安，全找不着。想来想去，无他路可走，只有铤而走险的找你了。丈夫毕竟是丈夫啊，天下哪有一个女人不爱自己的丈夫之理？况且他们二人还有儿子徐志。金苏芳问，需要我做什么？诸葛南平提出一个大胆的设想：即是想通过金苏芳与徐铉、解冰及卢逊他们联系一下，将他与那一直在外躲藏的三十多名逃出来的新四军战士送出台州，让他们去四明山找新四军。他们现在在哪？我让他们藏在卢志刚鸡笼山的那个土匪窝里。金苏芳当夜即让诸葛南平在她的房间里先洗澡、换衣、吃饭。就在诸葛南平洗澡、吃饭时，金苏芳几经考虑，决定先将诸葛南平安排在她学校那一间无人去的阁楼上。她再去徐铉家。让徐铉他们设法将外面那三十多位新四军战士联系上。金苏芳之所以如此决定，原因有二：一是徐铉在路桥当的是镇长，口碑很好，徐铉的岳父辛亥革命时当过旅长。徐铉本人与徐鑫、徐播、王骥全有亲戚关系可作掩护；卢逊是城关镇大家朱劭的女婿；朱劭本人是黄岩县参议长。二是卢逊、徐铉二人在办企业、出门购货条件方便。台风中心往往最安全。诸葛南平洗过澡、吃过饭后，两人当时即抓紧时间行有一次情事。情事一行过，金苏芳即重新穿好衣服去找徐铉商量。金苏芳至徐铉家后，将情况一说，徐铉多少对金苏芳与诸葛南平一事有所闻，但，他毕竟深知男女之情与诸葛南平在台州的情况，立刻表示同意。徐铉说，别说你与诸葛南平的那股感情了，就这三十多条命哪，我岂可不管？你将他安排在你们的学校里不安全。你将他送到我这里吧。我楼上有一处阁楼，可供你们二人会面。金苏芳明白，她的堂弟什么都知道，也就不再避讳，反正婆婆与公公全去世了，立刻点头表示同意。当夜，徐铉与解冰三人作了一下明确分工。第二天，解冰去鸡笼山联系藏匿于鸡笼山卢志刚处的新四军战士。徐铉至金苏芳的学校带化装成教书先生的诸葛南平至他家。徐铉刚将诸葛南平与金苏芳二人带至他家楼上，人还没有坐稳呢，浙江军统特务站站长童襄即来找徐铉有事。吓得徐铉脸色发青，当时即让诸葛南平与金苏芳二人上他们家的阁楼，自己去与童襄虚以委蛇。好在这个国民党军统少将童襄，只是与徐铉商量了一下货物运输一事，没有至徐铉楼上，说完事情后遂扬长而去。徐铉高悬着的心，这才“砰”的一声从高处落下。那天，金苏芳想带诸葛南平离开徐家。徐铉没同意。现在，诸葛南平他们全命悬一线，活一天是一天，你们二人能做一天夫妻就做一天夫妻。三天后，我们安排他们走路。金苏芳一想有理，遂白天去学校，夜间潜至徐铉家与她的第二任丈夫见面。三天过去，徐铉终于出面找到一帮与他相好的行贩了。那行贩同意将诸葛南平与他的三十多位战友当成他的伙计带出台州至四明山。第四天，诸葛南平与因皖南事变逃回来的三十多名新四军战士，悄然来至路桥民丰酒厂结集。那天的大清早，这三十多位新四军战士，每人挑上一担酒，然后随那位行贩走出台州迤逦去往四明山。金苏芳来送诸葛南平。但他们二人没有一点亲热举动。金苏芳只是轻轻地唱了一首山歌：

哥哥是月我是星，
星月相伴蓝天行。
只有星星伴月亮，
月明不再有星星。

当时徐铉听后，心中非常不舒服，这个金苏芳，怎么会出如此不吉之言？

日军海上陆战队从海门登陆南官。我根据《南官志》的记载：时日本陆战队行的是偷袭。驻守于海门的中国军队根本没准备。时任海门防守司令的蒋志英被日本陆战队杀害。海门沦陷。第二天，日本陆战队分水陆三路进犯南官。西两路犯城关，东一路犯路桥。时毛镜如、徐播为掩护黄岩县百姓撤退，遂率省抗团与南官忠义救国军兵分两路，分别于洪家与三江口两地阻击日军。为让城关百姓逃往宁溪山里方便，县长徐用不得不再次下令拆掉明戚继光所建的西门城墙。

徐铉、卢逊率全路桥百姓往螺洋方向撤退。若干年后，那些逃难的老人们对我说，在他们的脑沟中储存的记忆中，那天所现的一切，如同做了一个大恶梦。他们只听到那枪声如炒爆豆一样的发响。炮弹落地爆炸的声音时有所闻。黑压压逃难的队伍如一条黑色长龙，顺着西官河蜿蜒着直达螺洋山里。十里长街所有店门，关闭得如同一排排咬紧了的牙齿。孩子们哭的哭，闹的闹。那时，徐铉是最后一个押着阵的镇长。他率路桥百姓顺着西官河往螺洋、鉴湖方向逃。

毛镜如与徐播所率的两支中国军队和民团与日本军队打得很苦，也很惨烈。国军与忠义救国军一直坚守至城关、路桥两地百姓全部撤出，毛镜如这才下令，海上保卫支队队长王仙金调动所有船只利用日本军舰进不得海门港这一弱点，施行关门打狗战术。就在这一次抗战中，卢志刚手下一百三十六位弟兄全部在三江口战死。毛镜如与徐播不得不率他们的部队撤出三江口。四个时辰一过，通向南官城关的大门终于完全洞开。黄岩县沦陷。穷凶极恶的日本陆战队进入城关镇、路桥十里长街，烧杀抢掠无恶不作。后据有关部门统计，时城头街因有一直潜于南官的汪伪汉奸王仲慕与翁星若二人为日本陆战队带路，令日本鬼子如鱼得水。城关镇所有店铺间全被日本兵砸开，所有店铺全部被抢。三十多名来不及撤退的、上了年岁的女人被强奸。损失最重的是卢逊家与朱劭家。卢逊家所有细软全被抢光；朱劭家所有收藏的近三百轴价值万金的古代名画全被洗劫一空。日本兵至路桥后，遂占据文达书院（时业已更名为“翼文小学”），即对时南官十里长街所有店铺实行大抢劫。看哪家店铺大即抢哪家。那时，损失最重的是王源丰所办的那个“怡昌”钱庄。所有东西全部被砸碎。好在王仙实叫蛇咬有一口，怕草绳十年，一直将“怡昌钱庄”那点金银秘密埋于地下。日本军队翻江倒海折腾好一阵子，也没得什么便宜。唯一令人恶心的是，那些日本人居然在王源丰“怡昌银行”后院的厨房里拉上满满的一锅大粪。

徐播终于成为一名孤胆英雄。——那时的徐播面对日本人的如此暴行，他下决心利用他的特长，对付入黄岩城头的日本陆战队。

我太了解这个徐播了。别看徐播长得丑陋，却有着许多人不知道的秘密本事。由于他留学过日本，会日语，会日本武士道的忍术。那天，他就站在我的树身下将自己化装成日本商人，右手暗藏一把名叫“七胴切”的杀人小尖刀。此七胴切小尖刀，其薄如剃刀，锐不可挡，是他在日本留学时带回来的贴身武器。他一切打扮停当后，遂操着一口流利的日语，大摇大摆地出现在黄岩街上。所有在黄岩的日本兵都误以为他是真的日本商人。他看到日本人抢劫商店，他装模做样的凑将上去看。趁着日本人不注意，遂出袖刀，一刀毙命地迅速将他们杀死。尤其徐播至县前街时，有三个日本士兵，正拖着一位黄岩中学女生往暗地想强奸。徐播见后，不动声色地走将上去，对准他们的要害部位一人一刀，一眨眼杀掉三个日本兵。徐播离开日本兵十多步后，那三个日本兵这才慢慢倒下。搞得那个黄岩中学的女学生一脸莫名，不知这三个日本兵怎么会突然死在她面前。尤其是一位名收翁若星的大汉奸，他正给一小队日本兵带路。徐播见后，不动声色地走至他面前，突然出刀，对准翁若星的心口窝就是一刀。翁若星没有一点反应地走有三四步，这才一头栽倒在地上。待日本陆战队醒悟过来那个日本人是假的，徐播已不知藏到什么地方去了。他们想打他也找不着。据后来不完全统计：徐播就用这种贴身暗杀法，杀死十二个日本兵与两个大佐。由于这种“忍术”有着一定的局限，只可贴身行动，后日本人发现有人化装成日本人暗杀，遂下令集体行动，徐播不得不作罢。

徐播与王仙金二人调动全台州海上船只，向入黄岩县海湾的日本汽艇实行分割与包围。炸沉日本登陆艇六艘。

日本海上陆战队为了他们的安全，决定利用汪伪汉奸王仲慕、孙荣成立一个南官临时维持会。所谓的维持会刚一成立，日本陆战队海上指挥部，不知出于何种原因，下令入南官的陆战队全部撤出黄岩。日本海上陆战队撤出黄岩县城关时，居然点了一把火，将县政府、县警察局、国民党县党部全部烧成一堆黑灰。驻路桥的日军同样点起一把火，将徐垠出任过校长的翼文小学，烧做一片白地。好在翼文小学临水，又是个单独院落。火势没有延至十里长街。若是延至十里长街，那可就有好戏看了。整条十里长街非得变成一片焦炭不可。

汉奸王仲慕、孙荣，一看日本人撤离南官，吓得心惊肉跳；遂跟随日本军队退至澄江。日本人出海时，这两条狗苦苦哀求日本海上陆战队将他们两人带走。结果反让日本鬼子恶骂了他们一句“八格亚鲁”，最后将这两人全部驱赶回岸。

一绰号叫“三报子”的在押犯，趁着日军撤出城关的空当，率着他同牢房的三个伙计，趁火打劫。

黄岩县县长徐用率逃难民众从宁溪山区归城关。徐播率部将逃往宁波方向的王仲慕、孙荣及那个带有大量金银器皿打算逃往永嘉方向的“三报子”与三名同伙捉拿归案。当徐播逮住了他们后，怎么也没有想到，他的妻堂弟王仲慕居然是汉奸。王仲慕恳求徐播放了他。徐播牙根一咬，对自己的妻堂舅说，我放了你，是我对不起民族，我不放你，是我对不起自己妻舅。我只不知我徐播是对不起民族重要呢，还是对不起自己的娘舅重要？王仲慕不听则已，一听至自己死难临头，身子一软倒在地上，一股臊水一下子从他的裤裆里冲出来了。徐播下令将他的堂妻舅给捆起来带走。

国民政府在南官第一中学大操场举行公审大会。徐用终于下达对这些无耻的家伙实行死刑命令：将此六人全部在九峰山脚下枪决。徐播亲提起一支步枪上前一步，连开五枪，枪枪打中五人的后脑。徐播用的是那种炸子。一中弹即将五人脑壳炸成一只烂柿子，但徐墦却留下自己的妻堂舅没打。朱焯问徐墦，你怎么不开枪？徐墦说，他是我妻堂舅，我做姐夫的没有开枪将他打死的理。这种大义灭亲的事情我徐墦做不到。这枪得你放。朱焯这才恍然大悟，遂提枪上前对准王仲慕的脑壳开了一枪。王仲慕当时即一头栽地。就从这天起，徐墦成了黄岩人心目中一个爱恨分明的抗日大英雄。

12

1941年12月8日黎明，日军航母舰队出动三百六十架飞机，五十五艘军舰，由南云忠一率领，对驻珍珠港的美军发动连续两次攻击。美军猝不及防。太平洋舰队的主力被摧，损失惨重。日本军队此举，终于激怒美国。罗斯福总统宣布美国正式参战。太平洋战争爆发。

蒋介石出任中国战区总司令。

霍乱大行。黄岩县的金清镇，一夜间死有四十五人。

全县十九岁至四十五岁群众全部编入国民兵团基层组织（即是忠义救国军）。全黄岩县有五个区队，五十八乡镇队，一千多个保安队，一万个班。总兵力达三万六千余人。徐墦再任南官防卫军（忠义救国军）总司令。是时的徐墦大权在握，遂成黄岩县炙手可热的大人物。黄岩人全喊徐墦为大将军。

为解决出征军人家属就业问题，黄岩县长徐用绞尽脑汁。初时，徐用与朱劭、金晋南他们商量后，想用出征军人家属优待费十二万元再在城关南门天皇寺办个纺纱机厂。但不等他们正式开张，又有大批出征阵亡的军人家属要安置。徐用想来想去没有什么更好的办法，只得第二次至南官找卢逊、徐铉商量。时卢逊、徐铉创办的那个民丰酒厂早已人满为患。卢逊、徐铉想来想去，也无有他法，只得紧急召开南官企业家开会。

那会，就在我的树身底下开。参加会议的有徐鑫、徐镏、丁文渊、王仙实、黄百诚、黄慎五、方赓甫、阮大林、林兴初、俞成模、王公遐、应远潭（南官应氏原是四甲人。因应远溥抗战时曾任辎重团少将团长，应氏渐在路桥做生意而安家）、吴春舫、陈耀亚、陈铭松、金思理、陈宏茂、吴百钧、王慕贤等约三十余人，他们全是时路桥商界浮头鱼，举行紧急会议磋商如何安排军人家属。他们足足讨论有一整天。最后路桥那些大小实业家们，拿出了一个可安排一千人的总体方案：即是成立一个有史以来第一个以普明织物公司为龙头的实业集团总公司。下设七个用人量大、技术含量低，哪怕不识字也可做的子企业。这七个子企业是：一、利用螺洋一带湿地与国有荒山，专门种植良种桃、梨、板栗、杨梅等果树。二、利用桐屿镇步头塘一带建立养牛场，计划饲养三百多头耕牛、一百五十头奶牛（后起名为“大生农场”）。三、成立南官内河汽轮航运公司，再购四艘内河机动船，专跑泽国、松门、海门。四、成立浙江省垦殖公司，前往清港、黄琅一带海涂垦殖。五、成立一家大型绸布销售公司，专往国统区经销他们所生产的绸布（后起名为“同昌绸布庄”）。六、在海门再开一家平民药店（后起名为“信孚药店”）；七、请卢逊、徐铉组建一座真正意义的制药厂。（后定名为“元化制药厂”）此七大子企业成立后，对于所有安置人员采取分门别类，以才德为原则的人事大安排。从表面上看，他们所讨论出来的规划十分完美且可行，也符合本地的实际。但关键的问题还是个资金问题。大丈夫不可一日无权，小丈夫不可一日无钱。对于一个实业家来说，钱就是他们身上流着的动脉血。它要给生命带来可供生存的氧气。不然，你的宏图再伟大，最后还是一纸空文。

摆在徐鑫面前最大的问题是：实业集团好成立，但“缺氧”。他们没有这个手力拿出那么多的资金垫底。徐用发愁。徐鑫一筹莫展。就在此时，卢逊、徐铉二人向县长徐用提出一个建议。但要想实行这个建议，须得你徐县长拍板。徐用说，只要能将这些军人家属安置，哪怕是让我坐牢。徐铉说，坐牢倒是不会，只怕上司怪罪下来，你这个县长当不成。徐用说，这种受夹板气的县长，不当也罢。请两位兄弟讲。卢逊与徐铉二人遂讲出筹措资金的三条道路：一是全县各大钱庄统一无利息贷款普明织物公司，由黄岩县国民政府作保，抗战胜利后即归本。二是所有安排工作的军人家属的抚恤金一律入股。再以此金成立一个福梅钱庄（银行），再通过钱庄，将所有社会上的闲散资金积集起来，办成这七个子公司。三是如果资金再缺口，由丁、王、黄、应、方、林、俞、徐及吴春舫、陈耀亚、陈铭松、金思理、陈宏茂、吴百钧、王慕贤他们共同输入。国难当头大家须尽全力。徐用听后很觉可行，但总觉此事有风险。徐用说，让我去一趟温州请示一下上峰。第二天一大早，徐用去温州（时浙江省机关全结集于温州）。三天过去，徐用归来，徐用带回来的不光光是同意他们办，还带回来省政府直拨的部分启动基金（数字不详）。

合胜钱庄正式成立。这个钱庄之所以起名为“合胜”，其义有二：一是这个钱庄所有的资本是大家共有；二是精诚团结，共同抗日，直至胜利。后《南官志》明确载：此钱庄设于城关大寺巷口。时为全南官最大一钱庄。资本实力为一点二万元。

七大企业相继成立。出征阵亡将士家属约一千余人全部安排。打从这个经济实体在国难当头时成立，迅速将路桥的商贸业推向顶峰。是时路桥的十里长街，终于取代仙居蟠滩，渐成为浙东南的商业中心。时台州各县人纷而群起，纷纷融入路桥。时黄岩有五个经济实力最大的实业家，也是家中生活最为困难的实业家。这五人：一是朱劭，二是卢逊，三是徐鑫，四是徐铉，五是金晋南。这五家，在那个时候，家中一没有长年，二没有保姆。每日三餐只是饭，咸菜，豆腐青菜，青菜豆腐。他们五家子女吃得嘴全“漕”起来了。企业所有挣来的钱呢，几全部用于超编人员的工资上。

13

1943 年 11 月，蒋介石率中国代表团参加开罗会议。时陪蒋介石出席开罗会议的台州人有时任中国军队空军总司令的临海县人周至柔。

共产党员杨炎宾被害。杨炎宾，1921 年生。玉环县玉城人。八岁进玉环小学受进步教师董仲升启蒙教育。毕业后，组织读书会。七七事变后，串联进步同学组织烽火社。（后改为快报社）自任编辑，出版《烽火》月刊，《快报》（日报）宣传抗日。民国二十六年（1937）十二月，赴平阳山门参加中共闽浙边区临时省委举办的抗日救亡干部学校学习。次年四月，加入中国共产党。历任中共玉环县委宣传委员，中心区宣传委员，县委书记等职。后不断在《民族日报》、《海防前哨》、《浙江潮》、《玉环日报》上撰写文章，宣传抗日救国抨击分裂投降。1930 年 4 月，调任临海县委书记。同年夏，中共台州特委书记曹珍在路桥被捕。杨炎宾亲率十人枪设伏营救曹珍成功。皖南事变后，蒋介石下令对浙江共产党“严剿”。杨炎宾不得不化名林宗友，任中共台北联络员兼三门县委书记。与中共台北特派员郑加治等一起，建立三门—宁波—四明山与三门—上海—苏北两条交通线掩护革命骨干安全撤离危险区域。是年 7 月 18 日，在三门县海游镇被捕，囚禁于临海监狱。时林尧、刘东安急于救杨炎宾出狱，心急如火。

他手头不是没有人，在茅畲一带即有与他同心同德的数十位共产党人。但那时，国民党支部政府对枪支管理极严，别说是盒子枪（我们这里人叫此枪为“木壳”）了，就是上山打猎的火药枪与练武用的刀具，也被全部收缴。林尧与刘东安不得不化装成贩夫走卒的样子，潜入路桥民丰酒厂找到解冰。林尧悄问解冰：你能不能替我搞到枪？解冰一得知杨炎宾被捕，心急如火，口吃越加严重。问林尧与刘东安二人：你们要、要、要、几、几、几条、条枪？十条即可。什、什、什么时候要？杨炎宾现在临海，听说是要押往温州。所有内线只是不知什么时候押走，越快越好。解冰叫林尧、刘东安在一利厂某一处待下。急披上衣服去找徐铉。徐铉听后，一头黑发高耸。初时，徐铉想从徐墦处搞，转念一想不行，徐墦现在是南官忠义救国军司令，万一他一不小心将消息从牙齿缝中漏将出去，那麻烦就大了。正在急得团团转时，卢逊提醒徐铉说，通利钱庄的副董事长不是王仙金吗？是啊，是啊，王仙金不是海上一霸吗？被国民党收编后，现在他不是你通利钱庄的副董事长吗，何不向他要枪？徐铉一想有理。次日，卢逊与徐铉二人遂从路桥坐内河船去石塘找王仙金。他们二人与王仙金见面后，直说意图。王仙金问要长的还是短的？卢逊忙答要短的，我们只是防身，吓唬人，要长的做什么？王仙金遂让他的儿子入他后库房，取出十支木壳，交给卢逊与徐铉。并每支枪配给一百发子弹，但要收钱。因为他手下的弟兄们要饭吃，他不能没有钱。卢逊与徐铉当然付钱。付毕钱后，卢逊、徐铉二人抱拳向王仙金千谢万谢。王仙金说，你们两个人，一个是朱老爷子的女婿，一个是陈老爷子的女婿，都是一家人，说什么见外话？我王仙金现在随徐墦当上抗日海上支队副司令，又是钱庄副董事长，岂可有恩不报？如果今后要枪要子弹，尽管来找我。时王仙金怕出有什么意外，亲让他儿子将卢逊与徐铉二人送至路桥。枪一到，卢逊与徐铉二人遂将枪全部交解冰。解冰遂将枪交给林尧与刘东安。他们正想行动时，内线透出一个消息说，那杨炎宾在临海监狱累遭毒刑，因伤势过重，牺牲于狱中。年仅二十二岁。

刘东安在三门县被国民党逮捕。为什么被捕？说是时县党部怀疑刘东安是地下共产党负责人。刘东安妻子杨正言一将情况告诉徐铉，徐铉急得脸上五官全部打结：什么时候？杨正言答，天快亮时。徐铉立刻上气不接下气的来找徐墦。徐铉问徐墦，这是怎么回事，你们好端端的将我民丰酒厂的账房先生抓走？时任黄岩忠义救国军副司令的徐墦答，他们怀疑刘东安是共产党。证据确凿了？没有。只是怀疑。谁下的命令？管这个事的是卢奇炎。他不下令，谁敢？那好，我去找他。当日，徐铉遂与卢逊、解冰商量。商量最后的结果是，由卢逊与徐铉二人同时出面营救。当日，徐铉与卢逊二人迅速来至城关，找到时任国民党党部主官的卢奇炎。因卢逊与卢奇炎是同宗房族，朱劭又是卢逊岳父，卢奇炎当然是不敢怠慢。卢奇炎将他们二人迎入办公室后，徐铉与卢逊二人同时向卢奇炎发问，你为什么要下令抓刘东安？他是共产党啊。有证据吗？有人怀疑。怀疑怎么能算呢？他在我们厂里当账房。他干什么全在我们二人的眼皮子底下。他怎么会是共产党？你们两个敢担保吗？卢逊说，他是我厂中的账房，我怎么不敢担保？卢奇炎问徐铉，你呢？是我请的账房，什么样的人，我能不清楚。我不敢担保，谁人敢担保？卢奇炎说，那好，你写下保书，我放人。也许他们只是对刘东安有所怀疑，也许是没有什么真凭实据。徐铉与卢逊二人的保书一作，卢奇炎遂下令将刘东安从监狱中放出。刘东安获释后，中共台州特委任刘东安为椒南区区委书记。时刘东安怕自己再连累徐铉、卢逊、解冰三人，决定离开民丰酒厂。徐铉、卢逊、解冰一得知这个消息后，怕刘东安在外再出什么意外，坚不同意。借着原会计做不好账，需另请一个大先生为由，请刘东安重新担任民丰酒厂账房（会计）。自此路桥共产党地下活动，再次如一股潜流在沉沉的黑暗中悄然进行。那时路桥镇地下党活动的地点主要在两个地方：一是东岳庙三楼，二是民丰酒厂。

14

1944 年，日本侵略军开始走上败北之路。时中国军队开始取得节节胜利。

徐铉着手以民间集资的方式重新择地建第四区立中心小学。关于黄岩第四区立中心小学的起源，必须提及的是：民国初年，翼文小学曾更名为筠美二等小学。民国时两校行大合并，为南官区区立“筠美完全小学”。不久，黄岩县民国政府又下令，更名为“南官第二国立中心小学”。1932 年秋，黄岩县政府再更名为“第四区立中心小学”。更名后的区立第四中心小学，被日本陆战队一把火烧做白地后，时任南官第四区四中心小学校长是周希郜。周希郜遂找到时任路桥镇长的徐铉，强烈要求徐铉出手重建南官第四区中心小校。徐铉与周希郜二人来至现场察看后，徐铉发现凭他个人力量，无法将区立第四中心小学重建，徐铉遂请出时南官三巨头：一是时任县常务委员、忠义救国军的徐墦；二是时任县常务委员的蔡振河（南官人）；三是时任县常务委员的俞成模商量对策。经徐铉与南官三巨头一夜磋商，最后他们四人作出决定：所有学校用地由徐铉出一半，俞成模出一半；所有重建费用徐墦、黄百诚、丁文渊，林、应、方及南官商会主要成员均摊。不够部分再由南官商会设法征集。三个月过后，第四区立中心小学正式落成：校舍平房八十一间成正方形。正中间是一处大得不能再大的大操场，四面有河环护。与教师办公室正对的是一座石头小桥，可供学生进出，靠东向有个大得不能再大的大礼堂，可供学生集会。沿大操场四周，种的法国梧桐。正对教导处立有一杆，杆上悬有一大铜铃。上课时间到了，值班老师一敲钟，七百多学生全涌入教室，朗朗的读书声阵阵响；下课时间到了，值班老师敲钟了，七百余学生，蜂拥而出，那长方形的大操场一刹那间全爆满了孩子们快乐的笑声。尤其是那护校河，那可是南官小学最为独特、最为亮丽的一道风景线。清澈见底，鱼可计数。河中种满了荷花与菱角。夏日来临，荷花开放，亭亭玉立，美不胜收。吸一口气都甜得人浑身通泰。秋日来临，那菱角如成熟的女性，用她那饱满的胸部将菱叶支起。时常有人来至南官小学的护校河边钓鱼。他们先是用钓杆一一挑开雪花形的菱蒲，然后下饵垂钓。间或钓上一条活蹦乱跳银白色的鲫鱼，立刻吸引了所有正在学习劳动的小学生的眼珠子。钓鱼人的两眼熠熠发亮，小学生们的眼同样跟着熠熠发亮。只可惜那种田园风光式的优雅表情，在当今的路桥小学，再也见不到。

路桥中学正式兴办。关于路桥中学的兴办，我必须回头说一下时南官中学的分布情况。据严振非主编的《黄岩志》与民国时章育主编的《南官新志》明确记载：光绪二十六年，王舟瑶（字伯玫，城关天长街人，光绪十五年举人，曾就学于杭州俞樾所创办的精舍。学识深为俞樾所赞赏）。因其才学高卓，杨晨《南官志略》中收他的诗极多。如《西湖》一诗，王舟瑶写得极为精致且美妙：

自别西湖一见难，雪泥鸿爪记漫漫。

高庄明月张祠柳，长写新图与我看。

王舟瑶曾出任福建、江苏督学，归乡后，曾主讲于清献书院与临海东湖书院。新学在南官兴起后，王舟瑶定下学堂章程，改清献书院为清献学堂。光绪三十年，南官新桥管禳与管赞扬出巨资，改新桥扶雅书院为扶雅中学堂。1916年，黄岩全县只有两所中学。学生两百七十一人。其中私立中学八十三人，教职工只有二十九人。私立十二人。1935年，黄岩中学始突破重围招收女生。1938年，时任黄岩中学校长的陈熙光，请朱劭、郑文昌、王士森三位当地德高望重者，组成添办高中委员会。并通过他们个人魅力，动员民间力量，在城关原清献中学的基础上办起第一座有高中的黄岩中学。首次招生四个班。1938年10月，黄岩中学为躲避日本飞机的狂轰滥炸，不得不整体迁往灵石。引起办路桥中学这个话题的，是在那年的夏季，浙江全省毕业会考中，省教育厅对外正式宣布，黄岩中学名列第一。第一个起头兴办路桥中学的不是别人，而是时任黄岩县议长的朱劭。初时朱劭找杨晨儿子杨绍翰与徐墦谈。朱文劭当时曾引有孟子的“君子三乐”说：父母俱存，兄弟无故，一乐也；仰不愧于天，俯不怍于人，二乐也；齐天下英才而育之，三乐也。此三乐一说，朱劭单刀直入主题：真正的行善积德，不在于你救了多少贫穷之人，也不在于你平日间如何与人为善。真正的建功立业，是在于你教育出多少个德才兼备的好学生，从而提高民族素质，真正的达到富民强国。朱劭说，我们的国民素质很成问题。人自侮，他人必侮；人自伐，他人必伐；人不自立，他人必摧。有道是“悯济人穷虽分文升合亦是福田，乐与人善即只字片言皆为良药”。徐垠一生从教桃李遍天下。你太公杨寿昌曾出巨资办文昌书院，只是为教化民众。当下，海门、灵石、新桥均有中学，独你路桥没有一处像样的中学。凡东南乡一带穷人子弟，皆因路途太远，不愿读书。有多少才俊埋没于草野中？别人姑且不论，就那个陈安宝，一赳赳武夫，都知兴办学堂，将所得之钱全部办作新小学。你们二人皆为路桥之翘楚者，岂可不为民族办些实事？若是不尽其力办他一所中学，何以对得起先人，何以对得起江东父老？尽管后来，有人对他们三人并不曾看好，尽管他们三人渐被黄岩的南官河水所淹没；但他们毕竟在黄岩县与路桥的教育发展史上留下了冰山擦痕。一因徐墦与朱劭是亲家（徐墦的儿子娶的是朱劭的长女），二因朱劭在南官有着极高的名望，三因杨晨曾与朱劭同朝为官。杨绍翰对朱劭极为敬重，四因杨绍翰办学有功，民国四年曾获全国嘉禾勋章（此奖专门授教育工作者）。他们二人从黄岩归后一商量，觉得凭着自己的财力，根本不够办一所与黄岩中学相同格局的路桥中学。只有走联手之路才可施行。

他们即坐在树身子底下开了有一个群英会。我清楚知道，时有九人参加这个群英会：徐墦、徐鑫、俞成模（大粮商）、徐铉、於达望（字献廷）、王仙实、卢逊、解冰，还有一位不是别人而是丁文渊。徐墦将朱劭的意见一说，他们全举双手赞成。但一讨论实质性问题，他们全傻了眼。一是杨晨家现在凭着地租解决全家生计问题，根本拿不出这么多钱；俞成模俞氏族人中虽有俞滨东时为蒋介石的侍卫官，但他开的粮店最缺的是钱；徐鑫更是不用提了，摊子铺得太大，人工太多，工资支付太巨大，银行所筹的款项必须还。於达望虽然开有一家医院，他们於氏一门有个於达任胡宗南部中将参谋长，但为人清廉根本没有什么钱。王源丰再也不是过去的王源丰了，早已泥石流似的崩得一塌糊涂。王蒙升后代子孙，有不少子弟开始离开黄岩县，迁往上海方向寻求他们自己的出路。卢逊与徐铉二人呢，更是不必提起，民丰酒厂所得收益仅可运转。这个“群英会”坐在我的树身子下整整讨论有三个多小时，最后总算是达成三项共识：一建校用地由徐鑫出（计约六十三亩）；二建校舍费用，由俞成模、徐墦、杨绍翰出。若是无钱，各人卖地。教师工资由卢逊、徐铉想法。所有外交事务均由徐墦与俞成模办理。筹建主管由解冰来担纲。董事长由俞成模担纲，副董事长由杨绍翰、徐墦。董事由卢逊、徐铉。杂务教务由解冰。对外发一招告，谁有心想办路桥中学，均可入股，再加入董事会。

再难的不是别人而是徐铉。那时，徐铉家从表面看是路桥大户人家，却是一个空壳蟹。现在一切均时过境迁，无法穿越至原点。正当他为办路桥中学让他全面负责路桥中学教师工资一事犯愁时，卢逊给徐铉出了一个金点子，让徐铉在离家不远的那块操场地上盖一座菜市场，收取摊位费，以解决路桥中学正式开办后的教师工资问题。徐铉为什么采用卢逊这个金点子？一因南官外来人口激增，比战前激增一倍多。（事实确是如此，所有路桥人差不多全是从五代与南宋时入迁。如林蔚其祖，卢逊其祖，杨晨其祖，五部郑敬复其祖，黄百诚其祖，方策其祖，蔡涛其祖，皆从中原一带随南宋小王朝入迁）抗战爆发后，台州与温州是全浙江省唯一没有沦陷的一座孤岛。所有宁波与上海与台州有亲的人，纷纷逃往台州一带避难。二因时黄岩县是台州七县企业发展最多的一县。所有受难军人家属，或因工作，或因产业，陆续迁入黄岩县城关与路桥。三因时路桥早已成为手工业产品与小商品贸易的集散地。所有现在有的那些行业，如五金、食品、木材、竹制品、家具、南北货、猪场、牛场、布、编织、海鲜，只要你说得出来的无奇不有。有好些地名，全是以出售物品而定名。如卖油泾，专门卖油；如糖桥，专门卖糖；如话月巷，专门卖猪肉；如卖芝桥，专门卖猪；如河西街，专门卖米；如俞成模的大亨里专门卖五谷杂粮；下洋殿专门卖木器。每逢农历“三八”必大市，三八大市解决不了实际问题，自发加入二七小市。时路桥几乎是天天有市。再加上那时正抗战，黄岩百姓负担实在太重，为取得抗战胜利，百姓图生存，从副业者更多。入山种菜有之，挑海鲜卖者有之。路桥几成为了一个大商场。搞得茅坑弄头全是商品。所出售的商品呢，除了死孩子与老倌剥皮外，几乎是要什么有什么。四因徐铉家院子后的那块地，原本是徐氏公用晒谷场。抗战军兴时，驻南官抗卫连曾借用俞成模大亨里为连队驻地。因军队需天天出操，遂将徐氏这块公用地当成他们出操的操场。后部队一撤，不知何时，不知不觉中让龙头王村的农民们当作公地用来交易。初时，徐氏子孙想驱逐，但遭徐铉坚决反对。徐铉说：我身为一镇之长，老百姓当下日子如此艰难，岂可因此而不准他做生意？结果此口一松，好，这一块原本是徐氏宗亲的公用地，摇身变成了南官唯一的菜市场。卖海鲜的来了；卖肉皮泡的来了；卖鱼卖田蟹的来了。卖菜卖农产品的全来了。一下子将这个地方装点得斑驳杂离。然而问题也随之浮出水面：老天爷无常。一旦遇刮风、下雨、下雪，西北风呼呼叫，龙头王卖小菜的倒是好说，一走了之，那些固定摊位的如卖猪肉、卖肉皮泡、卖海鲜、卖干货的小商小贩们那麻烦就大了去了。当时这些摊主们就要求徐铉出点钱盖上个棚子，让他们挡一下风雨，他们愿意出点摊位费。徐铉一直考虑他们徐氏祖风是行善积德，以德处世；况且自己又收摊位费，无论于理于情似乎有悖，一直不曾施行。而现在呢，要办路桥中学，他所接受的任务是解决教师工薪问题。既然一切从公，他出点钱盖上个临时瓦棚，租给小商小贩，也未尝不可。为此徐铉请徐氏宗亲在所开的那个图书馆（后来，此地即是原路桥文化站）开了个小会，征求一下徐氏宗亲们的意见。徐氏宗亲深觉此事一举两得，遂表决同意。徐氏宗亲们一同意，时任董事长的卢逊立刻决定由民丰酒厂出钱，雇人修了个木结构覆瓦的简易棚子。解放初期，时不少路桥人认为徐铉既办厂，笃定是个一身浊富、无利不起早的商人。其实有这种认识的人，根本不识徐铉内在世界的化学分子式真正结构。徐铉内心世界的真正化学分子式结构，一旦解构，说到底还是一介书生。既然你盖了一个棚子，建了路桥第一个菜市场，你应当派个人每月收摊位费才是啊；然而，徐铉好以己之身推人之腹。他误以为天下所有人均与他一样的心情与他一样的人格。初时，他采取了一个让人哭笑不得的方法：即在卖芝桥新建的菜市场正入口处的一个柱子上悬有一只大木箱子，中间开了一道口，边上立有一牌上书：因路桥中学新建，为解决教师工薪问题，特开此菜场。收费。交费者自愿。徐铉哪知道，天地间有黑必有白，有阴必有阳。人世间有好人必有坏人。有大度者必有自私者，有君子必有小人。天下之万物哪有不对应用而相生相存乎？结果是：那个箱子悬有三天，只得三四个小毫子。正当徐铉拿着一把钥匙打开那把铜锁时，不由得他瞠目结舌、束手无策，一时间竟不知何去何从了。恰在那天，路桥大亨粮店老板俞成模缓着他的步子摇至徐铉家。俞成模只一看，先是掩嘴葫芦，后是指责徐铉：天哪，你徐铉说是个读书人呢？你怎么如此的不懂人性？人不为己，天诛地灭。你以为路桥人，个个如你徐铉？唯小人与女子难养，你以为路桥是君子国？徐铉这才恍然大悟，人性中确是有着一种挥之不去的劣根性。替人做九十九件好事，一件不成即构怨。最后不得不从一利厂中派有一员工，每日从事收费。

路桥中学正式落成。

路桥中学第一任校长是金积学。关于金积学的具体情况，所有资料没有明确记载。《南官新志》只是十分简要的写明，继金积学后的第二任校长是陈肆三。卢逊、徐铉亲自给南官中学上课不说，且荐有两名好教师。一是徐显舜，二是苏滋禄。是时的路桥中学，只设立初中部，没有高中部。所招的第一批学生只有四班。

徐铉终于病倒。徐铉之所以病倒，是因徐铉每天东跑西颠的实在是太累了。累得徐铉全身如同庖丁解牛后的大卸八块。徐铉这一病不是七天八天，而是整整二十五天。最后徐铉总算是从床上坐起来，能吃上一点东西。徐铉病略一见好，遂决定辞职。若干年后，徐铉步入老年。1986 年我最后一次采访徐铉时，徐铉回忆当时的情景叹息着说，身苦倒是不怕，他真正的苦是心苦啊。不怕不识货，就怕货比货。他实在看不习惯国民党官员的腐败行为。他说他那时实在受不了国民政府的三件事：一是对壮丁的强拉强征。有好些地方，他不得不对壮丁行抓阄一法。抓着谁就谁走。二是加在老百姓身上的赋税实在是太重。时有军事特捐、建设附捐、县特捐、教育附捐、区自治费、治虫费、游击队费、农界飞机费、水利费、防卫团费、征收公费、保卫户捐、学谷捐、常备队费、浚河费。上面千条线，下面一根针。所有的摊派，全压到最为基层的老百姓身上。原本南官一直实行的承包租是比较合理，也是全国独一无二：按田亩摊租；而现在呢，所有的租费，全转嫁至百姓身上。往往租田农民一年下来，七捐八租，全没了。看着他们那种吃了上顿无下顿，十岁的孩子还光着屁股跑来跑去，一家七八人只盖一条被子的样子，让他这个当镇长的如何再去下手。徐铉说：他做不得方国珍式的“道不行即乘桴于海”，但他也想独善其身。正当他病略有好转，可以下地走时，县长徐用来南官探望徐铉。徐铉终以口头形式，向时任县长的徐用提出辞职。徐铉光明正大地提出他之辞职的三点理由，一是他的身体累垮了。二是民丰酒厂因别人外行，出现大面积亏损，如果他一死，这个厂必倒。厂一倒，一二百名军人家属就会失去工作，对党国带来极大的不利。三是说到底，他只不过是一名化学的专业人员，让他搞化学如鱼得水；让他当镇长，实在没有这个能力。现在，形势变了，你们也有人了。你们得放我一马，让我回厂了。徐用面对着骨瘦如柴的徐铉，心也酸了，点了一点头，表示同意。那年年底，徐铉正式卸任路桥镇长。由黄岩县国民政府派郑国麟走马上任为路桥镇长。

15

1945 年 8 月，美国在日本广岛、长崎投下两颗原子弹。在两朵可怕的蘑菇云升起后，两座辉煌的城市变做一片白地，所有生灵化成一抹轻烟。时路桥商会主办、解冰主编的油印的《南官商报》，均不知有一个原子弹名称，报纸上统称为“大炸弹”。时路桥人一看这张原本只是专登商业信息的《南官商报》，登上这条消息，全跑至设在东岳庙三楼的路桥商会问解冰：这是真的吗？真的，真的。这么说，日本乱就要结束了？是，是。那些前来询问的南官平头百姓们全欢呼雀跃，击额相庆。

我亲耳听他们在大喊大叫：这一下好了。鸭头碰着鸭篱了，这些小日本鬼子该他娘的叫黄天了。

南官抗日战争忠烈祠在西园庙（今黄岩县人民法院处）正式建立。县政府隆重举行二百七十二人入祠典礼。

8 月 15 日，日本天皇终于被迫接受《波茨坦公告》，下达无条件的投降诏书。日本天皇的这道诏书一下达，表明中国的抗日战争已取得全面的胜利。

9 月 3 日，日本第一次签下投降书。那天，全国各大报纸一律登载这条天大好消息。那天，举国上下一片欢腾。那天，身为中国政府元首的蒋介石，咸鱼大翻身，遂为时中国最大的功臣与最大的英雄。

我亲眼看过时解冰主编的《南官商报》上第一次刻印一份号外。尽管那报纸是手刻的，但那印的套红色“日本人投降了”六个字占满全版面。那天，时在温州《之江日报》出版的那份大号外，版面上只有一句话，“日本投降了！我们胜利了！”十个大红字。那天，路桥中学八个班的初一、初二学生在校长的带领下，举着五颜六色的小彩旗在十里长街上举行大游行。

时任路桥镇长的郏国麟组织了一次龙灯会，八条龙在路桥中学大操场上翩翩起舞。路桥整条十里长街，从河西起至石曲，家家店铺挂灯结彩，大放鞭炮。那鞭炮，炸得十里长街烟雾弥漫，倒逼得过路行人喘不过一口气。

黄岩县国民政府举行大表彰。路桥的徐播、徐铉、徐鑫赫然在目。

人们居然将徐播全身披上红带子，骑上一匹大马，如过去中状元夸街一样，从黄岩游到路桥，再由路桥游到海门。时浙东一带盛行女子的笃班（即是后来的越剧）到处上演一戏名叫《泪洒相思地》，其中有四句词，成为当时最为时髦的流行歌曲：

小姐既知事明亮，

何必我来说细详。

不怨他来抛弃我，

只怨自己少主张。

9月9日，侵华日军第二次正式向中国递交投降书。

时为黄岩县议会议长的朱劭，作诗一首以志庆：

乾坤旋转仰中央，公理能教弱制强。

天意从今消铁血，人谋自古胜金汤。

生灵齐脱刀兵厄，海陆长悬日月光。

八载流离双鬓改，喜留腰脚步康庄。

朱劭与徐铉二人立刻借着抗战胜利将原“通利钱庄”正式更名为“申通钱庄”，遂成为台州第一家与上海正式通汇的钱庄。徐铉的这个举措，大大地方便了黄岩与上海间的经济往来。黄岩企业与上海企业一旦有经济来往，只要你持盖有朱劭与徐铉名章的汇票，遂可一路绿灯。

国民党政府彻夜狂欢。时黄岩县到处是从前线撤下来的国民党军官。他们每至一饭馆，即要吃要喝，动不动，日本人是老子打败的，你们不好好伺候爷，你们想造反怎么着？时朱劭面对着朱门酒肉臭，路有冻死骨。胜利者日夜歌舞升平，百姓却是食不果腹，心中十分不爽，曾预言：失败是成功之母，成功同样是失败之母。如此夜夜狂欢，怕是离倒台不远。

第五章

1

1946年3月23日：因前两年的灾荒，百姓春粮不足，近贫民聚集县政府，要求平粜。时黄岩县县长是周俊甫（湖北黄梅人）生性软弱，一时手足无措，只知派警察镇压，结果是激起了民变。一日内，抢掉城头二十家富户与百余家地主。时徐铉劝南官大粮商林大头赶紧平价粜粮，千万别听从城头大粮商林定甫操纵。路桥林氏不听，结果随近龙头王、下马、上马三村村民，呼众揭旗，冲入他的粮店，将林氏一门囤积的粮食抢掠得一干二净。我今天引用学者长平的评论说，对于强势群体的不信任是人类弱势群体的基本特征。狡诈、欺骗既是他们的生存伦理，也是他们的抗争策略。

2

1947年，蒋介石终于撕毁《双十协定》，胡宗南率军进攻延安。第二次国内战争终于拉开序幕。

中国共产党中央决定将中国共产党领导的中国工农红军正式定名为中国人民解放军。从这天起，中国共产党的军队不再是游击队、不再是新四军与八路军，而是中国共产党领导下的正规军。

中国人民解放军的军事家刘伯承、邓小平率领大军挺进大别山。

东北重镇长春和平解放。自1948年的10月26日至28日止，东北野战军主力在新立屯、黑山地区全歼廖耀湘兵团十万人。

东北野战军直下沈阳、营口。辽沈战役势如破竹，很快以骄人之态势而宣告结束。中国人民解放军以牺牲十九万人的代价，一举歼灭国民党精锐部队四十七点二万人。三十万国民党军队投降共产党。

淮海战役打响。中国人民解放军势如摧枯拉朽。时刘伯承、陈毅、粟裕、谭震林他们只是将手一挥，华中野战军遂一举歼灭国民党军队五十五万人。

平津战役正式打响。

金苏芳四处打探诸葛南平的消息，但给她的没有一个消息是真实的。有的说他早在几年前就死了。有的说他至今不知所终。有的说他带着三十名新四军战士，去往苏皖时，遭遇日本军队全部战死，无一生还。金苏芳来到我的面前，对着我无声的饮泣，但我知道诸葛南平活着，他不但是活着，还当上了师政委。并与一个比他年轻二十多岁、长得远比金苏芳还要漂亮，还有鳗鱼风采的女卫生队队长成婚。而他与金苏芳的那段情，只不过是一个汽车站上临时候站点，只不过靠一下就是了。尽管我努力将我所感应的消息告诉她，但她毕竟是人，我毕竟是树。我们有相同点，却没有相通点，她无法与我交流，我只有瞪着两眼看她定定的瞅着远方，凝视着那变幻莫测的晚霞。

3

1949 年 1 月 6 日，北京和平解放。国民党政府官员一片震惊：太不可思议了。我们的军队因何如此不经打？百万军队怎么一下子成了海滩上的沙塔？

国民政府经济终于面临全国性的大崩溃。国民党越来越疯狂。时蒋介石为挽救战争上的败局与经济上的危机，不得不拼着老命地滥发纸币。时国民党政府所发行的金圆券，一夜倒一半。壹元兑换法币三百万元。那张印有蒋介石头像的纸币与他时国民党领袖地位一样的不值一钱。

我亲眼看到，在那个黎明前夜，国民党疯狂地杀害共产党人，同样疯狂地掠夺百姓血汗。那金圆券到手后，往往不敢过夜。十里长街所有商店拒绝使用。民间商品交换使用实物。那时，可不是像改革开放后的中国啊。改革开放后的今天，人民政府全力支持民营企业。如南官某一民营银行出现挤兑危机时，台州市人民政府倾力注入资金，将他的企业由悬崖上救回来。如某企业办企业缺少土地，南官区政府倾力为他解决土地问题。如某企业企业上市有困难，区政府领导亲自出马上北京做工作。如某个公司发展时出现困难，区委领导亲自为他们排忧解难。那时，蒋介石业已成为一条可怜巴巴的落水狗，自己是泥菩萨过河，性命难保，他还有什么心思管民营银行业的败落与粮食棉纱类的国计民生？这场金融大危机损失最为惨重的全是私人金融业。

徐鑫实业集团的“合胜”钱庄正式塌台。

黄岩“恒昌”钱庄一夜间全部归零。

朱劭、徐铉合办的申通钱庄一蹶不振。所有的资金，如同宇宙中的星星坠入了可怕的黑洞，全被那看不见的暗物质吸收得不见踪影。徐铉面对着彻底脱底的申通钱庄，不想关门也不行了。再开下去，所有员工的工资也发不出去，别说是收储放贷了。

徐铉不得不请全体员工吃上最后一顿饭，吃饭前，徐铉走上前台，抱拳向每一位员工致敬，敬毕，当场发出最后一笔工薪，工薪一发毕，徐铉正式宣布申通钱庄散伙。那夜，所有员工将手中的杯子一举，他们的两只眼全部一片泪水汪洋。时徐铉只说有一句话：你们累坏了，先在家歇几天，工作如何安排，我让蔡永龄通知你们。反正雷打大江边，不差我徐铉沙蟹独条命，法子总会是有的。最后一顿散伙饭吃过，全体员工各奔东西。徐铉面对着那扇关紧了的黑色大门，多少有着一点伤感与无奈。在往路桥走的路上，蔡永龄有些惊恐：实力如此雄厚的申通钱庄说倒一夜间即倒了，当下只剩下路桥一个民丰酒厂了。如果民丰酒厂今后有闪失，这日子当如何过？徐铉淡然一笑。难道这一切全是命？是不是命，我也说不清，人生既不可料生，也不可料死。塞翁失马，焉知非福啊。看着当下中国的这种局势，也许是件大好事呢。问题是他们跟着你有饭吃。你这个钱庄一关，他们这些有家有口的人往后日子怎么过？老天饿不死人。你同他们说，只要他们愿意，让他们上一利厂来，混口饭吃还是能的，只是没有了申通那种高工薪。听说共产党是讲共产的？如果共产，也是共我与卢逊的产，你们是不会有事情的。共产党今后会如何对待你？人算不如天算，谁也左右不了自己。命中有的你不求他也会来，命中无的，你想求也求不来。

1949年1月15日：天津解放。所有国民党官员开始着手善后准备——逃往台湾。

中国人民解放军百万雄师越过长江，国民党首府南京终于得解放。那面一直高悬于南京总统府的国民党的青天白日满地红的旗帜，终于如一片枯叶般地飘落于地上。共产党镰刀加锤子的红色党旗终于以它特有的强健之姿在南京上空升起，迎风飘扬。一个旧时代就这样结束了。一个新时代正在高高的崛起。一切如同梦幻，一切彰显着神异。

南官所有的国民党高官家族，怎么也没有想到，国民党会败得如此之快。

徐墦病重。让人抬至大樟树下看看太阳。

我亲眼看到朱劭从黄岩坐着船来路桥看徐墦。朱劭见徐墦一动不动躺在竹椅子上，就走过来问候。徐墦问朱劭：这是怎么回事？八年抗战，日本人如此厉害，蒋没有败，而与共产党一对阵，即稀里哗啦了？朱劭说了两句鞭辟入里的话：一是“得民心者得天下，失民心者必失天下。天以民为贵”。二是“真正打败国民党的不是共产党，而是国民党自己”。

台州各县所有国民党中高级将领家属，纷纷卷起细软，逃往台湾。时为国民党军上将任国民党军令部部长林蔚（南官城关人）走了。时为国民党空军上将司令临海的周至柔走了。时为国民党中将的路桥於达带着他的妻子走了。

我亲眼看到有人亲至徐墦家，劝徐墦去往台湾，徐墦不肯。徐墦答，一，我没有罪恶；二，生死有命，富贵在天。一切听从天命。天命叫我死我即死，天命叫我活我即活。尽管如此，徐墦还是悄然作了安排，他让他的子女们如一条偷饭鱼般地悄然离开南官潜往上海，只留下他那个结发老妻王氏与他相伴。

徐桥终于从解放战争中浮出黄岩水面。徐桥，是徐锜与金苏芳留下来的独生子。

他与我十分亲近。从他会在地上爬的那天起，他即在我的树下玩耍。九岁那年，他爬到我们身上去掏鸟窝。那时我就对他说你别如此淘，当心摔下去，你就没命了。但，我说出来的话，他一点也听不懂。我是树，我又没办法与他的母亲一样去阻止他。只得容他爬上去。这一爬好，他手偶尔间一失，遂从树上掉下来，好在我眼疾手快，立刻下令让我全身枝打簇过去接他，一下将他接在一大树杈中。他吓得大哭大叫起来。金苏芳刚从学校回来，立刻喊了徐家村不少人将徐桥从我的树杈子上解救下来。尽管人有这样那样的毛病，如偷懒、装蒜、小气、诽谤、撒谎、做假、杀人越货、偷窃，有着我们树从来不曾有的毛病，但人中也有好人。我此举一出，徐氏子孙们对我礼敬有加。当时他即在我面前大办拜谢礼，将我奉为徐氏的庇护神。也从这天起我有了所有树没有的光荣称号“树母”。1948年初春，金苏芳就坐在我树身子下将她的两个儿子叫至她的面前。那天，金苏芳一点也没有半点犹豫的，将徐志的真实出身告诉徐志。徐志与徐桥二人听后十分骇然。徐志问，那我爸爸叫什么名字？金苏芳答，他叫诸葛南平。你们举行婚礼了吗？金苏芳摇摇头，我爸那时当的是共产党什么官？原是台州特委武装委员，后是红十三军政委。我爸现在是死是活？金苏芳摇摇头说她不知道。徐志问，你没打听？打听不着。你为什么不将我姓我父亲的姓？金苏芳答，人不可保心，木不可保寸。那时我不这么说，你活不下去。现在你将我改我爸的姓好了。金苏芳说，等找着你爸再说。徐志问，娘，你当着我与哥哥的面，将我这个身份点破，你想让我做什么？金苏芳说，你们两个人的爸爸都是军人，我想叫你们做军人。徐桥说，娘，我明白了，你是想叫我与弟弟一起参军？金苏芳点了点头。

徐桥与徐志二人同时参加中国人民解放军游击纵队八十五团。团长是蓝建军。

徐涛这小家伙，别看他是学者，在这件事上，他只能说上这一句。而真实情况，只有我最清楚。原在浙江一带活动的三五支队，正式编入中国人民解放军序列，更名为中国人民解放军游击纵队。时因打败国民党军队的需要，时任中国人民解放军游击纵队司令的不是别人而是王焕澜。王焕澜即给时中共台州特委下了一道命令，令台州特委立刻动员有志青年参加中国人民解放军游击纵队。路桥第一个接到党组织这道指令的不是别人是刘东安。刘东安妻子杨正言，立刻将这件事告诉她的好友金苏芳。金苏芳初时有犹豫。杨正言说，徐志是诸葛南平的儿子。诸葛南平是共产党领导的干部，他的儿子岂有不入中国人民解放军之理？说不定他们父子二人在战场上相见也说不定呢。此言一出，金苏芳一听有理，归家后，立刻询问徐志，你参军去不去？徐志一时没有作出正式回答。而第一个动了心要参军的倒是徐桥，徐桥说什么也要参军。徐桥动员徐志说，阿弟，去吧，去吧，我与你一起去参军吧。你想啊，你父亲是共产党员的大官，现在说不定就在中国人民解放军的队伍里当师长、军长呢，如果你们父子二人在战场上见面，那多么有戏剧性啊。今后路桥说不定出上一位作家什么的，将你们父子在战场上相见的事情编在一出戏里，让人看了多生动。徐志说，如果阿哥去，我也去，阿哥不去，我也不去。金苏芳一下子惊呆了。事后，金苏芳曾跑到我的树身下对着我，诉她心中的犹豫与痛苦时说，打仗是要死人的。她说她一下子想起了她的丈夫徐锜。她说她害怕她的长子会步他父亲那条路，让敌人的子弹打死。我当时就动员她让徐桥参军。我说，现在国民党军队兵败如山倒，老天爷早就告诉我，共产党得民心，共产党将取代于国民党。先到者为君，后到者为臣。牡丹花好空入目，枣花虽小结实成。你不趁机让他加入中国人民解放军，就你们徐家。徐铉、徐鑫是资本家，徐墦又是国民党的绥靖副主任。全中国一解放，你那个儿子徐桥又是国民党军队的营长、黄埔军校毕业生。一旦共产党取得天下，还有你好果子吃？金苏芳说，我那个第二任丈夫可是原红十三军政委哪。我对她说，金苏芳啊金苏芳人不可保心，木不可保寸。白云苍狗。你与他一没有举行正式婚礼，他如果有了别的女人了呢，可我与他的这个儿子在啊。富贵生淫欲，贫贱起盗心。一时他功成名就，变了心，他不想要你这个黄脸婆子了，你怎么办？人生最难的是什么哪？是抉择哪。抉择对了，你人生这盘棋就下活了。抉择错了，你这盘棋就下死了。从来不相信迷信之类的事情的金苏芳，当夜就跑到他们徐家祠堂，对着那徐氏的牌位拜了三拜，焚香一炷，遂拿起放在案桌上的签筒摇了摇，从中抽出一签。她要好好看看徐氏老祖宗对徐桥参军是个什么态度。金苏芳将抽出那签一看，正面写着：上上大吉，背后写有一诗：

刘关张桃园三结义，
诸葛亮出陇立功成。
岩塔笋落箨方成竹，
大鲤九逆水跳龙门。

金苏芳是读过书的人，一看徐氏的老祖宗全同意，让她将徐桥送去参加中国人民解放军。心中那块高悬的石头一下坠入地中。人是十分奇怪的动物，我们植物只相信天，他们也相信天，但他们更加相信的是他们的老祖宗。徐氏老祖宗既然出有此签，立刻给金苏芳吃了一颗定心丸。当夜，金苏芳立刻将她的两个儿子同时交给刘东安：这两个全交你了。刘东安很是惊讶，你让两个儿子全参加？是。万一——没有万一，只有一万。反正我信孔子一句话，生死有命，富贵在天。自己的路自己走，自己的历史自己写。我做母亲的生得了他的人，保不了他的世，让他自己去闯荡吧。刘东安一见金苏芳心坚如铁。他正动员不起人参加中国人民解放军游击纵队，既然金苏芳让她的两个儿子去，那还有不同意之理？三天过后，刘东安率着他动员起来的海门、路桥二十四位后生人，全部化装成挑夫，前往中国人民解放军游击纵队的根据地四明山。

蓝建军率徐桥、徐志、李安去往大荆侦察敌情。那天夜，路过路桥，遂入住于徐桥家。

我第一次见到了徐桥的领导蓝建军。我从他们吃饭时与金苏芳的交谈中得知，那蓝建军是江山县人。浙江省委书记刘英就曾在他家住过。在我的感觉中这个蓝建军的样子就与国民党特务头子戴笠惊人的相似。一大高个。二浓眉明目。三魁梧英俊。四声音洪亮。五有着山区人特有的血性。我也第一次见到后来成为徐桥终生好友的李安。那李安，黄岩宁溪人。长有蓝建军一样的大高个子。有着典型的山头人性格，豪爽，直率，血性，特别讲义气，敢为朋友两肋插刀，上刀山下火海。尤其是打起仗来，冒着枪林弹雨往前冲，两眼都不眨一下。那天夜，他们去往大荆侦察时，走了整整一天的山路，饿坏了。蓝建军问徐桥，到你家了？快到了。喏，那棵大樟树下就是。于是他们电光石火般的来到徐桥家，时金苏芳刚打算睡觉，一听有人敲门，立刻起来开门。开了门一看，见家门口立着五个威风凛凛、一身挑夫打扮的男子汉，吃了一惊。当徐志、徐桥叫了一声“妈”之后，金苏芳恍然大悟，立刻将他们五人迎入屋中，连夜整治吃的。他们五人狼吞虎咽地吃饱了肚子后，蓝建军给金苏芳敬了个军礼说，谢谢革命老妈妈，我们有任务在身，不可久待，只有告辞，等革命胜利后，我们再相见。

中国人民解放军游击纵队第一次攻克大荆。大荆攻克后，徐桥任中国人民解放军游击纵队八十五团一营一排一班班长。

徐志因负伤入住于大荆一户人家疗伤。在疗伤时，因徐志身上全是泥土，那房东姑娘遂动手替他擦身子，发生了改变徐志人生的一件事。

这件事，徐涛并没有说清楚。全徐家村只有这棵树知道全部底细。那天，金苏芳一得知真实情况时，立刻将徐志叫来询问。徐志就站在我的树身子底下，一五一十地向他的母亲坦白。徐志说，他负伤的时间正在初春三月，枪子没有伤及要害，只是将他的大腿穿了一个洞。部队医生将他打在大腿上的子弹取出后，打了绑带，就让护士用担架抬至大荆一户姓常的人家。那家姓常的人家，只有两口人，一个母亲，一个女儿。女儿名叫常春梅，长得很好看。那脸红得如一朵春天初开的杜鹃花。一条大辫子乌梢蛇似的又黑又亮。胸脯饱满得如两座山峰。当时，徐志脱得只剩下一条裤衩。因当时与国民党残匪的战斗很激烈，他们全盘踞于险峰中，居高临下。部队伤亡很大，卫生员根本腾不出时间来给他打扫卫生。他一身是尘土。那个卫生队女医生对常春梅下令说，这个伤员交给你了。你搞盆水来给他好好擦擦身子，换件干净衣服。于是那姑娘就端了一盆水，给我擦身子。那时我与她穿得都十分单薄，令我全身浮躁不安。妈别看我只有十七岁，可我知道男人与女人是怎么回事了。初时我咬着牙齿硬挺着，不让自己冲动，一旦她碰着我时——妈，你是女人，是怎么过来的，我也是怎么过来的哟。她那一双手一碰，我就扛不住啦。我一把将她拉了过来。她一点也不反抗。反倒是顺着我自己将衣服褪下来了。家中没人？没人。就你们俩？是。妈。就这样成了？爸爸与你怎么成的，我与她就怎么成的。一共几次。天天来。一直到我伤好为止。你不怕有孩子？那我就娶。命中注定娶她，我就娶。她可是年长你两岁。只要女儿身不坏，我不管。那好儿子有种。我记住你的话。徐志走了，金苏芳拍着树身对我说，大樟树，大樟树，你看见没有？我生的这个儿子怎么上种啊？我劝她说，这没有什么可奇怪的。人是树，树是人。树长大了，就得开花结果，人长大了，就得结婚生儿育女。若不是如此，人类怎么往前走？

永乐黄边区正式更名为黄乐县县委与黄乐县人民政府。黄义桃任书记兼任县长。时黄乐县辖大荆、乌岩、院桥、大溪四个区。

一场毫无前兆的大灾难突然降临至徐铉头上。那天，国民党浙保四团从温岭城关溃退至路桥。这些残兵败将们一撤至路桥，那样子如同一片飞起来的大蝗虫。他们一注入十里长街后，遂大打出手，疯狂地掠劫路桥各大商铺。什么叫临死前的疯狂？这就是临死前的疯狂！什么叫黎明前的黑暗？这就是黎明前的黑暗！原本是好好开着的商店，刹那间全部关门，坚如一排黑色的牙齿。这些国民党的溃兵们一看，所有店门坚挺如铁，他们想抢的东西也抢不到了。一直潜着土匪的本质，遂如漂浮物般浮出水面。时这帮溃兵的总头目，是浙保五团一个营长。仙居人，名蒋正荣。关于此人的具体情况，所有地方史料中没有明确记载，只知此人曾当过毛镜如手下一位低级军官。他一直随毛镜如往来于温岭与南官两地。他也曾直接参与收编时大海匪王仙金。对路桥十里长街的情况了如指掌。他知道徐墦家在何处，知道杨绍翰家在何处，他知道南官哪家大户是满鼓黄膏，哪一家只不过是只空壳蟹。他也知道哪个人在路桥人脉关系最好。从他的鞋底踏入路桥十里长街第一块青石板起，他所下的决心，只是搞钱，且是搞得越多越好。初时，浮上他脑海的是三个人。第一个是杨晨的孙子杨绍翰；第二个是时任路桥镇长的翁策民（郏国麟已退，归家做生意），第三个是大亨里大粮商俞厥声。浙保五团的溃兵们在他的指挥下，立刻兵分三路。一路至杨家里，一路至路桥政府，第三路直冲大亨里。将翁策民、杨绍翰与俞厥声三个人，一把拉至路桥政府办公地软禁。营长蒋正荣转过身子，率着他一个班的士兵直冲至民丰酒厂找徐铉。他冲进民丰酒厂大门时，时徐铉正坐在经理室里与卢逊他们商量着如何安排海门申通钱庄倒闭后大批员工的安排问题。时兼黄岩中学校长的卢逊建议是不是将因抗战胜利而停业的制药车间恢复成一个药厂。就在这节骨眼上，徐铉透过窗门口，看到一帮国民党兵荷枪实弹、杀气腾腾地站在民丰酒厂的院子里大喊大叫。初时，徐铉骇一大跳，误以为卢奇炎派人来抓刘东安，遂让卢逊去报告刘东安，让刘东安躲一躲。卢逊去通知刘东安时，徐铉立刻上前，将蒋正荣迎入他的办公室。蒋正荣一至徐铉办公室，遂将屁股往徐铉办公桌对面的椅子上一坐，将他的两条腿往桌子上一翘，只是挥了一下手，他手下所率的一个班的兵，遂将徐铉围将起来，八支枪同时对准徐铉。别看徐铉是一介书生，每遇大事却有静气。况且想当年，毛镜如与徐播收王仙金这股海匪抗日时，他就背着枪立于毛镜如身后。徐铉只知他姓蒋，只知他是仙居人，却不知他叫什么名，忙抱拳说，蒋营长，有何事如此兴师问罪？蒋正荣说，我知道你当过路桥镇长，我知道你在地方上人缘不错。现在，我将路桥镇长翁策民、杨绍翰、俞厥声三个全扣起来了。你如果想救他们的一条小命，请你出个头，给兄弟们搞点钱。要多少？他伸出十个手指头。一百？徐大经理，你这可就小看我了，我一百多个弟兄，一个人才得一块钱？叫他们怎么回家？一千元，还得是大洋。徐铉一犹豫，蒋正荣随下令冲入内室抓人。徐铉怕他们抓走刘东安，立刻点头说，好，好，我替你集一千块大洋。那好，请徐大先生走一趟。他们一转身，徐铉长出了一口气，遂随蒋正荣走出民丰酒厂大门。

我亲眼看到八个兵押着徐铉，一家商铺一家商铺集钱的情景。时杨家开始败落，家里人倾其所有，只有一百块大洋；大亨里俞家早空有其壳，倾其所有，只有一百八十块大洋；翁策民家根本不富有。徐鑫因金圆券与徐铉的遭遇一个样。所兴办的七个大企业纷纷倒闭，合胜钱庄因挤兑不“合”也不“胜”，全是日落西山，气息奄奄。徐铉请徐鑫出五十块大洋救命，那徐鑫遂现出一脸无奈说：大阿弟，结籽全无啊。没有办法，实在是没有办法。因战争，因新旧政权的交替，因民乱国凋，一切全走向崩溃的前沿。徐铉没有法子，只得凭着他的老脸摔，沿着十里长街一家店铺一家店铺的走过去。八个兵在他身后押着，听尽白话，看尽白眼，费尽九牛二虎之力，最后终于收集至一千块大洋，交给蒋正荣。蒋正荣率溃兵退出路桥。翁策民、杨绍翰、俞厥声三条小命平安着陆。

我亲眼看到徐铉一屁股坐在我的树荫底下，翁策民、杨绍翰、俞厥声三人全围着徐铉，只是抱拳向徐铉道谢，说徐铉救了他们三人的小命。然而从不曾流过眼泪的徐铉，这一次却是双泪齐流地说了一句至今尚在南官人口中传的话：乱离之人不如狗啊。国安业才兴，国乱民则贫。国家何时何月能海晏河清？

蒋正荣率着浙保五团的溃兵刚逃至海门时，就遇着他业已投诚的老上司毛镜如。毛镜如一声大喝，识时务者为俊杰，何可如此执迷不悟？拿弟兄们之命不当命，怎对得起浙保五团的家人们？时浙保五团，从陈荣楫任浙保五团长至后谢升标出任团长起，基本全是台州兵。所有兵员全来自于台州七县（时包括宁海），蒋正荣一看他的长官如此，知天下业已正式易帜，遂投诚于中国人民解放军。

解冰正式履行入党手续。解冰举起拳头宣誓入党后，刘东安对解冰说，诸葛南平临走前交代我，你早在1939年，就是特别党员了。一直不曾办入党手续。这一拖，拖了你十年。解冰淡然一笑：我将我的生、生、生命交、交给党、党了，我还讲什么时间呢。

朱劭、毛镜如、金晋南、卢逊、陈荣楫在中共黄岩县委的精心策划下，与时刚卸任的黄岩县县长朱焯率旧部起义。

徐铉接地下党的主要任务是：负责城关、海门、路桥三地的电讯联络。我亲眼看到徐铉在我的树身下，对他的表亲邱润郎说，路桥的事情你来负责一下。那天，他们集体统一行动。原国民党县长朱焯出手如风地缴了南官自卫队的枪，逮捕新到任只有一个小时的黄岩县县长袁悟农。南官正式对外宣布和平解放。面对着黎明前的黑暗，他们每一位参加者，无不是将自己的脑袋掖在裤腰带上。

中国共产党在大荆镇召开南乐县人民政府成立大会。

浙南游击队第三支队，第一、三大队八百余人，在支队长周丕振的率领下开进黄岩县城关。时任黄岩县商会会长柯友三及卢逊他们代表教育界、工商界，出城欢迎浙南游击队第三支队，第一、三大队。那天夜，全黄岩县城关、路桥、海门镇商铺举行隆重的欢迎大宴。

浙江省委下令正式撤销黄乐县建制，成立黄岩县人民政府。第一任黄岩县县长是曹子决。中国人民解放军第二十一军第六十二师一八五团正式进驻南官。浙南游击纵队第三支队离开南官返温州。

黄岩农民协会正式成立。时任黄岩县委第一书记的黄义桃率县机关工作人员及警卫队两百多人由大荆镇移至黄岩县城关。时一直在南官民丰酒厂的刘东安与解冰一接到组织命令后，即率领一直在南官奋斗的地下党员们，全部步行至南官城关，向时中国共产党黄岩县委报到。

中共黄岩第一任县委正式对外宣布，设民政、公安、财政、教育、实业五科。接管南官原国民政府五十八个部门。解冰正式出任黄岩县教育科副科长兼路桥中学副校长。（校长由县长兼）刘东安任路桥区区委书记。直至这时，路桥十里长街人这才知道：一直在民丰酒厂当账房的刘东安，一直在徐铉家中进进出出的解冰，一直任徐锜小学教导主任刘东安的妻子杨正言，一直在徐铉身边工作的蔡永龄，全是中国共产党地下党员。

徐铉刚一到我的大樟树下，徐家村的村民们立刻围将上来问徐铉：他们是共产党？是。你过去知道吗？徐铉答，知道。你有功于共产党，共产党现在胜利了，排座座分果果，会给你什么官做？徐铉一笑说，做人只求个对天对地对人心安就可以，我徐铉只不过一只刨食的小鸡，有口饭吃就心满意足了。

中国人民解放军决定解放舟山。时中国人民解放军第二十六军，根本没有那么多的船过海。时黄岩县只有造船大王金晋南有船。县委第一书记黄义桃立刻来海门找到金晋南借船。金晋南只是问了县委第一书记黄义桃一句：你们要多少条船？黄义桃反问，你有多少条？我有十八条。我全要。金晋南连眉头都不皱一下，让他手下的人，将那十八条船全部借给中国人民解放军。

舟山解放。

金晋南的十八条船，全让国民党的海军鱼雷给炸沉。消息传来后，金晋南脸上的眉头都不扭动一下，仿佛那十八条船根本不是他的船一样。

卢奇炎率国民党残部与土匪王克炎相勾结，作出他人生最后的垂死挣扎。那时，他们不是下山抢粮，就是杀害村里的农会干部。就在中华人民共和国成立前的两个月，卢奇炎支队与王克炎匪部一百多人抢劫宁溪，将宁溪折腾成屠宰场。六位农会干部被杀。什么叫中国式革命？这就是中国式革命。不是东风压倒西风，就是西风压倒东风；不是大地震，就是天崩地裂。旧的山头被削平，新的山头重新矗立。暴戾。汗血。是中国任何革命都挥之不去的轮回。县长曹子决一看，立刻率武装民兵围剿。那一仗打得十分激烈。县长曹子决亲自端起一挺机枪冲入敌群，对卢奇炎与王克炎部扫射。那土匪与国民党残部就像稻草一样倒地，最后将卢奇炎与王克炎部击溃。

黄岩县首届人民代表大会召开。这次黄岩县人民代表大会，选举产生出黄岩县常务委员。黄义桃任主席。朱劭与金晋南任副主席。刘东安任南官区长，杨正言调区里任妇女主任。时曾在徐锜小学工作过的那些地下共产党员，或是乡长，或是所长，或是青年团团长。金苏芳也成了南官区第一任妇女会工作人员。朱劭任副主席是因他和平解放黄岩有功。金晋南任副主席，一因他在解放舟山时出有十八条船，二因他的两个女儿金苏香、金苏芳很为他挣脸。金苏香尽管是国民党中的女少将，可她毕竟是医术高超的军医，投诚中国人民解放军后，一直任后勤医院院长。后因救伤员，感染破伤风，牺牲在手术台上。金苏香本人又是宋庆龄与何香凝的闺密好友。金苏芳的第二任丈夫，又是原红十三军政委诸葛南平，并给诸葛南平生有一个儿子。

徐墦被捕。罪名当然是无可逭逃：参加镇压西乡农民减租运动。

我亲眼看到，逮捕时，徐家那处大合院，空荡荡的无有一人，只有徐墦一人坐在中堂的那把红木太师椅中。当公安部队出现在他面前时，他一脸的平静与安详，并没有如后人所说的他跪倒在地叫饶命。一切的一切似乎全在他的意料中。公安部队说，你被逮捕了。他淡淡一咧嘴答，我知道。公安部队立刻给他戴上手铐带他走。但时徐墦胖得活似一口大肥猪，又患有脑中风，根本走不动路。公安部队不得不调来一辆车子将徐墦载走。临走时，徐家四周的邻居们，亲眼看到徐墦望着他们家那豪华且显赫的房子，两道闪闪发亮的泪水，从他眼中流了下来。三天一过，徐墦所有房产归为国有。那时的徐家，可真是“白茫茫的大地一片真干净”。

徐桥在深入匪穴剿匪战斗中，救下了两个人。这两人，一个是时任中国人民解放军第二十一军第六十二师一八五团团长蓝建军。那天，蓝建军正率着徐桥追赶一名顽匪。哪知中了国民党顽匪的伏击圈。对方一个子弹，打中蓝建军的腿肚子，一下子将他打倒在地。徐桥立刻伏在树林子里与对方对决，一连打死四人。剩下二人，见徐桥是个狙击手，不得不逃。徐桥撕开自己的衣服绑住蓝建军的腿，然后背起蓝建军整整走有三十里山路，硬是将蓝建军背至后勤医院。第二人是时为中国人民解放军第二十一军第六十二师一八五团一排的排长李安。那天，李安追击土匪时，一个国民党上校军官向李安扔了一颗手榴弹。那颗手榴弹就在李安身边冒起烟，李安浑然不觉。徐桥一下扑了过去，拾起那颗手榴弹往外扔。李安的命救下了，可那枚手榴弹在徐桥手中爆炸了。当时就炸断徐桥一只胳膊。徐桥没法子再跟着部队参加剿匪，不得不退役回路桥徐家村与他母亲金苏芳一起过。

金苏芳流着眼泪激动地抱着我说，大樟树，我得好好谢谢你，你总算是让我这好儿子活着回来了。我真怕他与他爸一样，死在战场上啊。我笑着抖着身子说，好饭不怕晚，你这个儿子的大好事，还在后头呢。

大荆姑娘常春梅给徐志诞下一子起名徐瀚。

也就在这个孩子出生后的第三十天，一直在剿匪的徐志随部队驻扎于路桥时，他想看一下他的母亲。至我树身下，怎么也没有想到，与他只接触过三次的常春梅会抱着一个孩子，出现在他面前。我亲眼看到，那时徐志所现的神色，早将他与常春梅的事情给忘了。你怎么会在我家？我肚子大了，快生孩子了，不上你家，你叫我上谁家？这么说，你抱着的那个孩子是我的？不是你的是谁的？徐志不敢相信自己的耳朵说，他真是我儿子？金苏芳说，你看看他长的样子你就知道了。金苏芳抱起孩子让徐志看。徐志抱起孩子一看，果真如此：那新生的婴儿，简直同他一个模子里倒出来一般。尤其是他那一双白多黑少的眼睛，与一直没有现身的诸葛南平如出一范。徐志一下子哑了口。金苏芳说，你真行。与你爸爸一样，特别会瞄准。你哥哥比你大两岁，没当上父亲，你却当上父亲了。徐志的脸"刷"地红成一瓣桃花。金苏芳当天即跑至部队驻地，向部队领导说明原委。经部队领导同意，金苏芳亲为她的儿子举行婚礼。初时，徐志不太高兴，不想结婚。金苏芳问，为什么？过去好看，现在不好看。怎么一生孩子，就没那时的好样子了呢？金苏芳当时即扇了他大耳光，然后指着我的树身说，你那天夜里在我面前说的话，还热着呢。如今你当上一个破排长，就不想要人家了？当初你干什么了？徐志噘着嘴说，娘，我只不过与她玩了一下。哪知——金苏芳说，这种事是随便玩的吗？你是男人，是男人就担起男人的责任。你敢不与她结婚，我就向部队领导告你，让部队领导开除你党籍，撸掉你那个小破官，你信不信？徐志太了解他母亲的个性了。他母亲是个雌雄同体的人物。女性化时比任何人都女性化，男性化上来时，比男人还敢担当。他没有法子，尽管不爱，他最后还是与这位来自乐清大荆山区、年长他两岁的常春梅成婚。

我结的果子全成红色的了。我那红果子一现身，差不多有上千只鸟轮番来我树上吃我结的红果子。那天，徐桥空着一只袖子来到了我的树下，他见我长的果子是红的，大吃一惊。他下意识地从地上拾起一粒送进嘴里。他抿了一下后，他的两只眼睁得很大很大。他立刻俯身捡了一把，送给他母亲金苏芳吃。徐桥说，娘，我打小起，也没见过樟树果子是红的啊。金苏芳说，我嫁给你爸的时候，我就听你爷爷说过，我们徐家村门口的那棵樟树是灵树。他不仅知国运家运兴替，他还知我们徐氏子孙的命运好坏。只不过他不会说话，泄露不了天机罢了。他的结果什么色有名堂。儿啊，你娘只听说，他生的果子是黄色的，是国运正常。他生的果子是黑色的，国运有大灾难。如果他生的果子是红色的，国运大兴。现在他生的果子是红色的，那我们国运要大兴了？我想是如此吧。那好啊，不打仗，不死人了，那有多好啊。

4

1950 年，黄岩县成立剿匪反霸支前指挥部。县长曹子决任总指挥。县委书记黄义桃任政委。自中国人民解放军六十二师入驻南官后，在民兵的紧密配合之下，至 1951 年 6 月，剿匪作战四百四十五次，歼敌两千多人，投降者自首者达一千四百多人。

黄岩县委集中五十八名干部在药山、鼓屿二乡进行土地改革试点。

黄岩县人民政府下重令严禁吸毒贩毒活动。民兵一批接一批地检查交通要道与旅馆。

徐铉与卢逊两位好友同时去杭州党校学习。时任浙江省省委党校校长的不是别人，而是林尧。那时，徐铉与一生中最好的朋友卢逊的内心世界都十分彷徨。尽管他们在白色恐怖的日子里冒着生命的危险，为共产党做了这么多的工作；但他们毕竟不是刘东安，也不是解冰。他们二人全是胜利者，而他们二人却是共产党政策中明确要打倒的对象。他一不知共产党成立的人民政府将会如何对待自己；二他们确实不知道自己将何去何从。当他得知省党校校长是林尧时，两个人都十分高兴。卢逊说，我们找林尧商量一下好不好？好。于是他们二人立刻来到中共浙江省委党校，找林尧。那时，杭州正解放，一切乱成一锅粥，特务暗杀共产党干部行动四起。校长门前警卫森严。由于他们两个人没有带黄岩县人民政府的介绍信，门口两个荷枪实弹的警卫不认识他们，拦着他俩不让进。若是要进，可，请你出示介绍信。他们二人一看，见不着林尧，只有往回走。就在这时，一身军人打扮的林尧，脚穿千层底布鞋，腰别一支小手枪出现在他们面前。林尧一看是他俩，即让他们进他的办公室。他们与林尧足足长谈了一个多小时。直至最后，他们这才将他们潜在内心深处的忐忑与今后何去何从的彷徨心态与林尧说。林尧当时即给他们二人出了个主意：让他们二人离开黄岩去东北。林尧说，我们国家将对东北实行大建设。现在有一个招聘团在上海，专门招聘人才。凭着你们二人的才学与本事，如果上东北必大有作为。如果你们二人决定去的话，我林尧可以在组织上为你，作证明。谈话一结束，他与卢逊二人立刻坐着火车从杭州至上海。但命运女神往往十分吊诡：徐铉与卢逊二人到了上海，那东北大建设招聘团业已结束。就在他们二人决定回去时，上海钱庄的员工们找到徐铉，说当下你这个钱庄搞得个一塌糊涂，你是总经理，你总得去处理一下。卢逊不得不独自回海门，徐铉留上海善后。

徐铉决定在上海光华大学任教，并将自己的户口迁至上海。关于徐铉去光华任教一事，社会上一直有着两种说法，一说，时因全国因长期的战争，几成了一副烂摊子，新中国必须立刻恢复生机。光华大学教师严重短缺。现在无法搞清时任光华大学校方领导，是如何在那么多的学生档案中，发现时光华大学高才生徐铉的名字，遂给时黄岩县人民政府发信函询问徐铉这位高才生是否在世。黄岩县人民政府回答，此人在世。光华大学遂派一办公室人员坐船至路桥请。二说，徐铉在上海清理钱庄时，偶然间遇着时任光华大学校长廖世承。那廖世承一看到自己的弟子徐铉，高兴得扑过去握着徐铉的手说，我一直找你，找得我红了眼。他说，现在党任命他为光华大学校长，当下的光华大校一片狼藉。师资严重短缺。快，快，你快将你那一堆烂摊子收拾一下，上你的母校来当教授吧。这两种说法究竟哪一种对，现在一切时过境迁，所有事实真相，均随着汹涌的革命潮流奔向浩瀚的东海，化成一堆泡沫与杂色的碎片。我无法说清，但我拼图出来的真实的画面是：徐铉喜欢异常。说白了，徐铉是地道的专业人才，从他光华大学毕业那天起，如同一只没头苍蝇，误打误撞地让他入了实业圈，又让他误打误撞地入了政治圈。让他尝尽了做人的无奈与甜酸苦辣；

这么多年间磕碰得鼻青脸肿。他一直渴望着回归于他的本真。现在，好了，机会来临了。当日，徐铉坐船归黄岩，立刻找到卢逊与解冰，将此事告知两位朋友。卢逊不想让他走，他说他一个人民丰酒厂管不好。徐铉答，我一生一世都渴望着搞化学研究，一直没有这个机会，现在机会终于来临了，让我做一些我喜欢做的事情吧。解冰支持让徐铉走。卢逊问，民丰酒厂怎么办？徐铉答，你干得了就干，干不了就交给共产党。这个厂，你可是总经理啊。股份你不少。徐铉答，有分红，给我家中，没分红，拉倒。我申通钱庄这么大的资金，一蓬烟说没就没了。钱与命一样长。让我为钱吊死，我徐铉可不干。

第六章

1

1951年1月，全黄岩县开始土地革命。时全黄岩县总人口约五十四万。土地约六十五万亩。地主二万二万人。富农一万两千人。地主占地约二十万亩。富农占地总面积约百分之三十七。共产党为了稳定政局，不得不在黄岩施行大镇压。人民政府之所以如此出重典，原因有三：一是，黄岩在民国时期出有七十二位国民党将军。所有国民党将军与黄岩人都有着千丝万缕的联系。解放初期，黄岩人出于中国传统文化“忠君思想”的影响，负隅顽抗者有之，组织反动会道门者有之，搞破坏者有之，潜逃者有之，通风报信者有之。二因，反动会首即有八百多人。匪特、不法地主、特务、不法资本家难以计数。三因图迅速平定这种不安定局面，让百姓得以休养生息。人只有面对着他们性命的枪杆子，他才可服从。正因重典一出，不可能不出现矫枉过正现象。我不知采访过多少上了年岁的老人。他们对我回忆说，出于对共产党的不了解与恐惧，自杀者有之，吞金者有之，吞鸦片自杀者有之。如路桥三水泾口，同一台里住有三个保长。一保长跳河，一保长上吊，一保长吞金。一夜间三个保长全部毙命。如路桥名人任重（号心伊，河西后於人，光绪二十八年癸卯科举人，北京大学堂师范科毕业，奖内阁中书。曾任广东临高知县，山西岢岚县知事，浙江永康县县长），路桥公安部队为图震慑，将他拉出去陪枪决。临将他拉出时他沿街大叫，我没有罪，我没有罪。公安部队也不管，将他带至石棋盘，让他与一个他完全不认识的人跪在一起。枪响了。他与那个一起跪的人同时一头栽倒在地上。他满以为自己被公安部队枪决，直到公安部队将他重新从地上拉起来，他这才知道自己是陪“交炮”（路桥土语）。这才欢天喜地地舞着他的两手往自己家中走。尽管如是，公安部队与当地民兵也有做得相当过分的事情。如西山乡一陈姓医生，德国医大毕业，是全国少有的好医生之一。由于他在抗战时出任过军医，与不少国民党高级军官相熟。国民党败退时，有一国民党将军在他家宿了有一夜。被村民举报后，公安部队立刻将他抓捕。当组织上得知此人是不可多得的人才，新中国医学界少不了此人时，立刻下达命令：让驻路桥公安部队放人，然而上面所下的命令，来晚一步，此人即遭枪决。如郑国麟，他出任过路桥镇长。在路桥口碑很好，因有一国民党军官朋友要逃往大陈，他出于朋友之情，护送他到金清下船，后被人告发。路桥公安部队以"资敌罪"论，当时即将郑国麟拉至路桥石棋盘就地枪决。

徐铉成分被评为资本家。

我比徐涛更加清楚，那时路桥的丁家、俞家、王家、徐家、黄家、杨家，因他们曾是南官赫赫有名的有钱人，没有一家评有好成分：不是地主资本家，就是商业、地主、官僚。命运之神就是这样爱与人掷你意想不到的骰子点数：往日座上宾，现在阶下囚；往日香饽饽，现在一堆臭狗屎；往日人上人，现在人下人。有些人的后代子孙浮上水面后，即起航扬帆；有些人的后代子孙，则成铺于地面上的那一块青石板，供人任意踩踏。而原先在徐家村一直以种田、穷得锅灶打在腿肚子上的徐氏子孙们，却迎来了他们生命中的明媚春天。随着财产和权力与土地资源的再分配，中国社会不可避免地再一次出现大分化。

共产党真正成为人民的大救星。共产党干部们不仅与他们同吃同住同劳动，而且给了他们一个新生活：从来不曾自我作主过的女人们，开始挺起她们的腰杆扬眉吐气；从来不曾自由恋爱的青年男女们，开始自由恋爱；从来没有土地与房子的人们，开始有了属于他们名下的房子与土地；从来任人宰割的穷人，现在开始有了他们做人应有的尊严；从来不过是任人踩踏的小草民，现在开始自由选举村长、副村长；从来灰头土脸的草根百姓，现在一个个全一身光鲜地闪亮登场；从来不曾被人瞧起的穷小子，现在可以与共产党的县委书记黄义桃平起平坐地说说话。尤其让他们难以忘怀的是四件事。一、扫盲：村村办起扫盲班。路桥中学、路桥小学的老师，分片包干来教他们学写字。每天能认一个字的就认它一个字。不能认一个字的必须认，闹得村里有不少后生与姑娘，纷将家中的碗、门、橱上贴上黑乎乎的大字，走到哪里均可认字。二、文娱活动：村村办起秧歌队。每至年节一到，镇乡两级政府遂举行扭秧歌大比赛。哪个村子得第一，哪个村子上台领奖。除此外，学校的音乐教师，下乡村村教唱歌。每每夜间，全南官各大乡镇，村村灯火通明，汽灯亮如白昼，歌声响彻夜空。直至现在，上了年岁的那些老人们，什么也不会唱，但他们会唱《解放区的天是明朗的天》与《跟着共产党走》那两首歌。三、开会：那个时候会特别多。青年团开青年会，妇女会开妇女会，农民协会开农民会。每一开会，乡镇干部即上台，讲党的政策，讲共产党宗旨是为人民服务，讲生产发展，讲恢复民生，讲今后美好的明天，讲中国共产党如何下决心圆全中国苦难百姓的幸福梦。他们每一个无不是听得津津有味，水起风生。四、后生人争着参加解放军：那时，大凡后生人一当上兵，全村光荣，人人光荣。

我亲眼看到，每一位新兵去部队前，他们人人胸前佩有一朵大红花。那大红花映得他们一脸闪着光鲜。村里的人们呢，敲锣打鼓地扭着大秧歌前来相送。那样子比他娶新媳妇还闹旺。人是新的，政府是新的，精神面貌是新的。那时，在我们路桥十里长街唱得最响的一支歌是：

正月里来是新春，
赶上了猪羊出了门。
猪哇羊啊送到哪里去？
送给那英雄的八路军。

徐桥出任徐家村农民协会主席。

徐桥与浃里陈的陈翠英成婚。

徐桥的妻子陈翠英，我非常喜欢。他们二人不是自由恋爱婚姻，而是金苏芳托人保的媒做的亲。金苏芳之所以如此，有三个迫于眉睫的情况：一因徐桥弟弟徐志结婚了。他这个当哥哥的不结婚，不成样子，也说不过去。二因那时徐桥忙得相当可以不说，金苏芳同样是忙得一团糟。虽然家中有个弟妹常春梅将饭做好了，可以让徐桥吃饱。但一个断了手臂的残废人，自理生活实在太困难。弟妹也罢，做娘的也罢，有些事可以替他妻子做，有些事不是他妻子根本替代不了。别的姑且不论，就拿洗澡一事来说，让金苏芳与常春梅十分为难。徐桥不得不一只手洗。有一次，洗着洗着，洗净的裤子一下子掉进水盆里了。他脱得光光的，只得用被子将自己围起来，让他弟妹重新给他拿条新的。三是徐桥打从他断了一只手臂后，在婚姻问题上有着很强的自卑感。他怕连累姑娘，也怕姑娘们看不上他。尤其是当上村支书后，徐桥根本没时间顾及自己。再加上他弟弟徐志的妻子已在家中，可以照顾他母亲，用不着急着处理自己的婚姻问题。徐桥沉得住气，金苏芳沉不住气了。那天，金苏芳就在我的树下与她一生中最好的女友又是亲属的徐贞英说起徐桥的婚事。金苏英将她心中担心的事情与徐贞英一一说了。徐贞英说，我现在是路桥人民医院妇产科主任。我接触女人多。此事包在我身上。金苏方说，我那个儿子可只有一只手。徐贞英说，一你那个儿子是个英雄。二你那个儿子是共产党员、村支部书记。三你那个儿子在路桥人品很好，有威信。我就不相信，没有姑娘看不中他。当天她姐妹二人，就在我的树身之下分了手。七天过后，徐贞英给金苏芳带来一个名叫陈翠花的胖妞。这个陈翠花，泱里陈人，小池毕业，人虽胖一点，但不难看。胖有胖的魅力，不知那时的姑娘们出于什么目的，读路桥小学时，有同学给她起了个绰号叫“母象”。徐贞英将她往金苏芳面前一搡说，你看这个姑娘中意不中意？金苏芳一细询，无论从年龄、从性格、从家庭都十分中意，但这毕竟是他们两个人的事情啊。况且解放后，讲的是婚姻自由，必须征得徐桥同意。当时金苏芳即让徐瀚去叫他叔叔来。时年方五六岁的徐瀚，立刻颠至村部将徐桥找了回来。金苏芳也非常好玩，将那陈翠花往徐桥身边一推说，这是我与你姑姑给你相中的妻子，你看看中意不中意？中意，这就去登记，把婚结了。不中意，就拉倒。别耽误人家青春年华。徐桥也非常有意思，他先是上下打量了陈翠花一眼，似乎很可心，身子一转，却将他那只断了手臂的空袖子给陈翠花看。姑娘，你可看好了，没有我挑你，只有你挑我。我可是个残废人。陈翠花说，不就是一只胳膊吗？有什么了不起？我有。两只加你一只，就有三只手。徐桥说，三只手是贼。陈翠花说，只要你不和别的女人偷情就行。徐桥说，那你放心，你看我身边的那个妈是什么人？路桥中学副校长，看我看得关禁闭似的。我又是党员，党规不容我与别的女人胡来。那好，我同意。就这样，快刀切萝卜咔吧溜脆。三天后登记。七天后结婚。那时，刚解放，一切全是新的。金苏芳与徐家人根本没搞什么繁文缛节。正式成婚那天，泱里陈陈家三个穿红衣服的姑娘，将一身红衣服的陈翠花往徐家村一送，金苏芳与徐志妻子常春梅一起动手，做了三桌菜，请了徐贞英、唯一土字辈老人徐坛他们与几个直系亲属，吃一顿饭，就算是结婚了。他们二人举行婚礼时，第一个仪式就是来到毛主席与朱德总司令画像前，给毛主席、朱德总司令行了三个礼。第二个仪式，小夫妻二人站在我这棵樟树面前，给我深鞠了三个躬，说是感谢我的救命之恩。我只不过一直守护徐家村的一棵树罢了。这个徐桥如此不忘恩，令我十分感动。我与我的八个孩子全抖着身上的树叶，用我们特有的语言，祝福他们幸福。只不知他们小夫妻二人是否听得懂。说实话，我十分佩服这个徐贞英。别看她这一辈子不曾结婚，看女人可是有一套。你们要知道，一男一女是为家。一个好女人会成就一个好男人，一个坏女人会毁灭一个好男人。反之，同样如此。由是他们徐家唯一剩下的那个土字辈的徐坛老好噙着他的烟袋锅子，教训徐氏的后代子孙们说，男怕找错行，女怕找错郎。女人不是花瓶摆着看的，而是要实实在在过日子的。你们找对象的时候，将你们的眼睛给我睁大一点。徐贞英看中的这个陈翠花，其人其貌虽然没有徐志的妻子常春梅长得好看，那文化程度只有小学毕业，名字写得歪歪扭扭，却是过日子的一把好手。金苏芳打从提了路桥中学副校长，与解冰搭档，管的是后勤。路桥中学学生大部分是来自农村的住校生。她根本没有时间管她这个家。陈翠花一进门，就彰显出她过日子的大本事，徐桥这个家俨然成了她的天下。她成了这个天下的女王武则天。她第一步，是将属于她家的范围用成棵的竹子围成一道篱笆，种的是金花银花与白扁豆与天露丝瓜。二是临着南官河边，她自己动手建起了猪圈，养了三头大肥猪，与一大帮子小鸡与八只鸭。第三步，她挥着锄头，将近半亩地的大院子全部开垦起来，种上韭菜、青菜、菠菜、大蒜，将她整个院子收拾得井井有条。每日三餐是干是稀，总是搭配得恰到好处。尤其有两件事，让全路桥人听后无不对她青眼有加。第一件事，发生在她与徐桥结婚后的第三天，她与徐桥一起回门。至娘家后，陈翠花娘家有个泼辣女，当着徐桥的面问陈翠花，你那个丈夫断了一臂，洞房夜，他与你怎么来的事？陈翠花答，我帮着他，不就成了，味道好不好？陈翠花答，味道不好，你怎么就离不开你男人。我怕你那个男人不行。陈翠花说，你想不想试试？我让给你。一把将对方堵得说不出话来。事后，徐桥责备陈翠花说，这种事，你怎么当着大庭广众说，叫你臊不臊？陈翠花说，这是天知地知你知我知，不用教就会的事情，有什么不好大庭广众说的？倒是让徐桥觉得自己这个新婚的妻子，直率得可爱。第二件事发生在徐桥洗澡时，时徐桥只有一只手，洗澡是不方便。每一次都她上前帮着擦，待擦下身时，徐桥说什么不让她动手，徐桥说，这件事得让我自己来。她一把扯下他的短裤帮着他擦起来。徐桥说，这多不好意思。她直爽地烹了徐桥一句，晚上你和我来那事，你要我将你脱得一丝不挂，你怎么都不说不好意思了呢？

2

共产党正领导着全国人民建设社会主义新中国。中央决定抗美援朝。全国掀起两股大热潮。一是捐钱购买飞机，二是踊跃报名参加志愿军。

全南官各镇举行大游行。打倒帝国主义的口号声响彻云霄。

我从雍正八年起，一直至现在，我经历过乾隆、嘉庆、道光、咸丰、同治、光绪、宣统、民国，九朝，没有哪一朝如此受百姓的欢迎。我作为树，我深深感受到中华人民共和国，实在是太受民众百姓的拥戴了。那时，中国共产党的威信，在中国的土地上是绝对性的。只要党与人民政府发一句话，路桥草根百姓们无不是热烈响应。不是我亲眼见的，我决不提。就拿捐献与参加志愿军我亲眼所见的这两件事来说吧，人民政府刚一宣传，一日一夜间，黄岩全县捐款即达六十三万元。其中妇女就有八万元。我亲眼看到有不少普通女人，大大方方地走到捐献台前，当着那么多人的面，摘下自己耳朵上戴着的丁香，毫不犹豫地丢下捐献箱中。我亲眼看到游行队伍过路桥十里长街二十五间时，附近商铺全往那七八个人拉着的捐赠布上丢东西。我瞪大眼睛看他们扔的那东西：有银圆、有小毫子、有纸币、有戒指，根本没有登记上册的那种概念。至于报名参加志愿军，更是不用提了。我亲眼看到南官河两岸住着的青年男女们争先恐后地在报名站上报名。谁不让去，谁就会站在报名站前痛哭流涕。天哪，这是一种什么样的凝聚力啊。我经历的九朝中，哪一朝的百姓曾有这样的热情拥护管理自己的政府？

黄岩城关、路桥两大重镇，一日一夜间即有三千多人报名参军，最后正式批准参加抗美援朝志愿军的男女青年一千八百名。

徐铸报名参加中国人民志愿军。徐铸是徐坊的第三子。

徐铉被捕。我就此事曾采访过徐铉。那天，徐铉所在的光华大学接到黄岩法庭拘传徐铉受审通知，校方将通知转告徐铉。徐铉听后，二话不说，却向上海法院投案。两天一过，上海法院遂将徐铉遣送至黄岩。徐铉至黄岩后，他一直不知自己犯下什么大罪。直至黄岩县人民法庭开庭，徐铉这才知道，他犯的是两条大罪：一是龙头王人告徐铉强行收钱，罪名是盘剥百姓，却没有说这钱是为解决路桥中学教师工资。二是说徐铉为国民党溃军征钱犯有资敌罪，却没有说徐铉此举曾救了那么多条人的性命。就此两罪，让路桥有史以来第一位化工专家，进入了他人生最为寒冷的冰冻期，徐铉当庭为自己的所有辩解都不起作用。一个月过后，黄岩人民法院判徐铉徒刑七年，押送徐铉去往乔司农场劳动改造。

徐梓带着他的弟弟妹妹亲至乔司农场看父亲。我亲耳朵听到徐梓归来与徐桥说，他父亲徐铉在乔司劳改农场心态平静得微波不兴，仿佛什么事情也不曾发生。父子二人交谈很长时间，徐铉没有说上一句怨言。

我第一次采访徐大先生时，我面对着秃子头顶上的虱子明搁着两大罪名充满着疑问。初生牛犊不怕虎，长了犄角反怕狼。我曾连珠炮似地向徐大先生发出四个疑问：为什么那么多与你为友的地下党员不为你作见证？为什么那时的法庭不容许你辩解？是当时的高压政治引出来的沉默大多数？还是政治高压一切带来的必然后果？徐大先生（论辈分我得叫他太公）最后面对我紧咬不舍的终极追问，回答我的还是沉默。沉默只能说明两个问题，一是他不愿说，二是不能说。然而，徐大先生对我说的五句话，多少透露出了一点他不愿说的原因：一、我不做亏心事，不怕半夜鬼叫门。我徐铉一生做人的原则就是上可对天，下可对地，中可对人。人生最难是心安。尽管我被判了七年，但我心安。二、民族、文化、国情、素质，决定政治取向。那时不如此，国家永远不会安定。处理我，只不过是当时政治需要。说白了，那是杀我徐铉给别人看。三、人只不过是化学世界中的一分子，与这个分子一碰一撞，变成了另一种东西。我这个分子就在时代的大潮流中有时组合成功了，有时组合失败了，谁也无法左右化学组合与化学反应。我徐铉只知保持自己的最原始的化学分子不变。就对得起人生了。其余一切皆可放下。四、我改变不了社会实现，我必须改变自己。该我徐铉受的，我徐铉就得受。是福不求，是祸不躲。五、与我共事的那些地下党员全成了胜利者，全是在位的政府官员。共产党初期，为巩固政要，政治上要求极为严苛。我徐铉一人做事一人当，牙齿和血往肚里吞，不想连累他们。

徐桥办有两件实事。一是在徐家村成立第一个互助组。这个互助组的组织架构形式十分简单：土地归各户所有，种子肥料全部由个人负责。生产计划自定，劳力统人使用。各计天数，年终结算平衡。年终一次性找齐步。徐桥之所以使出此招，也是无奈之举。一因有的家人多，有的家人少。有的家有水车，有的家有牛，有的家有犁，有的家用水早。人误农时一天，农时误人一年，相邻的人家往往为用水问题、劳动力不均问题，强势力与弱势力问题，时常出现争吵，徐桥几乎天天陷入解决没完没了的解决矛盾中。人与人之间的关系必须和。家和万事兴，这是中国一句老话，也是生存中的现实。徐桥歪头一想与其让他们争得个头破血流，莫不如组成一个互助的组织，解决统一用水问题、劳动力不均问题、劳动工具短缺问题，让徐家村村民们一起走上翻身路。徐桥一将他想的那个点子与他母亲金苏芳一说，金苏芳立刻说好。

金苏芳就在我的树身子底下对她儿子说，这个点子想得好。这叫互通有无。既可解决生产资料短缺问题，还让大家共同受益、取长补短。

二是试种双季稻成功。初时，徐桥在我的树身下开有一个小会，将他的这个想法与大家说，大家初时有一点不敢，徐桥说，这样吧，你们的田全不去动，让我们家的田先动。于是他与他的妻子“母象”立刻先动手试种。别人只种一季，他种两季。至秋收，两季打下的稻谷一过秤，吓了全徐家村人一跳：平均亩产达502公斤。不怕不识货，就怕货比货。在现实面前，哪个人敢不低头？徐家村六个大互助组刹那间全动员起来了。原本徐家村存在着最大的矛盾是人多田少的问题，平均每人只有三分八厘田，粮食根本不够吃。徐桥的这个水稻连作法一出，等于每人的土地增加到了七分六，一下子解决了口粮的瓶颈问题。

黄岩县委第一书记黄义桃终于得知这个消息。

黄义桃赤着他的那一双脚来到徐家村。他先是到田里转了一圈，然后将徐桥找来坐在我的树身子底下谈话。那天，他们之间的谈话，我听得清清楚楚。黄义桃问徐桥：小伙子，你与我说一说，你是怎么想出这个招来的？徐桥人老实地答，土改时的土地分的一样。人人一份，但生产资源不一样，劳动力多少不一样。水渠只有一条。水车只有一台。往往为用水问题，吵得人仰马翻。人误农时一天，地误人一年。我是村支部书记，我天天为解决纠纷玩了。这怎么行呐？我一想没别的招了，只有将相邻的几家联起来互相帮助，不就什么都解决了。那个双季连作稻你是如何想出来的？徐桥答，还不是让现实逼出来的吗？在徐家村农民中，我们家是最富的。我们家之所以富，是因我母亲是教师。她吃国家定粮。我们徐家村有一千八百人，地平均每人只有三分八厘。一年只种一季水稻，根本不够吃。我找了几个上了年岁的老农，排了一下农时，只要提前腾出一点育秧，完全可以解决。就夏收夏种时紧张一点。我决定先是我自家的地上试了一下。哪知，一试，成了。于是我就下令徐家村人全来我家的地参观，让事实说话。他们面对铁的事实不相信也得相信。于是他们全跟着我家学了。黄书记，我是共产党员。组织上让我当这个村的支部书记，让我说了算。别看我徐桥是个残废人，手没了一只，脑袋还在脖子上扛着吧。我总得想出个什么法子解决这些难题吧。黄义桃是个农民出身的共产党第一任县委书记，他深知农民之苦。他伸出他那双粗得如锉刀的手，握了一下徐桥左手说，好小伙子，怪不得刘东安与你们团的蓝建军团长一而再再而三地对我交代说，如果你不是因救李安让手榴弹炸断手，他哪怕是到天涯海角也得带着你。好小子，干得好。我代表黄岩县委谢谢你，你让我找到了解决黄岩粮食问题的好法子。

黄岩县委与台州地委立刻在全地区推广徐桥经验。台州地委号召温黄东部地区施行水稻连作法。也就从这年起，我们温黄平原终于咸鱼翻身为货真价实的鱼米之乡。由于那个时代，需要徐桥的这个举措，让遍地废墟的新中国重新恢复生机。一个时代有一个时代的需要，一个时代有一个时代的英雄。徐桥顺应了这个时代的需要，徐桥自然成为这个时代的英雄。自此，徐锜与金苏芳唯一留下来的这个独臂儿子徐桥的名字，开始走出浙江，走向全国。

3

1952 年，中央下令在全国开展对私营的工商业界行“三反”“五反”运动。（即是反行贿、反贪污、反偷税漏税、反偷工减料、反盗窃国家资源、反盗窃国家经济情报）

黄岩县召开万人肃毒大会。一贩毒者将三斤多鸦片藏入厕所，当众枪决，自此吸毒者一扫而净。

黄岩县人民政府终于彻底解决了自国民政府以来一直不曾解决的在黄岩、路桥、海门三镇横行的一贯道、皇极教、同善社、济公坛、水鬼会，一举镇压首恶分子二十八人。自此，黄岩县开始趋向前所未有的安定与欣欣向荣。

卢逊因长期劳累终于获病，因医治无效，溘然长逝。年仅四十（蒋昌明先生语）。徐铉得知消息后，大哭一场。

尽管我比人更早一点地得知了这个消息，但我没有与人类那样的好动感情。生死有命。人与我们树有什么不同呢？我们做树的，哪一棵能主宰自己长大成树呢？往往我们只知今天，不知明天，只知当下，却不知将来。高山与平原有多少没有长成与我一样的大树？有多少棵华彩醒人的大树，在它生命的鼎盛期而命归黄泉？也许徐铉透过他监舍门前那排被芟倒的树中悟到了什么，他收了眼泪，做出一个决定，只要老天爷不让我死，我就得顽强地好好活下来。

徐播死。徐播究竟是如何死的？社会上一直有着多种说法。严振非在《南官志》所著的《徐播传》中只写有一个“死”字。於仙海编著的《辛亥革命中的南官志士》中明言徐播“病死”。而我听南官十里长街的民间传说呢，却有两种：一说，徐播是经人民法庭审判后枪决的。有人亲眼看到松塘徐氏族人用一根大青竹杠，将徐播抬猪一样的抬至人峰山下埋掉。二说是徐播在南官江家祠堂（临时监狱）病死。是县人民法院通知徐氏家族，徐氏家族去了一条船将他运回来。据民间说法，时我们的黄岩县人民法庭在处理徐播问题上，曾犹豫过很长时间。按着徐播所做的种种益事，罪不当死，但他毕竟是出任过南官绥靖主任，他手下民团至今仍在宁溪、永嘉山区负隅顽抗。是国民党民间武装中最有影响的人物，不杀不足以震慑。几经讨论与艰难的抉择后，最后从全局考虑，还是将徐播杀了。时在民间流传极多的是，徐播入狱后，所有美丽绰约的小妾们均离他而去，独有那结发老妻徐氏从上海归来监狱见徐播。一辈子说硬话做硬人的徐播，第一次面对着结发老妻，泪流满面地说有五个字：“我对不起你”，再也说不出别的话来了。与徐播成强烈反差的，却是他的亲家朱劭与金苏芳的父亲金晋南。朱劭成全国政协特邀代表，1950、1952 年县人大代表会议副主席，浙江省人大代表。直至 1956 年去世。金晋南是黄岩政协副主席。这两文一武的黄岩名绅截然不同的遭遇，让所有的黄岩人闻之叹息：人生皆有数，数尽则命尽。早吃早完，晚吃晚完，不吃不完。朱劭与金晋南之所以幸运，是因他以谦以损以舍以识；徐播之所以早走，只因他生前威风八面。物一极非有不反者。现在，他们二人均进入了历史地壳的深层。滚滚长江东逝水，浪花淘尽英雄。是非成败转头空，古今多少事，都付笑谈中。直至现在，整个台州市三区：黄岩、路桥、椒江，又有多少人记得他们“羽扇纶巾，谈笑间樯橹灰飞烟灭”的风采？

徐播死的那天，徐家村就徐播是不是入葬于徐氏墓园问题，出现了强烈的争执。当时有着完全相反的两种不同意见。一种意见，徐播是大罪人，根据祖上的规定，不应当入徐氏墓园。一种意见，徐播尽管被政府枪决，但他毕竟在抗日战争时期，杀过许多日本鬼子，并将当汉奸的亲妻舅王仲慕伏法。这种大义灭亲的行为，不能不让人称颂。那时整个徐家村，没有一个人敢定下如许处理被政府镇法了的徐播。那时，徐桥的母亲金苏芳与诸葛南平的事情悄然浮出水面，徐氏人这才知道金苏芳曾与共产党的高官有一段婚姻关系，并与诸葛南平生下一个儿子名徐志，徐家村也只有一个徐家媳妇是共产党员，那天，徐氏子孙们就如何处理徐播尸体问题，不得不来到我的树身底下围着金苏芳，让金苏芳拿主意。时徐鑫是管制对象，在慢长的岁月里，他战战兢兢地活着，不敢越雷池一步。唯一敢说话的只有那一个成分被评为贫下中农的徐坛。徐坛就在我树身之下堵住了金苏芳。徐坛噙着个只有三寸长的烟袋锅子说，你是我们徐家的当家媳妇，你得说句话。金苏芳说，你们承认我是徐家当家媳妇？徐坛说，那当然。我可是与诸葛南平生了一个儿子的。徐坛说，你与他结婚了吗？没有。徐桥是不是你儿子？是。你是不是还住在我们徐家村？是。徐坛说，不管你与别人生过多少个孩子，你毕竟是徐桥的亲娘，只要你没有公开改嫁，你就是徐家媳妇，现在就你是共产党员，你再不站出来，为徐播办件敢担当的事情，你叫谁来担当？叫徐鑫？徐鑫现在是泥菩萨过河自身难保。叫徐铉？徐铉在乔司农场劳改。叫解冰？解冰不是我们徐家人。我十分佩服这个金苏芳，别看她是个女人，在我眼里是个一半男人，一半女人的女汉子。她一听徐氏家人并没有因她与诸葛南平一事对她另眼相看，她一下子来了一股义薄云天的勇气，她当场拍板让徐播入徐氏墓园。金苏方说，做人得一是一，二是二，白是白，黑是黑，徐播毕竟是抗日时的大英雄，岂可不入徐氏墓园。你们入吧，出了事我负责。由于有金苏芳这个共产党干部的担当，徐播的尸体终于入了徐氏墓园。

尽管徐播入了徐氏墓园，但此事曾掀起轩然大波，当时就有人检举金苏芳没有阶级立场。黄岩县委领导班子曾对金苏芳此举现出两派意见。我清楚地了解到：由于有刘东安这一批原黄岩特委的刘东安、杨正言、蔡永龄、解冰他们的坚持，况且，诸葛南平死活不知，解放舟山群岛时，金苏芳父亲金晋南出有十八条船支持中国人民解放军，金晋南本人又是开明绅士，带大了诸葛南平的儿子。她的两个儿子，一个是英雄，一个在解放军部队当排长。岂可如此处理？最后黄岩县委决定大事化小小事化了。不再提这件事：徐播入徐氏墓园就让他入了吧，反正徐播罪不当死，只因那时的政治需要，不得不如此处理。

徐氏那位民国时期的名实业家徐鑫曾感叹地坐在我树脚下唱道：

昨日花开今日谢，百年人有万年心。

北邙荒冢无贫富，玉垒浮云变古今。

幸名无德非佳兆，乱世多才是祸根。

世事茫茫难自料，清风明月冷看人。

劝君莫作守财奴，死去何曾带一文。

这是没有办法的。一个时代有一个时代的需要。一个时代有一个时代的人物。这个时代过去了，不再需要徐鑫这样的人物了，徐鑫自然也得顺应着时代的潮流而谢幕了。他唱的那首歌，也成了他人生与那个时代人物的最后一首挽歌了。

徐桥长子出生，起名徐漳。

徐桥之所以给他的头生子起这个名字，其目的就是为了纪念我救了他的那条命，婴儿一出第一件事报户口，断了一只手的徐桥，与他母亲金苏芳就坐在我的树身子下商量给他的头生子起名的事情。娘，是我们村门口的那棵大樟树救了我。如果没有这棵大樟树，我怕是七八岁早就死了，也不会入党，也不会成为全县年纪最轻的村支部书记，也不会有这样一个善治家的姑娘与我结婚成亲了。按着我们徐家的辈分，我属木，我的儿子当名中有水。我想给他起名叫徐漳。哪个章？带着水旁的那个漳字。金苏芳当然是百分百的同意。金苏芳说，这个名字不错。河名、江名，山西有漳河，福建有漳江。上善若水。水善下而不争，水有容乃成海，水润物而无声，水无为中成有为。好，好，我的后代子孙若是成江成水，那我们徐氏一门就有福了，如果你爸爸还活着，看到他有孙子了，不知快活得什么样子呢。那时我亲眼看到金苏芳泪水如决了堤的溪水，从她那多皱的脸上，流将下来。

农业部副部长王焕澜亲至徐家村考察。

那时正是六月盛夏，水稻刚扬花。只要你是当过农民的，没有一个不知道：种植水稻，那是最为劳苦与体贴入微的。尤其是那水，多一分不行，少一分不中。一旦有一丝失误，往往就会颗粒无收。王焕澜一来，就在刚上任的县委第一书记吴定福的陪同下来徐家村看。他们二人一是没有人陪护，二是没有人迎送。两个政府官员与当地农民一个样，头戴着一顶大草帽、挽着个裤腿、光着个脚杆，从水田的这一头蹚到那一头，还至刚播下种的秧田去看秧苗。看完了，就坐在我的树身下靠着一边休息一边说事。那天，我第一次见到了那个王焕澜。他个子很高很大，脸方方的，两只眼炯炯有神。我怎么也没想到一个中央级的大官，根本没一点当官的架子。他上下一身穿着打有补丁的老军装，赤着脚与徐桥一起在我的树身子下坐了下来。他们刚一坐下，徐家最后一位九十高龄的老人徐坛走上前来，他非要好好见见台州共产党最大的官是个什么样子。徐坛上来后问，你就叫王焕澜？是。临海人？是。你是中央农业部副部长？是。徐坛说，要按过去论，你可是朝廷的三品大员，你怎么也与徐桥一样光着脚在我们田里转？王焕澜说，我是共产党人，是人民中的一员，不是做官当老爷。徐坛说，怪不得，全中国老百姓这么拥护你们。你们与国民党就是不一样。尤其令我意想不到的是，那王焕澜见徐坛吸着个大烟袋，不知怎么也犯了烟瘾了，想抽烟，王焕澜说，徐老爷子给袋烟抽不？好，好。徐坛立刻给王焕澜重装了一锅烟，递给王焕澜时，徐坛下意识地擦了一下烟嘴。王焕澜一把抢过说，擦什么擦！点着，噙在嘴里，即让徐坛在徐桥身边坐下，一边喷云吐雾，一边谈互助组与连作稻的事情。王焕澜问，改种双季稻最大的问题是什么？徐桥答，两个问题，一是现在的稻种退化，提高不了产量。二是水不够用。尤其是抢种抢收期间，南官河水根本不够灌溉黄岩全县农田。我们周边的八口大水塘全没了水。不得不抽南官河的水，往往一夜车水车到天亮。王焕澜说，我从台州天台走起，一直走到这里，我的想法是不是可以修个大水库，将山区白白流走的水，全部引入南官河，这么一来温黄平原不就有水了？徐桥答，若是能如此，那敢情是太好了。省得我天天为用水的问题做判官大老爷。

国家授徐桥为水稻丰产模范称号。也就从这天起，徐桥正式成为新闻人物。徐桥先是全国劳动模范，后成全国大人代表，最后三次接受毛主席的亲切接见。成为解放后的徐氏家族中的第一个风云人物。徐桥每一次去北京开会，路桥人民政府总是敲锣打鼓地送他走。那时我小，他从北京归来，我亲眼看到他胸前挂满了一个又一个的大奖章。我还看到他拿出一卷长焦卷的大照片，他说他就站在毛主席身后。

是的，是的，徐涛说得没有错。那天，徐桥从北京归来，所有徐家村的人全涌上来。他们要徐桥将劳动模范的奖章给他们看，徐桥就给他们看。他们要看他与毛主席的合影照，徐桥就给他们看他与毛主席的合影照。所有徐家村的人都欣喜若狂。独有徐鑫只是悄悄地看了一眼立刻知趣地走开。徐鑫走时恰与徐坛相遇。徐坛问徐鑫，你对徐桥这孩子荣登龙虎榜，怎么看？徐鑫轻答：人生如同贴春联，今年有春联旧了，老了，要换新的，这叫旧桃换新符。我是老春联，徐桥是新春联。既然新社会将徐桥做成春联贴在家门口，徐桥自然就得让他们做成新对联贴在家门上。反正天下没有不变的旧东西。徐鑫与徐坛这老一辈子人，均见怪不怪的样子。但高兴的却是他的那个母亲金苏芳。那天，金苏芳一边在我的树下点上一炷香，一边对我说，大樟树啊大樟树，你是我们徐家的见证人，我金苏芳将儿子带成这样，我对得起死去的丈夫了。

4

1954年，建设社会主义新中国的热潮一浪高过一浪。解放国民党盘踞的浙江沿海岛屿，成为第一要务。中央军委作出决定，在路桥修建军用机场。

黄岩县一片繁忙。素来有着江南田园风光、安宁且平的路桥，一夜间翻身成为了大工地。时南官区中庄乡八百八十九户村民忙着迁移。时路桥人民不分男女老少，全部统一行动：为铺设飞机跑道而敲石子。那时的路桥十里长街现出了历史不曾有过的大喧嚣：从北头走至南头，到处都响着锤子猛击石头的声音。那时，最为高兴的是那些六七岁的孩子们。他们从生落地那天起，曾几何时看过这等全民大运动？路桥十里长街的那些孩子们，个个快活得如林子里的小麻雀，到处欢蹦乱跳。

路桥中学副校长解冰接到黄岩县委电话：说一位党的高级官员要见解冰。电话中说来人称他本人与解冰是患难时日的生死朋友。时任黄岩县委第一书记的吴定福亲自打电话明确告诉解冰，他要亲将这位高级领导人送至路桥中学，让解冰做好接待准备。那时，金苏芳任的是路桥中学副校长。她的办公桌就与解冰的办公桌面对面。初时，解冰怎么也想不起他有什么患难朋友当大官。接电话后，解冰带着点傻地问金苏芳：我有朋友任共产党高官吗？原南官特委的所有干部与红十三军领导人，没有一个活了下来。我有吗？金苏芳说她也想不起来有什么人当上高级干部，唯一是临海的那位王焕澜，但他与解冰根本不熟。一个多小时过去，吴定福坐着县里仅有的一辆军用吉普车，陪着那位高级干部至路桥中学。那时的路桥中学，四面有护校河，护校河边上种满马樱花树与苦莲树，进出校门的是一座平平的石头桥。车子开不进校园，只可在石桥前停下。车门打开后，下来的不是两个人，而是三个人：一个是县委第一书记吴定福（解冰与金苏芳当然认识）。后下的是两个人：一位是上了一定年纪的男人，一位是长得几可当上那个男人女儿的漂亮女子。解冰亲出校门将他迎进办公室，（那时，路桥中学根本没有客厅）金苏芳上前给这两位贵客倒茶。金苏芳将倒好的茶放在那个上年岁的男人面前，两对眼睛一对接，双方全惊呆了。金苏芳怎么也没想到站在她面前的男人，不是别人，正是她日思夜想的徐志亲生父亲诸葛南平。诸葛南平怎么也没想到给他倒茶水的，会是他过去曾深爱的女人。你活着？当然。我以为——你以为我死了，是不是？我打听你多时，他们全说你走人了。金苏芳很是小心问与他一起来的那位年轻女性，这个姑娘是你女儿？诸葛南平十分尴尬，连忙说，这是我的妻子。金苏方张开的嘴，一下子定格在“O”字上。她不再说什么了，只是借了个由头悄然退将出来。那时，金苏芳的头就如挨了手榴弹一样，“轰”的一声，两眼全发黑。在我的眼中，金苏芳是一个非常了不起的中国女性。当她明白这一切之后，并不向对方发起挑战，只是轻轻地“哦”了一声，给他们三人倒上三杯水后，遂悄然退出谈话圈子。解冰一时不解金苏芳为什么两眼泪水婆娑地往外走，遂进去与那两位贵客直面。直面时，解冰怎么也想不起这位贵客是谁。那位贵客见解冰发傻的样子笑着问：你不认识我了？我确实想、想、想不起你、你、你是谁了。我就是诸葛南平啊。解冰这才恍然大悟。解冰问，这位是——诸葛南平答，她是我的妻子。解冰这才明白，金苏芳为什么泪流满面地离开办公室的原因了。解冰很想告诉诸葛南平，金苏芳是如何盼着他归来的，也很想对诸葛南平说，他的儿子徐志是他的学生，现在在部队任连长。他很想告诉诸葛南平，金苏芳是如何想着那位原台州特委委员、后曾率部分红十三军战士参加新四军的诸葛南平来到她身边与她组建一个幸福美满的家庭。但解冰毕竟是解冰，他知道一切生米做成熟饭，他说什么话全是多余。他只可将如水银般滚至口边的话，咽进他的肚子里。那天，他们只是公事公办地相互问候了一下，立刻将话题岔至他来的目的。诸葛南平告诉解冰：他现在的职务是贵州省省委副书记。他这一次是专程来看一下患难时的老朋友。那天，解冰请吴定福、诸葛南平至路桥中学食堂吃饭。金苏芳避而不见，诸葛南平尽量避开这个话题。吃饭时，诸葛南平问起徐铉。解冰遂将徐铉被逮捕一事告知诸葛南平。诸葛南平听后，那黑色的眉毛皱了一下，对吴定福说，他可是我们革命的有功之臣哪。岂可如是？临走时，诸葛南平偷着避开他妻子与解冰一边散步一边悄悄地说，我怎么也没想到金苏芳还活着。解冰说她一直在盼着你归来。诸葛南平说，我不知打听多少人，全说她让国民党给杀了。所以——解冰说，历史就如同翻过去的那页书，就让他过去吧。诸葛南平说，我对不起金苏芳。解冰说，对不起也没有用了。诸葛南平说，请你转告他，我的那个儿子徐志，我会管。解冰说，这个儿子让她茹苦含辛地养大了，用不着你操心了。你好好的与你那个新妻过你的日子吧，金苏芳不是别的女性，一切她全会挺过来的。

金苏芳来到我的身边，一直流着眼泪与我默对。她对我说，她恨，她恨，在那段生命危险的日子里，是她保护了他，是他先向她求爱，是我将他护送出去，是我将他的孩子拉扯大。你知道吗？为了这个孩子，我受了多大的委曲啊。我不得不将他交给我的父亲、母亲带。为了他，我寻遍所有地方。而现在全国胜利了，他却将我与他生的那个儿子抛入脑后了。你说我恨不恨？我恨不得当时就将他的过去与我发生过的那些事，全向那个女人抖落出来。可我没有勇气这样做，我不能拆散他这个家庭啊。我劝她说，你做得对。吃亏是福，吃亏是福啊。放开手吧。不是你的男人，就不是你的男人。何必在一个男人的问题上，搞得两败俱伤？你帮着别人搬开了石头，也是为自己铺平了道路。我说，别看我是树，我做树的，也有做树的标准。在我们树的眼睛里，树所有的一切“树德”两个字是“1”，所有的其他全是“0”，如果做树德的那个“1”倒了，所有“0”也就变得全没有意义了。你看我们这些树为人类做出了多少牺牲？我们哪棵树不是粉身碎骨为人类取得物质财富？也许是我的心灵第一次与人类的心灵得以沟通，我亲眼看到金苏芳拭了她悬在脸上的泪珠说，大樟树大樟树，你说得对，我决定向你学习，我让我与你合成一体。

在入徐家门的所有女人中，金苏芳是中国特色文化最为浓烈最为善良的一位女性，那时，她完全有权力将她与诸葛南平的一切当着那个女人的面抖落出来，但金苏芳没有这样做，她却将打掉的牙齿和着血吞了下去。没有一定操守的女性何以做得到这一点？

我身边长出一棵能致我于死地的藤。这种藤叫“蟒藤”。这种“蟒藤”是我们大樟树的最大杀手。这种藤别看它与所有的藤一样，是植物，长有一身美丽的绿叶，但它的杀性与恶性如蟒蛇样的十分可怕。它一旦长高，它会将它的根全部植入我的树皮中，将我从地底下吸收上来的水分与营养归为已有。这种“蟒藤”贪婪异常，它会死死地缠着我的树身不放，然后一直爬至我的树冠，遮住我所必需的全部阳光。最后如同一条可怕的蟒蛇一样越缠越紧，让我们这些无法反抗的大樟树全部窒息而死。我的好多兄弟姐妹，就因遭遇蟒藤缠身，最后不得不死掉。别的我就不提了，就拿黄岩县城关镇政府门口的那棵大樟树来说吧，它长得比我还美丽，结果一不小心让那条“蟒藤”给缠住了。她不断地向我求救，可我又有什么办法?最后，我只有看着她一点点的死去。城关镇的政府官员们呢，一头雾水，不知这棵长得好好的大樟树为什么会死掉。最后，他们不得不下令将我那位姐姐与那条可怕的蟒藤一起锯掉。我姐姐与那条蟒藤也就同归于尽了。我初时只知下面有些发痒，不知是什么东西。当我低头一看是条“蟒藤”，我吓得魂飞魄散。我十分清楚，如果不赶紧将它刈除，不出十年，我就走上我姐姐的那条路了。那时，我恐惧得要命，我拼着老命地抖动着身上的叶子，向每一个从我身边经过的徐家村村民们呼救，让他们帮帮我，可没有一个听得懂我的话，全视而不见。我急得一身接一身出冷汗，就在这节骨眼上，徐漳背着个书包，蹦蹦跳跳地从学校里放学回来了。在徐氏家族那么多子孙中，有个现象非常怪。所有的徐氏子孙没有一个人与我在心灵上有沟通，独有这个徐漳却一直与我心心相通。我一呼叫，徐漳那心就动了一下。他不唱不跳了，他背着他的那只大书包在我面前站定。大樟树大樟树你呼叫我是不是你遇着什么难事了我的好孩子你帮我你要好好帮我我帮你你要我帮你什么你将我树身上缠着的那棵藤刈掉吧徐漳说它不是缠你身上挺好看的吗徐漳徐漳你有所不知它们是什么它们是我们大樟树的政客他们卑鄙下流华美的外表下潜藏着恶毒它会将我活活缠死。徐漳到底是徐漳，他立刻去家中拿了一把柴刀，三两下将蟒藤的那根砍断。砍断根后，他起那根扎入我膝理的蟒藤，可那根蟒藤根业已渗入了我的骨头。他年龄小，怎么也扒不下来。就在这时，徐漳的母亲母象来了。她一看儿子这种样子，大吃一惊，儿子，你干什么？妈妈，这根藤会将大樟树缠死的，我不想让我们家门口的那棵大樟树死。你怎么知道的？妈妈，你就别问了，帮我一把吧。“母象”到底是“母象”，她力气大。一用力，只听得“哧啦”一声大响，整根“蟒藤”立刻带着蜈蚣样的百足，让“母象”扯了下来。刹那间，我一身轻松。我心里明白，我终于逃过生死一劫了。

徐桥第二子出生。徐氏家族的辈分，全以金木水火土来排。尽管有落代现象，起名有混乱，好是全出在出五服的徐氏子孙身上。真正嫡系的没有一个敢别开生面。尽管时代在变迁、在兴衰，家族谱系开始淡出历史舞台，金苏芳还是决定从徐漳出生起，所有的徐氏子孙全按金木水火土排列。于是金苏芳将徐桥的第二个儿子起名徐泊。

金苏芳终于从可怕的沉沦中逐渐快活起来。她将她的第二个孙子抱至我的面前，对我说，大樟树，大樟树，我终于从你身上学到了你的精髓，做人当宽容。与人为善，就是与自己为善。你看，我现在有了第二个孙子了。是的，是的，我看到了金苏芳的这个孙子，但对于我来说，对于这个孩子的直觉非常不好，远没有徐漳那种风采与精气神。

5

1955年1月18日，人民解放军在张爱萍将军的指挥下，第一次海陆空三军协同作战。全黄岩县有二千六百名民兵组织了八百副担架支前，两百多人被评为支前模范并立功。一江山岛正式解放。徐桥成支前担架队队长。他率全村一百多位民兵上大陈岛。

黄岩县私营工业企业开始全面清产核资，实行公私合营。按国家赎买政策，对私方股金定股付息。原有人员进行合理安排。金晋南首当其冲地将全部报经营的产业折合资金六点三万余元加入公私合营，厂名更为海门造船厂。路桥十里长街丁氏纺织厂，高氏纺织厂、徐鑫纺织厂合并为一厂，定名为黄岩县公私合营棉织厂。丁、高、徐三人几在同一日正式退出纺织业的历史舞台，让位于新中国新时代的新主人。路桥民丰酒厂，与泽国酒厂合并，更名黄岩酒厂移居于泽国。1931年由卢逊、徐铉、解冰三人初创办时的资本只有十万元，后因经营有方，除主产酒类外，还生产洛泗酱油与原酱。营业额曾达五十二万元。全县名列第一。打从民丰酒厂改为公私合营后，时黄岩县民国政府时浮上水面的实业家，开始如同一块光滑的鹅卵石一样沉入深水区。丁文渊开始做些石莲糊之类的小生意，后又曾养过好一阵的鸭子。路桥人时常看着他与他的长子赶着大群的鸭子嘎嘎地叫着，在长长的南官河边上游动。路桥人无不是带着一点调侃性质给丁文渊起了绰号叫做“鸭司令”。不久，丁文渊病故。徐鑫大门不出、二门不迈，开始在他们家的大院子里养起了鹌鹑。徐鑫天生喜兰花之高品，幽香而不媚俗，则在他家的院子里种有三十多种兰花。那兰花品种之奇特、之丰富，足可开上一个国际兰花博览会。不久，徐鑫病故。

徐鑫的入葬仪式同样在我的树身底下举行。由于时代不同了，一切全不同了，新时代，新风貌。旧人必须谢幕，新人必须登台亮相。旧风俗必须改革，新风俗必须取代。这就叫“沉舟侧畔千帆过，病树头前万木春”。主持徐鑫葬礼的不是别人，就是徐桥。尽管是时的徐桥是台州地区唯一一位见过毛主席的人，但他并不是那种“左”得出奇的人。那天他们徐氏宗亲一起坐在我的树身下商量徐鑫的葬事。时徐家不少共产党员意见是，找几个人将徐鑫抬出去埋了算了，但徐桥坚不同意。徐桥说，政治是政治，人情是人情。徐鑫毕竟是为我们路桥人作出过贡献。尤其是抗日战争时期，他出了多少力啊。我们怎可一朝天子一朝臣，将他所有的功劳全部抹平？问题是，他的阶级出身是资本家。徐桥说，他毕竟是我们徐家长辈。做人得一码是一码，不可因人废言，也不可因言废人。如果有人检举我们，说我们没有阶级斗争观念怎么办？徐桥说，我是村支部书记，我负责。最后，还是徐家人一起做了一个简单与徐鑫遗体的告别仪式，徐桥带头抬起徐鑫的棺材，将他入葬于徐氏墓园。

徐桥第三个儿子出生，起名徐潸。徐桥那个母象般的妻子陈翠花，打从给徐桥生下第三个儿子后，突然如接到上天命令似的，她不再生孩子。也从这天起，婆媳二人相得益彰。常春梅随军后，徐家村原徐锜留下来的三间房子，成为金苏芳快乐的伊甸园，金苏芳白天去路桥中学上班，归来做家务。陈翠花人长得如母象，能干也如母象。她不仅将家里家外捯饬得一干二净，还种了不少园头菜，让他们一家的小日子过得蜜里调油。尤其是金苏芳一下班回来后，三个孙子冲上前来，奶奶奶奶地叫着，让金苏芳破碎的心终于有了一丝甜甜的安慰。

金苏芳率着三个孙子来到我的面前。她让她的每个孙子给我磕个头。徐漳仰着他的四方大脸问，奶奶为什么哟？金苏芳答，别看他是棵大樟树，它可通人性。若是当初没有这棵大樟树接着你爸爸，你爸爸早就走人了，还有你们？这三个孩子十分听他奶奶的话，全部上前给我磕头。别看我活了那么多年，我也终于体会到，人有九十九个坏心眼，只要有一个好心眼放在前面，人就会变好。人即便有九十九个好心眼，只要有一个坏心眼放在前面，那九十九个好心眼就会被坏心眼打入十八层地狱。

6

1956 年，四十七岁的徐铉终于“劳改释放”归家。徐铉原本法院判决是七年，结果是提前释放。十里长街民间传原因有二：一是路桥有人写信向上级反映，说徐铉建菜场是自己出钱，收的费是给路桥中学老师发工资。徐铉收钱并不是资敌，只是为了赎人。龙头王村民完全是出于羡慕嫉妒恨的一种诬告。二是说刘东安、诸葛南平亲自向上级反映，徐铉对革命有着很大的贡献，黄岩法院的这种做法有些过分。我曾采访过徐大先生，所有的这些说法全不存在。大先生对我说，他在乔司农场三年后，即被转送至安徽蚌埠治淮工程总队，他曾立有一个四等功，才被提前释放。立什么功，徐铉在他人生最后的一份自传里没有说明。徐铉归来后的第二天，时任海门中学校长的刘东安，第一个跑到他的家里，约徐铉去海门中学任教。刘东安说，教育之事大如天；你原本是光华大学教授，你教得了大学生，教我们海门中学高中，那还不是绰绰有余？徐铉当即一口答应。但，学校不是别处，以学期为阶段。徐铉归家时是九月初头，中学刚开学，须等到来年夏天才可安排课时。那时，徐铉最大的渴望是，在家中好好地待他一段时间，休整身体、调节心情。打从徐铉父亲徐垠去世后，徐铉正式挑起全家生活的担子，竭尽全力让他的两个弟弟成家，于公于私，他都不曾有过如此大块时间休息过。徐铉当然得待在家中足不出户的好好休息一下。

朱劭去世。享年七十有七。

第七章

1

1957年，发生了两件大政治运动：一是成立高级社。这叫政治管理架构的变革。二是中国共产党从号召人民给党提意见让每一位共产党官员接受人民的监督，改正自己工作中的错误与缺点。这原本是一件天下难得的大好事。由于所行时机不对，最后演变为全国有名的政治事件反右。我一直认为成立高级社的出发点是好的，但我们党所出现的失误是，心急吃不得热粥的失误。任何事物都有个“渐”的过程。这好比是我，我长有两百多年，我才五十米高，树荫范围只有八十平方米的圆面。

我的直觉告诉我，我们国家要大灾来临。那年我结的果子全是黑色的，落有一地。那天，徐桥从我树身下走过。他一看到我生的果子是黑色的，吓一跳，拾起一颗对他妻子陈翠花说，难道我们国家在倒大霉？这话是从何说起？徐桥说，我只是听我徐家的老辈人讲，我们村口的那棵树是灵树。国运兴败它全知道。如果是黄红色的，国家正常。如果是红色的，国家大兴。如果是黑色的，国家要出大难。陈翠花说，你别胡说八道了。新中国成立刚八年，就是一个孩子，还不有个头痛脑热的？徐桥一想也对，哪个孩子在他成长时会不生点病呢？

黄岩县农村所有初级社转入高级社。徐桥正式出任南官农业合作社社长，人称“独臂社长”。

徐氏子孙中有三人为这场反右斗争的政治牺牲品。

第一人是北京某大学时任系主任的徐墻。徐墻，路桥徐氏子孙。徐氏哪一支的，我一直没有调查清。我只知他的家是路桥宋塘一带。他是北京某大学一个较为著名的哲学家。解放初期，蒋介石就决定将他接去台湾，他愣是不去。别看他是个知识分子，他却一直有着知识分子的血性，敢直谏犯颜。党中央与毛主席一提出向共产党提意见时，他十分感动。他对毛主席提出来的“一分为二”与“阶级斗争”有看法，他为此给毛主席上有一书。他在此上书中提出他的哲学观点，单讲“一分为二”是不对的，还得讲“合二为一”。无论是善与恶，对与错，伟大与渺小，魔鬼与女神，正确与错误，全是一个共同体。单讲“一分为二”，会将矛盾绝对对立，与社会现实不符，与中国传统文化也不符。他提出中国的政治，不可专讲马克思列宁主义的斗争哲学，还得讲老子《道德经》中的和光同尘。孔子说的，君子和而不同，小人同而不和。至于中国共产党提出来阶级斗争学说，更是不可取。社会是在不断变化的，一切全在变，只有变才不变。敌人可以转化为朋友，朋友也可以转化为敌人。“阶级斗争”的这个提法，是人为地将人分成等级，人为地将人推向对立面。这种提法一不符“天人合一”的东方哲学思想，二不利于全国人民团结来搞建设。况且政治上的对与错，从来都是相对的。在一定的前提下，对的也会成为错的，错的也会成为对的，切不可将事物绝对化。这种绝对的共产主义与中国文化中的大同社会理念不一致。我们共产党的伟大理想是实现共产主义。既然实现共产主义还讲什么阶级斗争呢？那话说得确实过分了一点。他的公开上书与演讲的言论，在当时的社会上掀起了轩然大波。一下子触及了当时的那个底线。最后，中央公安部不得不下令将徐墦逮捕。别看徐墦是一位很好的老头子，只是平日间性格内向，不轻出一言。但，他却有着台州人地域性格中的血性。自杀那天，他所在的劳改大队所有劳改犯们正在做活。直至现在，我一直不曾搞清这位徐墦，从何处搞到一枚钉子。等到全体劳改犯休息时，他在一处有石头的沙包边不动声色地坐下来，先是摸出他珍藏的那枚钉子对准自己的脑门，后是出手拿起他身边的那块石头，突然扬起手臂，画出一道相当漂亮的圆弧，对准那枚种于自己脑门的钉子，用尽全力砸将进去。那天，值班管理犯人的不是别人，而是徐家的子孙徐铸。徐铸只听到一声凄厉的令人毛骨悚然的惨叫。徐铸大吃一惊，提着枪扑过去。初时，徐铸竭力想救他这位堂叔的小命，然而一切为时过晚。徐铸亲眼看到这个徐墦，脸色一点点变青，最后变成一块黑色石头。待狱医听到徐铸的呼喊，急匆匆赶来时，这位全国有名的大学者徐墦，早已咽下他人生的最后一口气。三日后，徐铸率大队劳改犯出去劳动。徐铸四下打听，徐墦是从何处搞到这枚钉子？其中有一与他同舍的政治犯偷着告诉徐铸：那天，徐墦趁着所有的警卫对他不注意时，从大板车上薅下来的。薅下这枚钉子后，他偷藏在他的口袋里。徐铸一听就发火了，训他，说你这个浑蛋，为什么不报告？对方青着脸回答：人活着如此之难，莫不如让他去死，人一死，什么都解脱了。徐铸很想说，你们是政治犯，不是刑事犯。人有旦夕之祸福，天有不测之风云。你知道国家今后会有个什么变数？你没看出来，我们从来不对政治犯行虐待的吗？那话几要脱口而出，徐铸忽觉不妥，最后硬是将那水银般滚至舌尖的话咽了回去。那天夜里，徐铸整个人如同有大力将他扔入冰窖里。徐铸只觉自己全身发冷，一股寒流从他的脚跟一直渗至他的头顶，有块大石头堵着他的心，让他说不出一句话来。他瞬间发现人性中有着他无法说清的一种东西，这东西，直令他的内心世界一阵阵发颤。

第二人是徐桉。徐桉是路桥徐氏七房子孙，从小聪明绝顶。与徐铸以辈分相论，徐桉得叫徐铸为叔。徐桉是路桥中学学生。石曲徐氏子孙。1951 年考上了北京农业大学。他学的植保。原本他是个从事农业研究的大学生，与政治根本不搭界。但这个徐桉对中国历史情有独钟。1952 年，徐桉在学校即加入了中国共产党。1955 年毕业后，因他表现突出，深受时任中国农业大学校党委与系党支部的青睐。所有毕业后的学生全部分至农业第一线，独有他一人留在农大当助教。时任中国农业大学校长的不是别人，而是台州临海县出生的老共产党人王焕澜。王焕澜可是我们台州七县中唯一的一位老资格的革命干部。从江西苏维埃政权成立时，他即出任农业部部长。后一直跟随中央工农红军走过万里长征到达陕北。初时，他一直在中央农办任副主任，后因农业是国家的重中之重，民以食为天，如果粮食搞不上去，全中国的老百姓就无法有好日子过，共产党的政权也别想安稳。中央考虑再三，将他调至中国农业大学任校长兼党委书记。中央号召给共产党提意见时，徐桉一直在中国农大当助教。初时，中国农大的那些教授们，全是搞农业研究的专家。让他讲苏联米丘林的学说，头头是道，对政治之类的事情却一窍不通。他们专注的研究是如何让玉米、水稻、大豆、土豆等粮食作物有所突破，解决中国人地少人多的吃饭问题。他们满脑子想的都是粮食与粮食。吃饭问题不解决，要他们农业大学做什么？提意见运动一起，全校老师们大开闷会，没有一个上台发言给共产党提意见。一坐下来开会讲的就是粮食种子的培育问题。王焕澜一看，这怎么行呢？这可是党中央毛主席的伟大号召，我们岂可一点也不行动？这与党中央的又红又专的要求不符合啊。这就召开各大系的党支部书记开会，要求各大系党支部书记动员一切可以动员的力量，响应党中央与毛主席的号召，给共产党提意见。系主任无奈之下，只有动员路桥解放后的第一位农大学生徐桉。那徐桉，一是年轻，二是对党特别忠诚。既然这是党交给他的一个任务，他怎么可不听从党的安排呢？他接了这个政治任务后，他坐在那里左想右想，共产党当下存在什么问题呢？最后，他一下子想到了共产党存在的问题不少。如当下的县级领导成为军人俱乐部问题，如大批干部解放后成为陈世美纷纷与发妻离婚问题，如第一把手说了算的问题，如处理社会矛盾只有长官意志而没有按法律办事问题，如做官当老爷问题，如胜利者生活开始堕落腐化问题。他越想，勾起来的问题就越多。于是，他精心准备了一份发言稿。那发言稿和题目，就叫《共产党内部存在的封建残余》。他写完后，特意将他写好的文稿送给系党支部书记看。系党支部书记看后，觉得他写得十分剀切，批了两个字“同意”，于是就安排这位徐桉上台发言了。这一发言不要紧，所有老教授们的话柄全打开了。给共产党提意见的局面一下改变了。从沉寂变成沸腾了。但这种沸腾只过有半个月，整个政治局势随之急转直下了。公安部门不得不对这些极右言论的人，实行无产阶级专政了。这一施行，徐桉刹那间成为了箭垛子。徐桉被逮捕了。徐桉一逮捕，时任中国农业大学党委书记的王焕澜受不了。他十分清楚徐桉是如何依据党组织动员，让他上台发言。尽管那个农大的系党支部书记吓得灵魂出窍，但王焕澜没有。王焕澜立刻给毛主席上书，说我们的党，说话得算话，怎么可以如此反复无常呢？你王焕澜作为一个大学的党委书记，怎么可不与共产党的步调一致呢？那好，你也跟着下去吧。虽然没有被逮捕入狱，但撤销一切职务，削职为民。徐桉则被分配至黑龙江建三江生产建设兵团（过去此地就是大清帝国时的那个“宁古塔”）。接收他的监狱恰恰是从朝鲜战场归来的志愿军改编的劳动农场警卫部队。接徐桉的恰恰又不是别人而是徐铸。徐桉一来，徐铸就知道他与他是同宗堂侄。（据说他与徐桉间的关系没有出五服）他有心想帮自己的堂侄一把，但他那时只不过是建三江劳改农场的警卫大队中的一中队副中队长。他说了不算不说，且心有余而力不足。明帮，他不敢，怕引火烧身，说他阶级立场不坚定，他只可暗帮。比如安排劳动时，让他轻一点。比如，他怕他被别人所欺而不让他与刑事犯人住在一起。而徐桉性格上最大的毛病就是刚烈，一点委屈他都受不了。服刑后的第八天，他即与劳改大队的中队长，在管理与被管理上发生了冲突。中队长怎么也没想到这个政治犯，会如此的不听调不说，并敢当着那么多政治犯的面，顶他的嘴。他天威盛怒中，下令关徐桉禁闭。徐桉是个眼中容不得一点沙子的人。他做人有他做人的信条，即是宁可站着死，也不愿跪着生。徐桉自杀那天，凑巧又是轮着徐铸带班。那时劳改大队所谓的禁闭室，说白了，只不过与狗窝差不多大小的地方，约有一米高的一个小地洞，人关进去后，只可盘着你的腿坐在那里，你想站也站不起来。时徐铸换岗不出三分钟。徐铸特意整了一点稍好的饭菜，让另一位代号0019的给关禁闭的徐桉送去。0019刚一去，遂上气不接下气地跑过来向徐铸报告，说那个关禁闭的犯人徐桉吊死了。徐铸根本不相信这是真的。因0019这个家伙好苦中作乐的捣个蛋什么的。徐铸说，你可别谎报军情了。你想想，他所关的禁闭室，往多里说只有一米来高，上面全覆有土，哪有什么可容他拴绳子的地方？想让他上吊自杀也没这个可能啊？当心上头知道，又罚你一个死去活来。0019立刻向徐铸立正，敬礼。一脸郑重地回答：报告副中队长，真的，我不撒谎，你自己去看一下好了。徐铸一听，0019说得句句是实，提着枪跑到禁闭室，伸头一看，徐铸刹那间傻了眼了。天哪，生命这东西真怪，说坚韧比黑土地上长的小草还坚韧，说脆弱简直比一张窗户纸还脆弱。做人真是死比活还容易！尽管这禁闭室只有一米高，但挡着进出的那门却是用木头做成的栅栏架子。这个徐桉居然是解下了他自己腰间的那根裤带，在那木栅栏子上做了个活套子，拴定自己的脖子，然后用尽他的全部力量往后这么一仰，如此一个简单动作，居然将他自己吊死了。徐铸立刻喊来狱医。狱医立即打开栅栏门，将徐桉拖出。一验正式死亡。狱医说，中队长，徐桉死有半天了。大队长领导与中队的监管人员闻声全跑来看了。那时徐桉所现出来那个样子，令所有在场者毛骨悚然：他那嘴，张得大大的，形成了一个大黑洞，伸出来的舌头又长又黑，上面粘有灰土。整张发黑的面部如一块棱角分明的石头。那时，徐铸深觉他不应当如此将自己的生命解决掉，但上帝下令收他的生命牌了，你又有什么法子呢？天下哪有不死之人呢？只不过死法不同而已。时别的同志们都不敢上前，徐铸不能不上前，他毕竟是他的同宗子侄啊。徐铸遂动手将他放平在那块黑土地上。将他放平后，徐铸拿着狱医签发的死亡证明，向大队长报告。大队长先随徐铸前来看了一下，瞅他脸上所现出来的样子，犯人的自杀对于他来说，早已司空见惯。看后，大队长下令，让徐铸找上几个犯人将徐桉抬走。徐铸立刻将徐桉抬至离建三江劳改农场并不远的一处桦树林里，亲自挖了一个大坑将徐桉埋了。埋后，徐铸特意做了一块木牌子，提起毛笔，在那块劈开来的木牌子上写上一行字，徐桉，男，浙江黄岩县路桥人。中国农业大学讲师。写完了，徐铸动手将牌子钉在他坟前。可徐铸的内心世界有着无法割舍的凄凉感：一个活生生的人，就如他脚下的那只在地上爬动的虫子。我们有意无意地往那虫子上踩上一脚，那虫子的生命遂让那可怕的鞋底给碾得影踪全无了。

第三人是徐滨。徐滨是个老犯人。徐铸随部队来接管这个建三江劳改农场时，徐滨就已经在建三江劳改农场了。若是按辈分论徐铸得管他叫太太公。因为他那个水字辈是上一轮的金木水火土。全路桥徐氏只有他一人。他留学过日本。日本留学归国后，经路桥杨晨介绍，来至溥仪身边任日语翻译。溥仪在沈阳成立“满洲国”时，徐滨为翻译官。他一直紧跟着溥仪。溥仪去苏联，他去苏联，溥仪从苏联归来，他跟着归来。他可以说对他的主子铁杆忠诚。溥仪入狱时，他也跟着入狱。徐滨自杀时，徐铸只不过一副中队长。他根本不知道这位代号0028的年龄差不多八十岁的老犯人，是他的不出五服的太公头。那时，劳改大队所有犯人都没有名字，只有数字代号。某某几号，某某几号。只有他服刑期满正式出狱，那名字才可得以重新恢复。监管中队点名时，光喊号。喊着什么号，什么号的人就得应答。那时徐滨在所有犯人中，一因年纪最老；二因人长得特别瘦；腰一佝偻活似我们家乡那根晒干了的虾狗弹与鱼鲞烤；三因他的头发，花白得如开了的一丛芦花；四因他那双眼，无光彩无气神，与其说是人眼，莫不如说是死鱼眼；五是这位徐滨老弱不禁风，平日间或是走路或是做活，只要有阵风刮来，他的全身骨头仿佛就会彻底散架；六是他原本就可出狱了，由于反右运动一起，不知为什么上级一直压着没批。尽管建三江劳改农场管理极严，但监管人员并不是所有的人全部凶神恶煞。劳改大队也并不是一片黑漆如地狱，多多少少有着通人性一面。那时，劳改大队的领导们，考虑徐滨年事已高，关在这里服役的年头也是很久了，只要上面一批复，他就可以出狱了，遂对他网开一面，不再叫他参加开荒、种植，只是让他架上一挂老马车送粪、喂个马什么的。那时，劳改大队全体人员全部住在那片长满桦树林的集体监舍里。独有他一人住在一个大马厩边。在黑龙江的北大荒，用得最多的牲口就是马。马是黑土地上唯一代步工具。马既可当坐骑又可拉车，用场很大。他们喜欢赶着大马车出行。每一出行时，他们总好在那车板上铺一块羊毛毡，一家大小坐在大马车上，车后面跟着一条狗。有时天还不亮，他们就能听到那赶大车的老板子，得意洋洋地将他手中的鞭子甩得噼里啪啦响。那时，黑龙江省康拜因、拖拉机与机械轮子车还没有普及。无论是建三江生产建设兵团，还是劳改大队，所有的运输工具，差不多全是马。我曾经就他们三个的死亡事件去过黑龙江面见过徐铸，徐铸说他也无法说清当时他的这位太公头徐滨是因年老无力驾驭大马车呢，还是他赶的那头马与他一样上了年岁，开始不听他使唤。那天，他去载谷草时，上了高坡往下坡走，他赶的那挂装满谷草的大马车翻了车。这一翻车，不要紧啊，损失不少：那三匹马的马上腿全压断了。整个车上载的谷草全散落在地上，车子的四个轮子全朝着天。时分管后勤的分队长见后，十分生气，劈头盖脸地狠骂了他几句。也许分队长性子急，骂出口的话难听，口中带有一句，你这个老不死的，这点活也干不成样子，出狱之后，我看你回老家去，怎么活？也许就因这句话，勾起了他心中最大的一段隐痛，也许因这句话让他想起自己关了那么多年，居然在沈阳时交往的那么多的红颜知己，没有一个来看他，也许他想起自己与那么多女人同居过，居然没给他生下一男半女，也许他想起自己的老家没有一间房子可容身，也许他想起杨晨初时让他荣宗耀祖，结果是适得其反。一时悲从心中来，徐滨由是动了他的自杀之心。徐滨先是躺在给马铡草的铡刀上，自己铡自己；一因他上了年岁，二因他力气太小。不要说是一个缺力少气的老头子，就是一个身强力壮的年轻人要想自己铡死自己也是一件困难的事情：问题的关键是用不上力啊。徐滨只给他自己铡开了一道口子，即发现自己无法用这把铡刀铡死自己。一个人想活是难上之难，一个人想死，那还有什么不容易？徐滨翻个身子爬起，解下自己的裤带，将自己吊在门框上，再次用尽全部力量往下死坐，才好赖将自己坐死。由于那马厩极其孤独地搭建在离监区和警卫宿舍约百来米远的地方，由于徐滨的特别行动队只有他一人，谁也不知道徐滨早已驾鹤西游。直至那天下午下班时，有人去水房打水时这才发现。那天晚上，徐铸他们中队全体警卫正在吃饭。报告来了，徐铸大吃一惊，立刻端着碗从食堂里跑出去看。展现在徐铸面前的这位太公头自杀的样子惨不忍睹：胸前裂开一道大口子，鲜血顺着裂口还慢慢在往下流，许多地方的血都已经凝结成块。在悬有尸体的大门边，那一架铡草的大铡刀与木质刀架上全是发黑的血块。徐铸差不点将吃进的东西全呕出来。可那些老警卫们呢，不知为什么他们的心竟如此的冷漠，居然能毫无表情地一边吃饭一边看死人。瞅他们所现出来的那种样子，死个人在这里只不过是一桩极其平常的小事。中队长更不必提习惯性地对徐铸挥了一下手说：大家吃吧，吃完了我们再处理。饭吃完了，中队警卫动手了。警卫们在附近戈壁滩上挖个坑，将徐滨抬进坑里，埋毕，当时即将那土推平，没留下任何标记。最后，还是徐铸找了一块木板，提起毛笔写上：徐滨，浙江黄岩县路桥，毕业于日本早稻田大学，原溥仪翻译官。自杀。年七十有四。

尽管这三个人，从来不曾与我见过面，我作为徐家村的历史见证人，我也不知道他们长得什么样。原因是他们一直在十里长街住。我是树，我有我的局限，我不知他是属于徐家的哪一房、哪一支，哪一派，但在1976年，徐墡与徐桉平反的时候，他们的家人曾从十里长街来至徐家村，找到时任南镇副书记兼徐家大队书记的徐桥，商量他们如何将徐墡、徐桉的骨殖迁归路桥一事。当时他们就坐在我的树根上商量。徐桥独着一臂坐在那里吸烟。徐桥说，他们二人的骨殖埋在什么地方，只有徐铸一个人知道。现在徐铸本人犯罪，正在服刑，不知我去了之后，黑龙江劳改农场的领导会不会同意？徐墡与徐桉的家人们说，你是全国人大代表，你一出头，还有不同意之理？况且，他们二人业已平反，那些做官的决不会如此不通情达理吧，徐桥一想也对。于是同意带徐桉、徐墡两人的家人去一趟黑龙江建三江劳改农场。他们是如何去的，我一无所知。直到三十天之后，徐桥带着三个放在盒子里的骨殖归来。按着那时的风俗，在外面死去的人的骨殖不准进村子。于是他们将这装在三只盒子里的骨殖，全部一字排开放在我的树身之下。就在这天，他们徐氏族上六个头面人物全部集聚于我的身边开会。我这才知道，徐桥凭着他那个全国人大代表与那两份平反红头文件起了关键性作用。那黑龙江建三江劳改农场的官员十分通情达理，立刻下令让两个军警押着徐铸，出来带路。由于徐铸任副队长时多长了一个心眼，分别给他们立有一块树碑。尽管那树碑上的墨迹有些模糊，但终能辨认出来。最后，是徐桥与徐墡、徐桉的家人们，将他们二人的骨殖挖了出来。至于那第三具骨殖不是别人的，而是徐滨的。提出将徐滨骨殖带回去的不是别人，而是一直在服刑的徐铸。徐铸对徐桥说，小桥，你行个好心，将徐滨的骨殖也带回去吧。论辈分，我得叫他太太公。初时徐桥有些犹豫，因为徐滨的定性是汉奸。徐铸反驳说，溥仪都大赦了，他只不过是翻译官，你们就为什么不赦一赦？你让他一个孤魂在此做野鬼，我们徐氏子孙于心何忍？中国人哪有落叶不归根之理？别看徐铸犯有事，但徐铸这一言，却深深打动了徐桥。徐桥一听，有理。遂与徐铸二人一起，将徐滨的骨殖挖出来，放在一个小木箱子里装了。然后，他们将这些装有骨殖的箱子当成行李，就这样一路过五关斩六将，偷偷摸摸地将这三个骨殖当成行李带了回来。就在徐家子孙们决定将徐桉、徐墻骨殖埋入徐氏墓园时，徐滨的骨殖埋在何处的问题，成了他们徐氏族人们的焦点。别看徐氏子孙那时候，做什么的都有，也别看那个时候，进入了改革开放的时代，也别看那时候，各种思想与学说，全都粉墨登场，但徐氏人一直坚守着徐氏人的底线。徐墻、徐桉没问题。问题是出在那个徐滨身上。徐滨定的性是汉奸。我们徐氏以仁度礼智信为做人标尺，以忠孝为处世底座。况且祖上早有定议，凡有叛国行为者，岂可入徐氏墓园，接受徐氏后人的祭奠呢？有说，不行，也有说行。说不行的，祖上有规矩不可破，破了以后，今后无论什么人都可入墓园了。有人说行，理由是人死了一了百了，何必再计较？那时，徐氏一族说了算的是徐桥，他们全拿眼睛看着徐桥，要徐桥拍板定谳。徐桥到底是徐桥，见多识广，有主意。他说，我们对徐滨这个人要一分为二。当初，他从日本早稻田大学毕业，是杨晨介绍给溥仪的。现在溥仪这样的伪满洲皇帝，我们国家都大赦了。我们也可赦他一下，但惩罚不能没有。我的意见是，他入我们徐氏墓园，但他的碑是黑碑。警示我们徐氏后人，做人得有底线。忠诚可嘉，但不可愚忠，良心底线与道德底线不可破。最后，徐氏六个头面人物全部同意。如果你不信，你可以去徐氏墓园看一下，所有的墓碑全是原石原色，独有徐滨的墓碑是全黑白字。上面清楚地刻着：伪满洲国翻译官徐滨之墓。

徐铉次子十七岁的徐梓高中正式毕业。是时的徐梓，是个“有理想，有抱负，有志气，有才华”的四有青年。是时的徐梓，做梦都想着考大学，想与他父亲一样，以科学报效国家。但终因家庭出身问题考不得大学。那时，政审上的要求十分严苛，不管你多么优秀，多么有天赋，只要你的家庭出身一道门槛过不了关，一律拒之门外。中央政策如此，身为路桥中学校长的解冰又能有什么办法？时与徐梓同年的许多路桥中学高才生，全与徐梓一样失去上大学机会。那个时候的徐梓啊，那心如同戈壁滩上的那一片无际荒漠，绝望中夹杂着无奈。他在心里头一直怒绽着梦想，全成了一片虚拟的海市蜃楼。

徐梓坐在树下与徐桥说起此事，他的心头在滴血。徐桥劝慰徐梓说，我们国家当下政策如此。我们全是小白人，又有什么办法呢？微不足道的小人物何可与国家政策对着干？人改变不了社会现实，只有改变自己。徐梓不得不一脸乌云密布地回至家中。

徐梓想出去谋生，但遭父亲徐铉的反对。

徐铉自徐梓出生后这么多年间，第一次找他儿子徐梓坐在我的树身子底下谈话。谈话时，徐铉将他在光华大学化学系所有化学物理及数学类的教科书放在他儿子面前，凭着他的阅历、学养、识见，对他儿子说了下列一番话：一、国家要想国富民强，这种政治折腾决不会太久。二、一个民族若是没有文化，是民族的悲哀，如果有文化而不知继承，这是民族的绝望。三、人必须自立，自强。好比是我身后的这棵大樟树，只要它没有被连根拔起，它总得发芽、结籽。就是倒下，也得倒出个风度来。能打倒你的只有你自己，能拯救你的也只有你自己。四、机遇总是为有准备的人准备的。一个人要想立世，为人所重，必须要有德，要有别人没有你有的看家本事。五、任何事情均有其正反两面，有些事看来是好事，实则是坏事，有些事看来是坏事，实则是好事。我们徐家不能出自暴自弃之人，倒老祖宗的牌子。徐梓带着点委曲地说，不是我不读书，而是政府讲阶级成分不让我读。徐铉说，你相信我，这种人为的阶级划分，早晚得取消。当下国家政治不让你读大学，自有国家的政治原因。你自己不可放弃自己不读书。打从父子二人这次历史性的谈话后，徐铉很快地在他自己的家里建起了第一个家族化学实验室。开始一边搞实验，一边教儿子学大学的全部课程。

若干年后，我与徐老太公见面。徐老太公对我说，他怎么也没有想到自己没有机会在大学教书，却有机会给他的儿子教书。徐铉的次子徐梓，怎么也没有想到，自己没有机会入大学读书，却有机会成为父亲的学生。

徐志从部队转业任路桥镇副镇长。因没有房子，徐志的妻子与他儿子徐瀚不得不暂住在徐桥家里。

时徐志一直与他的妻子感情不和，不回家是常事。徐志的妻子一直躲在她的房间里哭。有一天，我亲耳朵听到陈翠花发现徐志妻子在哭，她立刻上前问，你丈夫现在在地方当官，官做得比我徐桥还大，你成了太太了，还哭什么哭？徐志妻子说徐志不回家。回了家了也不与她来那事。她怀疑徐志当官变了心，怕是外面有女人。陈翠花一听就火了。陈翠花绰号是"母象"，做起事也真如"母象"。她一下子跑到路桥镇，当着那么多人面，质问徐志，你为什么不回家？你他娘的是不是当了官了外面有别的女妖精了？徐志答，没有。没有？你为什么不回家？我对男女那事不感兴趣。放屁。陈翠花将她的两只手往腰上一叉说，富贵生淫欲，贫贱起盗心。三十如狼，四十如虎。就你这种男人正是如狼似虎的时候，没有？就我那个断了臂的男人，新婚第一夜与我来三回。你这他妈是糊弄谁啊？我告诉你，我陈翠花可是天不怕地不怕的人物。天下没有不透风的墙，你不归家可以，可别让我逮着勾引你那个女妖精。如果让我逮着了，那你就瞧好吧！我非将你这顶乌纱帽撸下来不可。说也奇怪，当天，那徐志乖乖地归至家中。喜得金苏芳对解冰说，真是卤水点豆腐，一物降一物。我们家出了个活如来了。

2

1958 年，大跃进之风开始兴起。凡经历过那个年代的南官人没有一个不知道，这是一个激情冲动下失去理性的浮夸时代。两三根稻头接在一起，说是他们种的大稻子。谷仓下面铺稻草，上面再堆上谷子，说是“粮满仓”。将几亩田的稻子合并在一起，然后公开宣称：他们生产队的水稻亩产达上万斤。

路桥小学学生开始全面出动，打麻雀、老鼠、苍蝇、蝗虫，说是“除四害”。

路桥中学学生，居然用泥与砖修起小高炉：说是用木柴可以炼出铁来。

全国双铧犁技术研究会在黄岩县举行。国家农业部部长廖鲁言到会讲话，全县发了狂似的实现农业机械化。最后，被实践证明双铧犁根本不能用。两千七百多部双铧犁全部变成一堆生满黄锈的废铁。

黄岩县全面彻底的贯彻中央关于全党全民大办地方工业指示：全县总动员，以疯狂的速度与热情大兴工业。全黄岩县一夜间办起四百一十六个工厂。

路桥第一家药厂终于办成。这个厂的地点，即设于原陈德利聚记木材场。办药厂可不是闹着玩的，一要实力，二要科学。然而，在那个充满着激情的时代里，人们误以为感情可以解决世界上的任何问题。热情高得昏了头的各级干部，根本没有考虑“自然规律”与“科学规律”八个字，只求一个发展大速度。仿佛只要将全国人民的热情点燃，就可将中国一穷二白的面貌彻底改变，成为世界第一强国。然而愿望终归是愿望，它绚丽多彩；但现实总归是现实，它残酷且无情。这个大药厂刚开办有两个多月，因不懂行，因化学反应，引起场冲天大火，最后将这座刚开办起来的药厂变成一块焦黑的废墟。路桥领导干部们决不在失败面前低头，决定重办一个化工厂。就在这时，路桥土生土长的那些政府官员们，终于明白外行领导不了内行。没有行家里手，科学这东西决不会随着人的意志而转移。于是，他们想起了抗战时有名的“化工之父”徐铉。徐铉现在干什么？因组织上不同意他去海门教书，待在家中教他儿子徐梓读书。何不请他出山？路桥镇领导立刻集体作出决定，请徐铉出山。

路桥领导来至徐铉家，将他们来的目的与徐铉说。徐铉不曾有半点忸怩，一口答应。那时所发生的一切，全应了徐铉对他儿子徐梓说过的话：做人想要为世所重所用，必须要有看家本领。1986 年，徐老太公与我见面时谈起此事说，他说他一是实在太喜欢化学了。在他眼里那化学如同魔术家变魔术，有着无穷的魅力。二是徐老爷子确实想利用自己所掌握的学识，脚踏实地地为国家为民族做些事情。三是路桥药厂一开张就被烧成一片白地后，他曾亲眼看到大火起后的那副惨景。他说他眼睁睁看着国家与人民的财富，因胡吃海菜而化成一蓬烟。科学就是科学，科学从来是一把双刃剑，它给人类社会带来极大利益的同时，也给人类社会带来不可估量的灾难。瞎干，盲干，只会带来毁灭性的大灾难。四是路桥此举可兴地方工业、可解决黄岩城镇居民的就业问题，受益于乡梓。我作为一个中国本土性知识分子，我做人自有着我做人的良知与道德底线。国家如何对待你，这是国家的事情，你如何对待这个国家，这是你的良心与道德。徐老太公由是决定去黄岩县化工厂上班。时黄岩县化工厂即建于路桥的石滨山脚下。徐铉至厂后，毫不保留地拿出他在家利用没有安排工作那段时间研究成功的三大产品：一是从玉米芯提炼成的糠醛产品（其质量达国内先进水平）；二是从橘子皮中精心提炼出来的橘子香精（南官是全国有名的橘乡，有的是蜜橘皮）；三是 BPC 柏木油。他一上任，三大产品正式投产。《黄岩志》明确载：黄岩县化工厂的产值一下子达八百万元，利润一下子达一百三十万元。超过所有时建的五十多个化工厂。

3

1958年9月30日，全黄岩县撤乡建人民公社。那时，黄岩全县有七百七十七个高级农业合作社，一夜间升级全部变成了人民公社。

黄岩县长潭水库正式建成。

黄岩县小高炉生产出来的上千吨钢与铁，全部变成无法可用的大废品。我做调查时，有一位路桥老人评论说：什么叫好心人办坏事？这叫好心人办坏事。什么叫欲速而不达，这就是欲速而不达。钢铁如果这样就能炼出来了，还要科学做什么呢？

徐桥出任南官公社社长，人称“独臂社长”。

黄岩县各条战线开始打擂台。尤其是农村干部与干部之间打擂台，几成必修课。那些跑到台上去的农村干部，上台表态的调门，一个比一个高。其中一个说亩产达万斤，徐桥在台底下冷笑说，连稻草一块称了吧。就此言，有人立刻将徐桥的话反映上台州地区工作队。地区工作队一听，什么？你这个家伙，敢说这话？你还叫共产党员？还叫人民公社社长吗？不行，不行。这是我们革命道路上的一块绊脚石，必须搬走，必须搬走。地区工作队队长当时就站在擂台的台上下令：撤掉徐桥高级社长职务，保留徐桥徐家村大队书记职务。

整个徐家大队社员们全在我身边围着徐桥。大家七嘴八舌地问徐桥，你就这样让他们给撸下了？徐桥答，对，我就这样给撸下了。徐家大队社员们说，中央怎么啦？是不是犯有神经病啦？这么大的一个谎言，他们能信？徐桥说，我想中央大概是急于求成吧。村民们说，这么大的一个国家，这么一个一穷二白的社会。怎么说成什么样，就能成什么样？这不是做白日梦吗？树得一点点往上长，人得一岁一岁往上加。饭得一口一口吃。一个大个子，也不是一天吃成的啊。我很想插嘴为我救下来的那个徐桥说几句公道话。可我毕竟只不过是一棵树啊，我说的话，他们人类何以听得懂呢？

人峰山燃起一片大火。那大火烧得相当可怕，整个人峰山成了名副其实的火焰山。

我是这场致命大火的见证人，我是亲眼看到那火是如何从高炉中延出来的。那火烧得十分可怕，从人峰山脚下起的火头，先是那么一点，后是一片。一成片，那火势就控制不了了。一层接一层地往上烧，大火很快的就漫漶成片。那黑滚滚的浓烟一直在山顶上结成一片厚重的黑云。数不清着了火的鸟儿，一头从高空自动栽入烈火中。其中有一只鸟声嘶力竭地发出最后一声呼喊：人啊人，你怎么如此瞎折腾啊，你灭了我们，你们还活得下去吗？我听到我的那棵长在人峰山顶的孩子在那里叫救命。我抬头一看，山上所有的松树杉树柏树全部成一片火海。烈火四面包围着我那个孩子，然而我没有一点办法，只有瞪着两眼瞅着，好在驻黄岩部队与全县民兵全部出动，在牺牲八名解放军战士的前提下，终于将冲天的大山火扑灭了。我人峰山上的那个孩子虽然烧焦了半个身子，好在没有伤筋动骨，终于顽强地活将下来。那天，人峰山顶的孩子流着眼泪问我，妈妈，他们中的是什么邪啊，他们将我们全部毁灭掉，他们还有生存的家园吗？我回答，孩子，你就挺着一点吧。真正教育他们的并不是教科书，而是铁的现实。他们终会有一天认识到残害我们即是残害他们自己。

在那段激进的岁月里，我们国家的农村，全方位地施行组织军事化、行动战斗化、生活集体化。但理想从来与实践是不相符的。北极光虽然炫目可人，但现实生活却是充满着血腥的残酷。老百姓生活，讲的是开门七件事：柴、米、油、盐、酱、醋、茶。共产主义生活人人向往；但人类自私的基因早就注定不是一口气、一道政令、一个形式即可实现那个共产主义伟大理想，饭得一口接一口的吃，路得一步接一步的走，事得一件接一件的做。这叫做万仞高山起抔土，无垠大海源涓流。太阳光太强只会将所有的生命活活烤死。全县建有两千四百多个大食堂：除少数一直住在深山冷岙的零星社员自己有锅有灶做饭外，所有人民公社社员与城镇居民全部入食堂吃饭。《黄岩志》明确载：因无计划用粮与人性的贪婪，这种大食堂办了不久，人们不得不以粥以瓜菜代过日子。时浙江省人民政府因黄岩县年年高产，年年放卫星，误以为是真，遂上报虚假数字。由原七万一千六十二万公斤的基数，急跃至九万五千一百一九点五万公斤。高于原公粮基数字的三分之一。

徐桥硬着他的骨头，向黄岩县委报告由于浮夸带来的四个致命大问题：一是说这是无视于民生。二是所谓的大跃进，跃而不进。三是上下干部全部在做假事说假话唱假戏。四是民不聊生，徐桥那胆子实在是够大的，结果，书一上，上面下了令，撤销徐桥所有职务削职为民。原本，地区工作组打算开除徐桥出党，但黄岩县委借着徐桥是全国劳动模范，与毛主席合过影，地区工作组久经考量，最后给徐桥留下一手，保留徐桥党籍。徐桥一夜间从一位功臣，变成了举白旗的大将。气得徐桥将所有当劳动模范得来的奖章，打成了两个金戒指，分给他的妻子与弟妹，一人一个。

金苏芳就站在我的树身子底下，恶着声批评她的儿子徐桥。金苏芳说，烈日带来光明也带来杀伤力，大雪让大地冰封，他让所有害虫毙命。新中国成立才九年，就人来论，只不过是孩子。哪个孩子学走路，有不摔跟斗的时候？想当初，你爸热血贲张非要上黄埔军校要去抗日，想拦都拦不住。一个刚建国九年的新国家，所有管理经验不得一点点摸索着走。徐桥说，妈，你是教书先生，你的知识当然比我多，可不能老是这么一左一右的往前走啊。我十分清楚地听到金苏芳说有一句经典名言：你看海上哪条船，不是一左一右簸着走向前的？就拿对面的那座人峰山来说。它让火烧了一把，树毁掉了，可多少病虫害也就没了？自然界如此，人类社会也如此。一个不生病的社会，那有什么免疫力？徐桥睁着大眼睛看着他母亲，然后对母象般的妻子陈翠花说，阿花，你看到没有？我妈成了哲学家了。陈翠花说，若不是如此为什么老话说老话好做药？同在这天，徐铉、徐梓父子二人，带了一瓶子酒与一只烧鸡，约徐桥出来。他们三人一起坐在我的树身下一边喝酒吃烧鸡，一边说话。徐桥知道徐铉与徐梓来是安慰他的心。徐桥说，阿叔，你放心，我徐桥没那么脆弱。徐铉说，你挺得住我就高兴了。政治这东西说不好说也不好说。只有利益调整，没有是非与对错。自古以来，福无双至，祸不单行。三十年河东，三十年河西。说不定哪天，一切都会改变。徐梓说，共产党的宗旨不就是两句话吗？一是“为人民服务”，二是“实事求是”。中央领导人怎么会昏了头？将假的说成真的，将真的说成假的。徐桥说，阿梓，你别再胡说八道了。赚吃是嘴，赚打也是嘴。隔墙有耳，当心有人举报你，将你坐班房。徐梓一身正气凛然地答，坐就坐。我就不相信，共产党会如此胡吃海菜，自毁长城。徐铉摆了一下手，不让他儿子往下说。徐梓说，汤武以谔谔而昌，桀纣以唯唯而亡。我也想不明白，共产党取得真正的胜利才九年，怎么想一口气吃成个胖子？徐桥说，好了，阿叔、阿弟，你们是来安慰我的。我心里清楚。这些事，我们不说了。喝酒，喝酒。徐铉、徐梓、徐桥三人一起边喝边说。就在酒过三巡时，徐桥对徐铉、徐梓说，我母亲一天不如一天了。看医生费用挺大。我家现在无力承担三个孩子读书的费用了。我想让大儿子徐漳辍学种地。徐铉坚不同意。徐铉说，我知道你没钱，你妈的那些嫁妆全办了学校了。我们也是为这事来的。解冰跑来对我说，苏芳告诉他，她的孙子不想读中学了。我很吃惊，问为什么？你妈说，缴不起学费。这不行。现在是小学四年级，再过两年徐漳就小学毕业了。你怎么可说下就让他下了？读书学费不够，你怎么不与我说？政治上的事情，我帮不了你。学费这点忙，还是帮得起的。徐桥说，徐漳不是块读书的料子。徐铉说，就不是料子，也得让他初中毕业。有田不耕仓廪虚，有书不读子孙愚。要好儿孙须积德，欲高门第快读书。你知道中国今后会变成什么样子？一个小学生今后能做什么？如果当年，你娘不咬尽苦肋让你读书、参军，你这个社长当得了？上面发的那个红头文件，你也看不下去。徐桥说，我家怎么好老是拿你们的钱？徐铉说，孩子读书是一辈子大事。我毕竟拿的是国家工资，你拿的是生产队工分。当下你妈那点工资，是供不起你三个儿子读书，徐漳的学费还是由我出吧。那天，我听后，非常感动。什么叫血浓于水？这就是啊。就拿我们树来说吧，哪棵树不是互相帮衬着同类呢？有时我们还与异类结成共存关系呢。

黄岩县工业局领导惊讶地发现：时全黄岩所建的五十多个化工厂，全因瞎生产从而出现破产与倒闭，其中有八个厂，因操作不慎，从而引起大火，所有的国家财产瞬间化为一堆黑白相间的灰尘。独有徐铉插手过的企业全部得以盈利。直至此时，黄岩县的南下干部们，这才恍然大悟：科学就是科学。它并不是挑土攀岩，鼓一鼓勇气与蛮力即可解决。尽管化学这个东西来无踪去无影，若不是行家里手，你别想制服它。什么叫没有这个金刚钻，你就别揽这个瓷器活。县工业局领导决定调徐铉至南官化工研究所去工作。

徐铉临去县城关上任那天，徐铉、徐桥、徐梓三人又一次坐在我树身下，靠着我说说话。尽管此事过去了这多年，他们间说的那番话，我至今记得十分清楚。徐铉说，什么叫化学？化学是一个王国。这个王国里有皇帝，有臣子，有丈夫，有妻子。有家庭，有社会。什么分子与什么分子组合，均有命定。搞化学的人并不是发明了他，只是发现了他。这好比是文字。一种叫顺合。如口中有禾（粮食）只是一个“和”字，如家中有女，即是一个“安”字；也有反克：如文字一个“柔”字，上面是矛下面是木，没有刚硬就没有温柔；如“饭”字食字旁有反字，人无食必反。你知道化学王国究竟是个什么样子了，你才可利用它为我们人类服务。

徐铉使出浑身解数用于化学研究。仅一年内，配制出皂用化妆品与食用香料香精十几种，试制出橡胶防老剂。其中“3111—1”橘子香油精为厂中名牌产品。黄岩县局工业局也随着徐铉的新品种不断开发而不断建厂。

徐志调黄岩，任城关镇副书记。因徐志分到公房一套，遂将他的妻子常春梅与徐瀚带至黄岩。

路桥决定砍徐家大队的九棵大樟树提炼樟脑。此举一出遂招致徐氏人的强烈反对。

初时，徐桥要挺身而出保护九棵大樟树，徐家村村民们不干。他们对徐桥说，要来，让我们来，你别往自己身上雪上加霜了。就在那天，徐氏家族辈分最高的徐坛一声令下，徐家村所有的村民全自动结集起来。他们手里拿着斧头与日常工具，一人挨着一人的排成一座高墙，紧紧地围着徐家村周边的九棵樟树。他们齐着嗓子对那些路桥的官员们喊，如果你们敢动我们村的一棵樟树，我们集体与你兑命，徐家村百姓如此齐心，让时任路桥镇委书记的蔡永龄吓一跳。他可是路桥的地下党员啊。他解放前，经历过那么多的事与人，他何以不知官逼民反的道理？蔡永龄不得不挥一下手说，众怒难犯，撤吧，撤吧。最后，经徐铉说，樟树提香精远没有橘子皮好，何必砍大樟树。徐铉这份报告一上，黄岩县委不得不下令，全县停伐樟树，全部改收购橘皮。大樟树不砍了。红头文件正式传达了。徐家村的人全欢呼起来了。也在那天，我与我的八个孩子们对徐家村，如此齐心协力地保护我们的生命，们十分感动。我们也开了一个小会，尽管我们的言语与人类的言语不是一个共同语系，但人类多少也听懂了我们的话，因为他们看到我们兴奋得全身的树叶都在索索抖动。

4

1959 年 9 月，五号台风带来可怕的一场大暴雨，黄岩县东部沿海平原一带，有三十六万亩农田绝收。南官以西地区一片汪洋。

徐志与他的妻子常春梅离婚。徐志娶下了一个比他小十五岁的姑娘。这个姑娘是一个资本家的女儿，长得十分好看。

金苏芳气得站在我的树身子底下破口大骂。她想去城关找她的儿子徐志算账。徐桥与他的妻子陈翠花，死死的将金苏芳抱住，不让金苏芳去黄岩。徐桥说，妈，船大不由橹，儿大不由父。各人有各人的命运路径。强扭的瓜不甜，况且他现在是城关镇副书记。你上去这么一闹，让他的那张脸往哪搁啊。金苏芳一听有理，儿子都这么大了，当上官了，她去一闹也不合适，只可拉倒，但她也放下狠话：我怎么生下这么好起花心的儿子？陈翠花劝她婆婆说，人与人是有夫妻运的。是夫妻，你想离也离不了。不是夫妻，你捆也捆不到一块去。自己的路，让他自己走吧。

5

1960 年，黄岩县在省委工作组的督导下，各地再次掀起一股拔白旗运动。彻底批判“人民公社办糟了”的说法。一大批坚持说真话的农村干部、区镇干部与县委干部受处理。再加之连续三年的高定产、高征购，食堂化与“共产风”还有天灾相继来临，黄岩县与全国各地一样，终于遭遇了大自然与社会现实强悍且决彻的绝地反击与报复：可怕的大饥饿终于掀开了它狰狞的嘴脸。那时，全黄岩农村，每人原粮不足一市斤。副食品奇缺。一病、二饿、三逃荒，成了每位农民面临的必修课。

全县患浮肿病者达一万二千多人；妇女闭经者达二万人。平原姑娘为果腹，含泪嫁往山区，以肉体换取可怜巴巴的番莳干，业已成为一种时尚。尽管黄岩县粮食局费尽九牛二虎之力，组织人马从山区挖来白蟹刺根、番薯藤、糖梗渣，制成一百五十万公斤的替代食品，但无法控制住那饥饿的洪水猛兽。凡现在六十岁往上的路桥人，他们将永远记得：那个时候不知有多少饥饿的农民，因无饭吃不得不站在居民食堂门口抢饭吃。他们将永远记得：那时候路桥中学与路桥中心小学门前的路桥医院门口那田埂头，蹲满了拉不出大便的农民；他们为能让大便离开可怕的据点，不得不用一根棍子往外撅大便，以致他们蹲过的地上全是血。他们将永远记得：那时候的石曲乡下马塘村，一夜间饿死有三十九人，约百余人拄着打狗棍子外出讨饭，有两百多户变卖屋料以求生存。他们将永远记得：那时候县委书记吴定福与县长赵金岱闻知此讯勃然大怒，一边下令拨救济款三十七万元救济社员，一边往下马堂派工作队，将大队干部定为“反动小集团”全被逮捕法办，以平息逐浪高涨的民怨。

徐桥家与中国所有农村家庭一样，在如此剑走偏锋的时代里生活艰苦至极点。徐桥家面临着解放后的第一场大饥荒。尽管他与徐铉是同宗徐氏子孙，但两家的户口完全不一样。徐铉家是居民户口，徐桥家是农业户口。那时却城镇居民户口的待遇远高于农村。就拿粮食这项来说吧，城市居民还有定量，而农村却就没有那么高的待遇了。徐家村徐氏子孙人人饿得皮包骨头，走起路来放个屁全打晃。

金苏芳为了省下她那一点点国家定量，让她心爱的三个孙子吃，她天天吃那种白蟹刺根。

金苏芳终于患上可怕的浮肿病，徐铉听后大惊，立刻借着去收购橘子皮的机会，在宁溪山区的深山冷岙人家中，收了二十多斤番薯丝，用一个大麻袋装了，偷着带至徐桥家。就一进徐桥家，徐铉惊呆了。他怎么也没想到，金苏芳会病成这样。她瘦得皮包骨头不说，腿肿得一按一个大深陷坑。走路一步三晃，放个屁似乎会将她砸倒。徐铉上前叫了一声“弟妹，你怎么病成这样了呢”？金苏芳随之无声地哭起来。金苏芳是徐家所有当家女人中，唯一一位“雌雄同体”的女性。她的生性如男人，果决且刚强。金苏芳的哭是没声音的。只有那两道泪水瀑布样的流了下来。你是不是饿的？金苏芳点点头。你怎么不早对我说？金苏芳说，雷打大江边，哪有沙蟹独条命？哪家不是如此？我说它做什么？徐铉说，这一些东西是我上宁溪山区，给你搞的，你给你三个如狼似虎的孙子吃吧。金苏芳嘴里只是喃喃地说，谢谢你了，谢谢你了。

我是亲眼看到，他们一家是如何吃那救命的番薯丝的。陈翠花不得不关了所有窗户，偷着将徐铉拿来的番薯丝，放在一瓦坛子里煮熟，让徐漳、徐泊、徐潸饱餐一顿。尤其让我忘不了的是，陈翠花最后将锅底里的最后一点汁水全用手指刮了，一点点地送进自己的嘴里。面对着陈翠花那种样子，我不能不想起那年大旱天，整整六个月没有下雨时，我们树在没水时所表现的样子。人是树，树是人，人与树有什么不同呢？

陈翠花不得不去离他们家不远的卖芝桥菜市场，偷着捡些黄菜叶帮子。

我亲眼看到，那时的陈翠花怕别人看见笑话，特穿上件大衣宽服，装成若无其事模样，来到家后门的小菜场，至丢弃的菜帮子前，瞅四周无人，这才身子一佝，出手如风地将扔在地上的菜帮子捡拾起，塞进怀里，然后蹑着手脚拿归家中，放在清水锅里煮熟。煮熟后的第一碗她必先端给她的婆婆吃，她一直站在那里看着她婆婆金苏芳吃完，才让他们兄弟三人吃。金苏芳说，你别这样看着我吃好不好？陈翠花说，不行。我得看着你吃完。你再别偷着让自己饿着，将那点东西，省给孩子们吃。某天，陈翠花在卖芝桥菜市场捡菜帮子的那种样子，恰好被放学归来的长子徐漳看见。徐漳的眼泪止不住地顺着他的脸流将下来。那时，他最大的渴望是有那么一天，能让他吃饱饭。时徐漳十一岁，二弟徐泊九岁，三弟徐潸七岁。正是长身体的时候。所有的生活重担全部压在徐桥夫妻二人身上，徐桥与妻子为省下一点饭让他们的三个儿子多吃一点，故意少吃或不吃。最后的结果是导致陈翠花因过度饥饿而缺糖前后三次晕倒。那天，徐漳偶然从他爸爸的抽屉里发现了他爸爸与在新疆当边防军某军区司令员蓝建军的通信。徐漳立刻背着他的父母，给蓝建军写了一封信。徐漳在给蓝建军的信中写道，伯伯，我奶奶、我爸爸、我妈妈、我弟弟全快饿死了。你是我爸爸一生中的好朋友，你能不能给我们家搞一点吃的啊？下面署名：徐桥儿子徐漳。十五天后，蓝建军收到徐漳来信。那时徐漳只有十一岁。读的是小学四年级。那字写得不好，简单不说，那话也是奶声奶气的。生死朋友，毕竟生死朋友啊。尤其是我们中国，一直以亲情作为联结社会的纽带。蓝建军岂有不管之理？他立刻做了两件事，一是给时在宁溪山区的李安写了一封信，让李安给徐桥一家想想法，二是他通过一个朋友搞来三块俄国大黑列巴，做成一个行李包子，让他的妻子通过乌鲁木齐邮局经航空形式给徐桥快速寄去。徐桥接到那个通知单后，立刻去南官邮电所领包裹。徐桥刚从路桥邮电所将那装有黑列巴的包裹领回来，还没拿到家门口，大樟树下一帮饿得头昏眼花的孩子们，不知怎么就知道包裹内有好吃的，“呼啦”一下全围了上来。他们那一双双眼直勾勾看着徐桥手中拿着的那个包。徐桥怎么也看不下去，不得不将那包打开，想将他老战友蓝建军寄来的黑列巴，给这些饿得皮包骨头的孩子们尝一尝。结果，刚一拆封，这些饿得发狂的孩子们，全涌将上来。几秒钟时间，遂将蓝建军寄给徐桥的黑列巴抢得一干二净。其中有个孩子吃得太狠，最后被噎住，脖子直得如北京填鸭。脸青了，嘴唇黑了，两只眼瞪得收不回来了。徐桥一看，不好，不得不从我身边的水塘中舀出一碗水，让孩子们喝上一口，这才救下那孩子一条命。

李安一接蓝建军的信，立刻带着他家的那点粮食来路桥。李安至徐家村后，徐桥很是吃惊地问，你怎么来了？老团长蓝建军给我来有一信，说他接到你儿子写给他的信，说你家挺不过去了。不然，他那个儿子不会给我写这样的信。徐桥说，这孩子，倒是会来这一手了，搞得惊天动地。徐桥立刻将李安往家迎。李安一进徐桥的家，他怎么也没想到，金苏芳卧病在床。陈翠花再也不是那胖乎乎母象的样子了，人瘦成一把干柴不说，整个人样全脱了神。李安说，徐志不是官吗，他怎么连他亲妈与亲哥也不管？他因离婚问题，与我妈闹翻了。他难道是只白眼狼？连自己兄弟与娘都不伸手？他算是哪门子共产党干部？兄弟，别说他好不好？家家都有一本难念的经。尤其是他新婚后的那个妻子——李安说，你瞅着玩火者，必死于火，会水者，必死于水。他这一辈子要是不死在女人身上，我算栽了。李安放下他手中那点粮食后，连夜起身去宁溪山区。那天，李安摸着黑、顶着星星，沿着河边的那条青石板路至宁溪山区徐桥的老战友家。由于他与宁溪山区的老战友们全是出生入死的朋友。他们人人出力，替他搞来一些苦竹米、白蟹刺根、番薯干。第二天中午，李安在宁溪坦头一王姓战友家吃的饭。吃过饭后，李安遂背着那四十多斤乱七八糟的东西，沿着那九曲十八弯的山路，往路桥徐家村走。渴了捧口山溪水喝，饿了往自己嘴里填上一把番薯丝。就这样，走啊，走啊，一直走。一直走至东方发白，这才走至徐桥家。到家后，李安将那一整大袋乱七八糟的东西一放，浑身如同一根煮熟的粉丝，再也提不起来了。

别人是不会看到这一出的，而我却是清清楚楚地看到这一出。第二天，徐桥与李安就在我的树身下坐着谈话，谈的内容就是这场大饥饿。徐桥对李安说：志莫高于爱民，行莫高于乐民。一柱擎天头势重，十年踏地脚跟牢。一个所谓的“君子固穷”的国家，是永远不可能富强，永远不可能让老百姓有幸福感的。也就在这天，徐桥与李安两位出生入死的老战友，在我的树身下悄悄议定一件事：李安打算将自己的女儿名叫李茹的，嫁给徐漳做妻子。徐桥说，现在，议他们两人的事情是不是早一点？李安说，我们先是这么议着。至于成不成，人算不如天算。我与你就看这两个孩子有没有夫妻缘。就如徐志，我们满以为他们的婚姻是铁板钉钉，可后来是这样的结局。如你妈与徐志他爸诸葛南平多好的一对啊？说不成就不成。诸葛南平最终还是没有娶你妈，如你，当初我们满以为断了一只手，没有哪个姑娘肯嫁你。后来这陈翠花，就心甘情愿的嫁给你，成为你一生中唯一的好伴侣。如我，当时我负伤后，救护我的女医是徐贞英。徐贞英背不动我，我那个妻子是富山村的女民兵连长。徐贞英让她背我下山。我在昏迷中尿了她一身子。她给我换的裤子。我在医院里养伤时，徐贞英对我妻子开玩笑说，你们俩成亲吧。我妻子初时有犹豫，徐贞英说，他的男根全让你看了，你不与他结婚，说不过去。这是上帝的旨意，你岂可违背？后来，我一转业至富山乡当乡长，她果然嫁给我。结婚那天夜，她对我说，我与你的婚姻就是你往我身上撒的那泡尿给的。什么叫命？我想，这就是命。是啊，是啊，人是树，树是人。必然中有偶然，偶然中有必然。命运女神的骰子掷出来的就是这个点。你想改变也改变不了。两位老战友说完，身子一仰，靠在我身上哈哈大笑起来。

黄岩县委开始贯彻中共中央《农业六十条》，改正时在农村所行的政策性错误。黄岩县农村、城镇食堂全部解散。黄岩县全面落实“三级所有，队为基础，允许农民有自留地”的政策，让苦难深重的农民有个喘息机会。至8月，黄岩县委全面贯彻工业的“调整、巩固、充实、提高”八字方针。

城关化工厂与路桥化工厂合并为黄岩县香料厂。徐铉利用本土原本浪费的橘皮橘叶制造的芳香油与生产的柏木油与柏木脑达英国药典规定不说，质量超过上海新华薄荷厂同类产品。由于成本较低，立刻争得出口权。徐铉一手指导生产的食用香精成为全国八个香料定点厂之一。那时的徐铉，完全忘记了自己的年龄，所有的东西在他的眼里都不重要，重要的就是他的化工研究。这个课题刚一完成他马上进入下一个课题。有时候研究得怕浪费时间不愿入食堂吃饭，他让家庭大学毕业的徐梓将饭从食堂带回来，吃上几口填一填肚子，继续开始一遍又一遍的实验。我采访徐大先生后，最大的一个感受是：做人必须对社会对他人有用。无论过去，还是现在，“用”为社会的人生价值取向。有用铁成金，无用金成铁。那时的徐铉，成为我们黄岩最为有用的人。他几成黄岩县化工行业的“大熊猫”。县分管工业的政府官员，不得不将他们的目光一次次的锁定徐铉。

6

1962年，中央下令在全国大兴农村社会主义教育运动。全国各地组织精明强干的干部组成工作队，采取对调法，下至各地农村。那时，针对农村干部的教育问题，有个十分雅洁的名称叫“洗手、洗澡”。最先是对农村干部集中学习，检查吃吃喝喝问题、挪用公款问题、生活作风腐败问题、贪污盗窃问题、私分多占问题。后步步往纵深处发展，最后演变成大“四清”。那时，共产党对干部的教育实在严，别说是你吃什么鱼翅、鲍鱼、戴名表、养小蜜了，就是出差多报一分钱都不行。所有下乡的政府官员一至农村，第一是吃派饭，第二是饭后必须付粮票与钱。第三，必须同吃同住同劳动。哪一位干部做不到这一点，组织上就会立刻召开民主生活会给予严厉批评。

黄岩县流行两首歌。一首是："天上布满星，月牙亮晶晶，生产队里开大会，受苦把冤伸"；一首是《唱支山歌给党听》。这两首歌是那个时代的经典，也是那个时代的一个符号。那时的黄岩县，无论是大人还是小孩，没有一个不会唱。

徐桥在县书记赵金岱的百般努力下，终于重新出任徐家村大队党支部书记。

7

徐漳考上路桥中学。是时的徐漳长得高大起来。是路桥人一看他长的样子，就想起那个在抗战时牺牲了的徐锜。也许人类在遗传中，存在隔代传。

徐坛坐在大樟树下，一见徐漳过来，立刻喊住徐漳，孩子过来。徐漳不知找他什么事，就走了过来。徐坛一把将徐漳搡至七八个靠着大樟树吸烟的徐氏老一辈人说，你们有几个见过他爷爷。我见过，我与他爷爷还是娃娃朋友呢。你说，他长得与徐锜像不像？像极了。不过有一点不一样。哪一点？两只眼与额头。像谁？他外公金晋南。这可真怪。中间有一老人反驳徐坛说，你老背时了。他这一代像一点，那一代像一点，就成了他自己了。徐坛说，别看我老了，我看人是准的。你瞅着，他身上流的我们徐家的血性，又有金家的那个商业头脑，往后，他非给我们徐氏子孙带来大荣耀不可。当心一点，四叔，人是经不起夸的，你可别让他成了第二个徐志。他现在仗着他爸爸诸葛南平是大官，在县里越来越肆无忌惮。不会，不会，这小子可不像他叔叔。他身是我们徐家人的血性。别看徐播让共产党枪决了，可他杀那日本鬼子，将他妻舅送进阎王殿那精气神，不是一般人做得出来的。

路桥永良大队，社员生活业已进入绝望边缘。永良大队班子面对着人多地少，民困贫病且又无法改变的宿命，经过几次的磋商，最后作出一个决定：顺应潮流办企业。借着办企业，改变无法突出的经济上的重围。正出于这一点，时病得奄奄一息的大队书记杨保，让人搀着来到路桥，找到时任镇委书记的蔡永龄直抒胸臆。蔡永龄问杨保：你想办什么厂？杨保喘息多时，这才从他的嘴里勉强挤出一句话：他们想办一个与山脚下化工厂一样的厂。别人对我说，化工厂安排社员多，挣钱快。是啊，是啊，位于石浜的那个县化工厂，一年挣下的钱，足可让永良大队全体社员勒紧裤带干三年。问题是，你有专业人员吗？搞化工可不是体力活啊，驾驭不了要出人命。所以我来找你。你们想请谁？徐铉。人家是黄岩工业局的专家，他们能给你？那叫我怎么办哪？就在杨保一脸无奈时，蔡永龄忽然脑海中浮出徐梓来。天哪，这个徐梓不是跟着他父亲学会全部大学化学课程，不是跟了他父亲跑龙套跑有多年了吗？有道是强将手下无弱兵，何不请他来呢？机会确实是为有准备的人准备的。时徐梓正处于无用武之地。他怎么也没有想到，他人生的第一个机遇却是在他毫无准备的前提下来临。那天夜，蔡永龄搀着杨保，来至卖芝桥徐梓家。徐梓将他们迎进家里后，他们二人刚在他们家中堂坐定，杨保嘶哑着嗓子，说出他此来的目的。杨保说：一、他这个大队书记没有当好。现在，永良大队社员日子过不下去。他班子开了好几个会商量对策，想趁着上级松了个口子，想办个与石浜山脚下一样的化工厂。二、他说他代表永良大队领导班子来请你这个能人。三、他的工资与待遇保证通“大港”。山脚下县化工厂技术员拿多少钱一月工资，他永良大队就给你多少工资。四、他们永良大队只让副书记蔡永健出任厂长；由你来担任技术副厂长。所有技术方面的事情全部归你管。徐梓初时有点犹豫，怕社员素质不高，化工一类的东西搞不好，即成黄岩药厂第二。蔡永龄见徐梓脸有难色，忙说：阿梓，你考虑一下，别急着回答我们。但杨保在临出门前说的那一番话，几让徐梓掉泪。杨保说，我怕是没有几天活头了。这些年，我也没有为社员做过多少好事。我杨保只想别这么死了，留个能挣钱的厂子，别让永良大队社员再受穷。徐梓听罢心中一时心慌，连连点头说，我与我爸商量一下，明天就回你话。他们二人走了。徐梓入他父亲书房与父亲商量。徐铉将手上的书一合，细言轻语地动员他儿子去。徐铉说出让徐梓去的六点理由：一、上天所赐机遇之门为你启开一点小缝，你还犹豫什么？二、尽管你没有大学文凭，但你对化学所拥有的知识，早比本科生高出一筹。三、家中业已为你订婚；女方一直要求结婚，你一直因没有固定工作硬拖。今年你二十有六，换个别人，孩子早满地跑了。你还想把你的婚事拖到什么时候？四、你徐梓再有本事，也得有个平台给你施展才华。现在永良大队给你造了这个平台，你为什么不试着跳一下水？五、杨保这一次是诚心诚意的来请你。士为知己者死，你不可不去。六、现在永良村的确是穷得水缸锅灶连队眠床。你若是不出手帮他们挣上一点钱，让他们有个温饱的日子过，我们徐氏一门，何以对得起这些邻居？他父亲此言一出，徐梓作出决定走马上任。后南官十里长街人带着点戏谑地称永良大队办的这个日用化工品厂为“老鼠药厂”。

第八章

1

1966年6月，一场毁灭性的政治大灾难，再次在全中国疯狂上演。

黄岩县草根式的顺民、良民，全被这场疯狂而现的“文化大革命”运动，整得一头雾水。是时的路桥十里长街人，怎么也想不明白：为什么我们伟大英明的毛泽东主席“有稳不得稳弹涂钻竹棍”，要发动这场“文化大革命”？从来师道尊严的中国，在校读书的学生们怎么可起来造老师校长们的反？有道是“朝中有事问百姓”，是时直觉立刻告诉路桥人：是不是我们国家的高层出了什么问题。究竟出了什么问题？他们不知道，也不想知道。那时路桥人面对着学生们套着印有“红卫兵”三个字的大袖章，狂暴地搞这种无厘头的“文化大革命”，只是小心翼翼、畏之如虎，生怕自己因一不小心，成为他们所镇压的“反革命”。

南官第三中学红卫兵小将们纷而群起地浮出水面。是时南官中学的红卫兵，从成立这样那样的兵团起，遂将锐利的矛头直指解冰。满天飞扬的大字报，全说解冰是假共产党员，学术界的黑权威。时解冰年届五十有六。叫他上台，他就上台；叫他戴粗纸帽，他就戴粗纸帽。

我亲眼见到，有那么一天，路桥中学红卫兵小将们，居然将一把笤帚绑在解冰的屁股后，让解冰学狗顺路桥中学大操场爬一圈。此举一出，大大地伤害了这位老革命近卫军的自尊。一向逆来顺受的解冰，这一下可惹火了。他口吃着反抗说，毛、毛、毛主席哪一条语录，叫你们这样对待一位老共产党员？老革命？结果此言一出，路桥中学的红卫兵小将们，遂对解冰大打出手。就在这节骨眼上，徐漳带着在学校里读书的徐氏子孙轰的一声冲上台去，将解冰抢了下来。解校长被抢下来了，徐漳却让同学们打得鼻青脸肿，倒在地上人事不知。最后，是在路桥中学读书的徐氏子孙，全扑上前去与他们对打，全场乱成一锅粥。那天，解冰面对着被打得不成个孩子样的徐漳，泪流满面、泣不成声。学生斗老师，学生打校长。中国二千五百年历史上没有出现过的事情，在共产党领导的社会主义社会里次第出现。有多少革命志士为之舍生赴死的共产党现在到底是怎么啦？

路桥中学所有上了年纪的老教师，全部倒霉。他们不是被打成封资修运动学术权威挂上大牌游街，就是让他们列队站在路桥中学的大礼堂里接受批斗。

红卫兵与农村基层居委会干部，开始以破四旧为名，实行大抄家。我据《黄岩志》上面的统计数据：约抄家万余户，没收五千三百余户的财物。大批书画被焚，大批珍贵文物与古迹被毁。东岳庙所有佛像被敲碎。那对一直立了八百多年历史的石狮子，最后被红卫兵小将们用起重机吊起，丢于三水泾口中。路桥沿街十三座立有三四百年神圣不可侵犯的石牌坊惨遭厄运：全部推倒不说，所有雕花石头被砸碎。南官河水面上浮满了被红卫兵砸碎后扔入水中的佛头与佛身。

杨氏子孙被打入十八层地狱。红卫兵抄了杨晨孙子家，且将杨晨子孙一直保存的光绪皇帝圣旨及许多重要文物化成一道青烟。

王氏子孙落入十八层地狱。王骧子女被打入十八层地狱。造反派们不仅将王骧长女王真仙画成一个手别双枪的女人，还将她拉至街头跪在地上，一直跪得晕倒在地为止。

红台门在南官的丁氏子孙，全部落入灾难的泥淖中。造反派对他们家实行大抄家。所有他们认为是封、资、修的东西，抄出来之后统统拉走，最后对他们一家实行扫地出门。

徐铉一家全部遭难。造反派们冲进徐铉家，将徐铉押上台大批斗。对徐铉实行无产阶级专政的，居然是解放前徐铉出钱救过性命的人。

路桥中学图书馆被红卫兵小将们洗劫一空。路桥南官文化站（由刘河出资开办的南官第一家“潞河图书馆”）所珍藏的图书，全部毁于一旦。文化站长王宗元竭力救护，才保存部分图书。

洪陆东家后人、於达家后人、应远溥家后人、林蔚家后人、毛镜如家后人、毛恕可家后人、俞成模家后人、徐鑫家后人、徐播家后人、朱劭家后人、金晋南家后人、卢逊家后人、陈安宝家后人，凡辛亥革命时崛起来那些曾为台州六县经济作出巨大贡献的所有浮头鱼家庭，全在一夜间成为黑五类，一律打倒。先是抄家，后是拉出来示众、游街；更有甚者，拿起蘸有尿汁的甘蔗强令他们噙在嘴里。

黄岩中学有七名红卫兵小将贴出第一张《炮轰县委》的大字报。

黄岩各大中学的红卫兵小将，纷纷上北京接受伟大领袖毛主席的检阅。其中一位在北京接受毛主席检阅时曾与毛主席握过手。回来后，她一直不敢洗。说这是伟大领袖握过了的手，洗了就是对伟大领袖最大的不忠。

红卫兵小将开始全国大串联。——是时的红卫兵小将们，无论是走往何处，均是饭白吃，火车白乘，沿途并设接待站接待他们。

有人在我的身边偷偷地交头接耳说，什么大串联啊？说白了，是一场红色旅游。

黄岩县与全国各地一样，掀起了铺天盖地的学习毛泽东思想大高潮。毛主席语录几达人手一册。光学习毛泽东思想的学校，成立有三千多所。无论从社员至干部全部入这个学校读书，哪一个人不去学习毛主席著作，不会背毛主席语录，遂可被打成反革命，轻者批斗，重者游街。

路桥人有一个算一个，胸前别像章，家中摆塑像或画像。若是不挂、不摆，即是对毛主席的最大不忠。

路桥各单位有组织有时间的开始纷纷跳起忠字舞，哪个人、哪个单位不跳，就是反对伟大英明领袖毛泽东。

路桥开始大搞红海洋，写毛主席语录。此举一出，会写美术字的人，皆成抢手货。

路桥原本古老的地名全部更改。中桥路变成“解放路”；下里街变成“上游街”；金雀桥变成“解放桥”，如此一更名，遂将人类对中华民族文化最后一点古老记忆，全部从百姓脑海中彻底驱逐出境。

路桥镇新出生的婴儿，必须起上一个完全彻底的革命名字，才可去当地派出所正式登记。由是这一年出生孩子的名字，不是“红卫”，即是“卫兵”；不是“解放”，即是“前进”。最后终让这批孩子的身上，留下了“文化大革命”的冰山擦痕。

黄岩各地到处流行着劫夫所作的毛主席的语录歌。尤其是《革命不是请客吃饭》、《造反有理》、《大海航行靠舵手》、《东方红》几成代表性流行歌曲。每每一开会，所有人必须立起高唱《大海航行靠舵手》后方可坐下。

黄岩全县各单位盛行早请示晚汇报。那时所有的草根百姓，必须天天至毛主席坐像面前汇报自己的思想，救赎自己的罪行。

黄岩全县开始流行斩钉截铁两句话，一是：“龙生龙，凤生凤，老鼠生儿打地洞。”二是：“老子革命儿好汉，老子反动儿浑蛋。”

面对着社会的如此疯狂，我与我的七八个孩子们非常不理解，人类怎么会像蜂箱里的蜜蜂一样，出现如此悖乱的举动，那天，我们一家子九口人，在飒飒的寒风中开了一个家庭会议。我其中那个最小的孩子问我，妈妈，你不是说人类是世界上最聪明的动物吗？他们怎么疯狂起来，会如此的失去理性？我没有回答。我的第三个孩子说，我怎么看人类与蜜蜂与蚂蚁没什么区别。妈妈，你给我们说说，人类怎么会这样呢？我想了好长时间，这才说，孩子，这大概就是绝对权力给他们带来的绝对好处吧。他们既然能如此不择一切手段地对付我们这些不会说话、不会移动的树，他们当然也会如此地对付自己了。这就是一报还一报。这叫种豆者得豆，种瓜者得瓜。种权力者必然收获权力给他们自己带来的灾难。

徐铉全家集体下放至徐家村劳动改造。徐铉与徐桥一起种田，一起收割，一起担稻谷上场。每一“双抢”季节，徐铉与徐桥一起或是牵牛下田耙田、犁田；或是挥着钉耙平田；或是抱着大簸箕播稻种；或是赤着脚去出猪栏；或是伺着他的小腰去拔秧、插秧；或是四脚四手的趴于满是淤泥的稻田里摸田。

徐铉上田后，刚想坐在我身边歇一下。负责照顾徐铉的徐漳，忽见那农田里的蚂蟥，叮满徐铉的两条老腿。徐漳说，阿公，你腿上有蚂蟥。徐铉从没有下过地，挨过蚂蟥；他吓得一时不知如何处理才好。徐漳说，阿公，你别怕，由我来。到底是农村长大的孩子，熟稔，上前一伸手将叮于徐铉腿上的蚂蟥一根根揪下来，扔进悬于腰间的食盐斗里；任凭那道明艳的鲜血小红蛇似的顺着他的小脚杆流下来。

若干年后，徐漳曾对我亲口说过，他正因在农村长大，他才知道什么是农民的生存艰难，什么叫作农村的穷困与落后，什么叫作一个草根百姓的活着不容易。同样也让他真正体会到，什么叫做“天将降大任于斯人也，必先苦其心志，劳其筋骨，饿其体肤，空乏其身，行拂乱其所为，所以动心忍性，曾益其所不能”；什么叫做“不吃苦中苦，难做人中人”。正因他们一家人有了这一段农民的艰苦生活，才让徐漳后来下定决心办企业，以解决农民生存中一直不曾做成的“吃饭梦”。我也曾听我的班主任王日升老师对我说过，如果我们从解放以后，一直重视经济发展，一直搞生产建设，我们中国早成为世界性强国。“文化大革命”让我们中国整整倒退了一百年。1977 年，我考上大学，读的是人类学，因族系的发展一事，采访过徐铉。当谈及“文化大革命”，他所遭受非人遭遇时，我曾穷追不舍地问及都是什么人如此整你？徐铉不出一言，只说过去的事情就让它全过去，说它干什么？当我再问时，徐铉说，素位以行，随遇而安，事不避难，义不逃责。施恩不求报，有仇不求还。直至后来，我这才知道，这二十六个字是路桥徐氏宗族定的族规。

徐家村正式更名为永新村。

初时徐桥不同意，遂与教过大学的老师徐铉坐在我的树身子下商量怎么办？徐桥说，这个村名可是我们徐家老祖宗留下来的。改了怎么对得起老祖宗？徐铉问，现在村里还有多少徐姓人？占一半。徐铉说，这不就得了？时代在变，我们必须跟着变，唯一不变的就是那个变。叫什么村名并不重要，重要的是我们徐家过去的那做人立世的价值观不能全丢了。这个东西一丢，我们全不是人了。徐桥一想有理，表示同意。这一同意，好，行有八百年的徐家村村名在地域标名中消失了，取而代之的叫作永新大队。

大樟树生上的果子全成紫色。

徐桥与徐铉二人一起从田里上来，走至我树下拾起来一个紫色的果子，徐桥与徐铉一下子愣然了。天哪，今年这果子怎么就变成紫色的了，难道我们国家要出大事？徐铉说不会吧。我听我的父亲在我小时候与我说过，我们徐家村的这棵树是灵树，如果国家变天，那他结的果子是黑的，现在他结的果子是紫的，只不过是国家有些事做得过了头，带来国难而已。你别大惊小怪。没有事，你放心不会有事。

2

1967 年，文化大革命进入疯狂时代。时全国乱象四起。全县各地纷纷成立这个那个名目繁多的司令部。全县各中小学全部停课。原县委与县人委、原镇委所有领导人员全部靠边站。时任黄岩县委书记的吕众义与时任县长的王茂官，遂成为社会上的一大另类。全县各级领导机关，因深受造反派的冲击出现大瘫痪。县人民武装部与驻黄部队，不得不成立军事管理委员会，强行介入地方工作。时军管会临时成立生产办公室，领导全县工作。时南官中学、黄岩中学的大操场，遂成时造反派开大会的最佳地点。每一开大会传达毛主席最新指示，两地大操场一片人山人海。《大海航行靠舵手》、《造反有理》、《北京的金山上》的歌声，时常通宵达旦、响彻云霄。

徐铉被拉至黄岩大批斗。徐老太公曾亲口对我说过，他被拉到台上一看，除了县委书记吕众义与县长王茂官外，还有金晋南、解冰、牟方允、陈荣楫，还有后来成为南官改革开放时的名企业家池幼章。只不过每一个人胸前悬着的牌子写的内容不一样。吕众义悬的牌子是走资本主义道路当权派；金晋南悬的牌子是反动资本家；陈荣楫悬的牌子上写的是国民党反动军官；独有他与牟方允、解冰那牌子上写的是反动学术权威。至于池幼章悬的牌子上写的是现行反革命。徐铉对我说，我高兴。我高兴的是他们没有将我定为反革命，他们定我为学术权威，证明我的化学研究出了成果，得到了社会认可。

徐桥两次喝醉酒。

第一次发生在一位名叫王慕的高级知识分子身上。那天，徐桥来至离王家大院并不远的一家理发店剃头。还没轮到他剃上头呢，遂听到有人大喊大叫的嚷着王家里着火了。徐桥拔腿跑出去看。他们二人跑至着火地点后，已有许多人站在那里围看。徐桥亲眼看到有三五人，挥动着他们手中的救火工具在烧得塌倒下来的屋基上挖。徐桥问，他怎么死的？边上有一位（徐桥叫不出他的名，只觉朦胧有些面熟）对徐桥说：那王慕实在受不了那没完没了的车轮战，将门一关。后来房子就起火了。人们一直不曾看到内中有人跑出，怕是他将自己烧在房子里。大家轮流挖，一片“咔咔”直响。十分钟过去，其中一人手中的工具强硬的蹦了一下。有人叫：挖到了，挖到了。又有人俯身扒。诚然如是，那人挥动的工具砍在那死者的脚脖子上。顺方向将覆灰拨拉开，露出一条人腿。三十分钟一过，黑灰土中扒出一人。徐桥俯身仔细看，此人的衣服全被烈火烧了个精光，那样子活如烧焦的一棵大树椴。肚皮被挖去一片露出肌肉。那样子活似烤羊肉，呈着可怕的褐红色。

七八天过后，有人站在我的身子边，对永新大队的社员们说，这位镇里的造反派他们家有电台，与他在台湾的家人有来往，因受不了造反派没完没了的车轮战，与其活得如此难度陌阡，莫不如去冥界落得个逍遥自在。于是，趁着家人们出去的时候，遂将门一反锁，纵火了结人生。好在王慕所住的那个家是临南官河的一间独立的房子，也好在那天，没有西北风，刮的是东南风，如果是呼呼叫的西北风，那条比我年龄还老的十里长街怕要成为一条火龙了。

别看王慕是地主阶级出身的知识分子，但与徐桥是好朋友。

王慕自焚后，徐桥心中十分难过。他心里不知为什么，对那些在台上举拳头越生劲的人，出现的情绪落差越激烈。面对着人性所表现出来的那种恶行，徐桥心中十分郁闷。我们这些干部党员们的心现出了前所不曾有过的孤独。王慕入葬后，徐桥对妻子说：我出去走走，散散心吧。陈翠花没往心里去。徐桥一去即来至离我身边不远的那间小商店。徐桥一进门就问，有没有酒？有。你去拿瓶酒来。我心里郁闷。是的，徐桥心里郁闷呢？无奈。两难。矛盾。纠结。他是共产党员，可是当下社会怎么会如此的残酷呢？徐桥要了一把花生米与两瓶子酒，一屁股在我身边坐下，就着那花生米一杯接一杯的喝开酒了。喝了多少酒？两瓶。两瓶酒不知不觉一喝光，麻烦出现了。徐桥抱住我的大身子，如同孩子一样的，一边对我絮絮叨叨地倾诉烦心事，一边痛痛快快地号啕大哭起来。

第二次喝醉酒，是因一个不满十岁的孩子遭遇非正常死亡。那天下午，徐桥刚开完永新大队班子会，打算散会。忽听得有人狂喊：拖拉机压死人了！徐桥往那人所指方向看，见永新大队南边那条公路上，停有一台轮式拖拉机，边上站有七八人。徐桥甩着他的那只空袖子跑去看。至目的地后，徐桥亲眼看到轮式拖拉机边躺有一十几岁孩子。一地是血。人被碾碎，内脏全被挤出胸腔。破碎的肝脏，散落于周边。那位开拖拉机的驾驶员，是一位从上海来的插队落户的知识青年。他吓得脸色发青、呆若木鸡，浑身打战的立于一旁。围观人群，嘁嘁喳喳私语。这完全是一场意外车祸。十分钟后，这个孩子的父亲来了。徐桥怎么也没有想到，来人不是别人，而是徐播最小的一个弟弟名叫徐墴。解放前徐播是黄岩县绥靖主任，他曾在徐播手下当过文书。就这个文书一当，让徐墴成为一条死罪。在这种全国性红色政治大潮下，批斗是他那时人生的必修课。徐墴一至现场，面对粉身碎骨躺于地上的儿子，两只老眼刹那间溢满泪水。然而令徐桥内心世界极为震撼的是：徐墴居然当着那么多人，将他自己的右手握成拳头高高举起，轻轻地呼喊一声：毛主席万岁，毛主席万岁。喊毕，那徐墴再也说不出一句话来。

这件事，对徐桥的神经刺激非常大。前一次，徐桥去的是在离我不远的那一处小店里喝的酒，这一次，徐桥去了与我面对面的那家小酒店里喝的酒。徐桥究竟喝了多少酒，我也不知道。我唯一看到的是徐桥摇着他的身子往家中走。结果一走到我的身子边，身子往我身上一靠就呼呼的睡着了。那天，那一股刺鼻子的酒气直熏着我，鼾声如雷的在我身边响着。那时正上数九寒天，天气特别冷，我拼命地用我的语言喊他，他根本听不见，我拼命将我身上的树叶子在大朔风中抖得簌簌直响，我想叫他起来。可我毕竟是树啊没有用。眼看着天快要至夜间九点了。天气越来越冷。就在这时，救星出现了：徐铉与他的儿子徐梓来找徐桥有点事。他们二人打着个手电。徐梓的手电有意无意地往我身上扫了一下，一看地上躺着个人。徐梓问，谁？徐铉说，你上前看不就是了。徐梓上前一看，天，是徐桥。徐铉说。他死了？爸，没有。喝多酒了。他不是不喝酒的吗？怎么喝那么多酒？快，快，快将他扶家去。于是徐铉与他的儿子徐梓，立刻扶起徐桥往他家走了。

诸葛南平带着他的妻子逃难至永新大队。

徐桥一家人正准备睡觉。徐桥的妻子“母象”突然间听到有人敲门。还没有脱衣上床的陈翠花，立刻去开门。门打开了，一个老男人与一个中年女人，出现在陈翠花面前。陈翠花从不认识这一对男女。那个上了年岁的老男人，瑟缩着身子问，你家是金苏芳家吗？陈翠花说是。那男人说，我叫诸葛南平。诸葛南平又是谁呀？陈翠花不认识，可房间里没有睡的老太太金苏芳却认识。刚躺下还没有入睡的金苏芳刹那间坐起下床，披着衣服迎出来。金苏芳凭着那昏暗的灯光，往细里一瞧，果不其然是曾经她第二任丈夫、徐志他父亲诸葛南平。然而令金苏芳大为愕然的是：眼下的诸葛南平再也不是她在路桥中学所见到的那位风流倜傥、任省委副书记时的诸葛南平了。他一头灰发，身上衣服鹑衣百结，脸上失去往昔的那种红润，浮现出极度折磨后的憔悴与苍老。金苏芳瞬时明白他们二人是逃难至他家了。金苏芳没有半点犹豫与女人争风吃醋的小肚鸡肠，立刻将他们夫妻二人迎进内室。金苏芳问：你们夫妻二人吃没吃饭？诸葛南平妻子说，吃什么饭哟？能活着逃到你家里来寻求保护，那就是最大幸运了。徐桥一家人全从床上爬起来了。金苏芳当着诸葛南平夫妇的面，下有三道命令来个全家总动员：让徐桥率孩子们做饭。她本人负责烧洗澡水，让陈翠花找出徐桥的衣服与陈翠花的衣服让他们夫妻二人换。让徐漳带着两个弟弟将隔壁那间房子收拾起来，让他们夫妻二人好睡觉。在徐桥家中，那金苏芳有若朝廷中的皇太后，拥有绝对性权威，分工一毕，全家有条不紊地忙碌起来。半个小时一过，一切办理就绪。将诸葛南平夫妻二人感动得两只眼全起雾。饭菜端上来了，他们夫妻二人开始狼吞虎咽地吃饭。全家人静静地看着他们夫妻二人吃。诸葛南平夫妇饭吃饱了，悬紧了的心，也开始宽泰下来了。金苏芳这才问，你当上了这么大的官，现在怎么成了这样？诸葛南平这才告诉她，他现在成了刘少奇走资本主义道路的当权派了。就他往这里逃的前一天，搞三忠于活动时，他喊了“毛主席万岁万万岁”，没喊“林副主席永远健康”，他们说他反对毛主席，造反派冲上来将他打得遍体鳞伤，差不点将他活活打死。金苏芳问，你那个儿子与女儿呢？诸葛南平说，别提了。他那个不孝的儿子将他写的日记全部从墙洞里挖出来，断章摘句地说他反毛主席。中央文革领导小组下批示打算将他关入监狱。好在他一个老朋友得知这个消息，暗中报告他。他们夫妻二人才连夜从后窗翻出逃往你这里。金苏芳说，你就在我家待着吧。诸葛南平说，我打算在你家里只住一夜。你想上哪？我想上我儿子徐志那里。金苏芳说，你那个儿子？得了吧。他现在革命得很，当上什么县政工组组长，红得发紫。你呀，就省点事儿吧。远没有我这里安全。诸葛南平一听，只得在金苏芳家住了下来。别看我是大樟树，我不通人语，可我世上一切事情全看得清清楚楚。我无法搞清是诸葛南平所在的省委有人出卖了诸葛南平呢？是有人看着人徐桥家平平安安的眼红呢？还是天下没有不透风的墙？这位贵州第一号大走资本主义道路当权派，逃至徐桥家的事情立刻让黄岩的造反派们知道了。黄岩与路桥造反派开始冲击金苏芳家。第一次来的是十八个人，他们说金苏芳家藏匿有走资本主义道路当权派，要搜。结果，徐漳跑出去一喊，永新大队的贫下中农们全跑将出来。他们围成一道人墙，挡着村口，不准南官造反派们进。面对着手拿铁锹扁担之类生产工具组合成的铜墙铁壁，当地造反派没有办法，只可铩羽而归。第二次当地造反派借着徐桥父亲曾当过国民党的营长，要抓金苏芳。消息一传来，一家人急得如热锅上的蚂蚁，如火燎的蜂房。别看“母象”陈翠花没读过多少书，却有过人的大头脑。陈翠花问徐桥：你不是与毛主席合过影吗？是。那照片在哪？在我抽屉里。你将它拿出来。干吗？放大。放大，放得大大的，摆在家门口。我倒要看看哪个王八蛋敢往我家冲。如果他们冲呢？我拿大照片挡。他往大照片上一撞，我就讹他有意撞倒毛主席，我就让全村人起来打他，说他是反革命。恶的怕横的，横的怕不要命的。我陈翠花敢与他兑命，以恶治恶，以牙还牙，我看这些王八蛋哪个长那个狗胆？徐桥一听有理，笑着说，怪不得你的同学给你起个绰号叫“母象”。你真有“母象”的大家风范。第二天一大早，徐桥拿着他当全国劳动模范时与毛主席拍的合影照上了路桥照相社。当天下午，徐桥与毛主席的合影照就贴在八块四方牌子上，并排插在家门口。黄岩造反派果然坐着一辆大军车，打算冲击徐桥家了。他们前呼后拥地卷至徐桥家的门口。一瞧，全傻了眼了。那陈翠花手中拿着一支步枪，（她是永新大队女民兵连长，家中有枪）威风凛凛地在家门口一站说，我徐桥是毛主席的人。你们敢冲击毛主席的人，就是反对毛主席，我立刻对你们开枪。你看我陈翠花是敢还是不敢？黄岩造反派那位头头一看，不行，动不得。这个女人是母象，惹她急了眼，什么事情干不出来？撤，撤，全他妈给我撤。最后，他们是怎么坐着军车来的，最后是怎么坐着军车回去，再也不敢来骚扰了。那天，金苏芳带着得意的对诸葛南平说，你们夫妻二人，就老老实实的在这里待着吧。别看我们是农村人，远比你们城里人忠诚。只要有我们在，我看哪个王八蛋敢冲进我家绹你们。

3

1968年，南总司与南联司成立文攻武卫队。他们又是抢子弹，又是抢枪，又是修堡垒，又是头顶藤帽手举钢叉游行。两派打得个天花地疯。折腾得那时的南官人，认不出当下这个中国是什么。

尽管我是树，我一动不动的永远站在那个老地方。人类误以为我们没有什么记忆，其实，这只是愚蠢人类对我的误读。我比人类有更牢的记忆。在我的眼中，那时的路桥所现出来的样子，与内战时没有什么区别。东岳庙与南官建筑公司的大楼成为两派武装斗争时的据点。十里长街遂成为他们示威游行的最佳场舍。一忽儿南总司令肩着枪迈着整齐步伐游行；一忽儿南联司头戴藤帽手拿钢叉从十里长街这一头走到另一头。东岳庙与南官建筑公司门前全筑上沙袋碉堡。那样子活似电影中的战争场面。这一派说他们是无产阶级司令部，是毛主席的忠诚子弟；那一派也说他们坚决执行无产阶级革命路线，是无产阶级真正的革命派。那时的黄岩县的草根百姓人，无法搞清这两大派中，哪一派是真正的无产阶级革命派。他们只知道这些人与真正的共产党人白蚁差只角（南官土语）。我的八个子女们十分奇怪。那天，我的子女们问我，妈妈，人类怎么不如我们树呢？你不是说，人类是世界上最聪明的动物，它可以征服世界上任何东西吗？我回答说，我的孩子们，你们听着，正因为他们太强大了，所以上帝就让他们如此来对付自己了。如果，他不如此自己对付自己，这世界还有我们生存的一席之地吗？

总、联两派终于第一次发生大武斗。总派一个文攻武卫队队长抡起一颗手榴弹，拉开导火索向对方的碉堡内掷去。不想被对方一神枪高手发现，一枪打准他的手腕，手榴弹坠地，引爆。当时将他的胸脯“之”字形撕开。立毙。与他同时被炸死的还有两名路桥中学学生。之后，总司全体人员身穿白衣，抬着这三具尸体在十里长街游行。再之后，两派冲击对方司令部。

徐潸站在我的树身下，亲口对他奶奶金苏芳说，那天他与永新大队一大帮孩子们在路桥东岳庙楼上玩。路总司的人冲将进来。路联司的人守着扶梯不让路总司的人上。路总司的人就用钢叉往上扎。站在二楼的徐潸只听得“通”的一声大响，那钢叉正好从徐潸脚板边穿过。若不是如此，徐潸这只脚早就报销了。吓得徐潸脸色如土，两只眼定定地看着从那楼板上钻出来的那四个印有钢蓝的叉子尖。金苏芳说，从今天起，你们哪一个也不准在外面瞎蹿！

4

1969 年 2 月，黄岩县革命委员会成立。

徐漳参加中国人民解放军。

徐漳报名参军一事，我非常清楚。那天，徐桥接老团长蓝建军一信。蓝建军在给徐桥的信中说，他现在已出任南疆军区司令员。部队是革命的大熔炉。人只有在革命的大熔炉里才可百炼成钢。你如果不将徐漳送我这里来，天天在生产队与那些人胡混，对他长大成人没什么好处，徐桥一时决定不下。就坐在我树身子底下与他母亲金苏芳商量。金苏芳问，这次招兵是去你老团长的部队？是，妈。金苏芳说，去，去，让他去。这孩子我看过了，与你父亲一样，是个当兵的料子，咱家中那一帮子人，天天找他参加这个兵团，那个兵团的，烦也烦死了，让他去你老团长那儿锻炼锻炼吧。徐桥没有半点犹豫，立刻下令儿子徐漳报名参军。临走前，金苏芳从她口袋里拿出十块钱给孙子徐漳。徐漳不要。金苏芳说，拿着吧，孙子。你太公是军人，你爷爷是军人，你爸爸是军人。你太公是死在自己人手里，你爷爷是死在抗日战场上，你父亲是在剿匪时让敌人打断胳膊。你是我们徐家第四代军人。你给我记住了，孙子，军人要有军人的尊严与血性。不吃苦中苦，难做人上人。牙齿打落和血吞，你也得给你奶奶，给你爷爷，给你爸爸活出个军人的样子来。

徐瀚报名去黑龙江省建三江生产建设兵团。与他一起去的还有他的同班同学卢逊的小女儿卢子涵。那卢子涵一直爱着徐瀚。

徐瀚报名去黑龙江生产建设兵团，是因徐志接徐铸一信。徐铸在信中对徐志说，他现上当上五十六团革命领导小组核心组长了。五十六团他说了算。我们这一次工作组去你那里招人。你莫不如让你儿子上我这儿来。我会让他在我手下入党提干。徐志一接信，立刻喜上眉梢，他立刻动员他的儿子徐瀚去。徐瀚似乎有点不愿意，徐志说，你在这里和你后妈关系一直处理不好。莫不如去徐铸那儿打出一片天地来。徐瀚听从他父亲的意见了。徐瀚报名一被批准，徐瀚想去路桥看奶奶。徐志没同意，你爷爷现在是走资本主义道路当权派，贵州那一边四处捕他，全让我给挡回去了。那边不知道我是他的儿子。如果你一去，让路桥的对头派知道了，趁机抓我的小辫子，我的麻烦就大了。徐瀚一听，不得不不告而别的走了。那天，诸葛南平终于从徐桥口中得知他的亲孙子要去黑龙江生产建设兵团了。人老了年纪十分渴望爱一下他的亲孙子，想去黄岩见一眼徐瀚，到底是不是与金苏芳说的一样，长得与他年轻时一模一样。诸葛南平一与金苏芳提这个头，立刻遭遇金苏芳激烈反对。金苏芳说，现在贵州那边全国下通缉令，捕你拿你，好在你那个儿子天良不泯，暗中护着你。你去黄岩一露头，那还有好？好好在我们这里活着。我就不相信中国没有海晏河清的时候。到天下太平时，你再认你那个儿子与孙子也不晚。诸葛南平一想，金苏芳说得是理，遂不再言。

徐漳第一次执行任务。那天，西向天空红霞漫起，活似那铺开来一片蜀锦，美得令人眼花缭乱。徐漳奉命武装押一车军用物资返南疆军区。一因与开车的司机第一次走这条路，二因道路坑洼不平，三因路上没有任何方向标记。驶着，驶着，那天就挂下黑幕了。那时展现在徐漳与司机面前的戈壁滩夏夜：天色沉沉，道路茫茫，凉意嗖嗖。空旷的大地，静得令人仿佛到了另一个星球。面对着如此一个寂无声音的世界，两个新兵蛋子，一下子心慌起来。结果，心越慌，越出事，他们完全迷失了方向。司机问，漳哥怎么办哪？我不知往哪开了。徐漳说，让我下车好好看看。徐漳跳下车，四下寻找，终于发现正前方亮有一丝灯光。徐漳遂让司机朝那灯光开。司机说，会不会是鬼火啊？徐漳答，什么鬼火？那叫磷火。磷火与灯火的色彩不一样的。你看那上红的，你朝那开吧，准没错。于是他与司机二人朝着那红红的灯光猛开。一看，是个地窝子。一打听，徐漳与司机两个新兵蛋子吓了一大跳：这辆军车居然走了个南辕北辙。徐漳与司机两人，不得不一路提心吊胆、颠簸至第二天的凌晨三点，东方现出一丝鱼肚白了，两个新兵蛋子这才将一车军用物资运至司令部。

徐漳接营长的命令，让他将一车弹药押运至图木舒克。车刚行有一小时，徐漳遂看到前方路上站有四五个维吾尔族老乡。初时，直觉告诉徐漳，这些维吾尔老乡们要截车子。徐漳不得不将他的车子停下，打开车门下车与那几位拦路的维吾尔族老乡们交谈。尽管徐漳根本不懂维语，但通过肢体语言，多少明白维族老乡们是想搭他们的车子去喀什。徐漳知车上载的全是弹药，怕出意外，不肯让那几位拦路的维族老乡们搭车。就徐漳这一不同意，惹出大麻烦了。那些维族的老乡们梗着他们的脖子，非要搭他的车子不可。结果两位军人与拦路的维吾尔族老乡发生争执。一因语言上有障碍，二因开车的司机是山东兵，态度有点糙，眼瞅着事情越闹越往僵里走。徐漳骇得脸色全发青了。恰在双方几要大打出手的节骨眼上，喀什军区政治处王干事坐吉普车路过这里。这位王干事，是个直跨汉维两大语系的人物。他一见他们双方剑拔弩张的情况不对头，遂跳下吉普车，下来问明情况。一得知原委后，王干事转过身子，一边比画，一边以极其流利的维语劝说，你们别坐他的车子，坐我的吉普车好了。王干事一边将车里载着的军用弹药打开来让他们看，一边让他们上他的吉普车。维族老乡们这才领悟到不让他们上车，并不是看不起他们，而是载着弹药，危险。这场风波这才得以平息。

5

1970 年，县革命委员会成立。全县开始大搞清理阶级队伍活动。大批因政治观点不同的干部群众再次遭遇摧残。

金晋南去世。终年九十有三。

金晋南的去世，我十分清楚。那天，造反派斗争九十三岁的金晋南。在往金晋南脖子上挂牌子时，由于那牌子太重，上了年岁的金晋南挺不住，一下子从台上摔了下来，将身子摔瘫。金苏芳一听立刻率徐桥与陈翠花将他接至路桥。但在徐桥家只过有三天，金晋南就走人了。金晋南走人后，金苏芳没有惊动任何人，只是带着家人送上山。

徐铉与解冰一得知消息，立刻赶来祭奠。那天，徐铉、解冰面对着在人峰山上新立起来的金晋南坟墓，面对着青山绿水；面对着黄滚滚的澄江水；面对着青烟乍起般的橘林；面对着那一望无际的东海；他们无不是想起民国时期的金晋南，大灾来临时倾其所有为灾民设粥厂的那种豪迈；他们想起民国时期的金晋南，亲至上海为黄岩赈灾筹款再去往湖州购稻米时的那种苦劳；他们想起民国时期的金晋南与朱劭一起，一掷千金筹办育婴堂时的那种无私；他们想起民国时期的金晋南为保黄岩百姓安全、奔走于黄岩和平解放时所表现的慷慨激昂；他们想起民国时期的金晋南所建的第一艘铁轮船正式下水时所呈现出来的快乐与自豪；他们想起民国时期的金晋南率着工商界全体同仁手舞彩旗，列队欢迎中国人民解放军入城时的那种快活与高兴；他们想起中国人民解放军要他的轮船攻打舟山，他眼都不眨一下挥手遂让员工开走船的那种气度。过去了。过去了。一切全都过去了。一切如同南官河的东流水，奔腾入海不回头了。那天，这两位历尽劫难的老友无不想起明黄绾写的那首名叫《送人》的诗：

一雁西来九月秋，黄花绿水送行舟。

旧游何处频回首，水满澄江月满楼。

徐漳所在部队某连养有一条狗。这条狗每次巡逻都跟着一个连长走。由于边境线太长，路太险，根本不是狗走的地方。连队的战士们倒没事，那条狗却出了大问题：狗脚趾全让那锐利的山石扎得出血，根本走不了路。连长不得不抱着狗走。连长实在抱不动了，想给它一颗子弹让它走算了。然而就在这位连长走到它面前时，连长一看那狗的两只眼里全是泪，心一下子软了。那天，全班战友集体作出一个决定：无论如何，也得将这条狗背下山去。于是，全班战士们，遂将这条狗抱起，装上背包轮着往山下背。前一个背不动了，后一个背；后一个背不动了，下一个接着背。就与传递接力棒一样，硬是将这条狗背有二十多里的崎岖山路，最后背至宿营地。背至宿营地后，连队卫生员用布将这条狗的四只脚全包扎起来，养着；后来这条狗的四只脚伤全好了。连长亲自动手做了四只狗鞋子，给它套上。每次巡逻，连长还是带着它。有一天，这位连长去团部开会，那条狗也跟着他去开会。由于雪下得过大，白茫茫一片。那连长不知雪下面覆着的是一条冰河。连长一脚踩上去，“咕咚”一声，掉进冰窟窿里。冰窟窿下面的水流急得不得了，如磁石见了铁末子似的往死里抽，眼看连长就要被那湍水抽至冰层下面。就在这节骨眼上，这条狗猛扑过来，张开大嘴，将连长的衣领死死咬住，这才让那位连长赢得时间，缓过劲来后，慢慢借着狗的咬力翻身上岸。连长脱离危险后，走到团部。徐漳看他全身是冰，走一步“哗棱棱”直响一路，问那连长是怎么回事？那连长将事情的经过说了一遍。徐漳说，狗通人性哪，它知恩图报。某年冬天，大雪封山。连长率领八位战士去执行一项特别任务。他们沿着那国境线山脚，往纵深地带走。走着走着，连长养的那条大黑狗，突然发了狂似的叫了起来；随后往他与那连长身上乱扑。初时，徐漳与那位连长，根本不知发生了什么事。他们二人刚一抬头：天哪，雪崩！连长立刻下令撤退，由于晚了一小步，那次执行特别任务的共有十人，走在最前面的那三个战士，全叫那崩塌下来的大雪埋在雪中。雪崩一停止，连长立刻下令救那三位战士；但摆在他们面前的现实是：他们根本不知那三位战士所埋的具体方位。连长对那条狗下有一条只有这条狗才听得懂的指令，那条狗遂涌身四下闻嗅。那条大黑狗的鼻子灵极了，瞬间即找到那三位战士被埋的具体方位。狗踊跃着、咆哮着。徐漳与战士们立刻扑将上去一起努力。乱扒，乱挖。最后，终于将那三位被雪埋的战士挖出来。如果再晚三四分钟，这三个战士的命就全报销了。

徐漳所在的部队接到中央军委的命令，让他所在部队前往歼灭一帮武装叛乱分子。解放军一个营兵力，面对着差不多有一个团的所谓“独立师”。尽管这些叛乱分裂分子趁着“文化大革命”动乱时节，抢了生产建设兵团值班连的枪。拥有一定武装，好在这些家伙全是一些乌合之众。他们所用的武器，全是老式的七九大盖。时任南疆军区司令员蓝建军一声令下，解放军战士们立刻发起进攻。那可不是闹着玩儿的，全是真枪实弹。时任班长的徐漳一眼看准那个举手指挥的头，举起狙击步枪对准那个头打了一枪。徐漳也不知他打枪会如此精准，射出去的子弹，正好击中那家伙的眉心。那家伙中弹后，一头栽倒在地上。徐漳所在的边防部队，打死打伤十八名骨干叛乱分子。余下的叛乱分子全部举手投降。四十分钟，战斗结束，打扫战场。徐漳来至第一次被他打死的那个人面前。那个人死的样子十分难看。嘴里满是沙子，两只眼瞪得很大、很大。嘴上的那浓密的八字胡子，还在风中瑟瑟颤抖。司令员蓝建军对徐漳下令说，徐漳，你还站在他面前发傻什么？这个人是你击毙的，你快检查一下他的身上，看他有没有什么东西，可证明他的身份。徐漳当兵这么多年，吃了那么多苦，却是第一次真正杀人。尽管他父亲在他小时候，老是和他讲过去，他当中国人民解放军参加打仗是如何如何勇敢，他那时，也只是将他父亲说的事情当作故事听。如今，他真的开枪打死一个大活人，心里说不出的有着一股一言难尽的滋味。那时的徐漳无法说清他是个什么样的心情，甜、酸、苦、辣全活泛着涌上心头。徐漳好些次伸出手想搜他的衣服，又带着点恐惧缩回去。蓝建军大着嗓门在指挥。战友们手忙脚乱打扫战场。蓝建军见他老战友的儿子徐漳站在那里一动不动的样子，开口就骂：徐漳，你傻看什么？还不验明正身？徐漳不得不硬着头皮，翻检那家伙身上穿着的维吾尔族袍子。刚一翻，有个四方形的东西掉了下来。徐漳捡起来一看，全是维文，看不懂。徐漳遂将这个东西交给蓝建军司令员。蓝建军一看那东西，长方形有如公章。蓝建军问，是不是官印？一营教导员说，快叫翻译来。翻译来了。那翻译一看那方印，当时即念出声来：新疆斯兰人民共和国总理印。蓝建军高兴得直拍徐漳的肩膀对徐漳说，好小子，我要给你报功，你打死的不是一般的叛乱分子，而是我们国家通缉已久的恐怖分子的头目，名字叫“卡德尔·艾买提”。

徐瀚陷入了爱情门。徐瀚爱的这个姑娘名叫谭琳。上海青浦区青龙镇人。青龙镇，是上海历史悠久的著名的小镇。位于上海青浦区白鹤镇。白鹤镇与黄岩县一样，建于唐天宝元年。三国时，东吴最高领导人孙权曾在这里精心打造过青龙大战舰大破曹操于赤壁。初唐时，上海的青龙镇曾是东南沿海重要的海防要地。一因它位于吴淞江下游的渎江口，二因地理位置极为优越，三因航运业特别发达，由此一夜咸鱼翻身成为上海一大重镇。宋时，青龙浦即有“小杭州”美称。那个谭琳长得很美，是属于万绿丛中一点红的女性。与民国时期陈诚的妻子谭祥是本家。由于出身于大家子，本人有着极好文化修养与家庭教养。由于谭琳长得太引人注目，无论她出现在五十六团何处，男人们本能式贪婪目光，无不是制导导弹一样，将她牢牢锁定。最后导致眼睛跟着她腰身走，肢体跟着思绪走。谭琳长的容貌是好，但谭琳在性格上有最大的缺陷，就是好反复多变，浮躁轻率。时五十六团员工有不少国民党投诚人员。曾对谭琳这位美眉有过入木三分的评判：树摇叶落，脚摇福薄。这个姑娘怕是没有大福分。徐瀚在某一次学习会上认识谭琳，遂一见钟情。二人立刻陷入恋爱门。陷入恋爱门后的谭琳与徐瀚立刻走在一起。你们要知道，在北大荒，男人与女人来那种事，实在是太方便了。往桦树林子里一钻，落叶如毡子，只要不是三九寒冬。哪一处地方，不是他们的自然婚床？况且这对男女正处于性饥渴期，猫儿贪荤，他们二人岂有不走在一起的道理？

6

1974 年，“文化大革命”在继续。

徐漳加入中国共产党。

徐漳奉命押送大批炸药。徐漳与班里三位战士驾着那辆载满烈性炸药的大马车过爆炸区。过时，他们根本没看见信号员。误以为平安无事，遂驱车往纵深地带赶。哪知刚走有一半路程，无法搞清他那匹深爱的马是不是比人还聪明，那三匹马突然间同时发了狂一般的乱跑起来。驾驭手紧勒着那马韁绳，想让它们别乱跑，就是个勒不住。那三匹马刚跑出危险区，那埋有电缆的爆炸点一个接一个的引爆了。整座环抱的群山一片嗡嗡作响。巨大且尖利的石头，乱纷纷的从光秃秃的山顶上滚下来。其中有一块一米见方的巨石，恰恰落在他那辆炸药车子半米远的地方，若是他们慢有一拍，他别想今天能坐在这里，给我们这些人写信了。

贵州情况有些好转。诸葛南平夫妻决定回贵州。

诸葛南平妻子，终于硬着头皮打破僵局说，大姐，对不起你了。当初，我们全以为你——金苏芳立刻打断她的话说，你没看看我们都多大年纪了，全是中年人了，旧事重提，还有这个必要吗？临走那天，金苏芳终于下令让徐桥去一趟城关，将徐志叫归家中，让徐志与他亲生父亲见一面。但那时的徐志再也不是过去的徐志了，他对这位走资本主义道路的父亲，表现出来的态度十分冷漠。这让金苏芳十分恼火，她拍着我的树身子，对我说，大樟树，大樟树，我金苏芳怎么生下这么一个儿子，心肠硬得没一点柔软处？我抖着身上的树叶子回答他，上帝掷的骰子，永远不会是你想要的那个点。是好是坏，是冷是热，你都得接着，谁叫你与诸葛南平走在一起，生下了他？

徐漳任南疆军区后勤部参谋。

徐漳曾在后勤处养有三十多条大毛驴；专给位于荒山僻岭的连队运给养。初时，后勤部的战士们是赶着它们浩浩荡荡地开往边境各连队去。随着时间的久长，他们养的那三条大毛驴，根本用不着负责后勤的战士们赶。只要后勤的战士们将给养往它背上一驮，它自己组成队伍浩浩荡荡地开往目的地。到了目的地，下了给养后，对方连长给它一个指令，它居然率着那三十多条毛驴，自己顺原路归来。尤其令我们的徐漳大为感慨的是：我们国境线这边的草长不好；国境线那边地面的草长得好。说是边境线，只不过是两方军人钉的一根界柱。对方界柱上刻的是他们国家的国徽，我们界柱上刻的是我们国家的国徽。那大毛驴似乎知道这里有一条看不见的国界线。对方那边的草长得再好，它也不去吃。就在徐漳正式出任克孜勒苏军分区后勤处副处长那年，这条他一手养大的驴长，由于驮东西时遇着大雪崩，让雪给压了。整个司令部后勤处全体战士，怎么找也找不着它的尸体。直至第二年春暖花开，冰雪消融，他们这才找着它。徐漳所在军分区特为这条驴长举行一次隆重的葬礼。

徐漳接受军区后勤处长下达的命令，让他率运输连的战友们，将六辆卡车的军输物资，运至各处边防连队。结果在过大沙漠时，他们整个运输连遇着沙尘暴。那沙尘暴大得不得了。如同一道黑色的大山一样铺天盖地地移将过来。那坚硬的沙子击在玻璃窗上，将大卡车的车窗击得丁丁当当直响。他无法在那车上待下去，只有钻到车子底下去躲那个沙尘暴。一般前提下，沙尘暴刮的时间十分短。不知那次，老天爷犯的是哪股邪，恶毒且又狂暴的足足刮有一个多小时。那可怕的沙子全如山一样当着我们头顶砸将下来。我们那六七辆满载军用物资与给养的大卡车全掩埋在沙子里面。沙尘暴一停，他与他的战友们费了九牛二虎之力，才扒开那沙子，从车子底下那轮胎中间爬出来。然而，摆在他们面前的情况，让他惊愕得说不出话来。那整辆大卡车，只露出一个头。他与汽车连的战友们，不得不一点点地扒开那覆着的沙子，将车子从沙中开出来。那车如喝多酒的醉汉，摇着晃着，在沙漠上开有数里地；结果他们发现自己迷了路。迷了路不说，那汽车还出了大故障。陷在沙里不能动弹了。那时，他们一个连的汽车兵面临着最大的一个问题是饥饿与干渴。运输连连长立刻下令将所有的东西抛在这儿，无论如何得走出沙漠叫救兵。不然的话，我们这整整一个连的汽车兵非活活渴死不可。那时汽车连的一位排长问连长，物资扔在这儿丢了怎么办？那连长是个老兵，当即劈头盖脑地骂了他一顿：这个地方，连个人毛也没有，别说是这物资了，就是死在这里，你的尸体也只能变成木乃伊。人的命要紧，还是鬼东西要紧？连长问徐漳：徐参谋，你看怎么办？徐漳答：照你的命令办。出了问题，我负责。于是，汽车连全体战士，立刻分头行动。当夜，徐漳与汽车连长一起，认准那颗悬在天空上的北斗星方位，率着战士们往北方向走。别看是横穿大沙漠，说是好说，真正实施起来是何等之艰难啊。人是铁，饭是钢，一顿不吃饿得慌。别看那水，那空气，无色无味，天天与我们为伴，我们似乎不觉它的存在；然而，一旦这些无色无味的东西，远离你而去时，你才知道它的存在是多么的珍贵。那时，别的似乎都好说，就是那没有水令人受不了。他们身边每人只带有两壶水。原本可以安全到达目的地。哪知这场沙尘暴一出，让他们走了弯道。那两壶水喝光后，他们的那嘴干得如同硬板糕；随身所带的干粮与咸菜根本没法吃。尤其是那压缩饼干，在你的口腔里干盘着，就是咽不下去。他们不得不喝自己尿出来的那尿。最后，他们连自己身上的尿液也没有了。然而，在他们头上的那大太阳却是高高的照着，我们脚下的沙漠，成千上万个光点在闪耀。瞬时变成一只大烤炉。那汗水一经流出，遂被那毒毒的太阳挥发得一干二净。军衣上只留下一层白皑皑的盐。那时，他们每个人全渴得要死。连长壶里的那一点点救命水，谁也不敢喝。哪个快渴死了，这才让吮上一小口。面对着那浩瀚无际的大沙漠，他们没有选择，只可一步一陷的往前走。他说他那个时候，每走一步，都得耗尽他身上的全部力气。最后，他们每个人如同大卸八块了一般，再也走不动一步。汽车连的好些战友，嘴唇全裂得如胡杨树皮。眼瞅着我们这些战友们快要走不出这块大沙漠了。就在这节骨眼上，他们听到有一只鸟，从他们的头顶上飞过。多年在沙漠行军的经验告诉他们：有鸟必有水。徐漳与那汽车连长立刻鼓起勇气对全体战友们说：鼓把劲，前面有水了。战友们，鼓把劲啊，前面有水了。人啊人，在求生面前，有时候会爆发出惊人的力量。于是，他们一个拉着一个，一个挽着一个，翻过了那个大沙包。当他们全连战友涉至大沙包顶上一看，他们全兴高采烈了。天哪，老天爷有眼，不让他们这些保家卫国的士兵们去死。展现在他们面前的果然是水。初时，徐漳误以为是沙漠幻影。揉了揉他的两只眼睛问汽车连长，是有水吗？是水。徐漳再次揉了一眼，诚然是水。那样子如同一枚镜子直躺在沙窝中的一泓清水。除了那水外，他们还看到泉那边有着一片长势很旺的胡杨林，与一个只有数十户人家的小村庄。他们无法知道那时他们从何处来的那股力气，全顺着那沙包出溜下来。一至那泉水边，一个连的汽车兵，全一头扎入水中，喝了个饱。命是救下了，可有三位战友全身出现虚脱，走不了路了。徐漳自己全身也没一点儿力气了。一时间，他居然进退失据，不知怎么办才好了。好在那位汽车连长有办法，他掏出枪来朝天放了三枪。三声枪响，一下子将那只有十几户人口的维族村震动了。不一会儿，狗咬起来了。维吾老乡们全听着枪声跑出来了。徐漳他们没有一个会说维语，好在中间一个战士是维族人，他上前将他们的遭遇与那些维族老乡们一说，维族老乡们立刻动手将那三位因虚脱而昏迷的战士抬了回去。徐漳蹒跚着来至他们村部，遂给地方上的武装部打了个电话。报告他们现在所在的位置与情况。地方武装部立刻通知他们的军分区。军分区立刻派出了一架直升机，开至出事地点，将他们全部接走。第二天，徐漳与那连长一起，带着八辆好车，来到出事地点。再一看，不知何时又刮过一场沙尘暴，所有的车辆全部埋在沙包里只露一个角。十几个战士再次一起动手，才将这五六辆大卡车挖出来。随着我们而来的参谋长，拍着徐漳与连长的肩膀说，你这两个小子脑袋瓜子真冷静，知道看准北斗星走；如果你们稍微偏一度方位，你们这十几个人，一个也别想活着回来了。另一位部队里的老兵插嘴说，和田不是有一个战士，一直没有找回尸体吗?

徐铸终于惹出了大祸。

这个徐铸，小时候我曾见过他一面。这个孩子脾气特别不好。一有气即抡着一把刀冲着我乱砍。有一次，他上树，因不小心让我身上的树枝弹了一下他的眼，他居然往我身上倒汽油，要将我活活烧死。好在碰着时在参加剿匪的徐桥。徐桥一把抢下他手中的油桶子，恶狠狠地骂了他一顿，这才拉倒。

徐铸是徐坊那房的后代子孙。我只知他随父亲至上海读书。十七岁那年即背着在朱宝山纺织厂做工的父母报名参加上中国人民志愿军。他原是中国人民志原军工程兵团团长任华手下的一个班的班长。别看他长得个子不高，却结实如炮弹，光着身子，那一身皮肤黑油锃亮，雨点落在他身上都滞不住。别看这个小子后来成为阶下囚，想当年，他可是一条真正的汉子。对党特别的忠诚。不打仗则已，一打仗，则生死不顾。据传说，当年参加抗美援朝时，他独自一人对付三个美国坦克兵。在那一片抡圆了的蓝色光焰中，三个美国坦克兵，两个倒下了，一个还往那坦克上爬。徐铸纵身跳起，大喝一声：看刀！那还没回过神来呢，徐铸一刀就将那美国坦克兵劈成两半，瞎拉虎眼的开了一辆坦克回来。1955年，徐铸部队转入建三江一产建设兵团，负责劳改农场的警卫。他当的副中队长。之后是中队长，再之后，是大队长。“文化大革命”一启动，他调建三江生产建设兵团第四十六团任武装股长。这个徐铸可是雄风彪悍不可多得的战将。但金无足赤，人无完人。是人全有缺点。我们不可洗澡时将孩子连同那洗澡水一起倒掉。尽管后来徐铸犯下大错误，但也决不可因此将徐铸的一切全部否定掉。徐铸为人最大的两根软肋，一是脑子如同一盆糨子：工作作风与冬天里暴风雪一样的粗砺、狂暴、蛮干。二是好色，不见着长头发的则好一点，一见着长头发的就好撵得三里地冒烟起。徐铸当中队长时，他就曾为达斡尔族一绝色女子，触犯我们党的民族政策。好在任华爱兵如子，上走下蹿，从中不知做有多少工作，最后娶了那个达斡儿族女子才替徐铸将此事平息。绯闻平息后，团长任华就曾劝过徐铸：好这一口，必死于这口。你想当好共产党的官，你必须管住方向问题、嘴巴问题、床上问题。三个问题中的哪一个你管不住，你必死于共产党的党规与国法。那徐铸也曾流着眼泪对任华盟誓说：请老首长放心。我徐铸决不会在同一块石头上摔倒。任华以为徐铸是个说一是一、说二是二的顶天立地、有着血性的男子汉。他会兑现他的诺言。然而令任华与他的战友们怎么也没有想到的是：这家伙人生最后的一跤，最终还是跌在“床上”那个问题上。

徐桥就在我的树身下，向徐氏族人通报徐铸犯罪时的情况。初时，我满以为徐铸所在的地方，天老地荒，“文化大革命”的狂风暴雨决不会如路桥那样的激烈。哪知，天下的锅都是朝天烧。时黑龙江生产建设兵团的徐铸坚决听毛主席的话，毛主席叫干啥他就干啥。他与全国所有的红卫兵们一样：胳膊上别着红袖章。由此让徐铸登上了权力高峰，成为黑龙江生产建设兵团建三江师五十六团的革命委员会主任。正因徐铸拥有绝对权力后，人性中本就存在着的兽性开始发作。导致一出凄怆的爱情惨剧发生。这起惨剧的主人公是一对正在热恋中的上海青年男女。男的名叫许正道，女的名叫张燕。许正道与张燕二人同是来自天津的支边青年。许正道与张燕二人是在1966年来建三江生产建设兵团天津支边青年中的一对情人。那张燕长得身材高挑，面容姣好。让人瞧一眼，遂有那种赏心悦目的大家闺秀气质。尤其是她有着三个过人的才能，不能不让所有的雄性对她刮目相看。一是张燕擅长于琴棋书画。二是张燕写得一手好文章。三是张燕天生一副好嗓子。那说话时的声音不仅柔婉动听，且带着拨人心弦的磁性。只要听她说上一两句话，即会被她那动人的声音所吸引。初时五十六团的支边青年们没有一个知道她有着如此过人的天才。就在五十六团举行的那次联欢晚会上，张燕登台亮相，主持联欢晚会的节目。如此一展示，可就不得了了。张燕以她独有的迷人身姿与那甜美且动人的声音，在五十六团员工心目中定格。那时，建三江生产建设兵团五十六团近五千名员工，无不是在背后议论：嗨，这个张燕的声音，比那中央人民广播电台广播员的声音还甜美。那时，我们每个男支青年离家时，家中父母嘱咐我们每个人差不多的全是三句话：第一句话是“近地丑妻家中宝”。第二句话是“交要好友处要好邻”。第三句话是“万事莫强求，天予之则得之”。初时，我们这些不更事的少年们，对父母临别时的这种嘱托十分不理解：爱美之心人皆有之。女人的美貌，是男人为之骄傲的资本，怎么反倒是丑妻，成了家中宝呢？直至我们这位美的偶像张燕的凄怆的爱情惨剧一发生，支边青年们这才知道家长们的那番良苦用心。花好有人采，女好有人爱。五十六团的这位美女加才女，就从她那次登台亮相后，遂被时任五十六团革委会主任的徐铸的目光死死地锁定，徐铸的目光一旦锁定张燕，既成就了张燕，也毁灭了张燕。就在这年，五十六团办起了广播。张燕成为五十六团第一任广播员。每天，全团职工们还没有起床，起床的军号“哒哒嘀”一响，她主管的广播立刻率先响起。先是《东方红》乐曲，后是《大海航行靠舵手》。接之，她开始广播各连队通讯员写过来的稿子。在五十六团版图的各连队中，听到的全是她那动人的声音。就当时五十六团来说，张燕称得上名副其实的天下第一美女。许正道呢，与张燕一样，也是个同出山门的大才子。许正道至五十六团，后曾担任过五十六团政治处创办的《五十六团报》主编。许正道父亲是辛亥革命时崛起的天津面粉加工业的大资本家。三反五反时，因偷税漏税，曾被判过刑。那时候，五十六团政治处所办的那个八开版的《五十六团报》，根本没有后来的那种电脑之类的东西，全是用手工一个字联一个字的刻印出来。那许正道真是好样的。刻出来的那个字，个个四方楞正不说，且是一手的好仿宋体，漂亮极了，每名支边青年，一看到许正道编的那个《五十六团报》，无不是拍案叫绝。要知道那时天津去五十六团的支边青年，有两种人。一种是文化程度较高的老三届学生。一种是社会青年。到建三江生产建设兵团后，真正下地做活的，全是那些文化程度不高的社会青年。只要你有初中以上的文化程度。所有场站的职工与领导，无不是对来的天津支边青年们当黄金宝贝看。许正道与张燕二人在天津读中学时，即互相有着极大的好感。男人与女人如同铁屑与磁石，一旦被吸引，双方很难挣脱；男人与女人，如电流中的正极与负极，一旦相接触，擦出蓝色的火花在所难免。在天津，他们二人出于家教与传统礼数，双方均保持一定距离。二人一被批准进入北大荒后，面对着这处充满着野性的黑土地，他们二人内心世界只一直潜藏的野性，遂在黑土地中，绽放出异彩。二人合成一体后，时五十六团上下上千号人，没有一个不认为许正道与张燕是天造地设的一对。就在许正道与张燕两人爱得无法割舍时，1970 年的“文化大革命”上升至沸腾的顶点。徐铸咸鱼翻身当上五十六团革命委员会主任。这个主任一当，让徐铸一夜间独揽朝纲。就在第二次举行五十六团青年联欢晚会上，这位身轻如燕的张燕上台演出了经聂耳改编过的二胡独奏名曲《金蛇狂舞》。刹那间将徐铸变得魂不守舍。时身为五十六团革命委员主任的徐铸，家中早已有一个转业时娶下的北大荒女子，他并与她生有一对如花似玉的儿女。但因动物本能支配了他的残脑，徐铸遂开始对天姿国色的张燕垂涎欲滴。那年，一场逼死人命的阴谋在黑暗中悄然行进。徐铸利用他手中可用的权力，先将张燕调至团部广播站任广播员。播有一段时间，又将张燕调入总机室，当总机接线员。就五十六团当时的情况来说，总机接线员，那是女支边青年最好的工种。五十六团总机室，也被视为机要之地。这就是徐铸精心策划的终极阴谋：他想乘着这个机要重地，利用他可以利用的机会进入总机室接近张燕。并渴望借此占有张燕。那天，徐铸终于逮着一个好机会。他如同一只捕鼠的雄猫悄然潜入机要室。入机要室后，徐铸从张燕的背后一把抱住张燕，欲对张燕行非礼。是时的徐铸满以为张燕会与他所占有过的其他女性一样，乖乖由他那双大手重重揉搓。哪知令徐铸大跌眼镜的是：那张燕可不是下贱的烂花野草。她有她做人的尊严。徐铸当时即遭遇张燕的强烈反抗。这个张燕可真称得上烈性女子，公开对徐铸言明：许正道业已是我的未婚夫。我是个有丈夫的人了，怎么可以红杏出墙？言毕，张燕居然一动不动地立于徐铸面前，大背起毛主席语录：一个人能力有大小，只要他有一点人的精神，他就是一个高尚的人，一个纯粹的人，一个有道德的人，一个脱离低级趣味的人，一个有益于人民的人。你是五十六团革委会主任，毛主席的好子弟兵，怎可如此不听毛主席的话呢？张燕此言一出，令徐铸大窘。徐铸不得不退将出来。徐铸退是将出来了，但徐铸的仇恨，也就火山样的不可抑制地喷发了。徐铸将所有的仇恨全施加于许正道身上。

他认为正因有了许正道，才让他达不到发泄兽欲的目的。昏了头的徐铸决定以许正道出身于天津大资产阶级家庭为由，对许正道实行绝无人性的大批斗。尤其令人匪夷所思的是：徐铸居然对许正道实施大搜查。将许正道至北大荒后所写的全部日记搜出。并对许正道的日记实行断章取义式的抽取某些字句，来佐证许正道是地地道道的资产阶级孝子贤孙。所有罪行一经公布，遂对许正道采取逐步升级的大批斗。搞得许正道身心俱碎。许正道实在是受不了这种带着法西斯式的折磨，终于在一个可怕的冬夜，服毒自杀。如此一个极有才华的年轻生命，遂在肆无忌惮权力的淫权下，自己将自己一笔勾销。时所有蒙在鼓里的支边青年们均不知这是怎么回事，独有张燕明白。那时的张燕，悲愤得前后三次想自杀，最后全让她的女友们救下。直至张燕失声大哭说，老天爷啊，你为什么不将我生得丑一点、笨一点啊？天津的姑娘们这才知道内中真正的秘密。然而，在那个群魔乱舞，有权就是草头王的年代里，一个弱不禁风的小女子，你又有什么办法呢？那天，徐铸摆出一副绝对革命派的样子，劝张燕与许正道彻底划清界限时，张燕毫不妥协。居然伸出她的手指戳着徐铸说，你让我知道什么叫做披着羊皮的狼！你让我知道什么叫做伪君子！如果，你不怕，你就来吧。只要你徐铸不怕报应。也许是徐铸怕事情真的闹大了，惹起全团天津支边青年众怒，最后不得不在无可奈何的情况下将张燕下到一个农业连队参加劳动。徐铸胜利了。徐铸同样也失败了，就从这天起，那徐铸无不是处处看到许正道的身影。某天半夜，徐铸看到许正道拦着他说：你还我命来。又某一天夜，徐铸看到许正道带着一帮子人四处拦着他，不准他走路。他吓得出枪连开三枪。刹那间徐铸发现眼前的许正道与那些飘忽的鬼影一起，演绎成无数只狼。吓得他抱头乱窜，最后一头栽进水泡子里，差不点活活淹死。又有那么一日，他明明看着倒在炕上光着身子的女人是他妻子，他如狼似虎的扑将上去，最后发现是他亲生女儿。他此事一出，气得他妻子发了狂似的抡起鞋底冲着他乱打，大骂他是畜生。如此狂乱的日子，只过有七天，终于有一天夜里，徐铸走进自己的办公室。他刚一进办公室，一个长得与张燕一模一样的女人，站在他的面前，冲他莞尔一笑：你不就是想我吗，你来，你来。这个如同张燕样的女人，当着他的面，将自己身上的衣服一件件的脱下来。徐铸大喜若狂，如一只骚公猪一样的扑将上去。最后发现，他并不是在他的办公室，而是在天津支边青年一女宿舍里，他所压着的那个女人，也并不是他垂涎欲滴的张燕，而是另一位天津女青年。这个女青年一声可怕且锐利的呼叫，一下撕裂夜空。整个天津支边青年全海浪样的涌动起来了。天津支边青年大闹五十六团。天津支边青年集体将徐铸告上中央。时因中央李先念副总理对知青受迫害一事早有批示。徐铸事件立刻引起黑龙江生产建设兵团高端领导的高度重视。徐铸被逮捕法办。

建三江生产建设兵团大量女青年，开始利用自己的婚姻问题，曲线救国离开黑龙江。人们戏谑地称这一年为“女子突围年”。黑龙江生产建设兵团出现的这种女子突围的情况实在不容乐观：那些女青年们，只要她能离开北大荒这个“鬼”地方，嫁给什么样的人全可以。有些女青年嫁至哈尔滨，有些女青年嫁至条件比佳木斯地区要好的山东。有些女青年为了回到家中能吃上那口白米饭，哪怕是年龄大上十几岁的也不在乎。团师领导明知她们如此做法的目的只有一个：想跳出黑土地。但国家婚姻法在那儿搁着，婚姻自由。场站领导权力再大，也无法阻止她们的这种“曲线救国”，只可眼睁睁地看着她们一个个扬长而去。那年十二月，徐瀚一直相恋年久的谭琳说她接到父母的一封急信，说她父母病重要她立刻回上海。谭琳接此信后，即拿着她父母的这封信去找五十六团领导。尽管五十六团领导明知其中有诈，又没什么证据，只可放行。无论是谭琳的朋友们，还是徐瀚本人，没一个人往坏里想。你想啊，徐瀚本人从学习毛泽东著作小组真正认识谭琳那天起，两个人的感情世界一步步往纵深处发展。尽管易涨易退山溪水，易反易覆小人心。天下最难捉摸与把握的是人心。尽管人心之深之浅永远不可测度。尽管人之心，如天上飘动着那朵的云彩，翻覆多变，可也决不会瞬息万变啊。那时徐瀚正处于入党考验期。徐瀚渴望自己加入中国共产党后，趁着寒假时间较长，率着谭琳来一次旅行结婚。将他们二人的终身大事给办了。但做梦也没有想到的是，谭琳这一走，却成了徐瀚与她婚姻的最后终结者。尤令徐瀚怎么也没想到的是：那谭琳回上海探亲后的第十八天，徐瀚接到的却是谭琳给他来的一封诀别信。那谭琳在给徐瀚的诀别信中，说了三点与徐瀚分手的理由：一是她父母年老，需要照顾。她决定辞去所有公职回上海与他人结婚。二是黑龙江的暴风雪实在太厉害了，她根本受不了。三是这块土地，实在是太贫血了，根本令她无法在那里生存。她实在受不了那里的蚊子与零下四十多度的天气与苞米面饼子。你有这个意志，能在这个地方待下去将自己变成白桦林，我谭琳可没这个勇气再在这个地方让自己成为黑土地上的那棵白桦树了。她说她是个有血有肉的凡夫俗子，只知道过着庸常的好日子，她没有那么伟大且绚烂的理想。她只想自己的身体能健康，她的生命能安全。“对不起了，徐瀚，请你原谅我。我一直渴望你能通过你的叔叔徐铸帮我一把，让我上团部工作。现在，你叔叔被捕了，你也成了落水狗了。我再也没有这个勇气在这里待下去了。我的理想与残酷且汗血的现实相撞时，我脆弱的青春，无法承受这种粉碎性的打击。”在她给徐瀚信的最后，附有她写的一首诗：

北大荒
荒芜
我的心长满一片杂乱的杂草
看明月高升
天蓝如海
不知何处是泊岸
风沙骤起
遮天蔽日
草海蜃楼
只剩下一个目眩

徐瀚不看此信则已，一看他的两手如同中了电一样的颤抖。那时的徐瀚，心痛得无可附加。他一直不明白那个他一直深爱着的谭琳怎么会这样？是他有什么地方对不起谭琳？还是谭琳一直在利用自己填补她那时灵魂的空虚，还是利用他徐瀚做她的盾牌来保护自己？尽管那天，徐瀚表面上不动声色，但，徐瀚心头却滴着血。徐瀚终于明白，谭琳与他在一起的目的是想通过徐铸让她有个好职位。现在，徐铸一出事，他一下成了臭狗粪，她离开他也是一种必然了。

第九章

1

1976年，周恩来、朱德、毛泽东三位中国最高核心领导人相继去世。中国政局一片风雨飘摇。正能量与反能量，轮番在中国政坛上较量。

徐漳出任边防十六团一营教导员。

消息一传至家中，徐桥高兴坏了。站在我的树身子底下拿徐漳写的那信给队上的人看。九十一岁了的徐坛，佝着他虾米般的身子说，只有手搔脚，没有脚搔手。可怜天下父母心。哪个做父母的不望子成龙？徐桥答，太公，我不想望子成龙，我也不想望子成凤。我只想望子成人。我只盼望我的儿子长大成人，不让人戳着后背骂他不是人，我徐桥就心满意足了。

徐漳与他爸的老战友李安女儿李茹正式确定婚姻关系。

那李茹，我看过。是李安将她带到金苏芳与陈翠花面前的。他们全在我的树身子定婚事。我从上入下看了一下。李茹人长得很好看。山区农村姑娘。宁溪中学学生。由于徐桥与李安是共生死同患难的朋友，且在他们孩提时即定下的一门亲事。这门亲事一明朗化，在新疆部队的徐漳就极力反对。徐漳给徐桥来信说，他不复员，决不与李茹结婚。徐桥看后，勃然大怒，让他的弟弟给哥哥写信。徐桥在信中将他的儿子徐漳骂了个狗血喷头：说他不是个男子汉。只要你是两条腿中间悬着那个男人的东西，连个女人都不敢接受，你还是不是个男人？徐漳又给奶奶金苏芳写信，奶奶，我实在拿不定主意是接受还是不接受。如果接受，我觉得太残忍。我与我团里的战友们哪天不是在刀尖上跳舞。如果，我一牺牲，她就得守寡，实在是于心不忍。金苏芳给她孙子徐漳回信说，一个好女人，可以成就一个男人。一个坏女人，可以毁灭一个男人。这个姑娘呢，我看了，很好。我的意见是，一切听天由命。如果她命中注定是你的妻子，她早晚会成为你的妻子，如果她不是你的妻子，你想叫她成为你的妻子，这也办不到。如果让我直说的话，你还是先等一等。徐漳听从他奶奶的话，亲笔给李茹回有一信，他同意这门婚事，但，你必须等。我什么时候复员了，我什么时候与你结婚。

徐瀚结婚。徐瀚的妻子不是别人，就是那位一直深爱着徐瀚的同班同学卢子涵。

人长得怎么样，我不知道。我只是听徐志来看他爸爸诸葛南平时，坐在我的树身子底下对诸葛南平说，是黄岩卢家人。她的爷爷不是别人，就是解放前闻名于全路桥的卢逊。诸葛南平问，是什么家庭出身？徐志答，可能是资本家。诸葛南平的眉头一下子扭了起来。我们是无产阶级革命家庭，怎么可以娶资本家的女儿呢？金苏芳恶着烹了诸葛南平一句，你没看看你是什么人？走资本主义道路当权派。上了黑名单，人家父亲没上黑名单，总比你强。诸葛南平说，我只怕他与这样出身的姑娘结婚，今后对他的政治前途有影响。金苏平说，徐铸出身好着呢，现在一下子成了阶下囚。出身，出身，出身能决定一切？刘邦是流氓呢，他还当了汉朝大皇帝。无限朱门生饿殍，几多白骨出公卿。黄岩卢家是大家子，他们家出的姑娘还有不好？讲出身成分，你的家庭出身过去好吗？诸葛南平一下子被金苏芳驳得哑了口。我满以为这个名叫卢子涵的准是个大家闺秀，然而，我做树的第一次出现判断的失误。不久，徐瀚率着他新婚妻子卢子涵归路桥永新大队看望他奶奶与爷爷诸葛南平。当她出现在我面前时，我大吃一惊。她完全不是卢逊的再版，人长得不怎么好看不说，也没有那种女性特有的小鸟依人。我不知他们卢家哪个遗传基因的节点上出了问题：黑肤，方脸，四肢短小，嗓门高亮，行动果决，略带着一点粗野。我想不明白的是徐瀚如此一表人才，又是党员，兵团子弟学校的老师，怎么会娶上这样一个女子？是不是因被谭琳甩掉之后，饥不择食的结果？

徐漳与李茹结婚。

我十分清楚，徐漳与李茹的婚姻是让司令员蓝建军给骂出来的。那天，金苏芳兴高采烈地拍着我的树身说，大樟树啊大樟树，你知道我心中有多高兴吗我那个孙子徐漳鸿运当头啦，两三年内居然出现三级跳，从原来的正连级战勤处参谋，现在一下子成了营教导员。这个消息一传至黄岩，李安一家人全坐不住了。李茹前后多次向徐漳提出结婚，徐漳就是个不同意。是时，李茹同村同龄的姑娘们差不多全结了婚。而独有她一直与徐漳打拉锯战。徐漳沉得住气，李茹沉不住气了。你想想啊，他们全是大龄的剩男剩女了。古人有云，男人三十筋骨坚强可为人父，女人二十而肌肤丰盛可为人母。合为五十，当大衍之数，而生万物。男人从八，三八二十四当从婚。女人从七，三七二十一当有家。现在，她年龄已至二十有五，她再不与她所爱的军人徐漳结婚，再过一两年，她成了什么？老太婆了。那不是黄花菜凉拌了吗？别说李茹本人急，李茹家中也急啊。尤其是李安只有李茹这么一个宝贝女儿。女儿终身一直没尘埃落定，哪个家长受得了这个？尤其上了年龄的老人家，他们深知男怕找错行，女怕找错郎。面对着如此一厚道、本实的好男儿，岂可让他从李茹的视线中淡出？李安当时即作出一个决定，徐漳所在部队的司令员不是他的老团长蓝建军吗？好，我找他去。那天，李安带着他的女儿，坐了整整十三天的火车、汽车，跑到南疆喀什，找到他老团长蓝建军。蓝建军问李茹，徐漳与你全是我老战友的子女，问题是，徐漳这小子是不是真爱你？他怎么不爱我？他有没有别的姑娘缠着他？就他？老是对我说，作为一个共产党员，方向问题、肚子问题、床上问题，三大问题不可犯。就我与他相处了这么多年，他每次归家探亲，我去看他，他碰都不碰我一下。知微见著。如果不是他如此对我尊重，我会对他如此一片痴心，非他不嫁？那他为什么一直不与你结婚呢？他说他怕自己说不上什么时候，一头栽倒在雪山里，再也起不来，让我守寡。蓝建军一下听明白了。蓝建军说，那好，我明白他什么心思了。这事，让我来办。你们先在军区招待所住着。我回司令部找他去。蓝建军归司令部后，下令让徐漳跑步到他的办公室。徐漳根本不知司令员找他有什么事，遂从边防十六团一营营部坐着大卡车来司令员办公室。敬礼。报告。蓝建军声色俱厉地问：徐漳，你必须向本司令老实交代。交代什么？你与那李茹是怎么回事？徐漳一听，明白了，李茹背后有高人出山了。徐漳立刻将李茹父亲与他父亲徐桥这事，那事，及大跃进时他家如何没饭吃，李茹父亲如何送代食品，救了他们一家，两位老家如何定他们二人婚事，他与李茹如何相爱前后经过说了一遍。本司令现在问你，你爱不爱这个姑娘？徐漳略一迟疑。蓝建军拍着桌子喝：我手下的兵，就得敢作敢为。说，痛快话，“爱”，还是“不爱”？徐漳老老实实地回答，爱。蓝建军两只眼睛睁得更大了，脾气变得更凶了：爱，你为什么泡她，一直不结婚？徐漳一个大立正向蓝建军敬礼报告说，司令员，因我的工作一直在边防线上，我怕自己不知什么时候，突然死掉，让她年纪轻轻的守寡。蓝建军更是寸土不让地吼起来：你这个小子，行的是什么浑账逻辑？越是高危的职业，越是结婚要早。不说别的，起码留个后，也对得起后人。都按着你那个逻辑，我们边防军人，别结婚，全打光棍得了？你听着，徐漳，你是我的兵，你就得听本司令命令。我那个老战友李安送货上门了。我已经对后勤处下了命令：今天晚上，我们就给你举行婚礼。司令员，问题是我们二人还没登记。本司令批准了，先斩后奏。当天夜里，南疆军区立刻给他们二人举办了婚礼。

徐家村门前的大樟树第二次结果出现了大红色。

徐桥与徐铉又一起来到树下，面对着一地的红果子十分吃惊：这就是樟树果？是。你看，他们交地都染成红的了。两人同时俯身全捡了那红果子送进嘴里尝了一下子甜得发蜜。徐铉高兴地对徐桥说，阿弟，我们国家要大兴了。你看好果子，红了甜了。徐桥同样往他嘴里送我的一颗果子，他细细一品，果然如此。徐桥说，天哪，这棵树真是神树呢。

徐梓因公出差至北京与他哥徐槐见面。时徐梓大哥徐槐在北京外交部留学生部工作。那天，徐梓在他哥家聊天。他与哥一家人先谈的是国家大事，后说的北京高层政治斗争的一些情况。徐槐说：你们看着吧。中国这场大浩劫，马上就要结束。中国今后啊，必然要大力发展经济，必然不再搞这样那样的政治运动，必然会一心一意的走富民强国之路。随后他大哥话头一转，转至中国的航天事业。就在这次家人热烈的谈话中，徐梓有意无意中得到一消息说：光刻胶是航天器中必不可少的粘合剂，若是有人能将这种光刻胶研究出来，遂可独占鳌头。光刻胶，是制作电子产品的核心技术。是一种通过紫外光、电子束、X 射线等曝光源的照射或者辐射，使溶解度发生变化的耐蚀刻薄膜材料。时光刻胶技术，只掌握在少数发达国家手中。我们国家的一些研究机构，曾在“六五”、“七五”期间一直不断地研究此项技术，但进展极其缓慢；尤其光刻胶的关键指标：精密度一直不曾有大突破。也许是“初生牛犊不怕虎”，也许是鬼使神差，时有一直觉告知徐梓：他若是将这个东西搞成，遂可取得大成功。徐梓几在同一时间作出决定：他将摒弃所有产生洗洁精之类的小打小闹，集中全部精力，研究光刻胶产品。初时徐梓在北京通他哥哥徐槐的种种人脉关系，找到中国交通大学、北京师范大学的专家，一边与他们试探口风，一边企求合作研发。哪知，这些专家、学者们根本不将徐梓看在眼里：就你？一个农村小厂？你有多少科研条件？你想研究成这个？是不是你脑袋进水了？徐梓归家后，当日夜即带着一点试探性的口气问父亲徐铉，爸，我与你能不能将这种东西做出来？徐铉说，毛主席有一首诗写得倒是挺好的。什么诗？世上无难事，只要肯登攀。徐梓问，爸，那我们父子二人“登攀”一下？徐铉文静一笑。就在徐梓父子做下这个决定后，此事震动了国家计委，时国家计委十分支持徐梓父子的行动，批准他们去往日本考察，二十七天过去，徐梓父子从日本归来。徐梓立刻花钱购了一批试验用的集成电路。就从这天起，三十六岁的徐梓与六十六岁的徐铉父子，发了疯般地将自己关入实验室中。失败一次再来一次。有时一干即至天明。有时，连饭也忘记了吃。徐梓妻子一次次地将饭送入实验室，一次次原封不动端了回来。那时，徐梓妻子被他们爷俩的那种疯狂骇得夜不能眠。徐梓妻子最怕他们爷俩突然猝倒于实验室中。

2

1977 年 1 月 25 日，全国大整顿全面开始。废除县革命委员会办事组，政工组，恢复县委办公室、组织部、宣传部。

中国老一辈的革命家终于力挽狂澜于既倒，一举粉碎了“四人帮”。全国一片欢欣鼓舞。全国各地自发举行大游行祝贺这个伟大胜利。

我十分清楚地知道，一直沉溺于光刻胶研究的徐铉父子，对中国政局在当下发生的翻天覆地变化一无所知。时徐铉父子二人，完全被即将走向成功的分子组合所出现的吉兆所陶醉。那夜，正当徐桥将登有这条消息的《人民日报》拿来给徐铉与徐梓看时，徐铉父子几不敢相信这一切全是真的。二人几在同一时刻发出疑问：真的？真的。不相信，你们自己看。父子二人接过报纸看，徐铉只是表情生动地呢喃了一句：好，好，打倒了，好，好，中国有救了。徐梓却高兴得他的高山鼻耸动起来：看来大哥那话说得没有错。二十年啊，整整的二十年，我们家终于要苦出头了。徐铉答，政和则民和，政安则民安，政顺则民兴，政定则民发。得民心者得天下，失民心者必失天下。

驻永新工作队正式宣布组织上的一项决定：摘去套在徐铉头上的两顶帽子“黑学术权威”与“反革命地主”。整整二十九年的覆盆之冤，终于全部归零。

平反文件正式宣布后，我亲眼看到鸠形鹄面的徐铉，既没有高兴，也没有激动；只如一搁湖水略起波纹。时永新大队不少本家社员半开玩笑半认真地说，徐老爷子，1964 年时，我们南官老县委书记吴定福就曾下决心将你头顶上倒扣着的这两顶黑帽子摘掉，他愣是没法给你摘掉。这一下，好了，全摘掉了。你徐老爷子终于石板道地开出花来了。二十年灾难，若是换个别人，死有一百回了。徐铉淡淡一笑款声缓语地答：我做人什么也不求，只求一个心安。心安，天下就安；心不安，天下就不安。不做亏心事，何怕半夜鬼叫门？

诸葛南平重新复职。徐志带着他的新妻子要去贵州看父亲。

徐志特意来请金苏芳与徐桥一起去一趟贵州见一下他父亲。徐桥答，我不去。金苏芳讽刺地答，官场让你在什么时候变得如此势利眼？要去，你自己去？我？老了，走不动了。徐志讨了个没趣，只有自己带着他的妻子走了。至于他与诸葛南平见面会有什么样的结果，我不知道。徐涛也在授课时说，他与我一样，一无所知。

李茹生有一女。起名字叫徐炫。

全国首次恢复高考。且是不讲出身、不讲身份，不讲婚否，只要你年龄在三十五岁以下均可参考。黄岩县首批成为大专院校学生的有一百二十一人。

路桥三千多名徐氏子孙，只有两人考上大学。一是徐漳的三弟徐潸，一个是我徐涛。当徐潸将入学通知书交至金苏芳手中时，金苏芳泪水一下子夺眶而出了。

我亲眼看到金苏芳拿着入学通知书，跑到我的树身下，向我拜了三拜说，大樟树啊，大樟树，我们家终于出了个大学生了啊。

3

1978 年 12 月 18 日，中国共产党在北京正式召开十一届三中全会。这是一次具有划时代意义的十一届三中全会。这个十三届三中全会，不仅对中国遗留下来的历史问题作出一个历史性正确结论，还作出一个令全国人民大松一口气的五个伟大决策：一是停止“文化大革命”；二是废止“唯成分论”；三是将以“阶级斗争为纲”改为“以发展经济为纲”；四是打开国门、走改革开放之路，全面发展国民经济，让中华人民共和国走四个现代化。

路桥十里长街百姓，如同开了锅般地沸腾起来了。实话实说：无论是以阶级斗争为纲，还是反对走资本主义道路，南官这一处从北宋时一无名小镇，因有徐栋、王蒙升、杨晨、徐播、徐垠、丁文渊、俞成模，徐鑫、吴春舫、陈耀亚、陈铭松、金思理、陈宏茂、吴百钧、王慕贤及林、蔡、毛、应、方、高、於、黄、陈诸大姓，在民国时期的共同努力，才让这个小小的路桥，成为浙江东南闻名于世的商业与手工业的重镇。然而，在新中国成立后，在极左的思潮下，路桥却被大铁锤打入十八层地狱，刹那间成为重灾区。有多少才子因阶级成分，让他不得读书；有多少能人，因阶级出身问题与各种可怕的政治运动成为牺牲品。好了。恶梦醒来是早晨。所有的一切全过去了。破冰之船起航了。温煦的春天终于来临了。生命力顽强的小草将要破土而出了。沙漠化了的中国大地，终于现出生命的嫩绿了。是夜，那些受尽歧视的另类家庭，开始大放鞭炮，以至外国人误以为今天是元旦。是夜，所有商店的酒与猪头肉、牛肉、猪肚一抢而空。

徐铉与徐梓父子在失败一百六十多次的前提下，精心研究的光刻胶终于取得成功。

徐氏父子二人第一次将试制成功的光刻胶拿出来放在我的大樟树下付诸实验。先是人力拉，后是机械力试验，怎么也没有拉开。这说明了什么？说明了百分之一百的取得大成功。

徐梓带着他的光刻胶至上海化工试剂公司。（这是一家当时国内技术最为先进的化工企业）那时的徐梓没有什么别的奢望，只求这个全国性的龙头企业，借他一个平台，展示一下他的产品。好不容易的与那位企业负责人见有一面，可那位负责人根本不屑一顾。嘴一抽问，你们厂是什么厂？村办厂。你什么毕业？高中。得了，你别在我们面前筛大锣海撒子了。就你这个一个连大学也没有读过的人，何以能生产出光刻胶来呢？你不是白日说胡话是什么？徐梓答，我现在什么也不求，同样是一辆大卡车，在沙漠里寸步难行，在公路上快如电驰。什么不同？平台不同。我只求你这个当老总的，给我一个平台，让我亮一下相。也许是“蒿草之下或有兰香，茅蒋之屋或是王公”，也许是“人不可貌相，海水不可斗量”，或许是徐梓的这个大鼻子让他看到了他的未来，也许是徐梓这句充满哲理的话，让他感觉到这位后生将不同凡响。这位负责人最后与徐梓达成两条协议：一是免费试用，二是出了问题由徐梓负全责。徐梓一口答应。那天，徐梓将那装有样品的小瓶子，贴上他亲手写下的标签，将标本小心翼翼地放入展示产品的柜台中，如若部队列兵等待首长检阅一般的排成一排。半个月一过，上海电子管三厂与上海无线电七厂、十九厂的厂长亲自来到黄岩县路桥十里长街找到徐梓。一开口即是一批相当数量的光刻胶产品。若干年后，徐涛说他第一次采访徐梓。徐梓兴高采烈地对徐涛说，一个搞科学的人，最大的快乐是什么？你说我是为钱，那是太小看我了，你说我是为名？那是太抬举我了。我徐梓高兴的只一条：我徐梓可以向全社会证明我存在的价值。当一个人的才华与知识，能成大学教授所不能，能破权威所蔑视，能找回我徐梓人生尊严，这就是我徐梓人生的最大成功。

李茹决定考教师。李茹与徐漳结婚时的身份是民办教师。李茹最大的幸福与快乐，也就是教书。那时李茹的学校一直在乡下。李茹每天必须早起去学校上课。那个时候，承载着李茹与女儿的唯一交通工具，即是那一辆李茹费了好大力气托人从仙居才买到的杂牌载重型自行车（那时除凤凰、永久牌外，其他所有车牌子全被称作“杂牌军”）。在那物资极度匮乏的年代，一个人的家中，能有上这么一辆自行车，堪比现在家有一辆小轿车。每至周末学校放假，李茹所做的第一件事，即是从学校出发，至王林接女儿徐炫，然后驮着她往城里那个只有二十平方米的小家赶。每每那个时候，这杂牌车前面坐的是女儿徐炫，后面载的是一天生活用品。李茹呢，一边蹬着这辆加重自行车，吃力地颠簸在窄窄的乡间小道上，一边欣赏着沿途的景色。那时，令李茹最为难忘的是，在那澄江边等候过渡时的情景：那情景简直与沈从文所写的那一篇名小说《边城》有着惊人的相似。那澄江的江面，约有整整一百多米宽。江水现出完全不同的浑黄。江边往来的只有一艘小木船，船老大或用桨、或用一根长长的竹篙，或点或划往对岸撑，如此重还往复。船一停岸，李茹一手牵着女儿徐炫，一手扶着自行车，小心翼翼地迈进那摇着晃着约可载二十人的摆渡小船。为不做亏本的生意，船老大要么等人数凑齐，要么等上半个小时见实在无人，才肯摇动着老船桨向对岸慢慢移动。若是他们一家人至渡口，碰到小船刚出发摇向对岸，那等待的时间就更长。船老大呢，全然不顾他们在这一边翘首以待的焦急情绪。为赶上渡船，他们往往不管渡船在不在这一边，在离渡口还有一段路的橘林里就扯开嗓子高声喊：渡船等一下，以期引起船老大的注意。如果幸运，渡船还未起动或刚要起动，听到喊声，船老大就会等我们赶到。如果遇到了刮风，小船就会晃动得厉害，人很难站稳。为防跌倒，船上的人都会牢牢抓住船沿为依靠。每每一如此，李茹一只手扶定自行车，一只手紧抓船帮。摆渡过江，夏天还好，凉风嗖嗖，让人分外舒坦，一至冬天，那味道可就不一样了。凛冽且寒湿的江风刮在身上，彻骨的冷。

我十分清楚，李茹带个孩子上班，是何等的艰辛啊。每天天一亮，那是李茹最为紧张的时段。起床洗刷后，必须将沉在睡梦中的女儿摇醒。小孩贪睡，有时连喊带推的，她都不睁眼。人的心都是肉长的。每每这个时候，李茹真想让女儿睡个自然醒，但怎么可以呢？如果李茹在这个时候去了教室，女儿一醒，不见妈妈的影子，非哭哑嗓子不可；何况李茹也不放心留她一个人在她那一间小小的宿舍里。李茹左思右想，最后不得不咬着牙齿，硬是将她那个睡眼惺忪的女儿，从被窝里拉出来，然后手忙脚乱地替她穿好衣服，草草地抹上一把脸，再让她和她一起吃早饭。早饭后，这才任由着她在校园玩。那时，李茹所在的中学，是一处农村中学。农村中学与城镇中学完全不一样。农村中学所在地的四周，清一色是水田。在学校周边不远处，还有两口小水塘。李茹不上课则罢，李茹一上课，所做的第一件事，必须千叮咛万嘱咐，让宝贝女儿千万不要到河塘的水边去玩。李茹那个宝贝女儿，长得十分乖巧，性格开朗，不怕生，那样子呢与百货公司摆放的洋娃娃一样的可爱。学校老师与学生们都十分喜欢。一有空，全好将她抱起来亲上一口。尽管如是，但孩子总归是孩子，她总会给李茹闹上一点哭笑不得的事。

第一件事发生在某一天下午第一节课，李茹正在抄板书，忽听得背后传来同学们“嗤嗤”的笑声。李茹正在惊诧，上课时，同学们怎么可以嘻嘻哈哈的呢？李茹刚一抬直头来看，李茹发现有个女同学冲李茹做手势。李茹瞪眼一看，嗨，在这位女生的身边，钻出一个黑乎乎的小脑袋来。李茹一看，刹那间明白是怎么回事了。事后，李茹才知道，时有一位被女儿称为“胖妈”的女同学，中午在校食堂吃完午饭后，见李茹的女儿一人在玩泥巴，就把她带进教室。同学们正逗着她玩，上课铃响，送她出去已来不及了，就只好让她留在教室里，并嘱咐她蹲在课桌下不要出声也不要站起来。不想女儿没按照她们的吩咐去做，抑或是觉得好玩，抑或是累了，忍耐不住挺直了才比课桌高一点的身子这才露了馅，李茹走过去时，李茹的那个女儿，嘴里还含着一块棒棒糖，瞪着她那一对乌黑的大眼睛瞅着妈妈。

第二件事，发生在李茹在上课那天。李茹刚上得入神，教室的后门被轻轻推开。与李茹同校一个女老师站在门口，冲李茹招了一下手，让李茹过去。李茹立刻拿着课本走到门口。那女老师轻声告诉李茹，你女儿贪玩，在她的宿舍里来不及上厕所，把屎拉在裤裆里了，她来问李茹，你将你女儿的裤子放在宿舍的什么地方？我好替你女儿换一下。直至这时，李茹才想起，女儿闹肚子已有好几天了。

我十分清楚地知道，那时李茹面临最大的问题是女儿入学读书与工作问题。那时，摆在李茹面前生活上的艰辛，全不在话下。李茹在山区吃了那么多苦，当下这点苦算什么？与山区农民相比，一个是天堂，一个是地狱。但，让李茹最为牵肠挂肚的心结是女儿的户口问题。那时，国家政策明文规定，夫妻双方只要有一方是农村户口，生下来的孩子必须姓“农”。那时的城镇居民户口与农村户口，无论从哪一个方面的待遇，与农村户口有着云泥之别。徐漳本人是军人，户口在军队。而李茹呢，却是个农村户口。为不让孩子一生下来就被“农”这个紧箍咒套上，李茹不得不将女儿的出生证，一直揣在口袋里，而没有去出生地的派出所户口登记处登记。那时，要想让李茹的宝贝女儿与她本人跻身于城镇户口，唯一的办法是改变李茹的户口性质。但要改变李茹的户口性质，那是何等之难。李茹找叔叔徐梓商量。那时徐梓在厂里上班，李茹走进徐梓办公室。徐梓办公室里围满了人。由于那香烟吸得过多，一片雾气腾腾。徐梓一看李茹来了，知道李茹找他有事。徐梓立刻将围着他的人全部打发掉，然后让李茹坐了下来，他要给李茹倒茶，李茹不让他倒。徐梓说，阿茹，你是不是遇着难事了。李茹说是。他问李茹什么事？李茹将眼下的事情与徐梓一说。徐梓很吃惊，那孩子户口一直没落？是，徐梓说，这哪行。她是不是三岁了？是。接下来可就得读小学了啊。所以我找你商量怎么办才好。徐梓狠吸了一口烟说，当下，我们国家政策如此，谁也没有这个胆，只有华山独条路：发愤努力，参加中考，考上师范民师班，才可使她脱胎换骨。据我所知，那个民师班的设立，就是省政府为解决全省民办教师历史遗留问题而制定的特殊政策，每年从中考招生指标中切出一块来单独招收民办教师进师范学校系统学习。民办教师一旦被录取，一切待遇与初中毕业考入中专的学生相同。你不是民办教师吗？是。是就好办了。你就报考师范。师范一考上，你的户口，即可“农转非”。你那个女儿的户口也就可入城镇户口了。真是屁股跟着脑袋走，徐梓毕竟是厂长，知道的事儿比他爸爸李桥多。就李茹本人对此也一无所知。徐梓要李茹去一下教委打听一下。李茹立刻骑着车子来到黄岩县教委。一打听，果然如此。而且参考在即。打听得实后，李茹回至她娘家决定报考。初时，李茹极为自卑，总认为全黄岩约有两千多个民办教师，报考的少说也有几百人。几百人中间只录取几十个，考取的几率微乎其微。尽管如是，徐漳还是前后一共来有三封电报，动员妻子报考。徐漳在给他妻子的长信中说，人的一生中，老天爷给你的机遇只有一两次。你抓住了，也就抓住了，你失去了，也就失去了。我们何不拼搏一下呢？李茹终于被徐漳说动了，李茹决定痛下决心：破釜沉舟。一因能否考上师范，维系着她本人与女儿的出路和前途；二因她必须脱产参加复习班，强化训练。但横在李茹面前关键的难题，是女儿由什么人来照顾。

这怎么办？送路桥去？奶奶有病，婆婆又忙，公公一只手？怎么带？送她家去？爸爸一残废，妈妈有病。放哪一头，全不合适。时学校有一位名何梅的老师，建议李茹找个保姆。李茹一想也真需要。于是，李茹所有学校的老师们（他们有一个算一个对李茹很好）立刻四下出动，替李茹宝贝女儿找保姆。两天一过，老师们帮着李茹在山下郎街物色了一个阿婆。李茹在老师的陪同下来到了那个阿婆家。李茹实地考察了一下。虽然是农户，住的是那种当时黄岩县农村典型的大寨屋。二层楼。屋前有园子，有农田，屋后有猪圈，有河塘，有篁竹，有一棵大得不能再大的樟树。但这户人家十分洁净，所有的家什全有它们一定的位置。那老阿婆，尽管她的脸皱纹如核桃，但一脸的慈祥样，李茹一看条件都可以，遂一口答应。就从这天起，每天早上，李茹在上复读班前必须在早饭后将女儿送过去，下午放学后再去将女儿接回。山下郎街离她复读的学校，约一里地。一条傍河而修的二米来宽的小路是唯一通道。接送时，女儿往往不愿自己走，非要李茹抱着或背着。下午接回时倒还好，因时间充裕，李茹无需担心耽误上课，可以坚持让她自己走。而早上送出时，那就不行了，时间太紧。李茹没有太多的功夫来哄孩子，也只好顺着她的意，抱着她。最怕就是遇到下雨天，李茹一手拿伞，一手抱女儿，还要留心脚下不宽的路，生怕跌倒摔着女儿，更怕摔进河里。这样过有一个多月，此事不知怎么的就让徐桥知道了。

我十分清楚，那天，徐桥就曾在我的树身下对陈翠花说，我听徐梓说，李茹要考教师。她那个孩子怎么办？陈翠花说，我们这个大儿媳妇，天性刚强，不求人。我几次让她将孩子送来，她就是不肯。说奶奶年老，一大家子人全靠你一个人撑着，我怎么可将孩子交给你。她天生是个犟种，一定要自己的孩子自己带，我又腾不出手，有什么办法？现在这孩子在哪？我只听徐梓说，似乎是放在山下郎一个阿婆家。那我明天去看看。如果队上不忙，你就去一下吧。你妈一中风偏瘫，一天也离不开我。你就去看一下吧。

徐桥坐着车子来到了山下郎。费有九牛二虎之力，终于找到这位阿婆家。不想在阿婆家看到孙女一人呆呆地坐在门槛上，心疼不已，与李茹招呼也不打一下，遂上前问那个阿婆，钱给你没有？给了。那好，我就将我的孙女带走了。徐桥就这样悄悄的将孙女抱走了。

我的大樟树下多了一个可爱的小女孩子。那小女孩就是徐漳的女儿徐炫。

李茹终于如愿地考上了教师。李茹归路桥，想带她女儿归她在黄岩的那个小家，但，徐炫爱上她爷爷与奶奶了，李茹再也带不走了。

4

1979年1月18日，中国共产党理论工作务虚会在北京正式召开。邓小平在此次会议上提出的“四项基本原则”一经发表，真是“一鸟入林，百鸟压音”。破冰之船立刻有了一块重重的“压舱石”。改革开放的航船终于再一次平稳地乘风破浪前行：气吞山河、大开大合、大破大立、整齐划一务实行动，一天三变地改变着路桥的面部表情。原本一直被下令禁止的资产阶级糜烂之音的邓丽君歌曲，“美酒加咖啡，一杯又一杯”，始在路桥的十里长街的大街小巷轻盈流淌。原本红极一时的《东方红》、《大海航行靠舵手》、《造反有理》，极左的老歌渐行渐远，最后终成深埋于地下的古文物。原本是一直被禁止的喇叭裤与阿飞头（过去一旦发现，轻则剪掉，重则示众）现在成为一种无法阻挡的时髦。原本是小偷样东藏西躲的小商小贩，开始名正言顺的登堂入室。是年，黄岩县农村大搞联产到组。是年2月6日，大批去往边疆的知识青年开始返城。返城知识青年因归乡后无法安排工作，曾在黄岩县人民政府大门前静坐。面对着大批城镇考不上大学的高中学生毕业，就业问题成当务之急。（南官从新疆、从内蒙古、从黑龙江，从各地农村返城青年约两千余人）黄岩县委紧急召开会议。经三番五次的讨论，最后作出一个重大决定，将原先挂靠于镇级公社的乡镇企业，统一提一格为大集体企业，统由二轻局与工业局直接管理。所有厂内工人，统一由政府安排。

徐梓的命运第一次遭遇改变。人的命运有时显得十分吊诡：上帝突然掷下的九点骰子往往会突如其来地改变着一切。尤其是改革初期，中国还没有全面进入市场机制。一个企业能否戴上红帽子，极为关键。就因黄岩县委这个决定，彻底改变了徐梓的人生。原徐梓领导的有机化工厂，归属路桥永良大队。主打产品是电子化工材料、胶粘剂，非银盐感光材料，总溶剂与医药中间体。县经济委员会领导潘祖礼与时任路桥镇委书记的鲍宗棠，为图安排更多的城市就业人员，决定将永良大队共同合资兴办的有机化工厂性质由原村办提升为大集体企业，正式更名为南官有机化工厂。徐梓任厂长。

徐漳部队接上级下达的命令，对“东突厥斯坦伊斯兰”所谓的武装部队进行围剿。当然，他们这一帮乌合之众，无法对抗我们国家的正规部队的零容忍。恐怖分子被中国边防军打得一片鸟飞兽散。最后二十多名恐怖分子退至一处森岩壁垒的大峡谷。其中有个恐怖分子一看，不好，遂拉动了一颗手榴弹，朝那陡峭的雪山扔去。手榴弹一爆炸，可怕的大雪崩哗啦啦地顺着那陡峭的石壁滑塌下来，刹那间雪烟弥天，将他们追着的那条小路活活截断。好在徐漳与他的战友们没有被埋在雪崩中。如果埋了，他们一个也别想活下。

徐漳的命运被一场意外事故所改变。那天，他坐着一辆军车去往乌鲁木齐取军用物资。那时，从喀什去往乌鲁木齐，可不是现在。现在从我们的喀什去往乌鲁木齐，清一色是高速公路。那时可不是如此。全是烟尘四起的土路。那车一走，白蒙蒙的灰尘一片。大卡车走到哪里，它那身后永远长出一条大尾巴。一路上早起晚宿。原本那一千三百多公里的路，走四天，因任务一是秘密二是紧急，日夜兼程，让徐漳与他押车一个班的战友只花了三天时间赶到乌鲁木齐。那时，是新疆路况最差的时间，风沙常起不说，那刚刚化开的道路开始翻浆。夏天时因洪水泛滥冲毁道路桥梁没有修好，冬天又冰雪封路。即使是如此起早贪黑地跑，一天也跑不了多少路。他营里的战友们一个个累得活似一只只大“狗熊”。那时，在南疆军区边防十六团一营中最为流行的一首打油诗是：

有女不嫁开车郎，
十有九夜守空房。

有朝一日回家转，

要洗一堆油衣裳。

由于任务紧急，徐漳根本不敢在乌鲁木齐多逗留，到达乌鲁木齐的当天，徐漳立刻取出军用物资。就在徐漳与他的战友们准备出发时，老天爷似乎专门与徐漳的战友过不去，开始飘起一朵接一朵的雪花。新疆那雪啊，可是真叫雪。一片跟着一片，一片比一片大，乍一看，活似大雁的羽毛。第二天起早，一看，徐漳刹那间傻了眼。徐漳无法说清昨夜是在什么时候下的，漫天飞舞、浑沌一片的大雪，院子、房顶上、行道，目力所能及的地方全是一片白莽。那天，战友们请示徐漳，走还是不走？徐漳说，军人以服从命令为天职。上级命令今天无论如何也得将这批军用物资运至司令部。作为军人怎么可以不听命令？于是徐漳下令开车起程。车出乌鲁木齐，过柴窝堡，走盐湖城，眼看着穿过白杨河谷就到达坂城。哪知，老天爷偏在这个节骨眼上，给徐漳他们下了个暗绊子。军车一进入白杨河谷后，雪越下越大不说，那风居然越刮越猛。挡风玻璃上的刮雨器，开到最快挡，才勉强能看见前面一二十米的路况。徐漳不敢掉以轻心。坐在副驾位上，将他的两只眼睁成两只铜铃，全身的神经全绷成一根弦。全神贯注地命令司机往前开。那时，展现在他前面的是一条长长的下坡路。司机不敢加油门，控制着车子，慢速前行。就在司机双手紧握方向盘，瞪大两眼紧盯着前方道路时，突然间，徐漳耳朵边传来一阵异响。徐漳是开车出身，连忙下令司机打转方向盘靠路边停下。推入空挡，拉紧手刹。徐漳接过方向盘轰了几脚油门，结果发现：军车发动机传出一阵阵清脆的像打竹板似的声音。虽然异响不是太大，但凭徐漳开车多年的驾驶经验，很快断定这是连杆轴承出了大问题。敲击声就从那儿传出。部队开车的司机们称那种声音叫“小瓦响”。连杆轴承是汽车的主要传动部件，一旦发生故障非抛锚不可。真是心急吃不得热粥啊。是时，徐漳心揪得比弓弦还紧。当时摆在他面前的是一种什么样的情景啊：一是前不着村，后不着店。二是车外是漫天飞雪，狂风卷着雪花擦过车身发出刺耳的尖啸声。三是他所开的那辆车是苏联50年代初期生产的“嘎斯五一”型车，已老旧得不行。四是车里根本没什么暖气。刺骨的寒风从驾驶楼四面的缝隙里不断往里钻；驾驶室内的玻璃上慢慢地结上了霜花。此时此刻，天气、环境与徐漳的心情全都坏到极点。真有一种“云横天山家何处，雪拥蓝关马不前”的感觉。尽管如此，徐漳心中十分清楚：这种关键时候，光凭感慨与发愁根本没有用。怎么办？在这茫茫戈壁的路边停留，无疑是等死。不仅暴风雪会把他们活活冻死，那饿得急了眼的狼群扑上来，他们还想有个活命？解放初期，就他们部队有个开车司机，就因车子出了故障，停在路边上修理，结果到了晚上，由于他所点的沟火引来一大群的饿狼。他用枪对付它们，杀光了它们一批，后一批跟着上。最后子弹全部打光，那狼却越聚越多。那尖厉的嗥叫声，令夜空为之颤抖。那位部队司机一看不好，只得躲进驾驶室里。哪知，那发了狂的狼，硬是用它们的头撞破了驾驶室的玻璃，扑进去吃掉那位部队的司机兵。最后战友们赶来救时，一切为时已晚，部队那位司机只剩下了一堆白骨。徐漳心想，当下唯一的办法是想尽一切可想的办法，开到达坂城（即是王洛宾写《达坂城姑娘》的那个地方）。然而就在车子离达坂城还有十几公里时，军车终于抛锚。徐漳刚派出三个战友步行去达坂城兵站求援时，他们根本没有想到的事情发生了。一批东突分子约有五十多人顶着大风雪围了上来，企图抢这辆军车上的军用物资。徐漳一声令下，边防十六团一营的十八名战士立刻围着军车组成了战斗队形，与新疆东突分子开战。就在打得一片天花地疯时，东突分子向军车扔过来一颗手榴弹。那颗手榴弹在司机身边落下，还冒着烟。徐漳一看不好，扑上去护战士的命，手榴弹爆炸了。这一爆炸不要紧，战友的命保住了。徐漳与徐桥一样，丢了他一只左胳膊。好在救援部队到了，东突分子全被歼灭，九辆军车的重要军用物资保住了。但徐漳的那只胳膊终于丢在那戈壁滩上。

徐漳复员转业。徐漳转业至路桥镇任路桥镇委副书记。

徐桥就在我的树身子底下面对着他儿子徐漳那只空荡荡的袖子说，我们徐家怎么啦？是不是祖宗坟做偏了。父亲与儿子负的伤全一样？但金苏芳却没这样想。金苏芳说，只要人活着比什么都好。你不也是一只手吗？又是立功又是官，我知足。

5

1980 年，原海门镇被台州地委行署正式划为经济特区，正式更名为“椒江”。是年，黄岩全县批准的集体工商企业达六百七十六家，个体经营户达一千八百户。安排就业人员达三万人。

徐潸毕业。分配至县委办公室工作。

徐潸临报到上班时，金苏芳就站在我树身子底下，警告她的小孙子说，三孙子，你给我听着，你分配至县委办公室工作，我高兴。但，奶奶必须告诉你，伴君如伴虎，你在那个核心层做领导的秘书，得谨之又谨，千万不可将尾巴竖起当旗杆。徐潸点了点头。

6

1981年，“包产到劳”“包产到户”悄然在全国兴起。黄岩县率先在头陀区农村实行“包产到劳”“包产到户”生产责任制。短短一年间，约有七千三百多个生产队开始全方位承包土地。是年，一直穷得叮当作响的黄岩县财政，自新中国成立那年起，终于第一次有了余钱；而我们路桥开始独占改革开放红利的鳌头。

徐桥领导的永新大队率先实行“包产到劳”“包产到户”生产责任制。那时，徐漳亲弟徐泊一直负责永新大队的农业生产。徐泊是永新大队有名的一条活鲤九，脑袋特别好使。他见时葡萄从外地进至南官，价格昂贵不说，且不易保鲜。初时，徐泊想试种葡萄，但心中没底。时路桥一带过去传统名果只有三种：一是枇杷，二是杨梅，三是橘子。解放后，在政府大力支持下，南官又出现名果：西瓜与甜瓜。葡萄却从不曾有过大面积引种。个别家户所种的葡萄，大多只是为看着玩，只是图夏日时凉棚底下好乘凉，根本不是用来做商品。初时，徐泊找路桥管农业的科技人员商量。路桥农科技干部十分果断地告诉徐泊，他对路桥这一带的土质作了周密测试，完全可以引种。于是，徐泊立刻让路桥农科站引进一批葡萄种苗。在农业科技员的指导下开始试种。哪知这一种不要紧，一举成功。所出的葡萄，粒大，多汁、甜。晶莹剔透如牛眼。瞬间打破黄岩县种不得好葡萄的历史沿袭。徐泊试种葡萄一成功，开摘当日，即请周边村落的人们至他家的新葡萄园吃葡萄。一吃，周边村落的人们全长了眼了：与街里卖的味道一个样。不怕不识货，就怕货比货。现实在那儿搁着呢，有什么不相信的呢？于是，大家争着种。这一争种，好。面积一大片。现在，你去永新村周边看一下，遍地全是美丽且壮观的葡萄园。每一葡萄熟时，田路上满是小车与孩子。他们或是去葡萄园吃葡萄，或是去购葡萄。几成一处绝佳休闲场舍。但令徐泊做梦也没有想到的是：他的这个举动，后来却成为台州市委市政府精心打造台州农业观光园区的第一块粗糙的模板。

7

1982年6月6日，黄岩县革命委员会正式取消，还称于“人民政府”。9月1日，中国共产党第十二次全国代表大会在北京举行。邓小平在这次代表大会的开幕词中正式提出：“把马克思主义普遍真理同我国的具体实际结合起来，走自己的道路，建设有中国特色的社会主义。”

徐瀚以干部身份调归黄岩。出任黄岩人民政府办公室秘书。天下没有一片相同的叶子。天下也没有一个相同的命运。徐瀚由于他爷爷官复原职，徐志暗中一运作，船帮船，水帮水，撑船老大帮水鬼。官官哪有不相护之理？徐瀚的调动可以说是一路绿灯。他不回来则已，一从黑龙江回来，就站在徐氏一家所有人的制高点上。

徐桥去世。

徐桥的去世非常意外。时徐桥尽管负伤后当过高级社社长。因拔白旗时遭处理，平反后还了他一个体制内干部工资，但职务却是永新大队党支部书记。时永新大队准备盖上一个大型养猪场，通过李安所在的那个供销社，从宁溪山区购了一批树，编成排，沿着南官溪放下来，再沿着南官河一直撑至永新大队。徐桥带着村干部上树。因两人不在同一肩向。在前位扛树的村干部，没有预先向徐桥打招呼，率先扔树。结果树落地后，因震动而产生的强力，刹那间将徐桥打倒。树压在徐桥的头上，徐桥当场殒命。别看徐桥只有一只手，但徐桥为人极有爱心。时永新大队有一社员因家穷讨不来老婆，盖不起房子，徐桥亲为他请老师头，去石浜大队赊来砖，赊来钱，将他的房子盖上。时永新大队一社员生活有困难，没有钱，向大队借钱，大队没有钱，徐桥遂即将自己的一个月国家发的工资借给他。对方不还，他也不要。永新大队的社员皆称徐桥是“烂好人”。“文化大革命”时，造反派将徐铉关入东岳庙，说徐铉是反革命，天天打天天斗。徐桥率着永新大队武装民兵冲进东岳庙将徐铉抢出。徐桥一直是全国级劳动模范，前后三次见过毛主席。徐桥一死，永新大队百姓就在我的树身子底下哭得成了泪人。但，有两个坚强的女人没有哭。这两个女人，一个是徐桥的母亲金苏芳，一个是徐桥的妻子“母象”陈翠花。永新大队全大队社员出动，为徐桥举行极其隆重的葬礼。

徐桥去世后，什么人当书记，成了永新大队的抉择。

村班子就坐在我的树身下讨论。当时议论这一个也不行，议论那一个他不干。其中有一个干部说，我们还是去问一下徐坛吧。好。于是他们集体来到九十六岁了的徐坛家。其中一副书记说，你是我们徐氏子孙辈分最高，活得最长的人了。我们全知道你会看相，你老太公头，给我们说说，让什么人来当我们的官？徐坛说，只有一个可当。谁？徐漳。问题是人家是国家干部，他愿意来吗？他不是共产党员吗？共产党员不是要听党的话吗？只要你们集体向黄岩县委要，我看黄岩县委让他下来兼大队支队书记，他还有不干的？

三百多名社员集体至黄岩县委要徐漳出任永新大队支部书记。时任黄岩县委书记的是南下干部狄绍康。狄绍康说，你们大队书记自己从党员中选就是了，怎么上县里来要来了，社员们说，我们要的这个人必须得你同意。狄绍康问：那人是谁？社员们提出了徐漳的名字。狄绍康问，为什么非得要他？社员们答，就他与他爸长得一样，有脑子。他可是国家干部残疾军人。社员们说，所有必须得你点头。最后黄岩县委经仔细研究，不得不同意永新大队全体的要求，让徐漳走他父亲徐桥一样的一条路：路桥镇委副书记兼永新大队党支部书记。拿的是体制内工资，干的是农村大集体的活。

徐漳走马上任。走马上任后的徐漳一看那时的永新大队，集体经济是空壳蟹。全大队社员穷得连盐都购不起。许多家所储口粮只可吃半年。他心想，怪不得谁都不愿意当这个大队书记。徐漳想，什么叫社会主义？社会主义也不是让老百姓困难得穿不上裤子、吃不上饭哪？徐漳遂至路桥七个行政村取经。至石浜大队与方林大队，时石浜大队与方林大队均办有砖厂，靠做砖挣钱解决社员生活问题；至永良大队，永良大队时有徐梓办的日用化工厂挣钱解决社员生活问题。至丁岙大队，丁岙大队时有建筑公司解决社员生活困难问题；至卷桥大队，卷桥大队靠办盘香厂解决社员生活问题。徐漳为人精明。深知无农不稳，无工不强，无商不富。当村里有人让徐漳请徐铉帮他们办一个同性质的厂。徐漳想去徐铉家，听一听徐铉这个大行家的意见。时徐铉家在路桥卖芝桥，路桥有史以来的第一个集约性菜场就在他们家房后。徐漳一去，见一路上全是海鲜摊子，又没有一处规范的市场，折腾得连茅坑弄头全是跳蚤式地摊。一道灵感划破徐漳思维时空。徐漳自己问了自己一句，我何不办它一个与菜市场同性质的小商品市场？一可规范生活环境；二可集中购买点；三可趁机收取摊位费以解民困。如此“连中三元”的大好事，我徐漳不先下手为强还待何时？

徐漳一身军装，荡着一只空膀子，走进黄岩县委，找到县委书记狄绍康。徐漳对县委书记狄绍康说：我想办个小商品市场。凭着规范民间做生意的经营方式与收取摊位费来解决永新大队两千多户的生活问题。你看行还是不行？狄绍康为人谦和，厚道，实在，敢担当。在黄岩县口碑极好，人称“狄大将军”。面对徐漳一石三鸟之举，当然是求之不得。当时即明确地作答复说，如此大好事，岂有不同意之理？你们同意？县里当然同意。我干了？你干吧。如果有人说我徐漳搞资本主义怎么办？天塌下来，有高个子的顶着。上头一有“狄大人”同意，我还有什么不敢干的？

徐漳果真就甩开膀子干起来。那时徐漳就在永新村辖区内，将所有晒谷场、废庙宇、空房子，一古脑儿利用起来。或是平地，或是搭棚绞架，或是架空心水泥板。七天一过，一切安排妥当。徐漳为永新大队初办的那个小商品市场起了个名字：叫黄岩县永新小商品市场。开市日，人如潮涌。每一摊摊位费仅收五角。然而，徐漳怎么也没有想到，他被社员生活逼出来的无奈之举，却开了全国市场经济的先河。

8

1984年1月，邓小平南巡视察深圳、珠海、厦门，并发表重要讲话。是年10月20日，中国共产党十二届三中全会在北京举行。中国共产党十二届三中全会正式通过《中共中央关于经济体制改革的决定》。打从这次三中全会后，改革以它独有的步伐，开始迅速在全国全面推进。

十里长街所谓的董事长、总经理如雨后春笋般地涌现。时有人曾开玩笑说，现在无论何人拿起一块小石头往路桥的十里长街的人流中砸一下吧。砸着的八个人中，有七个是董事长、总经理。

徐铉精心试制的烃基重氮盐，第一次填补国内空白。最高精度2～3um的光刻胶产品，获得浙江省科技进步二等奖。由于那高精度国产光刻胶在路桥这一家名不见经传的小企业里问世，遂引起原国家科委、化工部、电子工业部的高度重视。两部一委领导前后三次至徐梓领导的有机化工厂参观。据那时的相关报道，徐氏父子在高精尖化工方面的研究成功，曾在同行业内引起不小震动，也给徐梓领导的有机化工厂带来了无限的生机。那时，每公斤光刻胶在市场上可以卖到一万元，且是有价无货。有机化工厂所生产的光刻胶正好填充了市场空白。最后徐梓父子精心研究的这项科学成果被国防科委选中成我国运载火箭优质配套产品。这个消息一传至路桥。是时的路桥大喜过望，真是鸡窝窝里飞出了金凤凰。时任路桥镇委书记鲍宗棠提请路桥委讨论，破天荒地下令将徐铉的月薪从原来的三十二元，猛增至六十二元。

我本人大学本科毕业后，考上社会学硕士研究生。因写论文需要，拜访我的老太公头徐铉。那天，我第一次来到深坐于路桥十里长街深处的徐家大院。那时的徐家大院，犹如侥幸在劫难中留下来的古文物，一保过去本色，巍然不动地坐立在栉比鳞次的古屋老楼间。我立于老太公徐铉家门前，看着那古老的色彩剥落的大门；看着那嶙峋斑驳的泥灰雕；看着那依稀可辨的杨晨亲笔所书的对子："忠孝传家久，诗书继世长"；看着那一扇扇花格子的石雕花窗；看着那长方形的、用青石板铺成的道地；看到我老太公徐铉家中堂上摆放着的那张八仙桌，八仙桌子上摆着两只花瓶；看到那中堂的柱子上有朱劭亲笔书写的一对："礼义之门是称世族，廉让所宅乃曰仁风"；看着我老太公徐铉家中堂高悬着的徐氏祖上的画像；也看到那两把并列于八仙桌两边的红木太师椅；看到那两棵虬劲的石榴树正怒绽着火焰般的花。整个我老太公的徐家大院，一直无声地向我诉说着历史的沧海桑田、诉说着人世间的温暖与炎凉。那天，我终于见到心目中一直仰慕着的传奇式老太公头徐铉。尽管那时的老太公头徐铉，因年老，背始佝偻，步履蹒跚，沟壑绵绵的脸上，书写着他人生的种种劫难；尽管那时的我的太公头徐铉不再是过去含英咀华的徐铉了，因高龄语速迟缓沉滞；但，徐铉的头脑异常清晰。我与老太公头足足交谈有一上午。从不轻与人言的老太公头，也许与我有着天生的一种缘分，轻声中带着点呢喃地与我谈及他的人生，他的经历，谈及他所经历的两朝人与事。让我永生难忘的是，徐老太公头讲的四句话。第一句话是：他说他的一生，可分三个阶段：第一个阶段，是有理想、有抱负、有才华、有志向的"四有"青年，那时候他的终极愿望是科学救国，一心想当科学家。因国家战乱四起，迫于家计走上实业道路。第二阶段是阴差阳错的阶段。这阶段他确实想以实业救民，以实业救国，为家乡百姓做一点好事，解决他们的生存困难，结果呢，命运女神与他开了个天大玩笑，让一个从不参与政治的人，走上了从政之路，让他当上路桥商会会长与三整年的路桥镇长。第三阶段，是他人生回归至原点的阶段。他说他的人生最终画了一个圆，还是落到他年轻时心中想的那个点：让他在晚年时重拾课题从事科学研究。他喊叹地对我说，做人哪，什么叫头圆？这就叫头圆。第二句话是：他说他的一生，委曲过、受辱过、高兴过、痛苦过、坚强过、软弱过、犹豫过、坚定过，尽管他有过这样那样的挫折与痛苦，但，他一直是以诚待人，以厚处世，以亏为福。财非义不取，话非仁不说，行非道不走。是非只是省己，成败只是由天，毁誉只是由人。他说他做人最高原则只一条：处理任何事情，必须上对得起天地，中对得起他人，下对得起自己良心。永远让自己心安。第三句话是：他说他一生最为服膺的中央领导人只有两位，一是周恩来，他委曲求全保下这么多人，只有他做得到。二是邓小平，只有他，才能力挽狂澜，让中国走上破冰之旅。第四句话是：他说当下中国是历史以来最好时机。我听后，当时不得不用极其惊讶的眼光一动不动地盯着我的老太公头。真是真人不露相，露相非真人。谁说我老太公头徐铉大考只是一个化工之父？谁说我老太公头不关心政治？徐铉毕竟是徐铉，他一直在思考、在反思。“虽有佳肴，弗食者不知其旨；虽有至道，不旨学而不知其善”。不在此门，只是他不愿说出来罢了。

9

1985 年 6 月 6 日，黄岩县革命委员会正式取消。还称于“人民政府”。极左思潮时所出现的“人民公社”称呼，一刀削去。统统回归至原来的经度与纬度。同年 9 月 1 日，中国共产党第十二次全国代表大会在北京举行。邓小平在这次代表大会的开幕词中正式提出：“把马克思主义普遍真理同我国的具体实际结合起来，走自己的道路，建设有中国特色的社会主义。”

徐铉去世。去世前，徐铉说什么，也让他的儿子徐梓推着他去过去他一手创办的民丰酒厂看一下。

我亲眼看到他叹息着对他的儿子徐梓说，这个厂，有着他与解冰一辈子的心血，如今看成了这种样子，他心痛啊，徐梓十分理解父亲的心情，但，没有他法，只得将他父亲推回来，就在推回来，扭头回顾时，徐铉咽下了他人生这口气。徐漳一得知消息，即与徐梓一起，将徐铉抬至人峰山徐氏墓园。

后路桥有一读书人曾借古意书一诗，送徐铉上山：

悼词徐公擅商窗，弹罢琼魂泪一双。

妙绝当年陶朱公，商家气派压西江。

徐氏族人集体要求将永新村还原为原来的徐家村。徐漳坚不同意。他之所以不同意，原因有两点。一是现在这个永新小商品市场名声在外。一更一改对做生意有影响。二是现在的徐家村再也不是过去的徐家村了，是开放型的徐家村了。我们何必在这种名字的问题上大做文章，伤了他姓人的心？

徐漳再甩出两个大手笔：一是路桥办起全台州首个旧钢铁市场。占地约两千多平方米，摊位可容一百多个。年上市量约五百多吨。二是空手套白狼地办起全台州第一个竹木交易市场。年成交量约达七百万元。大河有水小河满。集体经济一有钱，永新大队首当其冲享受到改革开放给社员们带来的红利：六十岁以上的老人，第一次每月有养老金，中小学生读书费用，第一次由集体承担；村民医疗费有史以来可按百分之三十报销。

我去看望路桥中学老校长解冰。那天，我至解冰的家。关于解冰一生的是是非非均由他人去评说，但我不能不为老一代革命近卫军所保留着的情操与坚守所动容。我亲眼看到解冰住在黄岩县城关镇东禅巷一间充其量只有十几平方米的房子里。靠着北墙是一张小床。对着窗户是一张比他年龄还要老的书桌。书桌上摆有文房四宝。四面墙壁全是书，一直从底下至天花板。尽管那时天气很热，但老校长解冰身上却穿着早已被时代所淘汰了的、过去读书人常穿的那种长衫。只要你是个人，又有什么人能逃脱大自然的法则呢？解冰老了。解冰老得如山里的一棵老樟树，身上长满苔藓了。瞅他那时所现的样子，似乎有一阵山风吹过，他就会轰然倒地了。尽管时解冰这位老革命、老校长、老教育家，戴着圈套圈的重度近视镜，透过他那碗底厚的镜片，我看到他那对炯然的大眼睛如若两粒小绿豆；但，路桥中学老校长的精神，一往故我的显得青春且精神。当我坐下后，解冰先是给我泡上一杯茶，然后与我谈起关于路桥的许多往事。他说起了他与徐铉办厂的事情；他说起了他与诸葛南平见面时的样子。他说他一生所犯下最不可宽恕的错误：即是他不应当在反右时，对路桥中学那些怀着好心给共产党提意见的那老师采取高压态度。言罢，解冰一声长叹，老泪纵横。我怎么劝也劝不住。也就在这天，我看到解冰老先生用毛笔写在一张小纸上的诗：

依旧青衫老此身，甘愿作嫁为他人。

南官河水东流去，往事长忆碎人心。

世态炎凉原有故，人情冷暖岂无因。

只恨此生事不慎，辜负人民一片心。

我看后怦然心动。深觉解冰如同生于人峰山巅的那棵伤痕累累的大樟树，尽管它身上早已百孔千疮，但它依然巍然挺立。

路桥徐氏最后一位高辈分老人徐坛去世。享年九十有九。

我亲眼看到：全路桥徐氏子孙约八百人，送徐坛上山。因徐坛的去世是属喜走，按过去民风，所有第三代子孙全部着白服，但在胸口，必须别上一朵红花，胳膊上缠一道红丝线。第一代高祖出现的情景再一次重新在路桥出现。送葬队伍的先头部队到了人峰山下，队伍最后人还站在我的树身底下。

解冰去世。终年九十有六。

在我的脑海里，终生难忘的是解冰老校长曾在我树身子底下与金苏芳说的五句话：一是万物并育不相害，道并行而不相悖。小德川流，大德敦化。教育一事大如天。当下中国最大的失败就是教育上的失败。校长是魂，教师是手足。校长无魂，教师无识又无德，何可令学生成才？二是无论东方西方，任何国家的主流精神，不是强调做人要有崇高与牺牲的两种精神。人的欲望如水，导之东必往东流，导之西必往西流。如何引导是社会价值取向的关键。三是一个社会必须要讲伦理。家庭有家庭伦理，社会有社会伦理，国家有国家伦理，自然有自然伦理。父要像父，子要像子，教师要像教师，学生要像学生，官员要像官员。一切全都颠倒过来了，社会也就不是社会了。四是无论是做人做事均有底线，如果一个人什么底线也不讲，这个国家行的是丛林法则，麻烦就会变得很大。五是无论做什么事情，均得有个度，一旦过度，必会物极必反。就在解冰去世那天，我突然发现这位老布尔什维克，尽管年事已高，解职闲居，但他一直反省着自己，反省着国家，反省着民族的文化根结，思考着中国前进时所走的每一步。

金苏芳将她这么多年的退休金与积蓄全部拿出，办了一个福利院，专门收那些孤寡老人与孤儿。

金苏芳就坐在我树身子底下晒太阳时，将她的儿媳陈翠花叫至她面前说，该走的全都走了。好就是了，了就是好。我也到该走的时候了。这些日子，我老是做梦，梦见你爸爸叫我与他一起住。我呢，心中一直有个心事没了，也只有你帮着我了了。陈翠花说，妈，什么心事，你尽管说。我能帮着你了的，一定帮你了了。金苏芳说，翠花啊，过去我是徐家定下来的当家媳妇，现在，你是徐家定下来的当家媳妇。我曾看过我们徐氏老太公头写的一本书。老太公头在给徐氏后代子弟的族训中有一段话，让我终生难忘。妈，什么话呀？老太公头说，话不可说尽，事不可做尽，钱不可花尽，功不可邀尽，福不可享尽。留一半财富于社会，留一半福分于他人。我金苏芳打从与你公公成婚生下徐桥，后又与诸葛南平同居，生下你小叔徐志。我怎么也没有想到你给我生下的这个孙子徐漳，会有那么大的出息。比我们徐氏一百年间出的哪一个都厉害。我们徐氏一门有何德，令后代子孙如此发达兴旺？我打从退休后，一共积蓄了五十多万。放在这儿，也只不过一个数字，我想办个福利院，救一下那些无所依凭的老人与孩子。我只想你这个徐家的当家媳妇，帮着我牵头办这件事，了我一场心愿。陈翠花点了点头说，妈，放心。孩子们全大了。我在家闲着也就闲着了。我来张罗这件事。

10

1986年，徐漳决心利用永新村的优势打造出一个顶尖级的小商品市场。据后来资料显示，永新村这个小商品市场正式建成后，将以产销为主，以经销为辅，以批量销售为主，批零兼营。上至高档商品，下至日常百姓生活所必需，应有尽有。据统计，时有品种八百多种。不同规格的产品四千多种。

我十分清楚，永新村打造的那些个小商品市场，真有一点“有心栽花花不发，无心插柳柳成荫”的味道。是年，路桥地域表情，再次出现夸张式的大喜剧。永新村翻身成为全南官手工业产品的贸易中心。大大小小的旅馆、饭店一百多家围着小商品市场兴起。市场周边村民家家空余的房子，或成门面，或为仓库全部出租。从一面朝水田背朝天、食不果腹的赤脚杆农民，一下子成了放个屁都将裤子油了的富民。那种爽朗感可想而知。

徐志来看他的母亲金苏芳。

徐志坐在我的树身子下感慨地拍着我的大树身子说：过去地主住的房子，农民住了；过去资本家吃的饭菜，农民吃了。如果再来一次土改，重新评定成分，永新村村民全成了大地主了。

全国二十五个省市的客商闻风来至黄岩县。全国各地参观团一批接一批的前来参观。徐漳为接待来宾，不得不兴建全南官第一家村办宾馆。

我亲耳朵听到时任浙江省省委副书记省长沈祖伦，在参观现场会上说，我们浙江省地少人多，只有发展经济，才可让农村正式脱贫。

精明的南官人闻风而动。全台州有成千上万的人涌出山门，如同贪婪的蚁群一般开始奔向全国。

徐炫南官第二中学毕业，考入浙江大学。那时的徐炫，完全出脱成一个带有贵族气质的大姑娘。

她临上大学前，她接受她父亲徐漳的意见，前来向我拜别。她两手合掌的立于我面前说，大樟树，大樟树，若干年前，你保佑了我爸爸的命，我一定学习你的优秀品质，将书读好，为人类走向与自然的和谐而努力，大樟树，大樟树，你就保佑我吧。我将以你为榜样，将人做好。也就在那天，我仔细地端详了徐漳的这个女儿，她长的样子如同从徐漳的模子里倒出来一样。尤其是她那个长得标直的希腊式鼻子，与她那个太公徐锜如出一辙，而她长的那个富态样，又如她那个太婆金苏芳与奶奶陈翠花。

11

1986 年 7 月，中央正式宣布解放初期定下来的所有阶级成分全部取消。过去政府部门从地主资本家手中没收的东西与房产全部归还。

天哪，天哪，中国的世道，几乎是在一夜之间全部且彻底的翻将过来。

徐鑫一家，所有子女全苦尽甜来，生活上终于现出了第一缕骄人的亮色。是年，徐鑫后代子孙，有一人成一名牌大学科研课目的带头人。有一人成某一中学名英文教师。有一人在上海出任某一家杂志社副主编。有一人成十里长街新富。有一人成台州地区政协委员。虽然其他子女没有成为浮在水面上的“杠头杨梅”；但“柿子红在枝头，番莳红在地里”，各人有各人红法，他们总归是有了他们人生的最好归宿。那年，丁文渊后代子孙，终于有了他们在社会上做人的位置与应有的尊严。原本被政府没收了的八间店面屋，全划归于他们子孙的名下。那年，王蒙升后代子孙历尽劫难后，无不是成为天之骄子。王朝宗在 1989 年病故后，追悼会上，三十一位中国人民解放军将军参加。王朝宗的骨灰一半入八宝山公墓，一半归路桥老家。王也隽时为中国第一代航天专家，前后曾多次受中央高层领导人接见。那年，我们古老的十里长街，因有政府搭桥，牵线，唱戏。如同八月间汹涌的大海潮。人人动手，个个踊跃。路桥几在一夜间成为了名副其实的大商场：无处不店，无地不摊。十里长街的地价与房租几乎在半年间出现飞涨。始是三十万一间，后是四十五万一间，再后来居然从八十万涌身跳至一百二十万的天价。几乎寸土寸金。那些外来商人不闻则已，一闻，无不为之咋舌。租金呢，更是一路狂飙。凡拥有临街房的人：翘起他的二郎腿，什么也不干，光房租每年即可拿它十万八万！于是，我们路桥的十里长街有史以来再次出现一批“食利新阶层”。

12

1987 年，徐泊瞅准一个商机：若是处理好海上鱼鲜的冷冻质量，然后与市场打它一个时间差，遂可获其大利。别看徐泊读书不怎么样，但为人与徐漳一样的精明且有决断力。一旦定下，决不轻改。为此徐泊出巨资在金清港建有一座大型冷藏库。渔汛期一至，他四出收购带鱼、黄鱼、对虾、梭子蟹、墨鱼、鳗鲞等海鲜，分门别类入储于冷藏库。一直放至年节消费档期海产品出缺；他遂将他冷藏的海产品分门别类一一推出。如此创新一举，刹那间填补人们对海产品需求上的短缺。他的冷冻海产品立刻翻身成市场上的抢手货。别看徐泊读书不多，但，中国的人情世故，他比任何人都清楚。中国是讲人情的社会。每逢年节，送礼是不可或缺的人情关。为图海鲜能经久流转，徐泊前后经过三十多次试验，终于发现以泡沫箱密封海鲜可久存两周左右。

徐泊遂出资大批量制作塑料泡沫箱。出售前，先成双结对地放入各式各样冷冻海产品。密封后，再贴标签。起上一个好听且吉祥的名字：叫某某海鲜大礼包。并定下一条商业规则：凭着那张盖有他名章的特制票，即可在各大城市他开办的海鲜品连锁店中提取。此举一出，深受用户热烈欢迎。

我亲眼看到，徐泊的海鲜礼品店开满全国各大城市。海鲜大礼包，成为社会送人情礼的一种新时尚。风行于上海、杭州、武汉、太原、北京、辽宁。直至今天，徐泊创的这个时尚，一直在流行。有一次，我听两个外地来的青年人在我树身子下说话。男的问那个女的，过年你让带什么去你家呀？带海鲜大礼包吧。你爸妈能喜欢？上年你给我家带上一个，家里人全高兴坏了。我们什么时候吃过这样的鲜海鱼呀？带几个。四个。我妈，我姐，我哥，我二姐。一家一个。

徐瀚出任黄岩县人民政府办公室主任。就在他上任后不久，他爱上了一位比他原妻子长得更加漂亮的女性。这个女性名叫艾尔。时是文化馆一位舞蹈演员。二人打从见面那天起，就以闪电的方式坠入了爱河。二人一有男女间应有的那件事后，对方很快怀孕，对方提出要求必须与她结婚，如果你徐瀚不与她结婚，她即将此事面世。徐瀚决定与妻子卢子涵离婚。

徐漳去黄岩参加县经济改革工作会议。徐漳刚至县政府大门口，遂发现有一女人，手中举着一个长方形的大牌子，站在县政府大门口。初时，徐漳不知这个女人就是徐瀚的妻子，他误以为是前来告状者。因那时，全国正是落实“文化大革命”政策与集体企业与国营企业改制问题。或因落实政策不到位，或因改制时伤着了些个人利益，告状的人特别多。徐漳快走至人民大会堂门口时，一个门卫前来驱散这个举着牌子的女人。那个女人忽然间发了狂似的大喊：你们为什么不处理徐瀚这个陈世美？你们为什么不下令将徐瀚这个陈世美赶出人民政府？徐漳一听是“徐瀚”的名字，开始误以为自己听错名字。上前细看，让徐漳毛骨悚然的是：那牌子上明明白白地写着“徐瀚”的名字。初时徐漳想进县政府办公室找徐瀚问个水落石出，一看表，开会时间已到，徐漳不得不去参加会议。尽管那会议开得十分热烈，但徐漳一直心不在焉，脑海里转的全是徐瀚那件事，会议讲的那些内容，徐漳压根儿没有听多少。下午四点，会议结束。徐漳立刻去县政府办公室找徐瀚。徐漳一进县政府办公室。即发现徐瀚的处境非常不妙。同事们回答徐漳的话，一是冷若冰霜，二是脸部没有表情。徐瀚在吗？不在。他上哪了？不知道。徐漳很想问一下门口那个举牌子的是徐瀚的什么人，又怕冒昧。因徐漳参会前，业已购好回程车票。徐漳不敢在城头多待，只可坐着车子回路桥。徐漳一至自己的家，立刻给徐潸与徐梓二人打电话，要他们二人务必在这个星期日，去他办公室有要事与他们商量。初时，徐梓与徐潸二人，根本不知徐漳找他们有什么事。次日的一大早，即来至徐漳办公室。他们一进来，徐漳连一口水都没让他们二人喝，拿出三张去往黄岩的车票，发给他们二人一人一张。徐梓问：干什么？去黄岩。做什么？走吧，路上说。时间不早了，车快开了。那时，徐潸与徐梓心中一片云山雾罩，不知徐漳葫芦里卖的是什么药。徐梓问：是不是我们徐家有人出事了？不是。是不是我们家什么人生病了？不是。这也不是，那也不是，到底是什么事？如此风风火火？徐漳答，到车上说吧。路上我三言两语，说不清。直至他们三人一起上了去往黄岩那辆公共汽车，徐漳这才将徐瀚婚变一事与他们二人说了。徐潸与徐梓二人听后，一脸愕然。徐漳说：是不是他妻子红杏出墙？不是。是不是徐瀚琵琶别抱？说不清。不管他们之间发生什么事，我们必须将徐瀚劝住。徐潸说，婚姻自由。牛不喝水，不可强按头。为什么哪？徐漳答，你有所不知。现在我们徐家所有人中，徐瀚是政治前途最为辉煌的一个。如此一折腾，他所有的一切将全部彻底的大雪崩。徐潸呆了。徐梓也呆了。他们三人无法得知徐瀚的背后曾经发生过什么令人惊骇的大事情。一个小时过去。他们一行三人，终于抵达黄岩。下车后，三人快马加鞭，直奔县政府办公室。至县政府办公室后，他们三人，直奔徐瀚房间。一进徐瀚的房间，遂将正打算出门的徐瀚逮了个正着。他们三人目光与徐瀚目光一对接，徐瀚目光即如一条捕入笼的水蛇在扭动、在游移。徐瀚是何等聪明之人啊，他当然明白他们的来意。他们呢同样从徐瀚的脸上，看到了徐瀚婚变有故事与因婚变后饱受着的煎熬。他那眼圈因睡眠不足而呈黑色，他那脸色再也没有从黑龙江归来时所现的健康色。灰黑中渲染着水泥墙壁般的绝望与无奈。他们三人一走进徐瀚房间，徐漳随手将门一关，问：她有没有背叛你？没有。有没有虐待你？没有。那你为什么要离？我与她没有爱情了。徐潸说，你以为这世界有纯粹的爱情吗？难道没有？徐漳说，也许有，也许没有。也许男人与女人之间，只是生存的一种需要。徐瀚低头不语。徐梓说：你与她结婚这么多年了，孩子也有了，你何必还想着那个远离你而去的谭琳？徐瀚并没有将他与艾尔的真实情况告诉他的堂兄弟，而是说，鲁迅、孙中山、蒋介石、毛泽东，他们还不是离过婚再娶他们所爱的人吗。怎么他们可以，我不可以？徐漳说，你是读的书太多了。我只提醒你一句：你是徐瀚。你别读了张洁的那本《爱是不可忘记》的小说，将爱情看得高于一切。问题是我与她根本无法共同生活。人的生命，如此短暂，眨眨眼，我业已步入中年，可我从来没有从她身上得到过一次真正意义上的幸福。徐瀚遂将他与妻子因性格上的不和，根本无法生活的一些小事，说有一大堆。徐瀚说，我知道你们说的是什么意思。你是怕我与她这么一闹对我的政治前途有影响。铁打的衙门流水的官。做官，永远只不过是人生路上一个停靠站，万里长城今犹在，不见当年秦始皇。哪个做官人不是过眼烟云？而妻子却是与我携手偕老的人。我总不能用我一生的幸福去换一个官位吧？就是换回来了，对我又有什么真正意义？徐梓说，人生如下棋，往往一着不慎，满盘皆输。早知今日，你何必在黑龙江就与她走在一起？尽管那时这三位同姓堂兄弟极力地劝徐瀚别玩这种所谓的爱情游戏。你伤不起。你现在是我们所有徐氏子孙这一代人中所处地位最高的，你这么一做，你会自毁长城。但徐瀚最后回答他们三人说，事已至此，我也如一颗无法再操控的卫星，只可听天由命。

他们三人集体找徐瀚的谈话不欢而散。他们三人的情绪十分复杂。婚姻是一双鞋子，合不合脚，只有他自己知道。一方面他们三人觉得卢子涵的性格有毛病，一方面，他们三人又觉徐瀚不应当如此对待卢子涵。你与对方都已经有了孩子了，将就着过嘛。天下有多少司马相如那样的爱情？尽管他们三人在黄岩吃的那餐饭是徐瀚请的客。尽管那时，他们在一处紧靠九峰公园的那家小饭店，吃的是黄岩特色小饭菜。生态环境非常好。推开窗户，即可看到那开阔的龙珠湖，但他们四人，有一个算一个，所表现出来的情绪十分沉闷。徐瀚用尽全力地劝他们三人多喝酒、吃菜，但他们并不是来欣赏美景来吃一餐美食的，他们是来救火的。面对着这场他们救不了的火，他们三人的精气神怎么提得起来？饭吃过了。看来，一切全铸成带有毛刺的铁铸件了，他们想劝也劝不回来了。他们三人只有告别徐瀚了。他们三人一边朝黄岩县城的公共汽车站的方向走，一边在议论着徐瀚的个人感情问题。徐梓说，这家伙是不是还爱着那个黑龙江认识的上海姑娘谭琳？徐漳答：问题是，泼出去的水还能收回来吗？我只怕徐瀚从此要将他的前程全部毁掉。你们二人没有看到那卢子涵手中举着牌子跪在县政府门口的样子？大凡不是彻底绝情、恨之入骨的女人，也决不会做出这种极端的举动来。她所摆出来的样子，就是想与徐瀚同归于尽。这个卢子涵，哪里是个逆来顺受的善良之辈啊。

我十分清楚，他们三人无不是为徐瀚的前途担心。回来后，他们就坐在我的树身子下说有半天的话，但徐瀚明知山有虎偏向虎山行。你们三人又有什么办法呢？这叫牛不喝水不可强按头。一个命运女神的骰子掷出点数来了，你们三人何以改变得了？

《浙江青年报》。正式刊登批判徐瀚文章。那稿子将剑锋直指徐瀚，批评徐瀚当上县政府办公室副主任后，出现大变心，离掉糟糠之妻，想另娶新欢。那时可不是现在，现在改革开放，男女结婚离婚，向成家常便饭。

那时可不行，正是新旧观念交接期。各种思潮闪亮登场。旧道德观还是中国主流。男人与女人发生不正当关系是为“千夫指”。贫贱朋友不可忘，糟糠之妻不下堂，是为当下社会的主要家庭伦理。政府部门的公务人员，一旦出现离婚，遂成为共产党干部队伍中的败类。

第一个看到这一篇文章的，不是别人，而是徐漳。我清楚看到徐漳刚一走到我树身下，就与邮递员相遇了。那邮递员立刻递给徐漳一份他订的《浙江青年报》徐漳就站在我的树边，从头到尾地读了一遍。那文章直批徐瀚为当代陈世美。徐漳看后，他的心刹那间结成了一坨冰。什么叫关公走麦城？这就是关公走麦城啊。当时，徐漳立刻想给时在黄岩县委工作的徐瀚打电话：你看看，我们所说的话，你不听，一门的固执己见，如今，报纸如此一折腾，你是前功尽弃啊。徐漳点起一支烟后，沉下心一想，不对。孔子有言，成事不谏，往事不追。现在，一切的一切全生米做成熟饭。何必脱裤子放屁，多此一举？徐漳不得不将他拿起来的电话放下。

浙江人民广播电台播出批评徐瀚稿子。

徐漳一听到电台转播登于《浙江青年报》的那篇文章。徐漳那心头有着一股说不出的痛。徐漳对着我叹息着：好好的一个徐瀚，让他的婚姻打得一败涂地。我听了徐漳的话后，我对徐漳说，你还记得你小时候帮我的一件事吗徐漳问什么事我说那时你才七岁，我的树根下长出了一棵藤我吓得要死我让你立刻将我身边的那棵藤芟掉初时你不同意说让它长在你身上好了我说不那藤会将它的根钻进我的身体，将我吸上来的营养全部夺走不说还会将我活活缠死别的人与我心不通独有你与我心通你一下子明白过来了立刻跑归家中拿了一把刀子将那一根缘着我身子爬上来的藤砍掉让我对你感激一辈子我们做樟树的别的不怕就怕藤缠树我们一旦被藤缠着了我们非被那藤活活缠死不可你现在的那个弟弟徐瀚就让女人这棵藤缠上了他想解脱也解脱不了只有死路一条了徐漳问我有没有办法可以救他呢我答你们中国文字中的婚姻的婚字怎么写女字旁边一个昏字人只有自己救自己自己不想救自己别人何以救得了呢。我清楚地听到徐漳长叹了一口气说，我们徐氏一门有三个子孙自毁长城了看来我是救不了他了。我回答徐漳说，人是树树是人，树有不断的被毁灭人也有不断的被毁灭大自然的法则你就听天由命吧。

李茹同样从收音机里听到了这篇广播。

我亲眼看到李茹吓得张大嘴说不出话来。她只是不断地问徐漳：怎么会这样？怎么会这样？徐瀚出了什么事？徐漳答，电台里不是全说了。李茹说，人不会有无缘无故的爱，也不会有无缘无故的恨，他总得有个原因。徐漳说，那原因不也是在报纸上说了，他们二人的婚姻没有爱情了。那他与卢子涵在北大荒结婚做什么了？徐漳说，感情上的事情，是你能说清楚，还是我能说清楚，是不是上海的那个谭琳又执着如毒蛇，纠缠如魔鬼？这是他个人的隐私，只有他本人心里最清楚，我们全是外人，上哪知道去？他会不会当上了县政府办公室主任，看上哪位比卢子涵更好的女人而见异思迁？徐漳说，怪不得报纸上这么说，女方家庭也这么说。连你也是这样想？李茹答：我当然这样想。孩子都这么大了，如果没有外遇，对方怀了孩子，要抉，谁下得了手？近地丑妻家中宝。儿要亲生，田在深耕。不是这样，我才不相信呢。

徐潸听到广播。尽管徐潸思维没有徐漳那样的缜密，但他实在是忍不住给徐瀚打了个电话。电话中徐潸说：我不叫你离，你就离。你看看人家——徐瀚答，我有什么办法？她步步紧逼。水不紧鱼不跳。你不离，她能这样对你？徐瀚说，事到如今，我只可杀倒的猪看板油任她处置了。徐潸问你，你与她离了，你那个儿子，谁管？她要。我给她。徐瀚，不是我说你，你如此一做，毁掉了对方，毁掉了你儿子，毁掉的还有你自己。徐瀚在电话的那一头回答：我也没有办法。泼出去的水，说出去的话，现在，我想收也收不了。

徐瀚终于因与妻子的婚姻破裂而受到处罚。那时可不是现在，现在，离婚成了家常便饭。家中红旗不倒，外面彩旗飘飘，成为常规动作。有许多后生人完全接受外国人的生活方式。离婚者有之，同居者有之。结成夫妻的不一定住在一起，住在一起的不一定是夫妻。更有甚者将离婚当成社会文明与进步的表象来对待。那时衡量一个政府官员是好是坏的终极标准，并不是你将你所管辖的那个地方增长多少个经济总量，而是三个三大标准。一是政治方向问题。你无论何时何地必须与党中央保持高度一致。这叫政治底线。第二是床上问题。你无论当多大官，你睡的那张床上与你躺在一起的只允许有一个女人，这个女人必须是你的妻子。如果另外有第三者，对不起，你必须走人。这叫个人私德底线。第三是肚子的问题。不管你官有多大，你必须保持共产党人本色。如果你吃吃喝喝的搞腐化享乐，对不起，你同样交权走人。这叫工作作风底线。徐瀚妻子卢子涵，如此恶性地大闹县政府。县委为保持共产党在人民中的形象，不得不对徐瀚作出处罚。

徐瀚被撤去办公室主任职务。

徐瀚与徐漳兄弟二人，面对面地坐在我的树身下，久久相视，谁也没有先开口说话。最后还是徐漳在沉默中先开口，你那个妻子卢子涵闹得太狠了。我只不过一说，还没有下决心呢，她就如此闹起来了。人的一生啊，关键是在选择。选对一个老师，聪明一世。选对一个朋友，得益一世。选对一个妻子，幸福一世。问题出在你不了解女人。孔子早就说过，男人以女人为室，女人以男人为家。别看这句话只差两个字。一个是室，一个是家，那概念就不一样。男人轻率，女人慎重，男人讲的是追求，女人讲的是现实与安全。男人在感情问题上，最容易失去理智，女人在感情问题上，最讲的是执着与坚定。男人遭遇伤害时，好躲在一边舔自己的伤口，女人却想尽一切办法报复。你是不是外边有人了？徐瀚不语。你打算下一步怎么办呢？不知道。徐漳说，本来你是我们徐氏子孙中，最有前途的一个。可现在——徐瀚答，我对当官的事情，一是不感兴趣，二是也干不了。徐漳说，这不是兴趣不兴趣的问题。人活着，只不过是个过程。人总得认定一下自我价值。徐瀚说，有些事，我也不想这样。但，我无法左右自己。做个男人，我当然得为自己的行为负责。徐漳问，你对你那个儿子打算怎么处理？徐瀚答，归他母亲了。徐漳问，多大了？徐瀚答，与你女儿同年。徐漳说，事情至此覆水难收。我也不好说什么了。我只怕你那个儿子长大以后，他会恨你一辈子。徐瀚答，我也无法。我对她厌恶至极。我无法对自己的心下命令。

徐瀚遭贬一事，迅速在徐家村传开。

我亲眼看到时徐氏子孙，无不是扼腕兴叹。我们在提着一个共同的命题：这是命运的必然呢？还是命运的偶然？这是师父领进门修行靠自身呢？还是一切全是命中注定？如果，我们的徐瀚不在他个人婚姻问题上惹出这么大的一个岔子，他与徐漳二人，还不是徐家这代人的双璧？

13

1989年9月26日，国务院批准黄岩撤县建市。黄岩新一代实业家，随着改革开放大门缓缓打开，他们凭着各自的套路，顺着南官河驶向东海，再由东海驶入太平洋，然后再驶向大西洋。明艳的五星红旗始由台州沿海缓缓地走向全世界。

徐瀚有那种关系的女性艾尔终于浮出水面。正当所有徐氏子孙明白这是怎么一回事时，又一件没有想到的事件终于发生了。上海的谭琳来到黄岩县找徐瀚了。初时，徐潽不知谭琳已到黄岩，因有一宣传提纲要黄岩市人民政府办公室主任老潘过目，徐潽去市政府办公室，与时任市县政府办公室主任老潘谈完事情后，徐潽顺便往徐瀚办公室拐一下，不见徐瀚人影。徐潽随口问与徐瀚同办公室的一位同事：徐瀚呢？对方答，一个上海来的女人，说是黑龙江时的恋人，找徐瀚主任。可能徐瀚主任与她谈什么事，徐瀚带她去招待所了。徐潽听后非常吃惊。时徐潽怎么也没想到，那个上海的谭琳会来得这么快。徐潽至办公室后，即给徐漳打了个电话，要徐漳去县委招待所看一下。两个人别吵起来，让全招待所领导干部们全知道。徐漳一接徐潽指令，即去招待所。时徐瀚让谭琳住的是县委招待所后楼。徐漳一下子就找到谭琳房间。门半开着。里头有说话的声音。徐漳一张眼，看到徐瀚一动不动地坐在一张沙发上。正对面呢，就坐着披有一头长发的谭琳。徐漳侧耳一听，他们两人心气似乎十分平和，没有一点吵架迹象。徐漳影绰间看见谭琳似在不断地向徐瀚诉说些什么，边说边低低抽泣。徐漳心里当然明镜一般，徐瀚在与谭琳摊牌。徐漳很想进去劝一下双方，问题是，这是他们两人之间情感上纠葛的事情，他一个外人夹缠其中，岂不是成事不足，败事有余？徐漳与徐瀚毕竟是亲堂兄弟啊，何以不知这个谭琳为了能离开黑龙江，狠心甩掉徐瀚，最后导致徐瀚家庭悲剧频出，一次次令徐瀚心头流血？既然，他们在心平气和地摊牌，他也就没有必要出现在他们二人面前。徐漳出招待所后，遂给徐潽打了个电话说，他们二人正在摊牌，看样子是平安无事，徐潽在电话那头，狠吸一口烟说：阿哥，事情怕是没那么简单吧。后来他们兄弟几人与我谈起此事时说，四个小时后情况急转直下。那时徐潽正准备睡觉。他接到徐瀚电话，徐瀚要他立刻去招待所。徐潽问出什么事了？徐瀚答，你快来。谭琳要自杀。徐潽大吃一惊。立刻披上衣服，与妻子一起跑到徐瀚宿舍。推门一进，房间里乱得一塌糊涂，所有能砸的东西，全粉身碎骨。徐瀚正抱着谭琳，房间里散发着强烈且刺鼻的浓烈气味。徐潽夫妻二人一下子全傻掉了。他们怎么也没有想到，那谭琳也不是善茬子，她居然带了农药来。如果徐瀚同意与她结婚，一了百了，如果徐瀚不同意，她就当着徐瀚的面自杀。喝了没有？没有。是时的谭琳哭得像个泪人。徐潽夫妻二人，立刻左右将谭琳夹定，往徐潸家中押。他们夫妻二人整整做了一整夜的工作，这才将谭琳那激烈的情绪稳定下来。第二天，徐潸上车站购下三张车票，与妻子一起押着谭琳归上海，将谭琳交给她的父母与兄弟。此事，这才尘埃落定。

徐瀚立刻找徐漳徐潸商量。他们堂兄弟二人的谈话地点，就在我树身下。徐瀚说，他决定立刻与艾尔举行婚礼，以绝谭琳的念头。徐漳似有不忍：卢子涵现在有一点后悔，一直想与你复婚，她若是来闹怎么办？我什么人也不告诉，夜长梦多，莫不如先将生米做成熟饭。你儿子一旦长大，他会如何对你？我背后不长眼，也不是算命先生，无法得知命运女神对我掷的是什么样的骰子。我只可走一步看一步。面对着如此反复无常、变化多端的人生数学题，徐漳又有什么办法？虽然内心中，总觉此事有大不妥，但这是徐瀚个人的事情，作为同宗堂兄弟，只可维稳，岂可添乱？每个人都有每个人的命运，每个人都有他面临三岔路时的抉择。尤其是婚姻之类的大事，任何人包办不得，插手不得，只可由着他自己去作主，去抉择。我们二人何可越俎代庖呢？

徐瀚闪电般地与艾尔举行了婚礼。

我听徐漳回来与他妻子李茹悄悄说，徐瀚与艾尔结婚时，参加婚宴的一没有官员，二没有他办公室的同事，也没有与他一起曾共生死同患难的黑龙江人，只有他们几个兄弟。面对着徐瀚的第二次婚姻，徐漳的感觉十分芜杂。他想起在部队时蓝司令员曾对他说过这样的话：人世间，从来是祸福相依，顺逆相随。改革开放同样是一把双刃剑，经济腾飞了，而人与人的价值观与道德观走下坡了。人与人之间真正的感情没有了，只有一个互相利用了。徐漳一直担心，再如此下去，中国社会将要变成一个没有感情温度的社会，没有仁义礼智信的社会。那天，徐漳坐在我身子下与他的妻子李茹说，有一个自然规律不容忽视：是做儿子做女儿的，他总是帮着弱者说话。如果母亲弃了父亲，子女们即会帮他父亲说话。如果父亲弃了母亲，子女就会帮着母亲说话。现在徐瀚弃了他的原配妻子，且正式与艾尔结婚。这就是绝了他儿子想叫父母亲复婚的最后一点渴望。徐瀚家中的那个儿子将会如何对待徐瀚？儿在亲生，田要深耕。他会不会自己给自己埋下一颗地雷？

永新福利院正式落成。

就在福利院正式落成那天，我亲眼看着金苏芳去世。金苏芳去世十分安详。那天夜，她洗完了澡换好了衣服，她说累想早一点休息。徐漳与他的妻子及妈妈陈翠花也没往心里去，就服侍睡了。第二天的一大早，陈翠花做好了早饭叫婆婆，可婆婆一点响动也没有。陈翠花上前一看，婆婆早走了。金苏芳走的消息，立刻黑老鸹似的飞遍了整个路桥。徐志一得消息立刻给他远在贵州的父亲诸葛南平打了个电话。等到诸葛南平夫妻二人来后，金苏芳已经入人峰山徐氏墓园了。那天，诸葛南平夫妇与刘东安夫妇一起来至金苏芳坟头。诸葛南平妻子流着眼泪说，大姐，有一句话，你一直不让我说出口，现在你就允许我对你说了吧，我与南平确实不知道你还活着，所以我对不起你了。七天后，诸葛南平回去。八天后诸葛南平去世。十三天后刘东安去世。十七天后，路桥最有名、一辈子没有结过婚的徐贞英去世，自此，在路桥的那一代人全部走得一干二净。诸葛南平走后的第八天，徐志来找徐漳，传达他后母意见，说是金苏芳与诸葛南平生前没有成夫妻，死后，就让他们埋在一起吧。徐漳不同意。徐漳说，当年是兵荒马乱，怨不得你父亲。况且你父亲与你后妈是名正言顺的夫妻，何可如此？现在，我与你都这么大的年龄了，何必在这种事情上相较？我的意见呢，你也别姓徐了，改姓诸葛吧。你有一个当过省委副书记的父亲，也是你的资本。徐志没有同意，他叹息着说，我的好侄儿，如果此事明在我二十岁前，你叔叔也许会改，现在一切如过眼烟云，名字只不过是人生一个符号，改不改也没有多大意思了。

陈翠花决定全方位接手婆婆办的福利院。

别看陈翠花长得如同一头大象，但心眼极好。她看社会上年老与病残者，被家庭遗弃，心中极为不忍。出于人性中善良的本能，遂主动出击，利用一处原徐氏分支家的一个老祠堂开有一处福利院，专门收容那些被亲人遗弃的老人、病残废人。初时只有二三人。她亲为他们洗澡、治病、做饭，尽一切可以尽的力量，让他们的人生过上最后一点有尊严的好日子。社会就是这种样子，好事传千里。陈翠花这种行善积德之举，如同南官河的长流水，一传十，十传百，迅速传遍了南官全县。于是，前来投奔陈翠花的人越来越多。由于陈翠花的“福利院”，是纯民间自发组织，所有费用均由徐漳、徐泊兄弟二人负责。徐漳觉得母亲如此做挺好。徐泊却不高兴。徐泊说，哥哥，妈妈这种事情当由政府来做。让我们哥俩出钱算是怎么回事？徐漳说娘做好事，我们兄弟二人不支持，算怎么回事？陈翠花说，做人什么难，老时结蒂难，少时无父母难。是事，总得有人去做，如果你不做，我再不做，谁收留他们？因入她这处民间福利院的人实在太多了。陈翠花为了减轻两个儿子的经济压力，不得不卖掉娘家分给她的那两间老房子救残疗困；不得不自己开菜园子，养鸡以补福利院费用。路遥知马力，日久见人心。陈翠花的这种无私善举，深深地感动了路桥人。路桥人一下子想起了他们的父亲徐锜与他们死去的那个母亲金苏芳。于是在徐梓的呼吁下，路桥不少有钱人开始对她出手相帮，令陈翠花的福利院渡过了难关。

14

1990 年 3 月 9 日，中共中央十三届六中全会在北京举行。

中共中央全会通过《中共中央关于加强党同人民群众联系的决定》。

黄岩县政协换届。徐梓当选为黄岩政协副主席。

黄岩县军民两用机场，首次举行首航仪式。路桥人有史以来第一次可以坐着飞机横越蓝天走出台州。这可是将《封神榜》上的神话传说演变成真正的现实。这可是民国时期的杨晨、徐墦、解冰、王蒙升、徐鑫、徐铉、卢逊、丁文渊、郏国麟、俞成模、杨绍翰、於达、毛镜如、金晋南、朱文劭、应远溥，做梦也没有想到的大事情。

15

1991 年，时中共中央总书记来至路桥考察民营企业。

中央最高领导人至南县考察的消息一经报纸公开后，我的树身子底下就聚满了人。他们全在议论这位国家最高领导人至路桥的事情。其中有一位上了年岁的路桥中学老师王日升说，来过路桥的第一个皇帝是赵构；来过路桥的第二个“皇帝”是中国共产党总书记。赵构至路桥时是我们国家大难来临。中共中央总书记来路桥时是我们国家大兴。中间相距八百六十一年。后有人叹息说，绝江河者托于船，致远者托于骥，成王霸之业者托于贤臣。想当年赵构至黄岩是因逃难，而今天国家元首至黄岩是因黄岩县民营经济发达。

徐漳独生女徐炫，考入浙江大学商学院研究生。

16

1992年，台州地区企业家协会正式成立。路桥有三位企业家当选为副会长。一徐梓，二张赧，三徐漳。徐梓任台州企业家协会副会长。

17

1993年11月，十四届三中全会正式召开。全会通过《中共中央关于农业和农村工作若干问题的决定》。提出到2010年建设有中国特色社会主义新农村的奋斗目标。黄岩县出口交货值达十四个亿，增长率居全省第一。路桥永新小商品批发市场，名列全国百强集市贸易第十五位。

我十分清楚地看到，那时我们路桥因所有银行没有开通汇票业务，人民币没有大面额百元币，只有十元与五十元。做生意时必须以现金交易。在广东与武汉两地做生意人，必须随身带钱往家中跑。这些做生意人因所带人民币的数量过大，他们不得不将钱打成包。打包后的人民币，那外表怎么看怎么如那董存瑞炸碉堡时所用的大炸药包。

第十章

1

1994年1月31日，台州地委召开扩大会议：会议只有一项内容：台州地委与行署共同作出撤地建市的决定。其主要内容是三条，一是台州地区不再是地区，行政地域更名为台州市。二是黄岩与海门两个县级市撤销，更为区。路桥由原本县下属镇提升为县级区。三是台州市委市政府设海门。这可是一件台州地区行政地域变革的大事情。时任地委领导班子经过多方调查，经过多方学者与市民共同探讨再加多方论证所出现的大结果。这个想法是在三中全会召开后，我们台州地区的经济高速发展时。从开始考虑至征求意见、请专家论证，前后历时整整九年。直至1993年1月，终于水到渠成、瓜熟蒂落。行政地域结构性大变革方案，铁板钉钉地浮出浙东海面。无论从长远、从当下、从实际情况，还是从现代经济学理论的观念去考量：撤地建市是我们台州地委与行政公署相当正确的一个大决策。其原因有六：一因台州民营企业突飞猛进，业已成为浙江省一支强有力的经济生力军。被中国经济学家们一度称为“温南模式”。二因外贸出口势头越来越生猛。就台州六县的企业家们来讲，所在地是地区还是市，对于西方商人来说简直是完全不同的两个概念，也是完全不同的两种感觉。三因民营企业蓬勃发展，外来人口与农村人口开始拼命向黄岩、路桥、海门三地结集。无数山民开始走出山区、走出竹林，融入黄岩县三大集镇。台州六县主城区，出现大批量时代新移民。由于他们在主城区发财致富，并在台州六县主城区购房安家；最后导致山区农村成为空壳村。四因黄岩县原本是台州地区一赫赫有名的大县，打从海门分出成一县级行政地域后，原黄岩县三大重镇，只剩下了城关镇与路桥。因行政区域分割，客观上造成各地域城市建设中各唱各的调，各吹各的号，现出严重的本位主义与重复建设。这种现象，对打造一个具有现代意义城市与现代化港口的新台州来说，有着很大的不利。五因以临海市为界，东西两部相对贫困的差距越拉越大。仙居、天台、临海可以说是农业县（市），三门与玉环是渔业县，所有经济实力雄厚的民营企业，全部集中在温岭、黄岩等地。尤其是台州地区所属的六个县市，各有其特点。如天台县，可以成为旅游胜地；如三门县与玉环县，可以成为海洋渔业基地；如黄岩，可以成为化工产业基地；如仙居，可以成为药业基地与旅游基地。尤其是路桥，历史脚步自然踩踏成为一个商业重镇。打从民国时，路桥十里长街业已成为时全台州最为繁荣的商品交易市场。时全路桥光专业村即有上百个，做什么的都有。改革开放后，头发忖空心的路桥人，如同一场春雨过后的大地绽满绿草。遍地是商人。遍地是家族企业。路桥的小商品市场、小食品市场、五金市场、木材市场、钢铁市场一开设，迅速辐射至全国各地。路桥几在一夜间商铺林立，成为百分之一百的商贸城。就那时的台州地区来说，路桥可以说是我们台州民营企业最为集中的发祥地之一。全浙江省榜上有名者达七十多人。若是台州地委与行署不来一个计划重组，发挥各地方的区位优势，将会给台州今后的发展造成重大影响。更为重要的是第六点，是时全国的经济发展趋势明显出现三个大区域：一是珠江三角洲，一是长江三角经济区，三是辽东半岛三角区。而我们台州所在的地理位置正好是宁波与温州、上海的临界点。地方领导人有如登山者，你登的山有多高，你的目光即会有多远。这就是“观于沧海者难为水，游于圣人之门者难为言”。若是不趁着这个机会，让地区变成一个市，对日后融入长江三角经济区，遂会自我修筑成一道不可逾越的屏障。

路桥区人峰山上第一次出现白皮肤与黑皮肤的外国人。

我十分清楚地知道，路桥第一次出现外国人的时间是在光绪三十年，第二次出现外国人的时间是在路桥建电厂。第三次是今天。从第一次出现的时间，至今天，时间跨度足足相距一百多年。第一次南官出现的外国人，他们身上负有两大任务：一是宗教，二是做生意，第二次出现的外国人，他们的两大任务：一是科学，二是技术。第三次出现的外国人，他们身上同样有两大任务：一是办企业，二是来中国企业打工。别看相距一百年后，外国人再次在南官出现，意义却大不相同：第一次的外国人是来征服；第二次来的外国人是传授科学；第三次来的外国人是来赚中国人的钱。

台州再也不是过去的台州。

是时我所生存的台州，开始进入了现代社会经济大发展的快车道。台州市几成为一嘈杂的大工地。到处都在大搞基本建设，到处都在修建厂房与公路。我与我的孩子们十分恐惧，我们很怕被那现代化的挖掘机连根拔起。好在上级领导指示，路桥建设时不准动一棵树。谁动必须经建设局与文物古迹管理局同意。这张大布告一贴，我们子孙们那心这才安了下来。

路桥村村都在办企业。据后来的路桥统计局材料显示，时路桥新开张的企业达三千八百家。什么董事长啦，总经理啦，如漫天星斗一般，一片河汉灿烂。

大批的民工从江西、贵州、河南、安徽来至南官区。我了解到，那时的路桥有个现象十分有趣：原住民约三十八万，而外地人居然达二十万。别的地方姑且不论，就路桥十里长街周边的村落来说吧：下包成为“江西村”；石浜成为“河南村”；马铺成为“贵州村”；松塘成为“四川村”。章杨成为“安徽村”。外地人数最多的莫过于路桥汽车狂人李书福家的李家洋与下马村。时李家洋与下马因有李书福、李书通的摩托车厂，几乎每个角落全住有外地前来南官的打工者。这一下，我所落地生根的路桥就有点有趣且好玩了：各种各样的地方语言，泛滥成灾。路桥人为做生意，为与外来的新住民交流，不得不放下讲有七百多年的独立成章的路桥本土语言，开始试着用生硬的普通话，与外地人的灵魂与肉体对接。

徐漳决定办一个造船厂。由他精明强干的弟弟徐泊出任永新造船厂厂长。

徐梓领导的机化工厂率先改制。是时的有机化工厂，再也不是过去的那个作坊式的小厂，而是一个完全科学型、知识型，现代化式的化工业大厂了。时有机化工厂从董事长至总经理，清一色科研人员出身；公司员工中科研人员约占百分之三十。徐梓曾亲口对我说过，就在徐铉大先生逝世八周年忌日的那天夜里，徐梓面对着父亲遗像，徐梓总觉他父亲就立在他面前，闪烁着他的两只眼与他说话。他说他想起他父亲临去世前几天，说什么也要看一看，业已气息奄奄一片败落的民丰酒厂时的那种眼神；他说他想起他父亲与解冰、卢逊三人为民丰酒厂的供与销四处忙碌时的情景；他说他想起他父亲为路桥中学建成受尽的种种委曲；他说他想起他父亲出任路桥镇长时所遭遇的种种夹板气；他说他想起他父亲临终前的那个最后嘱托。徐梓深知若是他不挑这个头，他们将无法完成他父亲人生最后的一个愿望。是时的徐梓与他哥哥反复讨论后，决定以赎买的方式，从政府手中购回他父亲的这份产业，了结他父亲一生中的终极愿望。徐梓前思后想地考虑有整整三天，最后他决定向时路桥区经济委员会与二轻工业局提出他的要求。时路桥经济委员会与二轻工业局，正为南官民丰酒厂的终极出路问题而犯愁。徐梓恰恰在适当的时空、适当的维度，主动提出他赎买的方法：一、由路桥区政府牵头组织估价委员会，我徐梓该出钱多少就归国家多少钱；二、所有至退休年龄的老工人一律归社保，所有该缴的费用，全部由我徐梓负责；三、所有没有至退休年龄员工们的工作，一律由徐梓安排，决不会无底线地推向社会。福利待遇与有机化工厂的员工相同。时路桥区政府一直担心这副发霉腐烂的摊子没人接。听后如渴中求水，雪中送炭，求之不得。

路桥区评估委员会正式成立。原民丰酒厂职工大会正式召开。经原民丰酒厂全体工人投票表决决定：同意一利厂以赎买方式归有机化工厂。合二为一后，徐梓干脆将新生的企业定名为“雄梓化工股份有限公司”。我第一次来至徐梓的办公室。面对这位人称其“梓哥”的徐梓长辈进行采访。女人五十老掉渣，男人五十一朵花。那时的徐梓立在我的面前，是那样的英气逼人：脸是方方的，嘴唇是厚厚的，鼻子高得如一座喜马拉雅山。声音厚重且洪亮。我怎么看他的面容七分如母、三分如父。那个性有着猴子式的精明，老虎式的威严，老牛式的厚道与忠诚，兔子式的善良与温柔。尽管我不是经济中人，但心里一清二楚：一个国营或集体性质的企业改制，是最难、最为麻烦的事情。往往一遇国有、集体企业性质改制，各种利益矛盾相互纠结在一起。不知多少个国有、集体企业，因改制而闹出人命。而“民丰酒厂”的改制居然一夜成功，不能不让我为之惊讶。我就这个难题问徐梓：梓叔，你是如何解套的？徐梓只回答我四个字：“和光同尘”。如何解？徐梓答：和，和气生财，不要仗势欺人，不要成者王侯败者贼。光，阳光无私照，照好人也照坏人。同，我与他同站在一条线上，利益之事先为他人着想，你想着别人了，别人才会想着你，你给人家冰，你就别指望别人给你炭。尘，则是同为微不足道的尘土。钱财生不带来死不带去。千万人有千万颗心，总有一个共同点与利益公约数。决定富人不是富人而是穷人。只要你与他们同站在一条地平线上，想他们所想，急他们所急，还有什么事情解决不了的呢？

2

1995年，路桥第一座高楼拔地而起。

我亲眼看到，大楼落成那天，徐漳的表情是那样的激动与豪迈。他站在我的树身子下仰看着那座高楼，问他的弟弟徐潸，你是大学毕业生，你的学问比我高，你说，这幢楼起什么名字好？徐潸说，将爸爸与奶奶的名字合在一起，叫金桥国际大酒店多好？徐漳一听，有理。金桥，金桥，现在的路桥小商品，这一边通过陆上丝绸之路，走向俄罗斯，海上走向太平洋诸岛国。这不是两条黄金做成的桥梁吗？他爸爸叫徐桥，他奶奶叫金苏芳。金中有桥，此不是一箭双雕的含义？徐潸说，不光光这两点，更重要的意义有三：一是，一个新的都市将在南官河两岸屹立。二是路桥将从南官河起步走向世界。三是证明路桥农民以他独有的能量正在核聚变。这座金桥国际大酒店的落成，昭告每一位路桥父老乡亲：那一朵属于中国农民的蘑菇云，将在浙江沿海升起不说，且要散发出炫目的光焰。徐漳听后十分高兴，甩着他的那条断臂说，到底是我弟弟，给领导当秘书不一样，就是不一样。好，就定名，叫金桥国际大酒店。

路桥人纷纷前往参观金桥国际大酒店。

我亲耳朵听到，他们面对着这第一座高楼，无不是感慨不已。一路桥人说，原先永新人全是些什么人哪？只不过每天挑着个担子走街串巷，捉漏屋得上几个小商小贩、摸田乌龟。可现在，你看这些农民，居然造得起这样高的大楼来。如果没有邓小平与中央的好政策，他做梦！

路桥人人骄傲得尾巴竖起当旗杆。想当年，路桥人不敢说自己是路桥人。因时中国社会没有多少人知道在那东海一隅有个小镇叫路桥。一旦问起，你家在何处？均回答是“台州”。再往里一深问，答：“台州黄岩”。对方眨着眼反问：黄岩有路桥吗？路桥人不听则已，一听一下子哑了口，仿佛与对方整整差有三大辈。现在，却不是如此了。请问，你是何地方人啊？路桥人。对方马上脸上现出羡色：啊，啊，我知道路桥。有路又有桥的地方。你们路桥人好有钱啊。据说，现在全国有名的一个桥段说：有个打工者给家乡发电报：“路桥人，有钱。傻。快来。”出典处即是在我们路桥邮电局。

3

1995年，金苏芳与陈翠花婆媳间的善举，终于引起了南官区委的关注。从此，这位平凡且善良的女性，遂上了平面媒体与纸质媒体，成为了全台州众星拱月的人物。别看陈翠花没有读过多少书。她可是一位相当了不起的女性。因为来到福利院的只有两种人，一种是没有人要的孤儿，一种是没有人管的老人。那些孤儿尚且好说，尤其难的是那些了年岁的老人。有人手脚不灵便，有人患有老年病。有不少老人还得给他擦身子喂饭。我佩服那个母象陈翠花。她确实是打着灯笼找不着的好女人。有一次，有一位患了偏瘫的老人，将大便拉在裤裆里。她请的那些帮工，没有一个愿意干。她不声不响地走上去，不但将老人的裤子脱掉，将他的身子擦尽，还给他换了一条新裤子。又有一次，一位男性老人在拉大便，福利院的女工们没有一个愿意上前。陈翠花刚从外面购菜回来。她听到个老人口齿不清地说，我要拉便。陈翠花问那位从江西来的打工妹：他这么喊，你没听见？那江西打工妹说，一个九十多岁的老头子，让我抱着上厕所，我恶心。陈翠花问，如果他是你爸爸呢？陈翠花说，问题就在这里，你要将他当你爸爸看。陈翠花放下手中的东西，立刻上前一把抱起了那位骨瘦如柴的老人，来到厕所，不仅扶着让他拉完大便，还给他擦屁股。还有一次，一位名叫夏季清的老人，他患便秘症，大便堵塞在肛门口就是出不来，陈翠花居然拿了一根玉做成的簪子，一点点的将他干结得如石头样的大便抠出来。尤其让我难以忘怀的是每一位老人去世，陈翠花不分男女，总是亲自动手将他（她）的全身擦洗干净，然后给他（她）换上一身干净的衣服，让他走人。

陈翠花获全国助残模范，全国最具影响力的慈善人物。全国道德模范，感动台州十大人物。

中央电视台现场直播。我亲眼看到，那位女主持人问陈翠花，是什么力量，让你如此有爱心的对待那些孤寡老人？陈翠花窘得一脸通红，没什么力量，我只知道他（她）如果是我的亲生父母，你做儿做女的当怎么样，对他（她）就得怎么样。你与我都是要老的。我不想我的后代如此对待我。我现在就得如此的对待他们。主持人又问，你获如此高的荣誉，你有什么话要对大家说？陈翠花又窘得一脸通红的说，我只知道做人必须有两样东西，一是本事与本分，二是吃苦与吃亏。台下所有参会的观众全向陈翠花鼓起掌来。

陈翠花因患脑溢血突然去世。

我是亲眼看着这个母象似的女人在我身边倒下的。那时她正端着一桶泔水，去给福利院养的三口猪喂食。刚一提至猪圈边，突然她一头栽在地上。我很想扶她起来，但，我是树我不是人。我看得清楚，却动弹不了。尽管我将我身上的叶子抖得簌簌直响，但，没有用。就在这时，与陈翠花一起做事的，是徐泊的妻子季英。正在厨房里忙乎的季英，不知走出厨房拿什么东西，一看陈翠花倒地，立刻给120打电话。不一会路桥恩泽医院的救护车来了。医生上前一看，遂将两手一摊，说没有法子了。医生宣布死亡，整个福利院的老人孤儿全放开嗓子大哭起来。我不断地抖着叶子告诉他们，别哭，别哭，人生最难的就是死前没有痛苦。她这种死法，是她行善积德修来的福。

路桥区委区政府曾为陈翠花举行盛大的遗体告别仪式。徐漳亲捧着他母亲的骨灰，让母亲与他父亲徐桥合葬在一起。

季英任路桥福利院长。

陈翠花走后，我满以为清港福利院非倒塌不可；令我怎么也没想到的是："盘郁浮佳气，孤高信烈风。"徐泊的妻子季英义无反顾地挑起这副重担。现在南官永新福利院所收的老人、弃婴、残废人，达百位。尤其是大冬天一到，季英会一个接一个的将他们扶出来，让他们坐在我的大樟树下，晒着太阳。尤其是有一天的半夜，我亲眼看到一个十七八岁的姑娘将一个打有襁褓的孩子扔在福利院门口，她起身就跑。只一小会，那襁褓中的孩子哇哇的大哭起来。刚躺下的季英，立刻起来穿衣打开门看，又是一个孩子。她自己嘟囔着说，这可是第八个了。当下那些女人，到底怎么啦？季英一把将孩子抱起。季英哄着说，莫哭，莫哭。现在你妈妈一时糊涂扔了你。今后她会后悔，来找你的。你就在我这儿，好好长大吧。

4

我第一次与徐泊见面。

一辆轿车在我面前停了下来。一个穿着西装革履的中年汉子打开车门走了下来。他长得胖，将军肚高高的挺了出来。徐漳与徐泊同为一父母所生，两个长的样子，却是截然不同。徐漳无论模样性格与他母亲陈翠花有着惊人的相似。徐泊无论模样性格与徐桥无二致。徐泊与徐涛一见面，立刻认出了徐涛，叫了一声阿弟，立刻将我抱住，然后埋怨说，你怎么不预先来个电话，我好去车接你，你何必坐着公交车来。于是徐泊立刻让我坐上他的那辆双塔纳轿车，沿着那条新公路，去他的造船厂。至位于金清港的永新造船厂后，我第一眼所见的是，过去临海的盐碱地全翻身成了新厂房。一条新造的大船，正在施工，电焊的蓝色火花直迸。我问徐泊，这就是你办的造船厂了？是。谁是厂长？我。你哥呢？他领导我。是集体的？还是民营的？当然是集体的。你不是葡萄大王吗？我们现在是集农业与工业一身的大集体。我说，我想到你老村看看，好。于是徐泊又开着车子将我载至徐家村（现叫永新村的）徐漳、徐泊的老家了。我下了车第一眼看到的就是村口的那棵栽于雍正八年的大樟树。徐涛拍拍大樟树的树身说，从 1730 年至今天 1995 年，她的年龄也有 264 年了吧。有了。怎么叶子有些凋零了呢。我哥正在找植物学家给她治病呢。你的家呢？不在这里。那三间呢？我哥住着。你呢？搬新房了？你哥没有？我哥说村里所有人全住新房子了，他再住。他还与我嫂子一起住在这里。我说，我想去看看我小时候常来玩的老房子。去吧，去吧，我陪你一起去。我进了徐漳家那老房子，只是不见徐漳母亲与父亲。徐涛问徐泊，伯伯与伯母呢？徐泊只是表情淡淡的一指那墙上说，这不是在墙上挂着了？我抬起头往那墙上一看，那墙上分明悬着两张嵌在黑镜框里的大照片。我什么都明白了。我问徐泊，伯伯是怎么死的？徐泊立刻将他父亲母亲如何去世的经过对我说了一遍。我无言。

徐泊一家人全部集齐。吃的再也不是自己做的饭，是金清的一家大饭店。尽管那饭菜十分高档，可我怎么也吃不出过去陈翠花伯母在世做的那个味。我本想与徐泊说些事，可我完全与他说不上话。徐泊太忙了。他手中那只手机全打爆。有好些次，徐泊拿起酒杯子举将起来要与我说些什么，他放在桌子上的手机又拼着老命的响了起来。他不得不拿着他的手机出去与对方说话。我问徐泊，你怎么忙成这样？徐泊说，有什么办法？上级下令让我们企业与小商品市场与海产品市场与造船厂上规模。我说，我来想看的是你爸与你妈，现在你爸与你妈全走了，你也没有来信告诉我一个字，我想去你爸与你妈的坟头看一下。徐泊说，下午地区领导要来听汇报，我没法陪你，让你嫂子陪你一下吧。我说，好。家宴散了。徐泊走了。二嫂子季英陪着徐涛购了一点阡张之类的冥币去祭奠我的伯母了。他们两个的坟全做在人峰山中间处的徐氏墓园。他们合的是夫妻坟。很好找。那天，我跪在徐桥与陈翠花坟前，烧了一大堆阡张，磕了三个头。也就从这天起，我与徐泊来往开始变少。我与徐漳徐泊兄弟二人也很少通电话。关于他们兄弟二人的情况，我几乎隔三岔五的在《台州日报》与台州电视新闻中看到。

徐漳的独生女徐炫考入经济研究院博士后。

我亲眼看到徐炫带回来一个年轻的小伙子。那天，他们二人就站在我的树身子底下对徐漳与母亲李茹说，他是我的男朋友。徐漳很吃惊，问，这么大的终身大事，怎么不与家里人说一下？徐炫说，这是我个人的事情，与你们说什么？徐漳见来的这个后生有些面熟，只是记不起他是谁来。小伙子立刻上前自我介绍说，叔叔，我叫蓝英兵。你姓蓝？是。什么地方人？江山。金华有个蓝司令，是你们蓝家人。你认识不认识？我们江山县蓝氏一共出两个司令。一个是国民党，跟着戴笠走的蓝司令，一个是共产党的蓝司令，你指的是哪一个？徐漳说，我指的是共产党的。那小伙子说，我爸爸是共产党的。徐漳问，你爸爸叫什么名字？蓝建军。徐漳一下子失声的叫了起来：天下哪有这样巧的事情？你爸爸与我爸爸与李茹妈妈的爸爸李安是战友。你们俩是怎样认识的？蓝秀兵答，我与徐炫是同班同学，怎么就不认识呢？那你爸爸还在新疆？不不，他早就离休了。现在住哪？在江山县老家。徐漳说，好，明天，我立刻让我公司的车子去一趟江山县。将你爸爸妈妈接来。那天夜里，徐炫与蓝秀兵住在一起。李茹有些看不惯，说，他们两个人连婚礼都没办就睡在一起了，让别人见了怎么看？徐漳说，现在都什么时候了，还讲这个？李茹说，什么时候，男婚女嫁是人生中的一件神圣事，总不能如此草率吧。

蓝建军夫妇来路桥。徐漳高兴得眯着眼说不出话来。当日夜，他们二人商量一走去一趟宁溪看李安。蓝建军说，要去看李安，还是将我大女儿与大女婿带上吧。你大女儿是谁？蓝秀水。你大女婿呢？甄子真。就在南官区当宣传部长的那一个？对。徐漳说，这是怎么闹的？一个婚姻，将所有的人全节日彩灯似的串联起来了。

徐漳与他们在李安家吃饭。端上来的全是山头货。有麦鼓头、番薯、芋头、粉条、红烧肉、板栗烀猪脚。他们三位老战友一边喝着宁溪糟烧，一边吃着菜，一边说起过去他们当兵剿匪的那些事。结果他们三人，吃了一夜的饭，说了一夜的话。

我大樟树的第二青春终于来临。我又一次结下一树的红果子。这一次的结果，不光我一棵，而是九棵。所有的大樟树全结了红果子，这个红果子一结成，成为一道亮丽的奇景。那天，不光有上千只鸟儿，跑来吃我九棵大樟树的果子。全路桥人都来参观。他们被他们从来没有见到过的奇景惊得呆了。不知是何人，惊叹着说，树是神，神是树。我们国家要大兴了，我们国家要大兴了。那天，三十多名摄影家来拍照。后来不知怎么了，路桥传出一个消息，说我是路桥的吉祥树。新婚夫妇举行婚礼时，只要他们围着我转三圈，行三个礼，我就会给他们家一个好孩子与一个幸福的家庭。就这传言，一下子将我们推上圣坛。打从这年起，是路桥的男女一结婚，即成双结对地往我这里跑。初时他们只围着我转，后来围着我的八个孩子转。

5

1997 年 2 月 29 日，改革开放的总设计师邓小平去世。

徐梓的所作所为引起杭州大学的关注。时杭州大学的金融与经贸学院的领导们立刻将他们的目光锁定这位大鼻子的徐梓。他们开始全方位地着手调查与了解这个敢走向世界做全球生意的路桥人。当他一得知徐梓的人生全部经历与他如何自学成才的全部经过后，他们立刻决定，聘请徐梓为兼职教授。但，为了进一步考察徐梓是否有真才实学，并不言明，只是对徐梓说：他们想请徐梓为他们的学生做一下演讲。时间只有四十分钟。四十分钟后，剩下所有的时间让他们的学生提问。徐梓几乎不加任何考虑地一口答应。1997 年 4 月 7 日，徐梓来至杭州大学。那天，徐梓一没有带讲稿，二没有作任何准备，一登台即结合自身办厂的经历，铿锵有力地讲了什么中国市场经济的特点，讲了中国文化传承与西方经营管理经商辩证关系，讲了商场中所必行的中庸之道，讲了商业行为中的共赢与共存关系，讲了创新与守成的关系。尤其让学生与老师们两眼为之一亮的是，徐梓借着民间俗语，讲出了经商时的种种奥秘。如“宁可正而不足，不可邪而有余”：证明经商必须一身正气，任何歪门邪道，害了别人，最后害的必然是自己。如“结交须胜己，似我不如无”：证明事事必须向先进学习。如“宁可信其有，不可信其无”：证明我们必须先相信别人，后相信自己。你在经商过程中如果对任何人都不相信，最后你自己也成了独木之人。如“好事不出门，恶事传千里”：证明人无论处在何种情况，决不可做恶事，一旦做了一件恶事，必然毁掉你一生所建立的信誉。这就是立个牌子难，毁个牌子易。如“宁可直中求，不可曲中取”：证明经商与做人一样，不可上欺下骗。做人当一是一、二是二。如“己所不欲，不施于人”：证明天下人心一个样。自己不想要的东西，或自己不敢用的东西，千万不可给他人。若干年后，刘梓对我回忆那次演讲时说，他只不过照直言而已，他也不知道下面有七八个教授在给他打分。刘梓演讲一结束，即打算动身归来。哪知杭大金融商贸学院当日即为徐梓举行了一个简朴的聘请教授颁证仪式。我十分清楚地了解到，从徐梓正式接过杭州大学聘书那天起，我们台州企业家中，有了第一个完全出自于民间的大学教授。

6

1998 年 10 月 12 日，十五届三中全会在北京召开。全会通过《中共中央关于农业和农村工作若干问题的决定》，提出到 2010 年建设有中国特色社会主义新农村的奋斗目标。那年，台州市新华书店、市客运中心、台州家具市场、机电五金城、台州市电子电器市场、永安广场、南官河两岸美化工程，中心菜市场、教师公寓十大工程全面竣工。是时我们的路桥，出现了魔术式的剧变。处处面貌焕然一新。尤其那南官大道，每一至夜间，一片灯火辉煌，怎么看怎么如那美丽且妩媚的上海滩。

我亲眼看到：南官大道正式开街那夜，成千上万的路桥人，带着自己的孩子去看夜景：天哪，这是哪呀？这不就是原先的洋洪吗？天哪，这是真的，还是变魔术啊？尤其好玩的是，有不少上了年岁的老路桥人三转两转转懵了，认不得归家的道路了，不得不向值班交通警问路。交通警问，你是说路桥话的，怎么会认不得回家的路？那老人答，女大十八变，再变下去，我们不敢出门了。

徐漳听到关于徐泊的种种传闻：说徐泊打从他声誉鹊起后，潜在的内心深处邪恶的小鬼，终于按捺不住，开始蠢蠢欲动。一说人一阔，脸就变。他完全变成了另一种人了。他开始摆起臭架子，一般人根本不放在他眼里；做什么事也有恃无恐、肆无忌惮。“成者王侯败者贼”。这是战场上的规矩，也是商场上的规矩。他成功了，他这个人也变得越来越趾高气扬了。仿佛是天老大，他老二；两眼看人也全成了一架哈哈镜了。过去他是那样的平易近人，现在不得了，接人待物的规矩大了去了。什么人来接，什么人来不接；什么等级的人来，叫什么样的人去接，都有一套明确的说法了；什么客人只送到厂门口，什么客人只送到大门口，他都有个准确的明文规定。他本人的作风呢，也与他刚上任时完全两种样子了。二说他把永新船业，当成他针插不进、水泼不进的独立王国。现在的永新造船厂，再也不是现代意义上的造船厂，简直成了一个封建意识极重的小朝廷。徐泊本人也成为天下独一无二的土皇帝。他不开口说话则罢，一开口说话，就变成了至高无上的大圣旨。你同意也得执行，你不同意也得执行。中国官场里有什么，永新造船厂同样有什么。他们说他为自己精心配备了三个专职秘书了。一个是女性，专门负责他本人的日常生活；一个是男性，专门负责他自己的文字工作；一个是司机带保镖，专门负责他本人的生命安全；还有一个呢，是从路桥中医院临时聘请而来的高级保健医师，专门负责他本人的身体健康。三说男人一有钱就变坏。他再也不是过去那个农民徐泊了。他现在的生活作风比过去的皇帝还要高贵。过去他上班，不是上一家小饭店，吃一点什么就算数，就是捧上一碗方便面，用开水泡他一泡吃上一两口就算完成任务。现在可不是这种样子了，他再也不会随随便便的吃什么东西了。十分讲究精致。讲究得成一个大贵族。一个星期三次，不是人参便是燕窝。吃鸡蛋不吃蛋黄，说是吃了蛋黄他的血脂会增高；吃鲫鱼只吃背上黑的那一条；吃白菜只吃中间那一点菜心。一餐饭必须四菜一汤，而且不能重样。他们说，有一次，食堂工作人员不小心把昨天吃过的剩肉端了上来，徐泊就会瞪起他的两只眼开训，把食堂里工作人员骂了个狗血淋头。四说，徐泊的脾气越来越见长。与他一起工作的中层干部很少有人不挨他的骂。每一次厂里召开中层干部会，他第一个要求就是那些中层干部拿出笔记本来记——仿佛他说的话全是金玉良言，你们不记就是对他的最大不忠。他们有鼻子有眼地说，有一次，他手下有个中层干部，忘了带本子，他居然下令要他拿了本子再来开会。整得整个中层干部，全对着天长叹，说若不是为了几个钱，我才不侍候他呢。现在，他们是搞不清徐泊是新时代的厂长呢，还是一个过去的封建皇帝。更是要徐漳命的最后一个传言，说徐泊家，现在成了金清镇的第二政府。他仗着他哥哥与父亲的人脉关系，与省里的主要领导有交情，他们的家现在都成了金清镇的第二政府。金清镇的大小官员们，开始头颅削了个尖往他家走拍他马屁。现在，他的家可再也不是过去的家了，而是门庭若市，车水马龙。尤其是到了端午、八月十六、过大小年，来给徐泊家送礼的人差不多把他家的门槛都踏平。别看这一些言语，只不过是暗地里的飞短流长，但对徐漳有着相当当量的杀伤力。这些话传到徐漳那里后，徐漳当日即给他弟弟写有一信。我亲眼看过徐漳给他弟弟徐泊的信，那上面只有四段话：

徐泊我弟，请记我四句话：一、君子当以仁存心，当以礼存心。仁者爱人，礼者敬人。爱人者人恒爱之，敬人者人恒敬之。二、宁可正而不足，不可邪而有余。三、好事不出门，恶事传千里。四、宁可直中取，不可曲中求。我父亲在遗信中写首，根土吾儿：做人须一身正气，任何歪门邪道，害了别人，最后害的必然是自己。人无论处在何种情况，决不可做恶事，一旦做了一件恶事，必然毁掉你一生所建立的信誉。这就是立个牌子难，毁个牌子易。经商与做人一样，不可上欺下骗。做人当一是一、二是二。尤其是“已所不欲，不施于人”，自己不想要的东西，或自己不敢用的东西，千万不可给他人。我的好弟弟：请你记住古人的话吧：政之所得在顺民心，政之所废在逆民心。做人当大其心，容天下之物。虚其心受天下之善。平其心论天下之事，潜其心观天下之理。定其心应天下之变。但徐泊一未将他哥写的信当一回事。

7

2000 年 1 月 1 日。元旦。路桥区约有上千人，登上人峰山看那第一缕金色阳光从东海面上升起。那天，人峰山顶上有两位不知名的老者，对话十分有意思。老者之一说，你看那路桥的地形像什么？一条大海船。

是啊，是啊，像一条船。说实话，我不知听我的上代人说过，路桥是一块风水宝地。可不是的吗，你看那些办企业的，哪一个不是做得水起风生？在南官当官的哪一个不是脚踏莲花步步高升？三十年河东，三十年河西，现在风水转至我们南官啦。我算是看好了，无论当官办实业，只要他至南官路桥，自己不造孽，哪一个不是平步青云？正说着呢，那太阳如同步出母门的婴儿，刹那间令东海的海面一片浮光耀金，绚烂多姿，如锦如缎，金碧辉煌。所有的人全都热烈地欢呼起来。是时的路桥，变成了什么？它变成了张力十足的小伙子与风情万种的阳光姑娘。是时恢复青春了的我，别看我百岁了，我刹那间想起他们徐家第一位至南官老祖宗徐镇的诗：

九狼势压万山雄，别有乾坤紫气中。

峰回群山连云起，河抱一区与海通。

只不知此诗与我现在时所见是否贴切？

徐梓据着他父亲徐铉去世前的嘱托，“君子当以仁存心，当以礼存心。仁者爱人，礼者敬人。爱人者人恒爱之，敬人者人恒敬之”的做人原则，下决心将自己的企业打造成全南官区最具幸福感的企业。他所采取的方法有二：一是让每一位职工每年以百分十五的增速加员工工资。时有人算过一笔账，在徐梓手下当员工，工资与政府部门的公务员相比，可以说是蛾眉不让须眉。二是斥资两千万元，在南官区的黄金地段购下一块地皮，并将它建成“雄梓小区”，除了少数不符合分房条件的有房人员，全厂员工每人分到一套面积为一百六十平方米的大套间。

徐漳甩开手着手解决永新村民的生存问题。徐漳与上海同济大学城市设计院专家、中国水电顾问集团华东勘测设计院专家联手，对他管辖下的永新村实行六十年不变的、高起点的大规划。时专家们将永新村分为商业区、工业区、农业区、住宅区四个区块，并对每个区块进行科学定位，确定近期、中期和远期发展目标。中国水电部的专家们亲为永新村着手编制《台州市路桥区永新村生态村建设规划》。这个规划的最大一点，即是协调式、可持续式的科学发展态度，来指导永新村六十年前前后后的总体发展。目的只有一条：与时俱进，不准以牺牲环境为代价，让永新村村民，真正过上一个梦想成真的生态型的好日子。让村民充分地享受到改革开放带来的大红利。那年，全台州第一个农民别墅群在永新村矗立。一千一百多年前徐偃王不曾实现的梦，终于在徐氏第十七代子孙徐漳手中成为实现。正当全村村民搬入那花园式别墅式新房时，永新村百姓，哪一个不是思绪错位，误以为所呈现出来的一切，只不过是一个幻梦。是啊，是啊，不怕不识货，就怕货比货。二十年前他们过的是什么日子？没有共产党的改革开放，他们何有今日？没有他们的好带头人，他们何以有今日？是年正月十六，永新村一百多位村民居然集体至徐漳家向徐漳下跪以致谢意。此举一出，可吓坏了徐漳。徐漳忙跪地将他们一一扶起说：我是徐氏子孙，我若是不为永新村村民造福，要我这个共产党的支部书记做什么？

8

2001 年，中国加入了 WTO。这个世界性贸易组织的加入，对于我们中国来说，意义相当重大。

永新村正式成立永新港实业集团公司。徐漳任董事长兼总经理。下属八个子企业。一是小商品市场，二是海产品公司，三是农业公司，四是造船公司，五是永新远洋捕鱼公司，六是近海养殖公司。总资产达一百个亿。附近五个村全加入徐漳一手创办的永新实业集团。徐漳一下子名誉如日中天。他不仅被评上全国劳动模范，前后四次接受中央最高领导人接见，还是全国人大代表。台州人全称徐漳为“独臂大将军”。

徐泊被船厂吊车上的大铁钩子掉下来活活砸死。事故真实情况很快浮出水面。开这个吊车的小伙子名叫易春，江西安远茅坪人。他初中一毕业，即辍学归家劳动。听人说，南官一地改革开放后，企业很多，用工量很大。于是就跟着他的堂兄弟，带着他的女朋友一起，来到了永新船厂。他进船厂后，他的那个女朋友看到台州大酒店招聘女服务员。他的女朋友决定去面试。哪知一面试，就被酒店的老板相中，让她当了服务员。初时他见自己的女朋友与他见面的时间越来越少，他以为她忙，并不在意，五一节放假那天，他特意去了台州大酒店，怎么找也没有找到他的那个女朋友。他不知她发生了什么事，急打她的手机，手机停机，他正一头雾水时一位在水天一色小区搞卫生的江西老表与他相遇，那江西老表对他说，你就别找那个女人了，那个女人根本不是个东西，她早做了人家的小三，让人家包养起来了。易春说他说什么也不相信。那江西老俵与他说，小兄弟，你别不相信，她住的地方，就在我这个小区。哪一间我都知道。只是她不认识我，我认识她而已。易春说，他与她从初中一年级起就相爱一直三年，他说她对他起过誓，非他不嫁。他出来打工时，她非要跟着他一起出来，并对他说，在家中我与你走不到一起，到了外面，我与你走在一起，他说，他带至南官的钱并不多，就想这个工资一开，立刻租他一间房子，与她一起好好过日子，他说他怎么也没想到，从他们一起来，至现在只有二十多天的时间，他与她之间的爱情如此的不堪一击，她居然做了人家的小三，他央他的那位江西老俵带他去见他的那个恋人，那位老俵只是将他带至他女朋友所住的那座楼，在哪个房间，遂对他说，她那个男的地方势力很大，是市政协委员什么的。这个小区就是他的房地产，那物业管理全是他的人，一旦让他知道是我，那麻烦就大了。这一千两百元的工资就没了。易春说他理解，于是在他离开之后，他即上前敲门，门一敲，开了。他那个心爱的女朋友果不然一身珠光宝气的出现在他的面前了。他当时就十分愤怒，两个人就吵了起来。那个女的一点也不知羞耻地对他说，老天爷给我资源，就是让我得以充分利用的，我凭什么嫁给你这个穷鬼？你这是小三？小三怎么了？只要我怀上他的孩子，他就与他那个黄脸婆离婚。他有家产上亿，你有吗？你有吗？易春说，他怎么也没有想到如此纯真的山妹子，一至南官后，居然如此不要脸。当时，他气得脸全青了，甩手打了她一个大嘴巴子就回来了。原本是他白班，夜间得好好睡一觉，结果此事一发生，他整整一夜没睡好觉。第二天，他与他堂兄弟同一班，他开的是吊车。他堂兄弟在下面负责将模具上吊车。结果，在他堂兄弟没有将模具完全整好时，他瞌睡上来了。一下子压着了电钮，瞬间起吊，铁模具刹那间吊上，侧身翻下，正好砸在徐泊头上，一下子将徐泊砸死了。消息一传来，徐涛与徐梓、徐潸三人立刻驱车去往清港。徐涛一到造船厂总部，发现船厂工人们，全围着徐漳闹，责问徐漳为什么放掉那个江西人。徐漳说，他不是有意的，人也砸死了。况且他们一家人穷得个叮当直响。叫他们赔什么？船厂中层干部们说，那也得让他坐上几年牢。徐漳答，他们家还有个瞎了眼的娘和一个残疾了的爸爸与三个弟弟，他是他们家主要劳动力，我送他坐牢，他们家日子怎么过？人死了不可复生，何必如此与他过不去？就在徐梓、徐潸、徐涛三人进去，站在徐漳身边时，有一姓黄的说，漳哥，这不是意外事故，这是有意谋杀。那家伙——话刚说有半截，徐漳那脸突然一黑，将他的那只独臂往桌子上狠狠地一砸说，黄启堂，说话要有根据，事故现场是公安与安全监督局的来认定的。你怎么可以信口雌黄？不负一点责任？船厂中层干部们从不曾见徐漳发这么大的火，所有人吓得不敢再说什么了。人们散开了，一切全恢复平静了。徐梓、徐潸、徐涛三人这才上前问徐漳，徐泊的尸体停在什么地方？徐漳答，停在殡仪馆。徐梓说，我们三人想去看一下。徐漳无力地挥了一下手，你去吧。我老了，累了。徐梓与徐潸一看徐漳一脸焦头烂额的样子。不再勉强什么，独自去了殡仪馆。徐梓他们三人到时，徐泊直挺着身子躺在那里，身上盖着一块白布。徐梓掀开蒙在徐泊脸上的那块布看徐泊。徐泊所现出来的样子惨不忍睹：头壳整个砸得成了只从树顶上摔下来的烂柿子。而替徐泊守灵的居然没有徐泊的妻子季英与子女。全是徐泊的娃娃朋友。徐梓深感蹊跷。时所有守灵的人，只有一个黄启堂，徐梓有点熟悉，徐梓涛立刻将黄启堂叫了过来。徐梓问，我侄子的老婆孩子他们为什么不来？黄启堂回答徐梓与徐涛三个字：不知道。徐梓又问，徐泊究竟发生了什么事？黄启堂回答徐涛还是三个字：不知道。徐梓又问，你围着徐漳时，你说这是谋杀，究竟是什么意思？黄启堂这才开了口，但他甩出来的话，比铁还硬：你们不是一家人吗？你问你哥去。

公司总部为徐泊举行告别仪式。徐漳参加。他板着一张铁青的脸，没有说一句话。追悼会只有告别仪式而没有悼词，所有员工与亲属只是围着徐泊的尸体转了一圈鞠了三个躬然后就离去。最后，是徐漳、徐梓、徐潸与徐涛四人送徐泊入了火化炉。火化结束后，往公墓上送时，抱着徐泊骨灰前行的不是别人，而是徐漳的女儿徐炫。这太让人蹊跷了。徐泊家究竟发生了什么？一切完事后，徐梓、徐潸与徐涛三人没有回南官，而是在金清港住下来。徐梓决心将发生的这些蹊跷搞清楚。就在这天夜里，徐梓率着徐潸、徐涛来到徐漳办公室。徐梓以叔的身份问了徐漳三个想不明白的大问题：一是黄启堂为什么说是谋杀？二是守灵时为什么没有徐泊的妻子季英与他的儿女？三是为什么抱骨灰的不是他的子女，而是你的女儿？哪知徐梓这话一问出口，徐漳突然号啕大哭起来。徐梓一下子吓慌了，问徐漳究竟出了什么事？徐漳这才与他们兄弟三人说，打从有钱之后，徐泊变得不是个人。一直在外面养小三，并与那些小三在外面生了三个儿子与一个女儿，那个易春的女朋友，就在徐泊的引诱下做了他的小三。他说什么也要与二嫂离婚。家中为此打得天花地疯。尽管从事故发生认定是操作失误，实际上无法排除谋杀。他说他很想将他送入监狱，至他老家一看，想当年的革命老区与旧社会没有什么区别。面对着他家的三个弟妹与老母老父，就他这么一个劳动力，他怎么也下不了这手。我该死啊，是我害死了我这个弟弟啊。当初我爸去世前，就曾对我说过，你二弟为人心贪好色，不可大用。就我爸当大队书记时，一直不准我弟弟入党。我接手后，总觉我弟弟很有才干，就用了他。哪知他挪用船厂的资金，为自己购地皮开发小区，将赚来的钱，用以他个人挥霍。他说他几次想免掉他的职务，总觉这么大的一个船厂，没有一个能人不行，才酿成如此大祸的啊。

9

2002 年，永新实业集团正式上市。时南官永新实业成为全台州第一家上市公司。由于徐漳以诚信为本，在上海这个中国第一商业大都市里口碑极佳。金杯银杯不如口碑。永新实业公司一挂牌上市，一下子即在上海成功发行股票六千万股。如果每股以百元计算，这是个什么样的概念？永新实业正式开市那日，徐漳特请了全南官第一批改革开放的元老级人物参加他的开市仪式。

永新村村民欣喜若狂。

他们分成九批对我与村边的九棵大樟树实行拜谢。他们不仅对我们九棵大樟树行焚香，还摆上八个盘子的果珍供我们享用。那年，他们第二次对我们九棵大樟树施肥。那天他们所施之肥全是沤好了的有机肥。我们九棵大樟树，高兴得手舞足蹈。抖得全身的叶子在簌簌响。那年，我们九棵大樟树及人峰山顶的那棵大樟树，全让南官区政府立上了保护石碑。我的名字是香樟。树龄是约 280 年。我边上的那个孩子年龄是 190 年，其他七棵树龄全为 160 年。人峰山顶上的那个孩子对我说，他身边树的那块碑上注明他的年龄为 210 年。我对我的所有孩子们说，我们做树的难得遇着这样的好时代，我们全体努力好好活着。

李柏的妻子季英生肝癌去世。福利院一下子又没了人。徐漳犯着愁的对他妻子李茹说，我奶奶创了个大品牌是徐锜小学与福利院。我弟妹一走，一下子又没人了。李茹说，你别犯愁。这是行善积德的事，我现在从教师队伍里退下来了。徐炫一直不生孩子，也不知他们二人作如何想。我待在家里也没事，天天跟着跳广场舞，我特别不习惯。这样吧，让我来接这个福利院。妈妈创下的品牌不能丢。况且老天爷对我们徐漳一门太厚了，我作为你们家的当家媳妇，总得做些好事，还报于天吧。

10

2003 年，徐瀚终于东窗事发。就在徐瀚刚从黄岩区文化局副局长位置上退下来这年，一切如同当年徐漳预料的那样，徐瀚自己踩响了由自己亲手埋下去的地雷。徐瀚不得不吞下他自己必须吞下的那颗因与妻子离婚带来的后果。尽管徐瀚业已与他的原妻离婚，但他那个长大成人的儿子，徐瀚不能不管。徐瀚为了这个儿子的前途与生存问题，绞尽了脑汁。儿子高中毕业后，他让他的儿子考大学。结果，他那个儿子与大学无缘。最后不得不去当兵。男人与女人离婚，说是对子女不带来影响，那只不过是书上说的“年话”，真实的情况是，离异后的家庭，受杀伤最大的两个人。一个是弱者。（无论是男是女）一个是子女。儿要亲生，田要深耕。人类只要有他自私的基因存在，这种情况将永远无法排除。徐瀚的妻子一直没有嫁，儿子当兵归来后，没有工作。徐瀚不得不跑断他的两条腿，为他找工作。尽管徐瀚做到了他做父亲应尽的一切义务。但我们的徐瀚的儿子，最大的渴望是想叫他的父母和好，将这个开片太多了的家庭，重新钉上铜锔子，让他成为可以盛饭的一口碗。徐瀚与艾尔成婚，令徐瀚的儿子一下子坠入了绝望的深渊。人就是这种样子。只要人活着，若是在他面前有着一丝希望，他都会努力朝着那希望的方向发展。就如同一生树叶子，它总是朝太阳那一面成长。一旦面临着的是终极性绝望，他所现出来的态度，却是无法阻挡的暴戾。就在徐瀚与艾尔成婚后，徐瀚的儿子，开始带着一点报复性的恶意，不断地搅动着他父亲的正常生活了。徐瀚父亲徐志去世后，徐瀚分得老家一间房子。儿子提出要求，将他的房子全部归他。徐瀚没有犹豫，当时即将分至他名下的那两间房子全部归了他儿子，约法刚定，他儿子提出要装修房子，没钱。徐瀚给钱让他装修。装修后，儿子提出结婚没钱。徐瀚又将他的全部积蓄给了他的儿子。最后儿子提出要三十五万，给他的妻子做生意。这一下，徐瀚可就不干了。徐瀚之所以不干，原因有二，一是他确实身无分文。所有积蓄下来的钱全部给了他儿子了。他可以说是净身出户了。但，他最后还是发现他儿子之所以如此接二连三地要钱，明显带着一种恶意。徐瀚一正式表态不给，那个儿子来事了。小时候，他的儿子没这份力量，他不得不由着你这个父亲。现在，他长大了，你这个当父亲的一天天见老了，他以一股强势来讨债。那天，徐瀚的儿子带着他的几个社会上的混子，冲他的老爸徐瀚要钱。徐瀚的妻子有钱，但，徐瀚的妻子艾尔不给。面对着杀气腾腾的儿子，徐瀚一坚拒，他那个儿子，居然拿了一把刀，冲着徐瀚一把砍在桌子上，高声地嚷说，你拿不拿钱？恰在这时，南官市文化工程的承包头，来到这里找时任总指挥的徐瀚有事，一见如此情况，立刻询问徐瀚手下的办公室人员，徐指挥发生了什么事？徐瀚手下的工作人员将我们的徐瀚的情况与他一说，他立刻冲进了徐瀚的办公室，当着徐瀚儿子的面拿出一张签有三十万元的支票说：给。徐瀚拒绝。对方说，我不是给你的，而是借给你的。你今后有钱了再还我行不行？徐瀚一想，反正是借，那就先借一下吧。于是接过那承包商的三十万支票。当着承包商的面，转交给他儿子。徐瀚那个生有一脸戾气的儿子，居然一点也不在乎地拿着那三十万元的支票走了。徐瀚千错万错，错在他当时没有立刻给南官市文化建设工程的这位承包商打下一张借条。徐瀚书生气十足的误以为我与他是个人朋友，打不打借条也无所谓。哪知，社会真正让官员出事的只有三种人，一是所谓的好兄弟，二是所谓的情人，三是自己平时最为亲近的人。就这没有打借条的三十万元钱，一下子将徐瀚推入黑色的悬崖峭壁，一个跟头栽入深谷，从而摔得粉身碎骨。不久，因那位承包商在海门某一工程承包上贿赂政府官员事发，连带着交代出徐瀚。徐瀚一下子成了市检察院锁定的目标。

徐瀚被检察院反贪局带走。徐瀚十分平静地承认所有的一切全是真的。他愿意接受法律的任何惩罚。

市检察院正式下达逮捕令。徐瀚一脸安详地被带走。临走时，徐瀚只是一脸平静地对办公室里一位工作人员说，是我自己欠下的债，必须由我自己来还。这一下，我所有的欠债全部还清了。对什么人都可以交代了。消息终于让徐瀚的妻子艾尔知道了。艾尔哭得如同一个泪人。艾尔找到徐漳，但徐漳又有什么办法。人家白纸黑字在那里明写着呢。你除了听候处理又有什么办法？

消息终于在徐氏家人中传开了。数十位徐氏子孙在我的大樟树下结集在一起，想去拘留所看望徐瀚，但遭徐瀚坚决拒绝。三天一过，徐瀚让他妻子艾尔带话给徐漳，让徐漳转告那些打算前来探望的族人说：我徐瀚什么人也不见。徐漳深知徐氏子孙的性格。徐漳说，徐瀚是北大荒出来的一只独狼，你就让他独自一人去舔伤口吧。徐漳说，我也认为徐瀚不见你们做得对。动物世界里哪一只受了伤的狮子，不是独自躲在一处暗角里舔伤口的呢？尽管如此，每一个徐氏子孙无不深为徐瀚陷入受贿门深感可惜：你想想，他业已退休了。如果不出这事，他一个副处级干部活至八十岁，他的退休金又有多少？徐潸叹息着说，什么命？这就是命，如果那个时候，上海的谭琳不是无情无义的弃他而去，如果那个时候，徐瀚想回家不轻率与这个女人成婚，如果徐瀚调回来，不与他这个妻子闹离婚，何有今日？徐漳说，人的一生哪有那么多的如果？一步错下步错。照你这么说，如果我们所有人的命运全部改写了呢。大家全说徐漳说得对。所以啊，过去的就让它过去。发生了的就让它发生。没有来的事情，我也不想知道。我只关注一个当下。立定脚跟做人，放开肚皮容物。过一天的日子算一天。尽管如此，徐漳心中极其沉重，那天他独自来到我的身边与我说，他心里难受，他说他不知人间是不是真的有命运，人的一生怎么就与下棋一样，一步不慎会导致满盘皆输，我劝他说，你不必要难过。是一个人太强的欲望，让自己毁灭自己。我对他说，你难道忘记了那一天植物学家对你说的话吗，人生关键是有舍才有得啊。这好比是我，如果我一根树杆都不愿意舍，我又会有什么结果，我还不得如徐瀚徐铸一样，自己将自己毁灭掉？所以我对我的子孙们下令，当长时则长，当止时则止。徐漳第一次与我透出他的心里话，他说他不想再在这个位置待下去了。我这匹马，不能在我跑不动的时候，让他人将我轰下赛场丢人现眼。人关键要有明，而不是无明。当下不下是愚蠢，当上不上是浑蛋。做人必须识相。我非常赞成他的想法。我对他说，人活在这世上必须懂得减法，减去名利、减去虚荣、减去痴妄，你才可从无明变成有明。

徐志一得知此儿子逮捕入狱的消息后，一气之下出现大呕血。去医院一查，肺癌后期，半个月一过，徐志病逝。徐漳不得不率徐氏子孙再一次送他进火葬场。

路桥区人民政府作出一个重大决定：将我们香樟定为区树。就从这天起，我的子孙们满布了全路桥各条街道。我每一俯身即看到他们一张张快活的笑脸。但我警告我的后代子孙们，你们必须学会舍。做了区树得有区树的品质，千万别以为自己成了区树，便可得意忘形。

路桥东方大道正式通车。

路桥新十里长街举行开街仪式。

那时的十里长街修旧如旧，完全恢复了一百多年前的那种样子。无论是哪位路桥人一至此街，不能不想起清林飞霞的一首诗：

短提绿绕长堤满，波影掩蓝山影转。

隔河春云峰山浮，一湾秋色老桥断。

古楼烟雨锁回汀，雾影蒙蒙上画屏。

堕水楼光收不起，横桥十里人峰青。

时在路桥流传最为广泛的故事是，说山里一农民听说路桥一带元宝遍地走，心中大喜，决心去路桥的十里长街发一点财。某日，这位纯得不能再纯了的山里人，拿出家里所有的钱，翻山越岭来至路桥。至路桥后，他正好在十里长街一个自助银行前走过。恰巧碰见一打扮时髦的女子，在自动取款机前取款。他亲眼看到对方只是把一张卡片塞进一道缝里，只是揿了几下钮，那一张张簇崭全新的人民币遂“唰唰”地从自动取款机中流出来。他见之心中大喜，想：这可是一件天大的好事情啊。正当这个女子拿了钱，打开车门，身子一欠，坐上她驾的那辆车子走后，这位山里农民顺手从地上捡起一张不知何人扔在地上的旧名片，学着那女人的样子，将这张名片塞进那道缝里，乱揿电钮。结果是一张人民币也不出。他气得直咬牙，骂说，为何她能拿出钱来，而我则不能？你这个狗东西也一只眼大一只眼小？一怒之下竟上五金摊购了一把铁锤子，光天化日之下，抡直铁锤大砸起来。这一砸，让银行的监控人员发觉，遂将他逮起，直接送至派出所。派出所一审问，结果引得所有人为之捧腹大笑：天哪，天下还有这等世事不明之人！

面对着路桥魔幻式的变化，老路桥人无不感叹说：若是没有改革开放，路桥何有今天？

是啊，是啊，三十年河东，三十年河西。风水轮流转。但我为之叹息的是王蒙升、杨晨、徐家第一代实业家徐鑫精心打造的王家里、杨家里、徐家里，悄悄然的十里长街的版图上抹去，再也找不到它们原来的踪迹。让路桥十里长街的后人们，少了一处凭吊杨晨、王蒙升、徐垠、徐坊与徐铉的地方。而我所在的永新村却成这个时代的老古董。

11

2005 年时任浙江省委书记习近平与市委书记至路桥调研。

徐梓步入人生荣誉的顶点。由世界生产力科学联盟、中国生产力学会、第 14 届生产力大会中国组委会举办的“世界市场中国十大年度品牌”颁奖典礼上，他的“神功”品牌，荣获“2006 世界市场中国（化学品）十大年度品牌”。董事长徐梓同时被评为“2006 推动中国品牌国际化 50 人”之一。是年，第三届全国杰作华商大会在北京人民大会堂隆重开幕。徐梓是浙江省唯一出席这种高规格大会的一名代表。就在这次大会上，徐梓荣获“全球华商化工行业十大管理英才奖”。是年，徐梓在接受凤凰台记者采访时，说出他一直以“黄金切割法”与“孔子中庸思想治学治厂”的心得体会。徐梓说：我的企业，尽管永远不会出现“两岸猿声啼不住，轻舟已过万重山”的大红大紫、大富大贵，但我们却是抓铁有痕、踏石留印。一步接一步的往前走。在我的眼里，骏马最炫目，它永远没有骆驼走得远。我徐梓只想在今后生物工程的开拓上，做一头慢走慢行的骆驼。

徐漳因过度劳累得脑血栓，差不一点送命。台州恩泽医院不得不连夜将徐漳送至上海治疗。结果这件事一下子震动了整个永新村村民。

永新村村民纷纷上庙里为徐漳点香拜佛，求佛祖开眼不让徐漳步他父亲的老路。有不上七八十岁的老职工坐了一整夜的车，至上海医院看徐漳，徐漳说生死有命，富贵在天，你们全上了年纪了，何必如此来看我？老村民们说，你徐漳如此行善积德，我们不来看你，我们于心何安？徐漳说，我并没有为你们做过什么，何必如此用心？村民们说，你徐氏一门祖孙三代积德，我们不是不知道。你爷爷那些事我们说不清。就拿你父亲来说吧，当年，你父亲徐桥，就因护我们，最后差不一点开除党籍。就拿我们说事吧，我们过去当社员时，有一家算一家，夜饭米不着缸。现在，我们全入了永新集团公司，我们每人"四险一金"有保障不说，我们的退休金年年上涨，一年一次体检，家家住上新房子，年年让我们去新马泰旅游一次不说，你每年从公司里拿出两百万搞慈善事业。做人一是不能做瞎眼狗，二是做人不能昧着良心讲话。徐漳第二次重新体检时，身上所有血型全部消失。永新村村民围着我这棵大樟树一片欢呼。他们拍着我的树身说，说恶有恶报，善有善报。正因徐漳做的好事太多，所以他才有今日的大康复。那天，徐漳深有感触地对着我这棵大樟树说有三句话：一是，政之所兴，在顺民心，政之所废，在逆民心。无论是一个政党，一个组织，一个人，你施于他人阳光；他人必回报你一个明媚的春天。二是，天下自有一杆秤，百姓就是压秤上砣。做人切不可因善小而不为。我说，村民们有如此出自于内心的举动，深深地感动了我。我做樟树的第一次在更深意义上体会到孟子说的那句话：君视臣如手足，则臣视君如腹心，君视臣如犬马，由臣视君如国人，君视臣如土芥，则臣视君如寇仇。徐漳对我说，我当然得利用我人生晚年岁月，掘地三尺，也得为村民、为路桥、为台州、为中国、为中华民族，让我们的这个永新实业达到"海到尽头天作岸，山登绝顶我为峰"的最高境界。但，他也同时对我说：人是树，树是人。树有树的极限，人也有人的极限，他说他的精力大不如前了。他提前与你大樟树说，我决定交班。

12

2008 年 8 月 8 日晚 8 时，第 29 届奥运会在北京国家体育场"鸟巢"准时开幕了。那开幕式气势恢宏，场面极大。当晚即有近 10 万人在现场观看，其中各国政要近百人。第 29 届奥运会开幕式，一正式亮相，即被各国媒体称作"历史以来最好的开幕式"。

徐漳极其伤感的是他父亲徐桥的去世。徐漳说，如果我的父亲今天尚且活在世，他徐漳第一件要做的事就是：无论花多大代价，也要将他父亲送至北京那个“鸟巢”去好好的看一看那个举世无双的开幕式。然而，人算不如天算，芸芸众生何有人知道我们的命运女神哪天哪月掷出她的九点骰子呢。就在这天夜，徐漳将他所有必须搞定的业务，列了一个完成时间表。时徐漳身体刚恢复不久。妻子李茹不干：你看看你，大病初愈，怎么还与你女儿考大学那样努力？徐漳答，我在读时间，时间同样在读我。我的痛苦与幸福，不是金钱，不是地位，不是权力，不是名誉，而是我不好好的将那些必须做的事情做完，怎么交班？为民所用，这就是我徐漳人生的终极价值。

13

2009年9月30日，台州动车组正式通车。这可是我们台州有史以来第一次铺上铁轨。这条铁路，东连宁波港，南接温州站。上了火车后，只须二三个小时，即可抵达上海；十多个小时即可抵达北京。这对所有的台州人来说，那可是天方夜谭的神话。特别是那个“动车组”，时速达两百公里以上。从黄岩到温岭二十多公里的路，行程只有七分钟。屁股还不曾坐稳呢，那动车就到站了。动车组一正式投入运行，我们路桥约有上千人，只图享受一下现代科学文明带来的成果，无事当有事的乘上这辆动车，去开一下眼界。正式通车日，人峰山上晨练的人，居然少了一大半。初时人们误以为他们拜佛去了，一打听，全去乘坐动车组过一过瘾去了。

我儿子在人峰山顶上给我发来一个信息说，妈妈，今天有两个老人在我的树身子底下争吵。一个说改革开放不好，贫富间差距这么大，贪官这么多。一个说共产党改革开放好，那老者说，我们全是从穷人过来。中国上下两千五百年历史，曾几何时，农业税免缴？曾几何时，百姓生活有最低保障线？曾几何时草根百姓大病治疗可报销？尤其是一位老农民说，想来想去，比来比去，还是共产党领导的改革开放好。若不是改革开放，我们这些一钱不值的小老百姓，有这样神仙过的好日子？你们还天天爬山锻炼身体、跳广场舞？做梦！妈，你说，他们两个人的争吵，哪个人对？我回答我的孩子，你站在路桥最高的人峰山顶往四下看一看，过去的路桥是这样的吗？我的儿子，你给我听着，不怕不识货，就怕货比货。我们是路桥的见证人。路桥是好是坏，是你不清楚，还是我不清楚？我儿子叹息着说，妈妈，我们比我们奶奶有好命，遇着这么个伟大的新时代。

14

2009年10月1日，中华人民共和国成立六十周年。北京举行隆重的庆典大会。

徐家村决定举行一次庆祝大典。他们集体动手将我们九棵大樟树装饰得一片金碧辉煌，九棵树的树根全用金纸包扎起来并且在每一根树枝上悬上小灯笼。他们围着我们九棵大樟树翩翩起舞。最后，又给我们上肥。人是树，树是人。我们与人没什么不同。人有贪婪之心，我们也同样有贪婪之心。他们的庆祝大典，结束了，而我与我的八个孩子们全因营养过剩而得病了。尤其是我，病得相当厉害，我全身树叶开始发黄，失去了往日的精气神。九棵护村树同时如此，整得徐家村的人全慌了。人越富贵越是迷信。他们怀疑是不是他们永新村的好运走到头了。他们立刻将此事告诉徐漳。徐漳与徐梓二人同时过来看。一看，果然如此。他们二人有点慌神。这怎么一回事，好好的树同时变得这样？徐梓说，是不是我们永新村徐家的好运走到头了？徐漳说，我还是请植物专家来看一下吧。徐漳立刻拿起手机，当着我们的面给那个植物学家打电话。徐漳说，苏先生，你是路桥苏家人。我早就和你打过招呼了。我们徐家村门口的大樟树有病，你怎么还不来呀。好个姓苏的植物学家在电话里说，放心吧，徐总。我七天后率学生来。七天后，那个姓苏的植物学家率着六个浙江农业大学植物专家来了。那六个专家只一看立刻找着病源了，他笑着对徐漳说，这棵树犯与人类一个通病。一因你们太过于溺爱，给了它太多的养料，二是你们违反了自然规律，让夜间灯火通明，时空颠倒。三是它们本身过于贪婪，吸收了太多的营养。四是无限的扩散自己的势力而不知取舍。徐漳听后一愣。徐漳问有救否？有救？何法？植物学家答，一知止，二舍得，三清理血管，返它本真，不要让它忘记初心。徐漳听后大惊，养树与养人同了一理？植物学家说，那当然。若不是如此，我中国的儒家学说，为何强调天人合一？大樟树病理一明确，专家立刻大动手术。第一步是知止，他下令将徐家村的九棵大樟树的根去掉一些不必要的副根。将所有灌进地下的肥料全部取出，重填些生土。二是舍。将我与我的八个孩子所有枝杈实行挑选性的处理。该截的，植物学家们毫不犹豫的全部将它截掉。三是清淤。他们先是清理我身上长满的苔藓与蕨类，后是对我实行大手术，将所有寄生于树皮裂缝中的寄生植物与虫类全部去掉。四是对我行打吊针。一天内我身上四处是注满药水的瓶子。徐漳很奇怪，你们这是做什么呀？给树打吊针哟。给树还得打吊针？苏大先生答：人是树，树是人。人身上有穴位，树身上同样有经络与穴位。人生了病要打抗生素，那树也一样的得打抗生素。人身上有动脉与静脉，树身上同样有动脉与静脉。所以给树治病与给人治病一个样。这让我痛苦不已，但，没有办法。我毕竟是树。我没有抗争能力，只是顺从能力，况且他们全是专家。我是树，但我这棵树也得尊重科学。当时，徐漳对植物学家对我如此大截肢非常不理解。徐漳问那位植物学家，你们如此大动手术，我这棵大樟树不活活截死了吗？那位长得瘦瘦的植物学家说，徐总，你有所不知。任何事情均有一个极限。是树，他的极限高度是122米至133米之间。这个高度并不是大地撑不起它，而是他自己撑不起自己，我们之所以给他去掉那么多的树杈，就是让他自己撑得起自己。我听后十分高兴。人是树，树是人。哪棵树不渴望自己活得更长，长得更大？植物学家这番话引起了徐漳的沉思。时徐漳就伸着一只独手，吸着烟。徐漳说，我做人，我办企业是不是也是这个理？要努力，但不可能超过自己的极限，尤其是不可将别人的高度当成我自己的高度。植物学家答，对，对，徐总，你说得对极了。就拿你和这个企业来说吧，也得见好就收。切不可无限地膨胀与扩张。徐漳深觉有理。

徐漳独生女徐炫，从浙江大学毕业后，考入美国哈佛大学经济系。徐炫与蓝秀兵一起归来时，徐炫将她与蓝秀兵的结婚证往李茹面前一丢说，妈，这一下你总放心了吧。李茹说，问题是你们两个老大不小了，总得有个孩子啊。徐炫说，爸，你听着了没有？我妈得寸进尺了是不是？你去美国读书，蓝秀兵呢？他也考上了。同一个学校？不是。两个城市。李茹说，你们读起来没个完。你爸盼着你们归来接班呢。徐炫说，我可不接。蓝秀兵想接，他就接。李茹问，你想干吗？他们都说我与蓝秀兵一个官二代，一个富二代，出不了东西，成不了大气候，我与蓝秀兵早就想好了，我们二人在美国读完学业后，好好打拼出一番事业来，堵他们的嘴。

我亲眼看到徐漳与妻子李茹率着女儿徐炫与女婿一路迤逦来至父母坟前。他们一家四人向他们的父亲母亲与徐氏老祖宗注礼如仪。一堆堆阡张在坟前燃起。一炷炷香袅袅在碑前缕缕升上天空。放目看去青山如黛，溪水如银，村落如簇，湖泊如镜。徐漳与李茹毕恭毕敬地向祖父向父亲拜了三拜。他告诉他祖父与父亲的在天之灵，他们的儿孙并没有给徐氏祖上丢脸。那天，徐漳似乎听到他爷爷徐锜奶奶金苏芳，父亲徐桥母亲陈翠花对他说：能于热地思冷，则一世不受凄凉。能于淡处求浓，则终生不受枯槁。他似乎听到他爷爷对他告诫说，任何巅峰永远是暂时的。做人必须要有山与水的精神：山不争高，所以它高耸入云，水不拒细，所以它才汇入大海。

徐漳再次作出决定：将自己历年所得的国家级奖金全部拿出，给全路桥读不起书的山区穷人孩子成立一个困难学生救助基金会。起了个名字叫做“将来基金会”。当时台州市委领导都建议以徐漳的名字设，但徐漳没有同意。徐漳说，你们替我想想，我是一个断了手臂的人，能将一个农村企业做成一个航母，没有天时地利人和，我何以如此。我只不过上天借我的手，才有今天而已。我何可将此财产归己？子孙有用，不需此财，子孙无用，给个金山银山也没有用。

15

2011 年，中央高层召开各种会议隆重纪念辛亥革命一百周年。

台州人并没有忘记抗日战争时殉国的徐锜与金苏芳共同出资所办的那个徐锜小学。尽管这所小学多次更名，或是“路西小学”，或是“德镇小学”，或是“实验小学”；但路桥人没有忘记这位抗日英雄。时任区委常委统战部长与人大常委会主任及路桥唯一活着的那位徐锜老部下蔡国辉与徐漳一起正式参加“徐锜小学”的挂牌仪式。那天，徐锜活着的老战友蔡国辉亲笔写有一诗：

日寇侵凌起祸殃，军民抗战镇猖狂。
披肝沥胆忘生死，取义成仁为国殇。
克敌投降曾雪耻，革新开放以图强。
追怀烈士功犹在，青史流芳正气杨。

16

2012 年，路桥中央山公园正式开工。

路桥国家一级渔港“金清鱼港”正式开工。

路桥区与波兰莫拉威卡市建立友好城市。这可是我们路桥百年历史中真正的大姑娘上轿第一回。这个第一回的真正意义只有一条：我们的路桥再也不是过去的路桥而是真正走向世界与世界融合在一起的路桥。是时的路桥人都十分清楚地感觉到：打从台州撤地建市、路桥正式建区后，只要你静下心来细细地研究一下路桥发展历史，你就会惊愕地发现，从第一任区委的指导思想：从夯实基础起步，然后是战略考量、精心打造、全面开拓、科学定位、整体提升、综合治理、文化引领、和谐社会，无不是形成了一道华丽且绚烂的抛物线，最后改革与奋斗得来的红利，全部落在“民本、民生”那个靶标上。什么叫“天下为公”？什么叫“民生、民本高于一切”，这就是啊。

17

2013 年，全国人民代表大会正式召开。

全国政协会议正式召开。

习近平当选国家主席，国家军事委员会主席。张德江当选全国人大委员长。李克强当选国务院总理。

路桥区地名办经研究，为保存历史文物，决定将永新村还原旧地名为徐家村。

我突然接到上天的一个指令，让我这棵台州唯一年龄最大的樟树老祖宗下令全台州三百六十五万棵香樟全部在今年秋天结红果。我一直没有看到我尊崇的老天爷现身，但他在冥冥中现出来的声音，让我十分清楚地听到。那声音说，中国伟大的复兴时代终于到了，你必须执行上天的旨意让全台州三百六十五万棵香樟结红果。那声音消失了，我心里十分激动，这种命令，我在我出生前，我曾听我母亲说过，我们的祖上曾接有三次上帝发布的命令：一次是在唐朝，我母亲的母亲接过，一次是在明朝永乐年间，我母亲的母亲接过，一次是在康熙朝，我母亲接过。今天，我也接到天使的这个命令了。于是我立刻通知那一直站在人峰山顶的香樟树，人峰山顶的那棵香樟树，立刻向全台州三百六十五万棵大小香樟树发出指令。这个指令一下，好了，三百六十五万棵香樟树全结上红果子了，我们三百六十五万棵香樟树一挂上红果子，那个美啊，就甭提了。墨绿色的树叶中，一粒粒的小红果，如玛瑙一样的镶嵌在那里，那样子与那个枸杞比美。

徐家文化大礼堂正式落成。

我心中特别的高兴，我看到了一往故我的大东海；看到了那条不停息的南官河；看到了温黄平原上那一处处崛起来的新村镇；看到了那一条条平坦坦的大公路；看到了那一座座矗立于云霄的现代明亮的高层建筑；看到了那一架架大型707飞机在南官机场上起起落落；看到了一辆新式的动车在那条锃亮的铁路上电闪般地飞驰；看到了海门大码头上停泊着一艘艘大轮船；看到了那一座毗邻着一座的花园式的大厂房；看到了装点一新的中央山公园。别看我是一棵守在徐家村的老樟树，可我是一个地方历史的见证人。我感慨万端：是的，是的啊，这些辛亥革命的英雄与民国时期的先贤们，他们怎么也没想到过去他们的老家路桥，只不过一处小得不能再小的乡村级集镇，现在居然变成一个几近全现代化的商业城市。

改革开放的三十多年，给路桥带来多大的变化啊。从国内生产总值去考量：1994年二十六个亿，2012年达三百六十七亿。从城镇居民可支配收入去考量：1994年四千五百六十元，2012年达三万七千元。就拿徐潸来说吧，捧的是铁饭碗，所有人的眼珠子都羡慕得快要掉下来。而现在，与徐潸为邻的八九户人家，光各类轿车即有十八辆。其中一户，房地产遍布于上海、杭州、南京各地。人如候鸟般四处居住。徐潸有个同学光房租年可达四十万。他发誓要在他的有生之年，将全世界游个遍。每一星期即驾着他的宝马车，出去短途旅游一次。他们无不可着他们的心情将他们的生活装点得色彩斑斓。从居民人均收入与农民人均收入去考量：城镇单位职工平均工资，1994年为六千余元，现在是三万九千元；农民人均收入，从1994年的两千七百五十元，2012年达一万六千元。住房呢，更是不必提起，人均达五十平方米。尤其是轿车，几成了我们路桥人生活中的必需品。全区每百户城镇居民与农村居民家庭生活用车，分别是六十一辆与四十一辆。我不说名扬全国的徐家村，单说与之相邻的田洋王村，家家所住的花园式别墅不说，光小轿车平均每户一辆。想当年，田洋王村人人苦得要死。双抢时，担稻草归家，看到居民户们早吃过饭坐在那里乘凉；气不过，有意将所担的烂稻草一横，将那些居民户们搅了个乌泥溏塔。而现在，他们家家富得流油。糖尿病成为一种流行病。从社会福利去考量：过去所有慈善业均是个人行为，而现在却是政府民政部的主打工作。现在全区参保人数达十二万人。福利院达十个，床位达一千三百多张。真正达到老有所养。最近《台州日报》正式对外公布，市委市政府将慈善业办至每一个乡村。从路桥基础建设去考量：我不说那风景如画的中央山公园，也不说那一幢幢耸立云天的高层建筑，单说两幅有心人拍摄的照片，即可说明一切。这位老摄影家名叫徐政。1994 年南官刚建区，这位老先生为图今后有个好比对，遂用分镜头行粘贴的之法，拍下一张南官二十年前的全景照。2012 年，这位民间摄影家购有一台旋转式照相机，再站于原地点，朝着原角度转拍了一张南官 2012 年照片。然后，他将这张照片放成巨幅，搁置于在路桥乐园展览。别看我是树，我与人没什么不同，我同样有眼睛，有感觉。我面对着这两张完全不同时空拍摄的照片，一下子惊呆了。这是我长于斯，生于斯的路桥吗？我面对一个新崛起的城市，无法对我子孙们在此生存地方，作出指指点点。时我居然现出错觉：这两幅大照片，究竟是魔幻的印象呢，还是真实的现实？路桥啊路桥，你的变化，实在是太大了，大得匪夷所思；大得不敢让人相信。但不管你如何假设，路桥所出现的巨变是不可否定的现实。从环境综合治理来考量：建区前为零。现在取缔各类非法场舍一千八百四十一个，查处环境违法案件两百多起。关停污染企业三百八十三家。全区污水处理率达百分之八十六。生活垃圾无害化处理达百分之百。环境空气达标达三百五十六天。九十六个村的供水线路得以改造，城乡供水达“同网，同质，同价”。由于路桥终于步入省级生态环境整治典型。当下的路桥区委区政府，正花大力气决心将路桥打造成“森林南官”、“生态南官”。让每一个路桥人生存在与天地相和的宜居环境中。

作为我是一棵长于斯生于斯的路桥大樟树，面对着路桥天翻地覆的变化。一直在追问着一个问题：在我们路桥发展的历史长河中，无论是最早入路桥的原住民於、蔡、阮、谢、杨、王、李、陈、黄、何、郏、林、谢、丁、祝、陶、管、苏、戴、丁、郑、李哪一姓，均有过他们的绝代辉煌。可他们有一家算一家从没有逃出政息人息，人亡政息，求荣取辱，穷不出三代、富不出三代，“其兴也勃焉、其亡也忽焉”的“周期率”。有的人家如同昙花一样瞬间闭息，有的如同一颗流星般只是给那碧蓝的夜空划出一道光焰，再也找不到他们的影子；而独有徐氏一门，一直在实业的高层处游走。

我久经思索，最后不得不从文化层面去考量。一是路桥是中原文化与百越文化、海文化与山文化的交汇点。路桥第一代实业家身上有着更多的中国传统文化元素。他们一直行“内不伤性，外不伤物，上不违天，下不违人，处正居中，形神似和”；“乐天知命而不忧，审物明辩而不惑”；“性不独善，性不独恶，与天地相参”。他的思维方式，以顺向思维为主。无论做什么事，讲的是步步为营，一步一个脚印。更多时候凭着的是人脉上的感情与仁爱来凝聚人心。从来得失有乘除，穷通区区莫问渠，终是助人为乐好，世情看淡即天书。成为他们做人的唯一坐标。二是第二代南官人，我们中国正处于东方文化与西方文化既融合又排斥的实验场。我们路桥又成闽文化与浙南文化、上海地域文化与台州地域文化相互交融的结合点。那时路桥第二代实业家们，上下求索，一直在苦苦寻找着属于这代人必须走的真正人生道路。这代人最大的特点，即是在做人上行的中国传统道德：“聪明圣知守之以愚，功被天下守之以让，勇力抚世守之以怯，富有四海守之以谦。”在学识上却拼命吸收外国先进科学知识。博学、审问、慎思、明辨、笃行，是他们人生的终极操守。这代人在他们没有路走的时候，会小心翼翼的寻路；一旦寻准路了，试探着向前走有一小步，看脚下的道路是平稳还是不平稳；平了，稳了，他们再束身前行。没有条件，他们即闭门自守，独善其身，有条件了，渐扩渐张，一旦扩张，遂牢牢守住阵地，最后才泽被苍生。即使面临着他一直渴望的机遇来临，他们也会小心翼翼地先用他们的触须轻轻地触碰一下，看看这个上天赐予他的机遇，对他有多大把握，得的到还是得不到；直至他认定十拿九稳了，这才奋袂一起的前往圆他心中一直想着的那个梦。第三代南官实业家们所处的这个时代，正是我们国家处于东西方文化一次次大交汇、大融合、大冲撞、大吸收、大同化、大和谐、大辩证的时代。第三代实业家身上有着更多的西方式逆向思维，加跳跃式发展的模式；即使眼前明摆着是一条绝路，他也会鼓起他人生最后一点勇气跳过悬崖峭壁，攀出一条属于他可走的通道。即使摆在他面前的海滩中根本没有一个小洞，他也会头发忖空心的在海滩上掘地三尺取出一只蟹来。他们从不在那里等待着机遇，而是一直在寻找着机遇，一旦机遇让他们找到了，他们即会摇身一变，成为一条精明且强悍的台州狼，以他的才智、坚毅、果决、勇敢，踊着、跃着扑向目标。即使是他们在机遇面前粉身碎骨了也无所畏惧。用他们这一代人的共有语境说，人活着都是个过程。与其跪着失败，莫不如横刀立马；与其跪着成功，莫不如站着失败。即使是失败，那失败也带有独特的豪迈与不可替代的骄傲。徐梓、徐漳这代人创办的实业，与他祖辈、父辈更为不同的是：

在中国传统文化的基础上，更多地吸收了西方现代企业先进的生产方式与现代同步的管理制度，形成了他们独特的经营模式。

从个人性格层面上论，路桥第一代人皆果敢，仗义执言，公平公正，敢担当，仁义守信，宽裕善恕，刚柔相济，与人有着很强的亲和力，属于领袖型性格。第二代人谨慎平和，谦恭自守，礼敬密致，怀博心静，敏于事且讷于言，属于学者型性格。第三代人将祖系与父系的性格优点集于一身，统学者型与领袖型一身。尽管如此，我作为一棵年有八百的树，再外加一个断言：他们这三代人之所以不倒不塌，关键是在于他们的善学与善省。善学：南官第三代人天道行健，不断进取，自强不息，由是达到自己的知识面不断更新，人生的灵魂不断得以充实。由是他们才可在时代的变迁中，不被时代潮流所淘汰，从必然王国进入了自由王国。善省：令徐氏祖孙三代人厚德载物，天下为公，谦卑自守，舍己为人，亲民爱民，令他们的企业更具幸福感与人性的感情温度。什么叫路？鲁迅言：人走得多了，也就成为路了。

现在，我们的路桥变了。我们的台州变了。我们的中国变了。我们的中国再也不是让八国联军任意宰割的中国了。我们的中国，现在敢于向任何强盗说“不”了。

我作为一棵守望有280年的大樟树就在这时，也似乎听到有个十分沉重的声音在地壳深处鸣响：一个国家，一个民族，能否发达，一是看做人的精气神是否饱满；二是看能否让人独立思考；三是看我们每一个公民能否守住他的良知与道德操守。但愿我们的国家，今后以忠厚养后代子孙，以宽大养士人之气，以节制养百姓，以法德定官员高下。

我由是想到：在我们中国，无论是个人、家庭，还是政党、国家、民族，任何人也打不败你，能真正打败你的只是你自己。一个没有梦想的民族，是绝望的民族；有了梦想而不去圆梦的民族，是悲哀的民族。现在我们的家乡路桥，如同他地形所呈现出来的大海轮样子，组成一支强劲的联合舰队，乘风破浪向着梦想的彼岸起航。

不是尾声的尾声

徐涛在这堂课的最后，引用了一位名叫黄达远的两句话说，人类无尽无休地演出戏剧的舞台，在一定程度上决定了他们故事线索并说明故事性质。演员可以变换，但布景永远相同。第二句话是，社会与时钟没有什么区别。秒针是政治事件，不停的嘀嘀嗒嗒作响。分针是社会事件，摆动时相对迟缓。而时针是地理事件，它的摆动更为滞后。而这种不统一的变化，就构成了地域的历史。路桥的历史就这样与徐氏子孙们一起与南官河边的这棵大樟树，一路踉跄地走了八百多年。

徐涛在徐家村文化大礼堂的第一堂课到此结束。

徐涛走了。徐漳没有走。

徐漳来到我面前，轻轻地拍了一下我的树身对我说，大樟树，大樟树，感谢你救了我爸，才有我徐漳。现在我也到了与我爸一样的年龄了。我想退休了。我将与你天天在一起。我问他，你将你的企业交给谁？他对我说，企业董事会决定让他的弟弟徐潜任董事长，要他那位将从美国归来的女儿徐炫和女婿中的一个任总经理。他们能行吗？沉舟侧畔千帆过，病树前头万木春。我的任务完成了。我六十岁了。六十花甲子，日日好讲死，从今天起所有日子全是我的利润，这利润我可不想给别人了。我只想留给自己。是不是这个家挺难当的？徐漳说，能说的我全与你说了，不能说的，我永远烂在肚子里了。我的好樟树，谁叫命中有你？还是让我与你一起平平安安过过人生最后那点岁月吧。他们俩人一直对我说，他们要独自创业，他们俩人中的一个能同意吗，那我就不知道了，反正我听天由命。我点了一下头。那天，我这棵老樟树一下子想起了一首诗：

面对着黎明前的黑夜
你刚毅地伫立在风雨中
烈火染红了你钢铁面孔
肌肉印痕着残酷的斗争

翻滚的烟尘卷走了难忍的困苦
你嘴角总挂着蔑视的笑容
啊！哪怕前途还有多少曲折崎岖
你利箭般冷峻的目光
早已到达了光明的殿堂。

也许是物以类聚，人以群分。也许是人与人之间有着无法说清的某种东西在左右着我们。有些人相处一世，成不了朋友。有些人一见面，遂成终生不渝的好友。有些人如水气，上升上升，不断的上升，最后化成一团氤氲的雾气，与斑斓的云霞凝结在一起，化成美丽的一角。有些人如水，顺势而下冲破阻挡他的所有顽石，从小溪积聚成大河大江，最后与翻腾咆哮着的大海融成一起，成为大海一分子，不断地掀起巨浪。有的人则折戟沉沙，沉入河底与淤泥为伴。有的则成溪流中的鹅卵石，任凭他身边洪水泛滥，他却丝纹不动地稳坐着钓鱼台。有的人则在他人生关键岁月里，发出他一生最后的一声行吟，然后迅速归于沉寂重新回归于泥土。尽管我们这些人全让岁月让全阳光让那些厚重的冰川演化成水，可我们终在冰川移动过的地方，留下了一道供地质学家考证的擦痕。是啊，是啊，徐漳，你是徐桥的儿子，也是我的儿子，但愿你人生的最后岁月与我在一起将一路走好。